DIVERSE KRITIKEN ZU VERSCHIEDENEN BÜCHERN VON LIBBY FISCHER HELLMANN

Die Ellie Foreman Romane (auf Englisch)

„Eine meisterhafte Mischung aus Politik, Geschichte und Spannung . . . scharfsinniger Humor und lebhafte Sprache . . . Ellie ist eine engagierte Amateurdetektivin, deren Klugheit ständig zunimmt."
Publishers Weekly

„Komplex . . . faszinierend . . . Hellmann hat ein ganz feines Gespür . . . wodurch viele Szenen ihrer Geschichten unglaublich witzig werden . . ."
Chicago Tribune

„Hellmann steht in der Schuld bei ihren Kolleginnen aus Chicago Sara Paretsky (für die komplexe Handlung) und Barbara D'Amato (für die ausgezeichnete Recherche) – doch eigentlich ist sie die junge, freche Ungestüme, die diese Rezeptur wieder neu belebt!"
Aunt Agatha's

Die Georgia Davis Romane (auf Englisch)

„Es gibt eine neue sachlich-nüchterne, weibliche Privatdetektivin in der Stadt: Georgia Davis, eine ehemalige Polizeibeamtin, die knallhart und klug genug ist, um sogar dem legendären V.I. Warshawski ernsthafte Konkurrenz zu machen . . . Hellmann weiß, wie sie das Wesentliche eines Charakters in ein paar schnörkellosen, aber messerscharfen Sätzen herausarbeiten kann."
Dick Adler, *Chicago Tribune*

„Hellmann lässt die Realität des Schikanierens und Tyrannisierens unter Teenagern mit so vielen Drehungen und Wendungen lebendig werden, dass man die Geschichte unbedingt zu Ende lesen will. Sehr empfehlenswert!"
Library Journal

„Höchstspannung ... Hellmann jongliert sehr geschickt mit grundverschiedenen Handlungssträngen und verbindet Bankbetrug, Erpressung, Drogenproblematik und illegale Einwanderung."
Publishers Weekly

Set The Night On Fire (auf Englisch)

„Ein einzigartiger Thriller der Spitzenklasse, der sich die Antikriegs-Demonstrationen der 1960er und 1970er Jahre nutzbar macht ... Eine tolle Mischung aus Vergangenheit und Gegenwart, Hellmanns einfühlsamer, politisch aufgeladener Kriminalroman durchleuchtet einen faszinierenden Zeitraum amerikanischer Geschichte."
Publishers Weekly

„Ein herausragendes Einzelwerk ... in diesem Roman erschafft Hellmann eine in vollem Umfang dargestellte Welt ... mit sämtlichen alltäglichen Einzelheiten, Leidenschaften und Begeisterungsfähigkeiten...."
Chicago Tribune

„Tief bewegend und eindringlich ... Selten sind Geschichte, Geheimnisse und politische Philosophie so wunderbar verknüpft worden ... sodass es leicht passieren könnte, dass dieses Werk auf der verpflichtenden Literaturliste für Collegekurse in amerikanischer Geschichte landet."
Mystery Scene

Havana Lost (auf Englisch)

„Ein fesselnder Geschichts-Thriller . . . Dieser spannende Multige-
nerationen-Schmöker ist voll gepackt mit Intrigen und schockie-
renden Wendungen.“
Booklist

„Ein vielschichtiges Abenteuer . . . schlau geschrieben, auf schriftstel-
lerisch versiertem Niveau von einer Autorin, die ihre Leser niemals
bevormundet.“
Mystery Scene Magazine

BITTERER SCHLEIER

LIBBY FISCHER HELLMANN

THE RED HERRINGS PRESS
CHICAGO, IL

ANDERE BÜCHER VON LIBBY FISCHER HELLMANN

War, Spies and Bobby Sox

Havana Lost

Set the Night on Fire

THE GEORGIA DAVIS SERIES:

High Crimes

Nobody's Child

ToxiCity

Doubleback

Easy Innocence

THE ELLIE FOREMAN SERIES:

Jump Cut

A Shot to Die For

An Image of Death

A Picture of Guilt

An Eye for Murder

NOVELLAS:

The Incidental Spy

P.O.W.

The Last Page

Nice Girl Does Noir (short stories)

Chicago Blues (editor)

Übersetzung aus dem Amerikanischen:
Werner Wenzel
Überarbeitet von Sibylle Lehnerer
Buch- und Umschlagdesign durch E. C. Victorson
Titelbild mit freundlicher Genehmigung durch

Publisher's Cataloging-In-Publication Data

(Prepared by The Donohue Group, Inc.)

Hellmann, Libby Fischer.
A bitter veil / Libby Fischer Hellmann.

ISBN: 978-1-9387335-4-3

1. Iran--History--Revolution, 1979--Fiction. 2. Political prisoners--Iran--Tehran--Fiction. 3. Americans--Iran--Tehran--Fiction. 4. Iranians--Illinois--Chicago--Fiction. 5. Intercountry marriage--Fiction. 6. Historical fiction. 7. Love stories. I. Title.

PS3608.E46 B58 2012

813/.6 2012932763

Für alle, die so tapfer waren, sich gegen die Tyrannei zur Wehr zu setzen ... in welcher Form auch immer.

Jenseits der Vorstellung von richtig und falsch, liegt ein Feld.
Ich werde dich dort treffen.

RUMI

TEIL EINS

EINS

Sommer 1980

Anna war in einen tiefen Schlaf gefallen, was ungewöhnlich für sie war. Normalerweise wälzte sie sich im Bett herum, bis die quälenden Stunden der Nacht endlich vorbei waren. Aber heute Abend hatte der Schlaf sie fast augenblicklich überwältigt.

Das erste Klopfen erschien ihr wie ein Teil ihres Traums, und ihr Verstand begann damit, eine Geschichte darum zu spinnen. Als sie langsam aus ihrem Tiefschlaf in die Realität zurückkehrte, vernahm sie ein weiteres Klopfen. Das Geräusch setzte sich in ihren Ohren fest, und einen Moment lang versuchte sie, die Absicht, die dahinter steckte, zu ergründen. War es ein wütendes Hämmern? Eine schüchterne Anfrage? Ein gleichgültiges Pochen? Sie blickte auf die Uhr, und augenblicklich wurde sie misstrauisch.

Sie warf die Bettdecke zur Seite, griff nach ihrem Tschador und streifte ihn über ihr Nachthemd. Nouri war nicht zu Hause. Nach dem, was vorgefallen war, war sie nicht überrascht, aber es bedeutete, dass sie die Tür öffnen musste. Noch immer zögerte sie. Wer auch immer es sein mochte, sie würden ihre Gesichtszüge, ihre hellgrünen Augen und ihre blonden Augenbrauen sehen. Sie würden erkennen, dass sie keine Iranerin war. Sie würden vielleicht sogar vermuten, dass sie aus dem dekadenten Westen kam, dass sie womöglich der Satan höchstpersönlich war. Und wenn das passieren würde, dann wäre die Mission, welche auch immer sie hierher geführt hatte, mit diesem Wissen behaftet.

Vorsichtig schob sie den Vorhang beiseite und blickte hinaus. Es war Sommer in Teheran, eine heiße, trockene Jahreszeit, die sie an die Hundstage im August in Chicago erinnerte. Sie und Nouri lebten in einer vornehmen Straße in Shemiran, mit abgeschotteten und von der Straße abgewandt gelegenen Häusern. Zu dieser Zeit war die Straße ruhig und dunkel, nur ein schwarzer Mercedes parkte vor dem Tor. Der Motor war abgestellt, aber die Scheinwerfer leuchteten und warfen ihr gleichmäßiges Licht auf die Baumstämme und die üppigen Sträucher.

Drei uniformierte Männer, alle bärtig, machten sich im Türrahmen breit. Einer von ihnen hatte seine Hände in die Hüften gestemmt. Die anderen beiden hielten Maschinengewehre im Anschlag. Irgendwie mussten sie es geschafft haben, das Tor zu durchbrechen. Ein Gefühl der Angst durchströmte ihren Körper. Revolutionäre Gardisten. Sie hatte keine andere Wahl. Sie musste die Tür öffnen. Wenn sie es nicht täte, würden sie unter dem Vorwand eines Verbrechens, das sie gegen den Islam und die Republik begangen habe, die Tür eintreten. Sie würden womöglich ihre Bücher konfiszieren, ihr Make-up und Nouris Stereoanlage, und das wäre erst der Anfang. Das brauchte sie nicht. Nicht jetzt. Nicht bei all den anderen Sorgen, die sie ohnehin schon hatte.

Barfuß lief sie aus dem Schlafzimmer. Sie hielt die Falten des Tschadors unter ihrem Kinn zusammen, und während sie die Treppe hinunterging, fluchte sie innerlich über dieses lästige Kleidungsstück.

Wie konnte eine Frau nur solch einen schweren, schwarzen Stoff tragen, ohne sich unbeholfen und plump darin zu fühlen? Als sie den Flur erreichte, schlüpfte sie in ein paar schwarze Ballettschlappen, die sie neben der Tür aufbewahrte. Wenn die Gardisten ihre lackierten Fußnägel sähen, würden sie sie womöglich anzeigen.

Mit der einen Hand hielt sie den Tschador, mit der anderen öffnete sie die Tür. Einer der Männer hielt seine Hand hoch in die Luft, so als sei er gerade im Begriff gewesen, erneut zu klopfen. Erschrocken trat er einen Schritt zurück.

„*As-Salâmo 'Alaikom*, Schwester", sagte er steif und senkte seinen Arm.

Sie nickte ihm flüchtig zu.

„Sie sind die Frau von Nouri Samedi?", fragte er in Farsi.

Sie spürte, wie ihr Herz wild in ihrer Brust klopfte. Sie und Nouri hatten sich heftig gestritten, und er hatte ihr angedroht, sie verhaften zu lassen. War dies der Grund für diesen Besuch der Gardisten? Sie nickte erneut, dieses Mal unsicherer.

Die Männer taxierten sie. Von Frauen wurde erwartet, dass sie ihre Augen in Gegenwart von Männern gesenkt hielten, dass sie sich unterwürfig und ruhig verhielten. Für Männer galten solche Gebote nicht, schon gar nicht für Gardisten. Sie durften andere anstarren, solange sie wollten. Forderungen stellen. Wenn solche Forderungen nicht erfüllt wurden... Sie erschauerte bei dem Gedanken an die Geschichten, die sie von anderen gehört hatte.

Einer der anderen Männer trat nun näher an die Tür heran. Seine Lippen formten sich zu einem lüsternen Lächeln. Sie umklammerte ihren Tschador fester und war ausnahmsweise dankbar, dass er ihren Körper verhüllte.

Wenn sie zu Hause in Amerika wäre, würde sie die Polizei rufen und diese Leute als Eindringlinge melden. Aber hier *waren* diese

Eindringlinge die Polizei. Oder das, was gemeinhin als Sicherheitskräfte bezeichnet wurde.

„Ihr Mann", sagte er mit einem unüberhörbaren Unterton der Verachtung. „Wissen Sie, wo er ist?"

Sie schüttelte den Kopf und sah auf den Boden. Großer Gott, würden sie sie schlagen? Sie kannte Leute, die behaupteten, bei nächtlichen Besuchen der Gardisten geschlagen worden zu sein.

„Sie sind sicher, dass Sie nicht wissen, wo er steckt, Schwester?"

Verstohlen blickte sie ihn an. Das Lächeln war aus seinem Gesicht verschwunden und einem finsteren Blick gewichen.

„Sie waren die ganze Nacht daheim?"

Sie nickte. Sie ging nicht häufig aus, schon gar nicht alleine. Seine Augen verengten sich zu einem Ausdruck von Misstrauen.

„Was ist? Ist etwas passiert?"

„Sie wissen es schon."

Immer dieses Versteckspiel. Dieses Spiel mit dem Feuer. Sie spürte, wie die Wut in ihr hochkochte, aber sie durfte sie nicht zeigen. „Nein."

„Ihr Mann ist tot. Seine Leiche wurde auf einem Weg ganz in der Nähe gefunden. Er wurde erstochen."

Sie rang nach Atem. Es war, als senkte sich ein schwerer Riegel in das Zentrum ihres Gehirns, der ihre Gefühle von ihrem Verstand trennte. Sie wünschte, sie trüge eine Burka, die nicht nur ihren Körper, sondern auch ihr Gesicht verhüllte. Mit weit geöffnetem Mund starrte sie die Männer an. Durch ihre Finger hörte sie sich selbst ausrufen: „Nein!"

Trotz der Ermahnung des obersten Führers, den Augenkontakt zwischen den Geschlechtern auf ein Mindestmaß zu beschränken, starrten die Männer sie an. Wenn sie Iranerin wäre, würde sie laut aufschreien, zusammenbrechen oder gar ohnmächtig werden. Aber sie war Amerikanerin, und Amerikaner stellten ihre Gefühle nicht so übertrieben zur Schau. Sogleich empfand sie es als seltsam, in einem solchen Augenblick an kulturelle Unterschiede zu denken.

„Das kann nicht sein", log sie mit erstickter Stimme. „Er war heute Abend mit seinem Freund Hassan aus. Hassan ist auch ein Mitglied der Garde", fügte sie hinzu. Als ob dies eine Rechtfertigung wäre. „Er sagte, dass er spät zurückkehren würde, weil ..."

„Wir haben seine Familie benachrichtigt. Sie werden kommen müssen, um die Leiche zu identifizieren."

Welches Spiel spielten sie? *Sie* war Nouris Familie. Aber sie sagte nichts. Zumindest hatte man sie nicht bei ihrer Lüge ertappt.

Der Mann, der mit ihr gesprochen hatte, stieß plötzlich die Tür ganz auf und stürmte ins Innere.

Ein Gefühl der Panik durchfuhr Anna. „Was soll... wohin gehen Sie?"

Er und ein weiterer Gardist drängten sich an ihr vorbei und gingen in die Küche. Sie war im Begriff, ihnen zu folgen, aber der dritte Mann richtete sein Maschinengewehr auf sie. „Halt!", bellte er. „Nicht bewegen!"

Abrupt hielt sie inne.

Aus der Küche drang ein Murmeln an ihr Ohr. Dann ein Triumphschrei.

Der erste Mann kehrte, ein Steakmesser in der Hand hin- und herschwenkend, aus der Küche zurück. Sie und Nouri aßen nicht viel rotes Fleisch, mit Ausnahme von Lammfleisch als Kebab und manchmal Fleischbällchen, aber den Messerblock hatte sie aus den Vereinigten Staaten mitgebracht, als sie hierher zog. Er erinnerte sie an ihre Heimat.

„Hier sind nur fünf Messer", sagte er. „Wo ist das sechste?"

Sie erstarrte. „Ich weiß nicht, wovon Sie sprechen."

Er nickte, und der Mann mit dem Maschinengewehr schob sie in die Küche.

„Sechs Schlitze, fünf Messer. Sie verstehen?"

Er hatte Recht. Sie drehte sich ihm zu. „Das fehlt schon eine ganze Weile. Ich weiß nicht, wo es ist." Sie biss sich auf die Lippen. Eine schwache Erklärung. Das würden sie auch finden.

Er setzte ein siegessicheres Lächeln auf, als ob er wüsste, dass er gewonnen hatte. „Tja, aber *wir* wissen es. Wir haben es. Es ist die Tatwaffe. Sie haben ihren Mann umgebracht. Ihn getötet, damit Sie den Iran verlassen und nach Amerika zurückkehren können. Aber jetzt werden Sie das nie mehr tun können. Sie werden im Iran sterben, genau wie Ihr Mann."

ZWEI

Januar 1977

Der staubige Geruch der Bücher, alt wie neu, übte eine beruhigende Wirkung aus. Anna schlenderte durch die engen Gänge des Ladens und überlegte, wie viele Stunden sie wohl als kleines Mädchen in der Bibliothek verbracht hatte. Anna war nie beliebt gewesen; ihre Schulkameraden hielten sich stets ein wenig von ihr fern. Einen Großteil ihrer Zeit verbrachte sie daher allein. Aber ihr Kindermädchen – oder ‚Nanny‘, wie man sie hier nannte – erlaubte ihr, nach der Schule mit dem Fahrrad zur Bibliothek zu fahren, und schnell wurde daraus so etwas wie ein Zufluchtsort für sie; in den endlosen Regalen verging die Zeit wie im Flug. Der Bibliothekar empfahl ihr für Kinder geeignete Romane, die sie verschlang wie ein hungriges Raubtier seine Beute, manchmal zwei oder drei innerhalb nur weniger Tage. Es dauerte nicht lange, bis sie sich an Werke wie ‚Vom Winde verweht‘ oder ‚Eine Geschichte aus zwei

Städten' heranwagte, woraufhin der Bibliothekar sie ab dann an die Erwachsenenabteilung verwies.

Die Lyrikabteilung am hintersten Ende der Bibliothek rundete das geballte Wissen, das hier in den Regalen lagerte, ab und vermittelte ihr ein Gefühl der Zuversicht. Sie streifte ihre Jacke ab und zog den Lektüreplan für Literatur des Mittleren Ostens hervor. Sie studierte Anglistik als Hauptfach an der Universität von Chicago. Ihr Vater, ein Wissenschaftler, war nicht gerade begeistert über ihre Studienwahl gewesen.

„Was kann man schon mit einem Abschluss in Englisch anstellen?", schnaubte er verächtlich, als sie es ihm erzählte. „Lehrerin? Hast du wirklich die Geduld, verzogenen amerikanischen Teenagern, die nichts anderes im Kopf haben als einen Joint oder das nächste Rockkonzert, etwas beibringen zu wollen?"

Sie ließ sich nicht auf die Diskussion ein. Sie hatte auch gar keine gute Antwort parat, es sei denn, sie könnte ihrem Vater verdeutlichen, dass ein fundiertes Literaturwissen, insbesondere solches über andere Kulturkreise, ihr – wie sie hoffte – ein gutes Fundament für das sein würde, was sie irgendwann einmal anstreben würde. Manchmal war das Anthropologie, wobei sie sich dann in ihren Gedanken ausmalte, wie sie eine Aufsehen erregende Studie über irgendwelche unbekannte amerikanische Ureinwohner veröffentlichte. Manchmal hingegen war es das Rechtswesen, in dem sie sich gern als berühmte Strafverteidigerin sah. Wieder ein anderes Mal war es der Film. Sie würde eine berühmte Regisseurin sein, das amerikanische Pendant zu Lina Wertmüller, deren ‚Hingerissen von einem ungewöhnlichen Schicksal im azurblauen Meer im August' Anna dreimal gesehen hatte und bei dem sie jedes Mal aufs Neue fasziniert war von der sexuellen Anziehungskraft, die Giancarlo Giannini auf sie ausübte.

Sie überflog die Bücher, die auf dem Lektüreplan aufgeführt waren. Die ersten Bücher, die sie benötigte, waren *The Selected Poems of Rumi, Ghazals from Hafiz* und *The Poetry and Philosophy of Omar Khayyam*. Sie pflückte das Buch Rumis aus dem mit farbenfrohen Bänden bestückten Regal heraus und blätterte es durch. Die Einleitung vermittelte Informationen über den Werdegang Rumis als Derwisch und Mystiker, über seine erotische Energie und inwiefern die Lektüre seiner Lyrik einem Liebesspiel vergleichbar ist. Sie konnte ein Lächeln nicht unterdrücken. Dieses Buch würde ihr sicherlich Freude bereiten.

„Ich bestaune das Porzellan deines Gesichts, und mein Herz erwärmt sich... " Eine männliche Stimme unterbrach sie in ihren Gedanken.

Sie drehte sich um. Ein junger Mann betrachtete sie. Er war groß – größer als sie – und schlank. Glattes, schwarzes Haar, das sich erst unter seinen Ohren leicht kräuselte. Ein flaches Kinn und eine adlerförmig gebogene Nase fügten sich in das harmonische Gesamtbild seines Gesichts ein, und seine Haut war genauso blass wie ihre. Aber vor allem waren es seine Augen, die ihr den Atem raubten. Ihr warmes, tiefes Braun harmonierte prächtig mit den leuchtenden, bernsteinfarbenen Akzenten darin und den dichten, schwarzen Augenbrauen, die sie umgaben.

„Deine sanfte Art lehrt mich, mich in deine Umarmung treiben zu lassen..."

Eine angenehme Wärme lief durch ihren Körper.

Er lächelte, so als spüre er die Wirkung, die er bei ihr erzielte. „Aus *Rumis Diwan*, die gesammelten Werke Rumis aus den mittleren Jahren."

Ihr entging nicht, dass der bauschige blaue Pullover unter der Jacke seine Schultern betonte, genauso wie es die enganliegende Jeans mit seinem Gesäß tat.

„In keinen anderen Dichter kann man sich mehr verlieben."

Mit einer schnörkeligen Handbewegung verneigte er sich. „Ich heiße Nouri." Lächelnd richtete er sich wieder auf. „Und Sie?"

Sie klemmte das Buch unter ihre Achsel und streckte ihm die Hand entgegen. „Anna."

Er nahm ihre Hand und hielt sie eine Spur zu lange fest. Seine

Haut war weich. Nicht einmal die Andeutung von Schmutz unter seinen Fingernägeln. „Anna ist ein wunderschöner Name."

Ihre Wangen wurden heiß. Sie wusste, dass er versuchte, sie anzubaggern, und sie wusste, dass sie besser vorsichtig sein sollte. Aber sie dachte auch an Michael Corleone und wie er in ‚Der Pate' wie vom Donner gerührt war, als er seiner späteren sizilianischen Ehefrau zum ersten Mal begegnet war. Hatte sich das so angefühlt?

Sie beobachtete, wie er sie musterte. Sie selbst sah ihr Aussehen als durchschnittlich an, aber er schien großen Gefallen an ihren langen, blonden Haaren, mit denen sie mit einer Kopfbewegung ihr Gesicht verhüllen konnte, ihren offenen, grünen Augen, dem scharfen Kinn und ihrer athletischen Figur zu finden. „Darf ich Ihren Lektüreplan sehen?"

Sie händigte ihn ihm aus, wohl wissend, dass sie, abgesehen vom Austausch ihrer Namen, noch nicht ein einziges Wort miteinander gewechselt hatten.

Er studierte den Plan. „Rumi, Hafiz, Khayyam, Ferdowsi." Er nickte. „Ja, das sind allesamt Meister ihres Faches. Ist Ihr Professor Perser?"

„Ich... ich bin mir nicht sicher."Am liebsten hätte sie das Gesicht verzogen. Ihre ersten Worte hätten durchaus etwas souveräner, selbstsicherer sein können.

Er schien es nicht zu bemerken. „Ich stamme aus dem Iran."

„Sind Sie ein Dichter?", fragte sie schüchtern.

Er lachte. „Ich studiere Ingenieurwissenschaften. An der UIC."

Der Campus der University of Illinois in Chicago befand sich einige Kilometer weiter nördlich des Hyde Parks. „Was machen Sie hier unten?"

Er deutete auf die Regale. „Dies ist die einzige Bibliothek mit einer guten Sammlung persischer Literatur."

Ein Ingenieur mit Liebe zur Literatur. Sie konnte ein Lächeln nicht unterdrücken. Aber es war nichts verglichen mit seinem strahlenden Lächeln.

„Trinken wir eine Tasse Tee?"

Sie dachte nach. Es war ein trister Wintertag, dessen Licht langsam der Dunkelheit wich. Die eisige Kälte kündigte Schnee an. Eigentlich konnte sie sich jetzt gar nichts Schöneres vorstellen.

———

„Nouri Samedi", sagte Anna eine halbe Stunde später und rührte in ihrer Teetasse. Sie saßen in der Mensa des Universitätsgebäudes, einem unscheinbaren Ziegelsteinbau, der mit Linoleumboden und Kunststoffmöbeln ausgestattet war.

Er wirkte erfreut darüber, wie sie seinen Namen ausgesprochen hatte, und nahm seine Tasse hoch. „Anna Schroder", sagte er. „Samedi und Schroder. Unsere Namen haben ihren eigenen Rhythmus. Das ist ein Zeichen."

Sie war hocherfreut. Noch nie hatte sie einen jungen Mann wie Nouri kennen gelernt. Amerikanische Jungs waren entweder aufgeblasene Machos oder oberflächliche Typen, die nichts anderes als Kneipen und Diskos im Kopf hatten. „Sind alle Iraner so romantisch?"

„Wenn Sie Perser sind."

„Natürlich, entschuldigen Sie."

Er machte eine abschätzige Handbewegung. „Romantisch, poetisch und fatalistisch."

„Fatalistisch?"

„Wir Perser haben eine tragische Ansicht vom Leben. Eine Rose verblüht. Der Schmetterling tanzt sich geradewegs ins Verderben. Wir lieben es zu trauern. Wir schwelgen in Elend und Märtyrertum."

„Warum ist das so?"

„Es begann mit Husayn ibn Ali, dem Enkel Mohammeds. Er ist für schiitische Muslime genauso wichtig wie Moses für die Juden. Aber er wurde enthauptet. Sie werden in Ihren Vorlesungen mehr über ihn erfahren."

Sie klopfte mit dem Löffel an ihre Tasse. Sie zögerte, bevor sie ihre Frage stellte. „Sind Sie ein...religiöser Eiferer?"

Er schüttelte den Kopf. „Ich bin für mich selbst Moslem. Ich lehne jegliche Orthodoxie ab, ganz egal von welcher Seite. "

Ein Seufzer der Erleichterung entfuhr ihr. Sie war zwar Christin, aber dennoch nicht gläubig.

„Der Fatalismus... ", fuhr er fort. „Er ist auch dem Umstand zu verdanken, dass Persien so oft erobert wurde. Es ist schon eine Ironie des Schicksals: die persische Kultur hat überlebt, weil die Eroberer sich unserer Kultur angepasst haben und nicht anders herum. Und doch machen wir uns immer Sorgen."

„Selbsterfüllende Prophezeiung?", warf Anna ein.

„Bitte?"

„Was wir erwarten oder befürchten, neigt dazu, wahr zu werden", erklärte sie.

„Stimmt genau."

„Aber der Iran ist doch heute sehr modern, oder?"

„Oh ja. Dafür hat der Schah gesorgt." Ein Schatten huschte über sein Gesicht.

Anna war es nicht entgangen. „Oder etwa nicht?"

„Der Schah hat sehr schnell modernisiert. Einige sagen, zu schnell. Aber er unterdrückt das Volk. Andersdenkende findet die SAVAK. Viele Menschen sind nie wieder aufgetaucht. In gewisser Weise regiert der Terror." Er presste seine Lippen aufeinander. „Und die USA helfen nicht. Sie unterstützen weiterhin einen Diktator."

Sie hielt eine Weile inne. „Ich bin amerikanische Staatsbürgerin. Ich wurde hier geboren. Aber das bedeutet nicht zwangsläufig, dass ich immer mit meiner Regierung zufrieden bin." Sie erzählte ihm von ihrem früheren Engagement in der Friedensbewegung. Wie sie mit zwanzig Mitschülern, allesamt voller Arroganz und Selbstgerechtigkeit, das Büro des Schuldirektors besetzt hatte. So lange war das noch nicht her.

Der Schatten in seinem Gesicht verschwand, und der Bernstein in seinen Augen leuchtete auf. „Ich bin froh, dass Sie so denken. Wissen Sie, als Ingenieur mit einem Diplom kann ich dazu beitragen, die Demokratie im Iran wieder aufzubauen. Eine Infrastruktur errichten – Elektrizität, fließendes Wasser, Brücken und Straßen – das wird die Lebensqualität im Iran erhöhen und den Menschen ein Gemeinschafts- und Gerechtigkeitsgefühl vermitteln. Wie Mossaddegh."

„Mossaddegh?"

„Er war der Premierminister der einzigen demokratisch gewählten Regierung des Iran. Er verstaatlichte die Ölfirmen, damit die Gewinne wieder zurück ins Land flossen und nicht nur den wenigen Privilegierten zukamen. Aber Ihrer CIA und den Briten gefiel das nicht. Sie warfen ihm vor, Kommunist zu sein. Sie inszenierten einen Umsturz und setzten den Schah wieder ein." Er atmete tief aus. „Tja. Die Flamme der Demokratie war erloschen."

Selbst wenn er Kritik übte, war er poetisch. Dennoch regte sich Widerspruch in ihr. „Es ist nicht *meine* CIA." Sie erzählte ihm von ihrer intellektuellen Reise von Hegel zu Marx, dann zu Marcuse. Wie sie ganz versessen darauf gewesen war, nach Chicago zu gehen, unter anderem auch wegen Saul Alinsky. Allerdings war ihr Aktivistendasein in den letzten Jahren etwas verkümmert, stattdessen konzentrierte sie sich lieber auf Beobachtungen und Analysen. An guten Tagen bezeichnete sie sich selbst gern als Chronistin. Was sie nicht erwähnte war, dass sie an schlechten Tagen nichts als eine leere Steintafel vorweisen konnte.

Nouri nahm den Gesprächsfaden wieder auf. Seine Augen blickten sie jetzt so intensiv an, dass es ihr fast vorkam, als seien sie von kleinen Kerzen in ihrem Inneren erleuchtet. Seine Stimme wurde zu einem verschwörerischen Flüstern: „Auch ich habe Marx gelesen. Der Schah hat später seine Bücher auf den Index gesetzt, wissen Sie das?"

Anna lehnte sich ein Stück nach vorne. „Warum Ingenieurwissenschaft, Nouri, sagen Sie es mir. Sie sind so klug. Und sprachgewandt. Warum nicht Politikwissenschaft. Oder Pädagogik?"

Er schnaubte. „Meine Eltern erwarten von mir, dass ich ein *Mohandes* werde."

„Mohandes?"

„Das ist der respektvolle Name für einen Ingenieur. So wie ein Doktortitel. Sie bestehen darauf. Und ich kann gut mit Zahlen umgehen. Ich mag es, Dinge anzupacken."

„Was macht Ihre Familie?" Sie nahm an, dass sie recht wohlhabend sein müsste, wenn sie ihrem Sohn ein Studium im Ausland ermöglichen konnte.

Sein Gesichtsausdruck nahm einen verlegenen Zug an. „Mein Vater ist leitender Angestellter der staatlichen iranischen Ölfirma."

Aus irgendeinem Grund war sie nicht überrascht. „Er unterstützt also den Schah."

„Sie kennen sich persönlich." Er wurde rot und räusperte sich. „Was ist mit Ihren Eltern?"

Sie wählte ihre Worte vorsichtig. „Meine Eltern sind...Europäer. Aber sie haben sich in den USA kennen gelernt. Ich verbringe die Sommerferien im Ausland. Meine Mutter lebt in Paris. Sie hält sich für eine Künstlerin. Sie sind geschieden."

„Und Ihr Vater?"

„Er ist... " Sie hielt inne. „... Wissenschaftler."

„Ah." Sein Lächeln drückte Wärme und Verlangen gleichermaßen aus. Anna empfand es als eine aufregende Mischung.

Sie nahm den letzten Schluck aus der Tasse. „Sagen Sie mir, wie kam Persien zu dem Namen Iran?"

„Er leitet sich von dem Wort ‚Arier' ab."

Erstaunt sah sie ihn an.

„Ursprünglich stammt das Wort aus dem Sanskrit und bedeutet ‚ehrenwert' oder manchmal auch ‚gastfreundlich'. Wörtlich übersetzt bedeutet Iran ‚Land der Arier'. Aber Ihre Eltern stammen aus Europa. Sicherlich wussten Sie das bereits."

Verlegen blickte sie auf ihre Tasse.

DREI

Aufgeregt stand Anna einige Tage später am Herd und kochte Abendessen für Nouri. Sie hatte sich nie viel mit Kochen abgegeben und konnte nur wenige Gerichte zubereiten. Schließlich hatte sie ein Hähnchenrezept ausgewählt, das sie aus einer Zeitung ausgeschnitten hatte und das unter anderem Semmelbrösel, Käse und Sahne erforderte. Nachdem sie die Pfanne in den Ofen geschoben hatte, fuhr sie sich nervös durch die Haare. Und wenn er nun Vegetarier war? Sie hätte ihn vorher fragen sollen.

Sie deckte den Kaffeetisch mit den Tellern und sonstigem Zubehör, die sie im Laufe der Zeit gesammelt hatte und das so gar nicht zueinander passte. Sie lebte im dritten Stock einer Siedlung in Hyde Park. Die Wohnung hatte nur ein Schlafzimmer, dafür aber einen langgezogenen Flur und Hartholzparkett. Die Küche mündete an der rückwärtig gelegenen Terrasse, von wo aus Stufen hinunter in den Garten führten.

Die Klingel ertönte. Augenblicklich zog sich ihr Magen zusammen. Sie drückte auf den Türöffner und hörte, wie die Eingangstür dadurch automatisch aufging. Stiefel stapften die Treppe hoch. Sie öffnete die Wohnungstür. Es herrschte leichter Schneefall; Flocken davon befanden sich auf seinem Haar und seiner Jacke. Einen Augenblick lang verspürte sie den Drang, sie abzustreifen, konnte sich dann aber doch beherrschen. Etwas unbeholfen begrüßten sie sich. Seine Wangen waren rot, und seine Augen strahlten. Sie sog den Duft von nasser Wolle ein. Er beugte sich vornüber, um seine Stiefel auszuziehen und stellte sie neben die Tür. Sie nahm seine Jacke und legte sie über die Badewanne. Als sie zurückkehrte, überreichte er ihr eine Flasche Wein. Es war Rotwein, kein Weißwein, aber sie gab vor, sich zu freuen. Sie beförderte zwei Gläser aus dem Schrank und schenkte ein.

„Zum Wohl, Anna!" Er ergriff sein Glas und hielt es hoch. „Vielen Dank für die Einladung zum Abendessen."

Sie nippte an ihrem Wein.

Er atmete das Aroma ein. „Er riecht wundervoll."

„Ich hoffe...ich hätte vorher... essen Sie Hähnchen?"

Er lachte. „Natürlich."

Langsam beruhigte sich ihr Puls.

Er sah sich um. Ihr Vater bezahlte zwar die Miete, aber Anna war dennoch sparsam und hatte sich ihre Möbel aus Second-Hand-Läden und von Flohmärkten zusammengekauft. Eine grüne Couch aus Kammgarngewebe – abgenutzt, aber immer noch brauchbar – teilte sich den Wohnraum mit einem schwarzen Fernsehsessel, zwei Korbstühlen mit senkrecht stehenden Lehnen und einem Kaffeetisch, der aus einer riesigen Spule eines Telefonunternehmens gefertigt war. Ihre Bücher, Schallplatten und die Stereoanlage standen in Regalen, die von Ziegelsteinen getragen wurden. Zwei kleine Dhurris bedeckten den Boden.

„Ihre Wohnung ist so ... nun ... meine Wohnung ist eine Bruchbude verglichen mit dieser. Ich habe nur ein Zimmer im Studentenwohnheim."

Innerlich befriedigt deutete Anna auf die Couch. „Machen Sie es sich bequem. Das Abendessen ist gleich fertig."

Aber anstatt sich hinzusetzen, wanderte er zur Stereoanlage. Gespannt sah sie ihm zu. Sie hatte zwanzig Minuten damit zugebracht zu entscheiden, ob und welche Musik sie angestellt haben sollte, wenn er eintraf. Sie wollte nicht den Eindruck erwecken, als wolle sie eine Stimmungslage inszenieren, aber sie kannte ja auch seinen Geschmack gar nicht: Rock, Klassik, Jazz? Zu groß war die Auswahl, als dass sie sich hätte entscheiden können, und so hatte sie letztlich gar keine Musik aufgelegt.

Er inspizierte ihre mickrige Sammlung aus Schallplatten und Kassetten. Es war größtenteils klassische Musik, mit Ausnahme von zwei Moody-Blues-Alben und einem von Dolly Parton, das sie einmal spontan gekauft hatte. Er legte seinen Kopf auf die Seite. „Ich hätte nicht gedacht, dass Sie ein Fan von Dolly Parton sind."

Sie fühlte, wie ihr das Blut in den Kopf schoss, und sie wusste nicht, was sie sagen sollte.

Er legte eine Kassette mit klassischer Musik auf. Beethovens Neunte, in einer Aufführung des Philadelphia Orchestra unter der Leitung von Eugene Ormandy. Sie hätte jetzt etwas Leichteres bevorzugt, sagte aber nichts und verschwand in der Küche.

Er folgte ihr. „Ich habe heute einen Brief von einem Freund erhalten."

„Aus Teheran?"

Nouri nickte. „Von Hassan. Wir sind zusammen zur Schule gegangen und waren im gleichen Fußballteam. Er ist der beste Verteidiger, den ich je gesehen habe."

Sie lächelte. Sie mochte es, wenn er aus seinem Leben erzählte. Solch alltägliche Dinge wie Briefe und Fußball.

Nouri fuhr fort. „Er sagt, dass sich die Lage zuspitzt. Die Leute klagen den Schah öffentlich der Unterdrückung an. Sie schreiben Briefe, verfassen Resolutionen. Sie fordern eine Verfassungsreform."

„Wirklich?"

„Ja. Und dann ist da dieser Geistliche – sein Name ist Khomeini. Er lebt im Irak im Exil, aber er fordert die Absetzung des Schahs. So langsam wächst seine Anhängerschaft."

„Ist er religiös?"

Wieder nickte Nouri.

„Religion und Revolution passen nicht immer gut zusammen", sagte sie.

„Dieses Mal ist das anders. Alle halten zusammen. Hassan sagt, so viel Einigkeit unter der Bevölkerung hat er noch nie erlebt. Er gehört zu einer Gruppe von Studenten, die Demonstrationen planen. Ich wünschte, ich wäre dort."

„Ist das nicht gefährlich, wegen der SAVAK?"

Nouris Antwort kam schnell. „Manchmal gibt es eben keine Alternative. Wie dem auch sei, Hassan sagt, die Demonstrationen werden friedlich verlaufen."

„Trotzdem... "

Er sah sie forschend an. „Sie machen sich zu viele Gedanken, Anna."

„Ich würde wohl eine gute Perserin abgeben, nicht wahr?"

Er lachte, im sonoren Tonfall irgendwo zwischen einer Viola und einer Posaune. Sie liebte diese Klangfarbe. „Stimmt", sagte er, „das würden Sie."

Sie trug das Essen auf. Er musste sehr hungrig gewesen sein, denn er aß zwei Portionen Hähnchen, Reis und Salat. Als er aufgegessen hatte, lobte er sie überschwänglich, und ihr wurde warm ums Herz.

Gemeinsam erledigten sie den Abwasch und platzierten die Teller einfach in dem Abtropfgestell. Anschließend machten sie es sich auf der Couch bequem, Nouri an dem einen, Anna am anderen Ende. Ihre Beine legten sie in die Mitte der Couch, wo sie sich gegenseitig überkreuzten. Nouri gab einen Seufzer der Zufriedenheit von sich. Sie tranken ihren Wein, und selbst das matte Licht der Wohnzimmerlampe erschien ihnen zu hell. Der letzte Ton Beethovens Neunter war längst verklungen, aber Anna fühlte sich zu träge, um etwas Neues aufzulegen.

Nouri verschränkte seine Hände hinter dem Kopf und beobachtete Anna.

Sie lächelte zaghaft, und wie sie so schweigend dasaßen, war ihr etwas unbehaglich zumute. „Was?"

Er setzte sich auf, sah sich um und entdeckte das Rumi-Buch im Regal. Er stand auf und ergriff es.

„Noch ein wenig Lyrik?" War dies die iranische Art, ein Mädchen zu verführen, fragte sie sich.

„Nur einige Zeilen. Sie sind berühmt. Ich bin sicher, dass ich sie hier finde." Er blätterte im Buch herum. „Ah, hier." Er lächelte und räusperte sich. *„In der Minute, in der ich meine erste Liebesgeschichte hörte, begann ich, nach Dir Ausschau zu halten, nicht wissend, wie blind das war.*

Es ist nicht so, dass Liebende sich endlich irgendwo begegnen. Sie sind immer schon einer im anderen." Sie ließ ihre Zehen kreisen. Ein Lächeln huschte in ihre Mundwinkel. Wenn es tatsächlich eine Verführungstechnik war, dann funktionierte sie ausgezeichnet. Er legte das Buch beiseite und näherte sich ihrem Ende der Couch. Als er sich niederkniete, berührte er mit den Fingerspitzen die zarte Linie ihrer Wangenpartie. Ein wohliges Prickeln durchlief ihren Körper. Er küsste sie, ganz sanft zunächst, dann immer fordernder. Sie fühlte eine angenehme Wärme in sich aufsteigen. Gleichzeitig bemächtigte sich langsam, aber unaufhörlich eine deutliche Anspannung ihrer Muskeln. Sie öffnete ihren Mund, ihre Arme, ihr Innerstes. Gemeinsam gingen sie hinüber ins Schlafzimmer.

Hinterher sagte sie: „Niemand hat mir je Lyrik vorgelesen."

„Halte dich einfach an mich! Dann wirst du deinen Kurs mit links schaffen."

———

In der Tat bestand Anna ihren Kurs hervorragend, obwohl sie keine Ahnung hatte, wie. Sie verbrachten das Semester weit häufiger im Bett als im Seminarraum. Große Stapel von Pullovern, Jeans und Schuhen sammelten sich auf dem Boden ihrer Wohnung. Sie und Nouri waren süchtig nach einander, versessen auf den Körper des anderen. Manche Tage verbrachten sie von morgens bis nachts mit Sex. Nach einer Woche fehlte ihr etwas, wenn sie nicht das Gewicht seines Körpers auf sich oder seinen Atem in ihrem Ohr spürte. Selbst sein Geruch, ein süßer, moschusartiger, schweißiger Duft war so verführerisch, ja fast schon betäubend.

Auch wenn sie ausgingen, etwa um Lebensmittel einzukaufen – obwohl Anna niemals hungrig war – konnten sie ihre Hände nicht voreinander lassen. Nach einer Weile versuchten sie es auch gar nicht mehr. Als der Winter langsam dem Frühling wich, hatten sie es auf den Felsen des Lake Michigan, bei den Lagunen im Jackson Park und einmal sogar an der Landstraße hinter einigen Bäumen getan.

Anna war überrascht, welch verwegene, lüsterne Person aus ihr geworden war. Nicht dass sie noch Jungfrau gewesen wäre. Sie hatte ein oder zwei Liebhaber gehabt, aber dies hier war eine ganz neue Erfahrung. Nouri wurde so sehr ein Teil von ihr wie ein Arm oder ein Bein. Bis ins Mark fühlte sie sich mit ihm verwoben. Sie war so eng mit ihm verbunden, dass ein einziges Augenzwinkern oder das Heben der Augenbraue augenblicklich Leidenschaft oder Angst, je nach Stimmungslage, in ihr entfachte. Irgendwann wurde ihr klar, dass sie endlich Rumis Dichtkunst verstanden hatte.

Nouri hatte für Ende Mai sein Zimmer gekündigt und zog bei ihr ein. An dem Abend, als er seine Sachen herüberbrachte, bereiteten sie feierlich eine mit Hasch gefüllte Wasserpfeife zu. Später rissen sie sich die Kleider vom Leib und versanken in einem wilden Liebesspiel. Beide spürten sie, dass die bevorstehende Zeit schicksalhaft sein würde. Nouri ging für den Sommer zurück nach Teheran, Anna nach Paris. Sie beschlossen, ihre Ferien so kurz wie möglich zu halten und sich Anfang August in Chicago wiederzusehen. Sie würden nur acht Wochen lang getrennt sein, und doch wusste Anna nicht, wie sie diese Zeit überleben sollte.

VIER

In diesem Sommer empfand Anna den Besuch bei ihrer Mutter in Paris als Tortur. Ihre Mutter lebte auf der linken Seite der Seine, abseits des Boulevards Saint-Germain in der Nähe der Sorbonne. Anna vertrieb sich die Zeit damit, sich in der Nachbarschaft umzusehen, in der Gegend hinter der Notre Dame; sie betrachtete die Cafés, die winzigen Bauernmärkte, die mittwochs und samstags wie von Zauberhand plötzlich wie aus dem Nichts entstanden. Oft kam sie am Jardin du Luxembourg vorbei, wo sie trotz des Überflusses an Blumen und Blüten ein Gefühl der Tristesse und Trostlosigkeit beschlich. Sie war eifersüchtig auf jedes Pärchen, das eng umschlungen und verschworen kichernd und lachend an ihr vorbeikam.

Sie telefonierte zwei Mal pro Woche mit Nouri; es waren hektische Gespräche, in denen sie sich gegenseitig ihrer unsterblichen Liebe zueinander versicherten, aber sobald sie den Hörer aufgelegt hatte, wurde sie wieder von Zweifeln geplagt. Er war ein einziger Sohn, und obwohl er eine Schwester hatte, war er der Erbe des Familiennamens. Zweifellos wurde er wie ein Prinz behandelt. Der tapfere Held, der von der Front heimkehrt. Er würde diese Zeit vermutlich ungemein genießen. Obwohl er ihr versicherte, dass er sie noch mehr vermisse als sie ihn, und von intimen Stellen ihres Körpers sprach, die nur er kannte, konnte Anna doch nicht umhin, sich immer wieder zu fragen, ob er iranische Mädchen auf die gleiche Weise ansehen würde, wie er sie einst angesehen hatte. Iranische Mädchen waren so braungebrannt, stolz und schön. Da könnte sie mit ihren blonden Haaren sicherlich kaum mithalten.

Einmal nach einem solchen Telefonat traf sie sich mit ihrer Mutter in einem kleinen Café in der Rue des Écoles. Julianne Schroder hatte sich von Annas Vater scheiden lassen, als Anna fünf Jahre alt gewesen war, und war daraufhin wieder in ihr Heimatland Frankreich zurückgekehrt. Obwohl Anna jeden Sommer, und manchmal auch über Weihnachten nach Paris flog, war ihre Mutter für sie doch mehr wie eine Tante oder Cousine. Sie war Malerin und verbrachte den größten Teil des Tages in einem hellen, sonnendurchfluteten Atelier. Ihre Mutter erlaubte Anna, die Zeit mit ihr im Atelier zu verbringen, aber sie horchte sie nie aus. Stets hielt sie Distanz. Wenn Anna in einem Gespräch einmal etwas Persönliches über sich verriet, bestand die einzige Gefühlsregung ihrer Mutter meistens darin, zu nicken oder die Lippen aufeinander zu pressen. Ihre Mutter, so nahm Anna an, war der Meinung, dass sie in dem Augenblick, in dem sie ihre Tochter vor vielen Jahren verlassen hatte, auch das Recht verwirkt hatte, Einfluss auf sie auszuüben. Sie wollte einfach nicht glauben, dass es ihre Mutter schlichtweg nicht interessierte.

Sie glitt durch die Tür in das Café hinein. Eine Mischung aus Kaffeeduft und Zigarettenrauch erfüllte den Raum. Es war früher Nachmittag, aber das Café war überfüllt, fast schon dicht drängten sich die Menschen aneinander, zumindest für ihre amerikanische Empfindung. Allerdings hatten Amerikaner auch einen übertriebenen Bedarf an Raum, wie ihre Mutter immer wieder betonte. Hier in Frankreich rückte man sich gegenseitig enger auf die Pelle, und niemand schien sich offenbar an diesem Eingriff in die persönliche Raumfreiheit zu stören.

Ihre Mutter saß bereits an einem der Tische, eine Gauloise locker zwischen ihren Lippen. Anna hatte sie schon häufig vor dem Nikotingenuss gewarnt, aber ihre Mutter stieß dann nur jedes Mal dieses geringschätzige ‚pee-ue' heraus, das die Franzosen so meisterhaft beherrschen. Anna war ein Abbild ihrer Mutter, wenngleich sie nicht ganz an deren Schönheit heranreichte, die unter anderem ihre wundervollen, blauen Augen und ihr festes, blondes, zu einem Knoten zusammengebundenes Haar ausmachten. Ihr Körper war immer noch schlank wie der eines Teenagers, und selbst wenn sie sich nur einen Schal über einen schwarzen Pullover warf und dazu Jeans trug, sah sie aus, als hätte sie soeben das Studio eines berühmten Modeschöpfers verlassen. Neben ihr kam sich Anna plump und schwerfällig vor, amerikanisch eben.

Ihre Mutter winkte sie zu sich an den winzigen Tisch herüber. *„Bonjour, ma petite.* Gerard wird auch gleich kommen, ich bin mal davon ausgegangen, dass du nichts dagegen hast."

Anna setzte sich. Gerard war der neueste von der Liste der Liebhaber ihrer Mutter, allesamt ungepflegte Männer mit Bärten und diffusen intellektuellen Ansichten. Viele von ihnen waren Kommunisten, wie ihre Mutter zugab, aber einige waren auch Existenzialisten, die ein trostloses, enttäuschendes Dasein fristeten und gleichzeitig ständig auf der Suche nach Glück und Zufriedenheit waren.

„Ich dachte mir, wir könnten später noch ins Kino gehen", sagte ihre Mutter.

Anna nickte. Ihre Mutter hatte gewiss zahlreiche Schwächen, aber immerhin war sie es gewesen, die Annas Liebe zum Film geweckt hatte. Ihre Mutter nahm sie mit in Filme von Antonioni, Bergman, Chabrol, Truffaut – manchmal zwei Filme pro Tag. Anna kam es in den Sinn, dass es für ihre Mutter eine Möglichkeit war, Zeit miteinander zu verbringen, ohne wirklich kommunizieren zu müssen. Vielleicht auch deswegen hatte sich Anna in die auf Zelluloid gebannten und auf Leinwänden gezeigten Geschichten verliebt. Sie liebte legendäre Charaktere, die nur mit einem Fingerschnalzen oder dem Zusammenziehen der Augenbrauen ganze Bände sprechen konnten. Sie liebte es, in weniger als einer Sekunde aus einem Pariser Vorort nach New York oder von der Gegenwart in die Vergangenheit versetzt zu werden. Sie besuchten die Filme am frühen Abend, nach deren Ende ihre Mutter sie in der Regel heimbrachte, ihr gute Nacht sagte, um dann erneut auszugehen. Erst wenn der Morgen über den Dächern von Paris graute, kehrte sie zurück, mit wallendem, blondem Haar über den Schultern und dem Geruch nach Männern und Sex.

Einmal fragte Anna ihre Mutter, warum sie ihren Vater verlassen hatte. „Es war eine Vernunftehe", sagte ihre Mutter nach einer langen Pause. „Wir waren – sind – sehr unterschiedliche Menschen." Schnell fügte sie hinzu, dass Anna die einzige Erfüllung aus ihrer Ehe war. Aber wenn das wirklich wahr wäre, warum lebte ihre Mutter dann sechstausend Kilometer entfernt? Und warum, so fragte sich Anna mit einem Gefühl der Verbitterung, schien ihre Mutter so glücklich zu sein? Anna überlegte, ob sie wohl auch so aufgedreht und lebendig wie ihre Mutter wäre, wenn sie selbst auch in Paris lebte. Jetzt wusste sie, dass es Nouri war, der ihr die Energie und Lebensfreude gab. Ohne seinen Körper, seinen Geruch und seine Hände auf ihr war sie nur das trostlose Abbild einer Frau.

Ihre Mutter bestellte einen Croque Monsieur. „Was ist mir dir, Schatz? Was isst du?"

Nouris Abwesenheit nagte so sehr an ihr, dass ihr Magen rebellierte. „Nichts."

Ihre Mutter runzelte die Stirn. „Du hast kaum etwas gegessen, seitdem du hier bist."

Anna zuckte mit den Schultern. Ihre Mutter drückte ihre Zigarette im Aschenbecher aus und sah Anna mit einem wissenden Blick an. „Du bist verliebt."

Woher wusste sie das?

Als ob sie ihren Gedanken laut ausgesprochen hätte, sagte ihre Mutter: „Ich kenne die Anzeichen dafür." Sie winkte den Kellner heran. „Henri, eine Karaffe Wein für uns, zur Feier des Tages!" Dann wandte sie sich wieder Anna zu. „Erzähl mir von ihm!"

Anna lächelte und erzählte ihrer Mutter alles ausführlich. Sie hatte keine Bedenken dabei. Wenn sie von Nouri sprach, hatte sie das Gefühl, näher bei ihm zu sein.

Ihre Mutter lauschte gespannt, vielleicht zum ersten Mal überhaupt in Annas Leben. Als Anna zu Ende berichtet hatte, zündete ihre Mutter sich eine weitere Gauloise an und atmete langsam den Zigarettenrauch aus. „Ich kenne auch einige Iraner. Sie leben hier im Exil. Die meisten von ihnen sind Kommunisten."

Anna nickte. „Nouri sagt, dass die kommunistische Partei vom Schah verboten wurde."

Ihre Mutter strich die Asche ihrer Zigarette am Aschenbecher ab. „Es sind auch andere Iraner da. Muslimische Geistliche."

„Das wusste ich nicht."

Ihre Mutter zögerte. „Ist dein Nouri . . . religiös?"

„Oh nein", sagte Anna. „Er studiert Ingenieurwissenschaft. Er geht zurück in den Iran, wenn er sein Diplom hat."

Ihre Mutter legte den Kopf schief. „Und wirst du mit ihm gehen?"

Diese Frage hatte Anna sich auch schon gestellt. Sie wusste es nicht.

„Ich verstehe", sagte ihre Mutter. „Und, hast du ein Foto von deinem Liebsten?"

Anna kramte in ihrer Tasche und zog ein Foto von Nouri hervor, das sie eines Abends nach dem Sex aufgenommen hatte. Auf dem Bild war sein Haar ganz zerzaust, und in seinen Augen war das Verlangen nach mehr deutlich zu erkennen. Sie gab ihrer Mutter das Foto, die es eingehend studierte.

„Aha, jetzt verstehe ich." Sie blickte Anna an, als sähe sie sie zum ersten Mal. Als ob aus ihrer Tochter plötzlich eine Frau geworden wäre. Obwohl ihre Wangen glühten, fühlte Anna einen widernatürlichen Stolz in sich aufsteigen. Sie empfand plötzlich eine Verbundenheit zu ihrer Mutter, die sie noch nie gespürt hatte. Sie nahm das Foto zurück und setzte ein Lächeln auf.

Aber ihre Mutter erwiderte es nicht.

FÜNF

Nouri lag auf Annas Bett – auf ihrer beider Bett, wie er sich selbst insgeheim korrigierte. Ein kleiner Ventilator kämpfte darum, ihm wenigstens ein wenig die August-Hitze zu vertreiben. Anna war, wie er selbst, gerade aus dem Ausland zurückgekehrt und lag so ruhig neben ihm, dass er sich fragte, ob sie wohl eingeschlafen sei. Er drehte seinen Kopf und stellte fest, dass sie ihn ansah. Sie sah ihn immer an. So als befürchtete sie, er würde verschwinden, wenn sie wegblickte.

Er rollte sich ein Stück näher zu ihr und streichelte ihr Kinn. Sie war so blond und spindeldürr, so ganz anders als alles andere, das er kannte. Wie eine dieser gelbhaarigen Porzellanpuppen, die seine Eltern seiner Schwester immer aus Europa mitgebracht hatten. Aus dem besten Laden in ganz Genf.

Er küsste Annas Nase – sie war schmal und gerade, an ihrer Spitze leicht nach oben gebogen. Anna kuschelte sich in seine Armbeuge. Tief sog er ihren Duft ein. Seitdem sie wieder beisammen waren, musste er stets ihren Geruch an sich oder um sich haben. Manchmal wurde er ganz plötzlich von ihm überrascht, wenn er gar nicht daran dachte. Er drehte sich um, und ihr Dufthauch wurde an ihn herangetragen. Das liebte er. Ihre Namen, die so gut zueinander passten, wie er bei ihrem ersten Treffen halb im Scherz festgestellt hatte, das war nur die eine Sache. Auch sonst waren sie füreinander bestimmt, mit Körper, Geruch und Seele.

Anna rollte sich über ihn, und ihr langes Haar fiel über ihre Brüste. Seit ihrer Rückkehr war sie noch forscher in Sachen Sex geworden. Manchmal übernahm sie sogar die Initiative. Sie schenkte ihm den Anflug eines Lächelns, eine weitere Angewohnheit, die sie mitgebracht hatte. Halb auffordernd, halb geheimnisvoll, ihr Lächeln war tiefgründig, undurchsichtig und verhieß ungekannte Freuden. Es machte ihn wahnsinnig. Alles, was sie aus Paris mitgebracht hatte, gefiel ihm. Er ließ den Zauber, der von ihr ausging, auf sich wirken.

Hinterher hielten sie ein kurzes Nickerchen. Als sie wieder aufwachten, war die Dämmerung hereingebrochen, aber es war noch immer drückend heiß. Der August war immer ein schwieriger Monat in Chicago, manchmal bot selbst die untergehende Sonne keine Erleichterung. Aber mit Beschwerden, die man gelegentlich vernahm, stieß man bei Nouri auf taube Ohren. Wer noch nie einen Sommer in Teheran verbracht hat, wo die Luft die Kehlen der Menschen so unbarmherzig förmlich einschnürt, dass selbst das Atmen schwerfällt, der weiß nicht, was Hitze ist. Er ging ins Bad, um zu duschen. Anna folgte ihm. Er bewunderte ihren blassen Körper, der so geschmeidig und schlank war. Nicht ein einziges Gramm Fett war an ihm zu finden.

Anna bereitete ein Auberginengericht zum Abendessen zu, das sie mit Salat und Fladenbrot servierte. Obwohl sie versuchte, das aus Paris mitgebrachte Kochbuch mit Rezepten aus dem Mittleren Osten zu verbergen, entdeckte er es. Sie bemühte sich, das Essen zuzubereiten, das er kannte. Aber wenn er ihr dafür dankte, winkte sie nur ab und sagte, das sei sowieso gesünder. Er versuchte, ihr seine Anerkennung zu zeigen, allerdings kochte sie recht unregelmäßig, sodass er häufig hungrig blieb. Manchmal schlich er sich zu McDonald's, um einen Big Mac zu verzehren.

Während ihres gemeinsamen Essens war die Dunkelheit über sie hereingebrochen, und die Hitze war endlich gewichen. Sie beschlossen, zum Promontory Point zu gehen, einer Halbinsel, die in den Lake Michigan hineinragt. Er ließ seine Finger durch die Ihrigen gleiten. „Ich muss das Thema meiner Abschlussarbeit festlegen."

„Ach ja? Woran hast du gedacht?"

„Ich habe mich noch nicht entschieden. Aber ich kenne die Kriterien."

„Wie lauten sie?"

„Ich muss das zu lösende Problem beschreiben, analysieren, warum vorherige Lösungen für dieses Problem nicht zufriedenstellend sind, eine bessere Lösung vorschlagen und dann die Vor- und Nachteile mit denen der alten Lösung vergleichen." Er verscheuchte die Mücken. Sie mussten in die Nähe der Lagune gekommen sein.

„Das Bauingenieurwesen ist ein weites Feld, nicht wahr", sagte Anna. „Es gibt Statik, Bauwesen, Landschafts- und Städteplanung. Du hast eine große Auswahl."

Er legte seinen Arm um sie. Sie hatte sich mit seinem Studienfach auseinandergesetzt. Das war typisch für sie. Sie wollte unbedingt auch *seine* Welt verstehen. „Ich weiß. Ich muss den Vorschlag nächsten Monat abgeben. Ich habe zwanzig Minuten Zeit, das Thema den Fakultätsleitern zu präsentieren."

Fischgeruch durchdrang die Luft. Sie waren definitiv in der Nähe des Wassers.

„Du hast erwähnt, dass du deinem Land helfen willst, dazu beitragen willst, es zu modernisieren. Wie der Schah."

„Nicht wie der Schah. Er kauft Waffen, vergrößert die Armee, erlässt kulturelle Vorschriften, die die Leute nicht mögen, und nennt das Modernisierung. Das ist nicht das, was ich will."

„Schon gut." Einen Moment lang war sie still. Dann schlug sie vor: „Wie wäre es, wenn du deine Arbeit darüber schreibst, wie man Elektrizität oder fließendes Wasser in ein bestimmtes, abgelegenes Dorf bringt? Wenn du es richtig anpackst, kann aus der Theorie Praxis werden. Wenn... ", sie hielt erneut inne, „... du zurückkehrst."

Er dachte darüber nach. Natürlich!

„Du könntest einen Ort wählen, dessen Bodenbeschaffenheit du kennst. Oder die nächstgelegene Wasserversorgungsstelle", fügte sie hinzu.

Plötzlich kam ihm eine Idee. „Weißt du was? Meine Eltern haben ein Ferienhaus am Kaspischen Meer. Dort gibt es Dörfer in der Nähe. Einige liegen im Gebirge, aber andere..." Er machte eine Pause. „Das Kaspische Meer besteht aus Salzwasser, aber nur mit einem geringen Anteil Salz. Wenn ich eine Möglichkeit finden könnte, das Wasser zu entsalzen – das bräuchte nicht so rigoros zu sein wie die Methoden, die für den Ozean entwickelt werden – dann könnte eventuell das Wasser vom Meer in das Dorf gepumpt werden." In seinem Kopf fügten sich jetzt die Puzzleteile allmählich zu einem Bild zusammen. Seine Begeisterung wuchs. „Oh, Anna, was für eine wunderbare Idee!"

Auch wenn es dunkel war, wusste er, dass sie leicht schmunzelte. „Das ist perfekt! Du bist perfekt!" Er küsste sie im Nacken, dort wo – wie er wusste – eine ihrer Lieblingsstellen war. Er konnte sein Glück kaum fassen. Dieses Mädchen, dieses wundervolle amerikanische Mädchen, war nicht nur eine körperliche Ergänzung seiner selbst, sondern auch eine intellektuelle Bereicherung für ihn. In diesem Moment wusste er mit einer nie gekannten Sicherheit, dass Anna die Frau war, die er heiraten würde. Sie würden zurück in den Iran gehen. Sie würde unterrichten, und er würde ein berühmter Ingenieur sein. Sie würden ihrem Land dienen und ein perfektes Leben führen. Er würde den Respekt genießen, der ihm dafür entgegengebracht werden würde, dass er solch eine progressive, begehrenswerte Frau ausgewählt hatte. Und man würde ihn Mohandes nennen.

———

Das Herbstsemester begann an einem sonnigen Septembertag, und ihr Lebensrhythmus nahm an Fahrt zu. Für ihre drei Seminare musste Anna stundenlang lesen. Nebenbei erledigte sie auch noch die Einkäufe, das Kochen und die Wäsche. Nouri sah sie nur noch nachts. Sein Stundenplan war etwas flexibler – die Stunden, in denen er eigentlich das Thema seiner Arbeit recherchieren sollte, konnte er frei nutzen – nichtsdestotrotz war er sehr beschäftigt. Er hatte eine neue Leidenschaft entdeckt.

Den Sommer über hatten Nouri und Hassan in Teheran lange Diskussionen über den Schah und den Zustand des Landes geführt. Sie waren sich darin einig, dass die massive militärische Aufrüstung des Schahs zu wirtschaftlichen und sozialen Umwälzungen geführt hatte. Sie stimmten auch darin überein, dass die Korruption, die Inflation und die Kluft zwischen Arm und Reich möglicherweise verhängnisvoll waren. Obwohl der Schah versuchte, gewisse Defizite auszugleichen, kamen die unzulänglichen Maßnahmen letztlich doch nur den oberen Schichten zugute, die ihn unterstützten. Auch der neue Premierminister war machtlos. Die iranische Wirtschaft lag am Boden.

Hassan beklagte sich auch über die zunehmende Verwestlichung. „Im Iran leben mehr als sechzigtausend Ausländer", sagte er. „Und fünfundvierzigtausend davon sind Amerikaner. Wir sehen nur noch westliche Mode, westliche Musik, westliche Filme und westliches Fernsehen. Was ist aus unserer Kultur geworden?" Er gestand Nouri, dass er sich einer studentischen Vereinigung angeschlossen habe, die ähnliche Klagen führte.

Sie setzten ihre Diskussionen in ihren Briefen fort. In seinem letzten stellte Hassan fest, dass immer mehr Menschen ihre Stimme erhöben. Amnesty International hatte die Zahl der politischen Gefangenen im Iran angeprangert; selbst der amerikanische Präsident mahnte öffentlich die Einhaltung der Menschenrechte an. Die Opposition gewann an Zulauf. Hassan ermutigte Nouri, sich zu beteiligen.

„Du kannst einige Hebel in Bewegung setzen", schrieb er. „Wenn du die amerikanische Bevölkerung wachrütteln und von unserer Sache überzeugen kannst, werden ihre Führer über kurz oder lang ebenfalls mitziehen."

Nouri nahm Hassans Brief mit ins Schlafzimmer.

Anna schaute von ihrem Buch auf. „Was ist das?" War ihre Stimme schärfer als gewöhnlich, oder bildete er sich das nur ein?

Er setzte sich auf die Bettkante und fuhr sanft mit den Fingern durch ihr Haar.

Sie legte ihr Buch beiseite, und ihr Körper entspannte sich. Sie wirkte müde, aber dennoch war sie bereit für ihn. Er schwang seine Beine auf das Bett und legte sich hin.

„Ich habe einen weiteren Brief von Hassan erhalten."

„Ach ja?"

„Die Opposition gegen den Schah wächst. Die Menschen organisieren sich. Erheben ihre Stimme."

„Welche Opposition?"

Er stützte sich auf die Ellbogen. „Anwälte, Richter, Universitätsprofessoren, professionelle Gruppen wie die National Front, die IFM und ..."

„Die wer?"

„Die Iran Freedom Movement, die iranische Freiheitsbewegung. Anna, der revolutionäre Geist breitet sich aus. Die Menschen schreiben offene Briefe und fordern eine Erneuerung der Verfassung. Zum ersten Mal glaube ich, dass es eine echte Chance gibt, den Schah loszuwerden."

Sie ließ ihre Finger auf seinem Arm auf und ab gleiten und massierte zärtlich seine Haut.

„Du wärst gern dort, nicht wahr?"

Er nickte. „Ich habe das große Glück, hier ein privilegiertes Leben führen zu dürfen, während viele andere das nicht können. Aber Amerika könnte so viel tun, wenn die Leute nur verstehen würden, wie schlimm der Schah ist."

„Aber du bist hier, um zu studieren. Was ist mit deiner Abschlussarbeit?"

Nouri winkte ab. „Manchmal gibt es wichtigere Dinge als die Wissenschaft."

Anna zog ihre Augenbrauen hoch. „Deiner Familie geht es unter der Herrschaft des Schahs doch ausgesprochen gut. Dein Vater unterstützt ihn. Sie verkehren miteinander. Was werden sie dazu sagen?"

„Der Ölindustrie wird es immer gut gehen, ganz egal, wer an der Macht ist. Und die Unterstützung meines Vaters ist reiner Pragmatismus. Glaub mir, er war nicht glücklich, als der Schah den Profiteuren den Kampf angesagt und die Industriellen ins Exil geschickt hat. Du hättest ihn hören sollen."

„Aber du bist nur ein Student. Was kannst du schon ausrichten?"

„Wie kannst du nur so etwas sagen, Anna? Du weißt, wie mächtig eine Studentenbewegung sein kann."

„Das stimmt." Sie seufzte. „Wenn ich es allerdings im Nachhinein betrachte, glaube ich, dass wir nicht so mächtig waren wie wir glaubten, zu sein."

„Für uns trifft das nicht zu. Die Iranische Studentenvereinigung hat einen Ortsverband in Chicago. Ich werde an einer Sitzung teilnehmen."

Anna ließ von seinem Arm ab. Sie legte die Stirn ein wenig in Falten, so als wolle sie etwas sagen.

„Was, Anna?"

Sie zögerte und blickte dann wieder in ihr Buch. „Nichts." Sie presste ihre Lippen aufeinander.

SECHS

Bis zum Wintereinbruch hatte Nouri an mehreren Treffen teilgenommen. Sie wurden abwechselnd in einer von zwei Wohnungen iranischer Studenten in der Nähe der UIC abgehalten. Im Normalfall waren etwa zehn Leute anwesend; die meisten von ihnen waren Männer, obwohl auch zwei Frauen gelegentlich vorbeischauten.

Nouri erfuhr, dass es bis vor einigen Jahren einen großen Verbund iranischer Studentenbewegungen in den Vereinigten Staaten gegeben hatte, dass die Bewegung sich dann aber aufgesplittert hatte. Viele Islamisten sprangen ab und überließen es den moderaten und marxistischen Kräften, um die Vorherrschaft zu wetteifern. Alle drei Lager verfolgten das gleiche Ziel, nämlich die Absetzung des Schahs, dies war aber auch die einzige Gemeinsamkeit, denn jeder hatte andere Vorstellungen über den einzuschlagenden Weg. Die Marxisten gewannen an einigen Universitäten allmählich die Oberhand über die moderaten Kräfte, aber es gab immer noch zahlreiche interne Spannungen. Als Vertreter der moderaten Kräfte spürte Nouri, dass die anderen ihn nicht vollständig akzeptierten oder ihm vertrauten. Als er eines Abends das kleine Fenster der

Demokratie erwähnte, das Mossadegh vor 25 Jahren geöffnet hatte, übte einer der Studenten Kritik an ihm.

„Was veranlasst dich anzunehmen, dass derjenige, der den Schah ersetzt, die Situation für die breite Masse verbessert?", fragte er in scharfem Ton.

„Weil das Volk hoffentlich einen solchen Führer wählt, der sich genau dies auf seine Fahne geschrieben hat", erwiderte Nouri „Der Iran muss wieder zur Demokratie zurückkehren."

Die anderen Studenten wollten etwas entgegnen, aber Massoud, ihr Führer, fiel allen ins Wort. „Interne Plänkeleien helfen uns nicht weiter. Wir haben die große Chance, einen bedeutenden Einfluss auf die Wahrnehmung der amerikanischen Bevölkerung auszuüben, vielleicht sogar Politik zu machen. Aber zunächst einmal müssen wir den Menschen deutlich machen, wie schlimm die Situation zu Hause ist."

„Aber wie?", fragte Nouri.

„Wir haben die Strategien der Friedensbewegung und der amerikanischen Bürgerrechtsbewegung studiert – Proteste, Demonstrationen, Reden, Pamphlete, Manifeste. All dies ist auch Teil unseres Plans."

„Was ist die vordringlichste Aufgabe?"

Massoud blickte in die Runde. „Sicherzustellen, dass wir mit *einer* Stimme sprechen. Immerhin kommen wir aus allen Regionen des Iran und aus allen Schichten der iranischen Gesellschaft."

Nouri war skeptisch. Auch wenn der Schah nun eine Ausbildung im Ausland finanziell unterstützte, so brauchte man immer noch Geld, um in den USA zu studieren. Wie nicht anders zu erwarten, stammten die meisten Studenten in den USA aus reichen Familien. Aber er behielt seine Zweifel für sich. „Was planst du für Chicago?"

„Wenn das Wetter besser wird, werden wir auf der Daley Plaza demonstrieren."

„Zu welchem Zweck?"

Der Student, der Kritik an ihm geübt hatte, unterbrach ihn. „Warum stellst du so viele Fragen?"

„Ich möchte es verstehen."

Massoud und der andere Student tauschten Blicke aus. Dann sah der Student wieder Nouri an. „Zeige mir deinen Ausweis!"

Er zog seinen Studentenausweis hervor und händigte ihn seinem Kommilitonen aus.

Dieser studierte ihn und gab ihn dann an Massoud weiter. Sie zogen sich in eine Ecke zurück und flüsterten miteinander. Die anderen blickten Nouri wie einen Aussätzigen an.

Nouri sprang auf die Beine. „Ihr nehmt doch nicht etwa an, ich sei ein Spion?"

„Bist du einer?", fragte der Student.

Massoud begab sich zu Nouri zurück. „Dies hier ist kein Spiel, Nouri Samedi", sagte er feierlich. „Wir spielen nicht mit der Politik."

Nouri empfand die Szene eher als ziemlich theatralisch, aber er wollte seinen Teil beitragen. „Ich verstehe."

„Wir werden beobachtet, weißt du."

„Von wem?"

„Von Anhängern des Schahs. Von der CIA und vom FBI ebenfalls. Sie überwachen uns. Sie zapfen unsere Telefone an. Ihre Fotografen machen Bilder von uns und schicken sie in den Iran. Wenn Studenten heimkehren, werden sie von der SAVAK abgefangen und befragt. Ebenso ihre Familienmitglieder. Darum bestehen wir darauf, dass unsere Mitglieder bei Demonstrationen Masken oder Papiertüten tragen."

„Ich habe keine Angst", sagte Nouri.

„Die solltest du vielleicht besser haben." Der militante Student schenkte ihm ein herablassendes Lächeln und gab ihm seinen Ausweis zurück. „Wir werden dich im Auge behalten, Bruder."

Anna plante, ihren Vater über Weihnachten zu besuchen, der in der

Nähre der Stadt Frederick in Maryland lebte, aber Nouri sollte in Chicago bleiben. Anna entschuldigte sich dafür, meinte aber, es sei noch nicht an der Zeit, dass er ihren Vater treffe. Dennoch war es offensichtlich, dass sie ihn nur sehr ungern alleine lassen würde, und Nouri wusste, dass sie sich schuldig fühlte. Er bat sie, sich deswegen keine Gedanken zu machen und fügte scherzhaft hinzu, dass er die Einsamkeit sicherlich genießen werde. Mit Ausnahme der acht Wochen während der Sommerferien waren sie das ganze Jahr über nicht länger als einige Stunden getrennt gewesen.

Aber nachdem sie gegangen war, fühlte er eine Leere in sich aufkommen. In der Wohnung erinnerte ihn so Vieles an Anna. Gegenstände, die er sonst als selbstverständlich betrachtete, etwa Annas Stereoanlage, ihre Bücher, selbst die Kosmetikartikel, die sie im Bad zurückgelassen hatte, wirkten auf ihn nun fremd, und in dieser Fremdheit fühlte er sich nicht wohl. Er verbrachte seine Zeit damit, ins Kino zu gehen, Fast Food zu essen und zu versuchen, den aufgezwungenen Materialismus und die Sentimentalität der amerikanischen Feiertage zu ignorieren.

Am Vorabend von Annas Rückkehr lud ihn eine Frau aus der iranischen Studentenvereinigung zum Abendessen ein. Es waren noch einige andere iranische Studenten anwesend, und zusammen hielt man eine Feier ab. Die Gastgeberin kochte Chelow Kebab mit Rinderhackfleisch, was Nouri nicht mehr gegessen hatte, seit er in Teheran gewesen war. Sie entschuldigte sich dafür, dass sie nur Pitabrot habe und kein Fladenbrot, aber das schien niemanden zu stören. Sie aßen im Übermaß, und anschließend kamen verschiedene Spirituosen auf den Tisch. Nouri, der nur sehr selten trank, schaute zu tief ins Glas. Nach Mitternacht wankte er nach Hause, warf sich auf das Bett und schlief augenblicklich ein.

„Nouri, Nouri, wach auf!"

Nur langsam kam er zu sich. Das Licht, das durch das Fenster eindrang, blendete ihn. Er versuchte zu antworten, aber seine Kehle war wie Sand, und er brachte kein Wort heraus.

„Nouri, aufwachen!" Die Stimme war hartnäckig.

Er öffnete die Augen. Anna stand am Bett. Er versuchte zu lächeln, aber seine Lippen fühlten sich wie zugenäht an.

„Du bist zurück", konnte er schließlich krächzend hervorbringen. Er breitete seine Arme aus, aber sie wich zurück. Er blinzelte.

„Ich habe gestern Abend versucht, dich anzurufen", sagte Anna. Er bemerkte einen eisigen Tonfall in ihrer Stimme. „Ich habe eine Nachricht hinterlassen." Sie deutete auf den Nebenraum, wo der Anrufbeantworter stand. „Hast du sie nicht abgehört?"

Er schüttelte den Kopf.

„Ich habe meinem Vater von dir erzählt. Er möchte dich treffen."

Nouri erkannte, welch wichtige Entwicklung dies war. Anna hatte ihm wiederholt berichtet, wie schwierig ihr Vater war. Wie sie sich ihre Mitteilungen und Bitten vorher gut überlegen musste. Wenn das kein Grund zur Freude war. Sie hätten feiern sollen. Aber Anna blickte noch immer finster drein.

„Warum hast du nicht abgenommen?"

Er setzte sich auf. Er trug noch immer die Kleidung vom Vortag, und er hatte einen wahnsinnigen Brummschädel. „Um ehrlich zu sein, habe ich gestern zu viel getrunken." Langsam stand er auf, schleppte sich in das Bad und schluckte einige Aspirin mit einem Glas Wasser. Als er zurückkehrte, saß sie mit einem erstaunten Gesichtsausdruck auf dem Bett.

„Wo warst du?"

Er erzählte ihr alles.

Sie schlug die Beine übereinander. Noch immer hatte sie ihren Mantel an. „Du warst bei einer anderen Frau in der Wohnung? Einer iranischen Frau?"

„Ja, wir waren zu sechst... nein, zu siebt."

Anna begann, mit ihren Beinen zu schlenkern. Immer wenn sie sich Sorgen machte oder wütend war, konnte sie einfach nicht still sitzen. Irgendetwas, ein Arm, ein Bein oder ein Finger war dann ständig in Bewegung. Sie war dann förmlich wie ein Wirbelwind.

„Es war nicht so, wie du denkst", sagte er schnell. „Es war nur eine kleine Feier. Du weißt ja, dass wir Weihnachten nicht feiern. Aber es war eine Möglichkeit, beieinander zu sein."

„Warum hast du mir nichts davon erzählt, als ich dich angerufen habe?" Anna hatte ihn jeden Tag angerufen.

„Fatimah...sie hat erst gestern Nachmittag angerufen. Es war – wie sagt man – eine spontane Idee. "

Anna wippte immer noch mit ihren Beinen. Er hätte sie beruhigen sollen. Sie in die Arme nehmen sollen. Ihr flüsternd seine Liebe gestehen müssen. Aber er tat nichts dergleichen. Sie war es gewesen, die ihn verlassen hatte, er hatte zusehen müssen, wie er alleine klarkam, während sie bei ihrem Vater war. Es war wirklich unfair. „Sie ist nicht diejenige, wegen der du dir Gedanken machen solltest", platzte es aus ihm heraus.

Anna wurde kreidebleich. „Was meinst du damit?"

In dem Augenblick, in dem er es ausgesprochen hatte, wusste er, dass es ein Fehler gewesen war. Er versuchte zurückzurudern. „Ach nichts."

„Nein, es ist nicht nichts." Sorgenfalten standen plötzlich auf ihrer Stirn.

Nouris Kopf drohte zu zerplatzen. Ihm war übel.

„Nouri, sag es mir! Über wen sollte ich mir Gedanken machen?" Mit durchdringendem Blick starrte sie ihn an, und es sah aus, als würde sie jeden Moment anfangen zu weinen.

Welches Fass hatte er da nur aufgemacht? So hatte er sie noch nie gesehen. Er wünschte, er hätte gestern nicht so viel getrunken. Er wünschte, Anna wäre nicht gegangen. Er wünschte, die Uhr zurückdrehen zu können. „Es ist nicht wichtig."

„Lass' mich das beurteilen!"

Er atmete tief ein. Er hatte keine andere Wahl, sie würde keine Ruhe geben „Na gut." Er atmete langsam wieder aus. „Im Iran werden noch immer Zwangsehen geschlossen. Nicht mehr in dem Ausmaß wie früher. Aber als ich klein war…"

Annas Stimme klang scharf wie eine Degenklinge. „Was erzählst du mir da, Nouri?"

„Es gibt da ein Mädchen. Sie bedeutet mir nichts, wirklich. Ihr Name ist Roya. Sie ist eine Freundin meiner Schwester. Unsere Eltern sind befreundet. Wir haben immer angenommen… nun, wir haben geglaubt…"

„Dass du sie heiraten wirst? Dass du dir deine schöne amerikanische Ausbildung abholst und dann zur kleinen Roya zurückkehren wirst?"

Nouri zog die Augenbrauen hoch. Anna klang verbittert. Diese Emotion hatte er noch nie zuvor bei ihr erlebt. Er atmete erneut tief ein. „Es gab nie eine formelle Vereinbarung. Nur ein…" Er zuckte mit den Schultern und ließ die Worte verebben. „Aber jetzt, da ich dich kenne, weiß ich, dass es nie geschehen wird…"

Anna neigte den Kopf zur Seite. „Wie kannst du das wissen?"

„Anna, du bist die einzige Frau auf der ganzen Welt, die ich will. Wir sind füreinander bestimmt."

„Und was ist mit Roya?"

„Anna, ich habe seit Jahren nicht mit ihr gesprochen, geschweige denn an sie gedacht. Ich habe nur noch Augen für dich. Das musst du mir glauben!"

Anna hörte abrupt auf, mit den Beinen zu schlenkern. Lange blickte sie ihn an. Dann stand sie auf, zog den Mantel aus und nickte. „Gut."

Mehr nicht, das Thema war erledigt.

In dieser Nacht stellten sie Sachen an, die sie seit langem nicht mehr ausprobiert hatten. Nouri kam zu dem Ergebnis, dass ein wenig Eifersucht manchmal gar nicht so schlecht für die Seele ist.

SIEBEN

„Wie kommst du mit der Recherche zu deiner Abschlussarbeit voran?", fragte Anna eines Abends im Januar.

Nouri wollte nicht darüber sprechen. Er machte keine großen Fortschritte. Das Entsalzungsprojekt hatte sich als schwieriger herausgestellt, als er es erwartet hatte. Zum einen war es nicht realistisch, ein Werk auf dem felsigen Boden eines Bergdorfes zu errichten. Selbst wenn es gebaut werden könnte und das Wasser behandelt werden könnte, gäbe es keine Infrastruktur, durch die das Wasser vom Werk in die Häuser oder in Brunnen oder Zisternen gepumpt werden könnte. Möglicherweise musste er das Projekt aufgeben, aber noch war er nicht ohne weiteres dazu bereit.

Einige Tage später griff eine iranische Zeitung in einem Artikel den Ayatollah Khomeini an, was eine Massendemonstration in Ghom, der vielleicht heiligsten Stadt der Welt für schiitische Moslems, zur Folge hatte. Mehrere Demonstranten wurden getötet. Etwas mehr als einen Monat später kam es zu gewalttätigen Auseinandersetzungen bei weiteren Anti-Schah-Protesten, diesmal in Täbris, der viertgrößten Stadt im Iran. Es dauerte zwei Tage, bis die öffentliche Ordnung wiederhergestellt war.

Nouri besuchte eine eiligst einberufene Sitzung der Studentenorganisation. Schon allein die Tatsache, dass er dorthin ging, war Ausdruck seines Engagements: der Schnee türmte sich fast zwei Meter hoch, und ein Ende des Schneefalls war vorerst nicht abzusehen. Niemand konnte sich an einen derart strengen Winter in Chicago erinnern. In einigen Straßen waren Nouris Füße auf gleicher Höhe wie die Dächer von Autos, die vor Frühlingsbeginn nicht wieder benutzbar sein würden. Anna scherzte, dass es die Vorzeichen des Jüngsten Gerichts seien.

Auf der Sitzung schmiedeten die Studenten Pläne, wie sie ihre Solidarität mit ihren iranischen Brüdern zeigen könnten. Sie waren sich darin einig, dass Resolutionen und Erklärungen, in denen eine Verfassungsänderung gefordert wurde, nicht ausreichend waren. Das System – und der Schah – mussten verschwinden.

„Wir müssen den Iran säubern und ihn von Korruption und Repressionen befreien", sagte einer der Studenten.

Nouri stimmte zu. „Wir müssen den Arbeitern und Bauern mehr Rechte geben. Sie müssen teilhaben dürfen am Wohlstand des Iran. Das Land ist nicht nur für die wenigen Privilegierten da. Zunächst..."

„Aber das darf noch nicht alles sein", fiel ihm ein anderer Student ins Wort. „Wir müssen uns auch selbst erneuern und uns von westlichen Einflüssen und Imperialismus befreien. Das kann nur geschehen, wenn wir eine Regierung einsetzen, die auf marxistischen Prinzipien beruht."

„Nein!", protestierte ein anderer Student. „Wir brauchen eine Struktur auf der Basis des islamischen Rechts. Eine islamische Republik."

Nouri runzelte die Stirn. „Halt!" Er ließ seine Hand emporschnellen. „Wir dürfen nicht alles verwerfen. Der Schah ist schlimm, und er muss gehen. Aber immerhin hat er Straßen gebaut, und in viele Dörfer Elektrizität und Wasser gebracht. Auch im Bildungswesen hat sich etwas getan. Wir müssen sicherstellen, dass diese Fortschritte weiter entwickelt werden. Das ist es, was unserem Volk nützen wird."

„Und was ist mit dem Land, das er den Mullahs und Bauern gestohlen hat?", rief einer der Studenten. „Nützt das auch den Leuten? Seine sogenannten Reformen haben nur Elend gebracht. Er und seine Spießgesellen haben sich auf unsere Kosten bereichert. Und jeder, der sich dagegen auflehnt, landet im Gefängnis und wird gefoltert. Oder noch schlimmer." Der Student sprach mit großer Hingabe. Einige stimmten ihm zu, und es erhob sich ein lautes und aufgeregtes Stimmengwirr.

Nouri dachte an Anna und ihre Ansicht, dass Politik und Religion nicht zusammen passten. Er erhob seine Stimme, um den Lärm zu übertönen. „Ich verteidige ja gar nicht den Schah. Ich sage ja nur..."

„So, du verteidigst also nicht den Schah? Dein Vater arbeitet für eine Ölfirma", giftete ein Student. „ Er ist doch nur ein Lakai."

Nouri war fassungslos. Woher wussten sie das?

Als ob er seine Gedanken lesen könnte, fuhr der Student fort. „Glaubst du, wir wissen nicht, wer du bist? Wir überprüfen grundsätzlich jeden, der unsere Veranstaltungen besucht."

Nouri schluckte. „Aber sicherlich werdet ihr mich nicht wegen meiner Familie vorverurteilen. Viele von uns stammen aus wohlhabenden Familien, aber wir sind nicht wie unsere Väter."

„Beweise es!" rief ein Student mit unüberhörbarer Verachtung in seiner Stimme. „Beweise uns, dass du kein Spitzel der CIA oder der SAVAK bist."

Nouri wusste nicht, was er darauf antworten sollte, aber zu seiner Überraschung kam Massoud, der Führer der Gruppe, ihm zu Hilfe. Plakativ breitete er seine Arme aus. „Nouri ist kein Spitzel." Er wandte sich an die anderen. „Er mag vielleicht aus privilegiertem Haus stammen, aber er hat verstanden, dass sich etwas ändern muss." Er sah wieder Nouri an. „Und du hast Recht, auch ich habe eine reiche Familie. Mein Vater arbeitet für die Regierung." Er wandte sich wieder an die anderen. „Wenn ihr also mir euer Vertrauen schenkt, müsst ihr es auch Nouri schenken. Wir müssen zusammenarbeiten, um das Übel und die Unterdrückung durch den Schah zu bekämpfen. Wir müssen unserem Volk die Freiheit bringen. Natürlich sollten wir unsere islamischen Traditionen wertschätzen, genauso wie wir unsere persische Kultur wertschätzen. Wir haben alle dasselbe Ziel, ob wir nun Mullahs, Marxisten, Ingenieure oder Arbeiter sind, egal ob wir arm oder reich sind."

Der Monolog verfehlte seine Wirkung auf die Studenten nicht, und das Gezänk verebbte allmählich. Man wechselte das Thema und begann, über die Pläne für den Frühling zu diskutieren, wenn sich iranische Studenten aus dem gesamten mittleren Westen auf der Daley Plaza zu einer riesigen Protestveranstaltung zusammenfinden würden. Einigen Studenten wurde aufgetragen, Demonstrationen auf dem Universitätsgelände zu organisieren, andere sollten Reden schreiben und wieder andere wurden gebeten, Handzettel zu verteilen. Schließlich endete die Sitzung, und die Teilnehmer waren erschöpft, aber voller Enthusiasmus.

Als er wieder zu Hause angelangt war, erzählte Nouri Anna von dem Treffen. „Ich habe immer noch keine Ahnung, woher sie das von meiner Familie wussten."

„Vielleicht sind sie besser organisiert als du dachtest."

„Aber trotzdem..."

„Das ist nicht ungewöhnlich. Wenn ich im Ausland studieren würde, würde ich jeden Amerikaner, der mir über den Weg läuft, unter die Lupe nehmen, würde Fragen über ihn stellen, weißt du."

„Aber wem? Von wem kann man solche Informationen erhalten?"

„Da gibt es viele Möglichkeiten. Vielleicht von jemandem in der Verwaltung der Universität. Oder vielleicht hat dich jemand an deinem Nachnamen erkannt." Sie runzelte die Stirn. „Ist dein Vater bekannt?"

Nouri zuckte mit den Schultern und wechselte das Thema. „Wie denkst du über den Protest? Sollte ich mitmachen?"

Er war überrascht von ihrer Antwort. „Natürlich, du musst. Und ich werde helfen."

Nouri starrte sie an.

„Du scheinst überrascht zu sein. Hast du etwa gedacht, ich würde dich nicht unterstützen?"

Vielleicht kannte er sie immer noch nicht so gut, wie er gedacht hatte. „Ich... Ich war mir nicht sicher." Er machte eine Pause. „Glaubst du wirklich, dass es eine gute Idee ist, gegen den Schah zu opponieren ... in aller Öffentlichkeit? Was ist, wenn das auf die Leute im Iran zurückfällt und ihnen Probleme bereitet?"

„Nouri, manchmal hat man keine andere Wahl. Man *muss* tun, was man für richtig hält. Ich bin stolz auf dich", strahlte Anna. „Wenn eure Gruppe einen Treffpunkt benötigt, kannst du unsere Wohnung dafür nutzen."

„Wirklich?"

Sie lachte. „Sag ihnen, dass dies ein sicherer Unterschlupf ist."

Nouri nahm Anna in seine Arme, und einmal mehr wurde ihm bewusst, wie sehr er diese Frau liebte. Wie sehr er sie brauchte. Er drückte sie fester an sich. Und wie sehr er sie wollte. Jetzt und hier. Er war gerade im Begriff, ihr den Pullover auszuziehen, als sie flüsterte:

„Da ist noch etwas, worüber wir sprechen müssen."

Nouri küsste immer noch ihren Hals. „Deine Haut schmeckt so süß."

„Nein, wirklich." Sie stieß ihn zurück. Nur ein wenig, aber es war ausreichend. Frustriert ließ er von ihr ab. „Was denn?"

„Wir müssen einige Änderungen vornehmen." Sie brauche Hilfe im Haushalt, sagte sie. Sie könne nicht alles alleine machen und auch noch Zeit für ihr Studium aufbringen. Sie werde kochen, die Einkäufe erledigen und die Küche reinigen, aber er müsse die Wäsche machen und den Rest der Wohnung putzen.

„Das ist alles?" Erleichterung machte sich bei ihm breit. „Aus dir wird eine emanzipierte Frau", scherzte er.

Sie blickte ihn an, als verstünde sie die Pointe nicht. „Emanzipation hin oder her, ich bin erschöpft. Selbst meinem Vater ist aufgefallen, wie ausgebrannt ich aussehe. Ich kann es einfach nicht mehr alleine schaffen." Sie zögerte. „Wenn ich nicht so viel für mein

Studium erledigen müsste, wäre es anders. Es würde mir überhaupt nichts ausmachen, zu kochen und sauber zu machen und unsere Wohnung..." Sie machte eine Handbewegung. „ ... zu einem perfekten Nest zu machen. Aber gerade jetzt ... ist es einfach zu viel für mich."

Nouri legte seinen Kopf schief. Zu Anfang ihrer Beziehung war es ihr einziges Ziel gewesen, ihn zufriedenzustellen. Sie scheute keine Mühe. Als sie aus Maryland zurückkehrte, hatte sich ihre Haltung allerdings etwas geändert. Sie wollte nicht mehr nur noch eine Dienerin sein. Nouri beschloss, dass er nichts dagegen einzuwenden hatte, wenn sie sich dadurch besser fühlte. Heute tat sie es, und man sah es ihr an. Mit ihren strahlenden Augen und den Haaren, die im glänzenden Licht wie Gold schimmerten sowie der Andeutung ihres Lächelns, das Nouri so verrückt machte, sah sie einfach umwerfend aus. Er zog sie dicht an sich und atmete ihren süßlichen Geruch ein.

„Ich werde tun, was immer du willst."

Sie schmiegte sich in seine Arme. „Danke, Azizam", murmelte sie, und hatte dabei das persische Wort für Liebling verwendet.

———

Während der folgenden Wochen erstellten die iranischen Studenten ihre Flugblätter und Schilder sowie die Grundsatzerklärung, die Massoud bei der Demonstration abgeben sollte. Obwohl sie es ablehnten, sich in Annas Wohnung zu treffen, bot Nouri seine Hilfe beim Abfassen der Erklärung an, wobei Anna, die in ihrer englischen Muttersprache wortgewandter war, letztlich den größten Teil erledigte.

Die Demonstration auf der Daley Plaza sollte unmittelbar vor dem iranischen Neujahrsfest stattfinden, das immer zeitgleich auf den Frühlingsanfang fällt. Es war ein sonniger, aber recht kühler Märztag. Anna ließ ihre Vorlesung ausfallen, was sie nur sehr ungern tat, aber auf diese Weise konnte sie mit Nouri mitgehen. Nouri besorgte einige Papiertüten, und Anna schnitt Sehschlitze hinein. Sie packten ihre Schilder und Flugblätter ein und nahmen die Hochbahn zum Loop, wie der Downtown-Bezirk von Chicago genannt wird. Als sie den Platz erreichten, sahen sie, dass sich bereits eine größere Menschenmenge eingefunden hatte. Nouri schätzte die Zahl der Studenten auf mehr als zweihundert.

Anna staunte. „Wo kommen die nur überall her?"

„Downstate, Indiana, Iowa, Wisconsin, sogar aus Michigan", sagte Nouri. Er entdeckte Massoud und die iranische Studentengruppe vom UIC. Anna und er zwängten sich durch die Massen in ihre Richtung. „Hey!", rief Nouri. Er wollte nicht Massouds Namen rufen, weil er befürchtete, dass die SAVAK sie beobachten könnte.

Massoud drehte sich ringsum, erblickte Nouri und winkte. Nouri ergriff Annas Arm und zog sie näher an sich heran.

„Massoud, das ist Anna. Sie hat dabei geholfen, die Grundsatzerklärung zu schreiben."

Massoud musterte sie von oben bis unten.

„Hallo", begrüßte ihn Anna. „Ich bin sehr beeindruckt von der Organisation. Wie hast du so viele Leute zur Teilnahme bewegen können?"

„Wir hatten Hilfe. Menschen wie Nouri, aber auch andere. Wir haben..."

Eine große, ordinär aussehende Blondine mit einem Arm voller Schilder griff nach Massouds Jacke. „Massie-Schätzchen", unterbrach sie ihn. „Wo sollen die Schilder hingebracht werden?"

Er drehte sich rings um, betrachtete den Platz und deutete dann in die Richtung der Clark Street. Die Frau lächelte, setzte einen leidenschaftlichen Kuss auf seinen Mund und trottete dann in die Richtung, die er angezeigt hatte. Massoud wandte sich wieder Nouri zu, der seiner blonden Freundin hinterher sah. Sie lächelten sich unbeholfen zu, jeder erkannte sich selbst in dem anderen.

Massoud räusperte sich. „Vielen Dank für deinen Beitrag", sagte er förmlich zu Anna. Sie nickte ihm lässig zu, aber auch ihr Blick folgte der Blondine. Was sie wohl von ihr dachte, fragte sich Nouri.

„Wie ihr seht, kommen unsere Verbündeten aus vielen Lagern." Massoud deutete auf die Polizeikräfte. „Sie gehören nicht dazu." Nouri reckte den Hals. Es mussten mehr als fünfzig Polizisten sein, die den Platz säumten. Einige hielten Schilde vor ihre Körper. Nouri versuchte, die Spitzel, vor denen er gewarnt worden war, auszumachen. Er erblickte das Fernsehteam eines Nachrichtensenders mit mehreren Kameras, aber er vermochte nicht zu sagen, ob es tatsächlich Journalisten waren, oder ob sie etwas anderes im Schilde führten.

Der Protest begann mit einigen Minuten Verspätung. Die Studenten setzten ihre Papiertüten auf, schwenkten ihre Schilder, riefen und sangen. Auch Anna und Nouri setzten ihre Tüten auf und mischten sich unter die Leute. Jemand händigte Massoud ein Megaphon aus. Er entfaltete ein Stück Papier und begann zu reden.

„Wir, die Iranische Studentenvereinigung, möchten das amerikanische Volk auf die Sünden aufmerksam machen, die Muhammad Reza Schah Pahlavi begeht. Er hat einen Militärstaat errichtet, der auf brutale Weise sein Volk unterdrückt und verfolgt. Er hat sich aus Öleinnahmen mit mehreren Millionen Dollar, die dem Volk zustehen, bereichert. Seine Geheimpolizei hat Tausende Menschen, deren einziges Vergehen darin bestand, Kritik an seiner Regierungsweise zu üben, eingesperrt, gefoltert und getötet. Er hat..."

Jeder Satz, den Massoud sagte, wurde von gereckten Fäusten und zustimmenden Rufen begleitet, deren Lautstärke und Intensität mit jedem weiteren Satz zunahmen.

Nouri warf einen verstohlenen Blick auf Anna. Er war sich nicht sicher, nahm aber an, dass sie, unter ihrer Papiertüte, zustimmte. Als Masoud seine Rede beendete, ergriff ein weiterer Redner das Megaphon, um dort anzuknüpfen, wo Massoud aufgehört hatte. Ihm folgte ein dritter Sprecher.

Die Zahl der Redner nahm jetzt stetig zu. Inzwischen war die Sonne höher gestiegen, und es wurde allmählich warm. Es wurde zunehmend schwieriger, unter den stickigen Papiertüten Luft zu bekommen. Nouri fuchtelte daran herum, und Anna tat es ihm gleich. Schließlich klopfte Nouri ihr auf die Schulter.

„Ich kann nicht atmen, ich nehme sie ab."

„Das kannst du nicht tun, es ist zu gefährlich."

„Das ist mir egal." Mit einer ausladenden Bewegung riss er sich die Tüte vom Kopf und blickte aufsässig in die Menge.

Anna erstarrte. Er erkannte, dass sie nicht wusste, was sie tun sollte. Kurze Zeit später entledigte sich auch ein anderer Student in der Nähe seiner Tüte. Er und Nouri nickten sich zu. Jetzt nahmen ein dritter Student und gleich darauf auch ein vierter langsam ihre Papiertüten ab. Bald hatte jeder in Nouris Umgebung sich seiner Tüte entledigt. Einige Menschen beglückwünschten sich gegenseitig und klatschten in die Hände. Andere umarmten sich. Sie alle spendeten Nouri Beifall. Er senkte seinen Kopf.

Im allgemeinen Trubel und der Bewegung, die durch die Menschenmenge ging, wurden Nouri und Anna getrennt. Als er bemerkte, dass sie nicht mehr hinter ihm war, spähte er in alle Richtungen. Er erblickte sie, vier oder fünf Menschen von ihm entfernt. Er gestikulierte in ihre Richtung und beobachtete, wie sie versuchte, sich durch das Gedränge hindurchzuwinden, um zu ihm zu gelangen. Als sie es schließlich geschafft hatte, nahm auch sie langsam ihre Tüte ab. Ihre Augen waren feucht, aber sie lächelte. Nouri atmete tief durch. Sie sagte ihm, wie sehr sie ihn liebte. Wie stolz sie auf ihn war. Er glaubte nicht, dass er sie noch mehr lieben könnte als in diesem Moment.

Aber seine Freude war nur von kurzer Dauer. Einen Augenblick später brach auf der anderen Seite des Platzes ein Handgemenge aus. Ein Student und ein Zaungast, dachte Nouri. Als ob sie auf dieses Signal gewartet hätten, begannen die Polizisten einzugreifen. Es erhoben sich Schreie, gefolgt von weiteren Raufereien. Die Polizisten ergriffen einige der Demonstranten. Nouri, der sich in der Mitte der Menschenmenge befand, konnte sich nicht bewegen. Die Polizisten bildeten einen Kreis um sie und kamen geradewegs auf sie zu. Er drehte sich um und sah, wie sich Massoud gerade mit seiner ordinären, blonden Freundin in die entgegengesetzte Richtung davonschleichen wollte. Nouri wollte ihm zurufen, dass er anhalten solle. Die Sache lief aus dem Ruder, und Massoud war schließlich ihr Anführer. Er musste etwas unternehmen. Nouri drehte sich wieder um und erspähte einen muskulösen Polizeibeamten, der nur knapp zehn Meter von ihm entfernt seinen Knüppel schwang. Er würde verhaftet werden. Und was dann? Er würde ins Gefängnis kommen. Sein Leben wäre ruiniert. Er schluckte mehrmals heftig und spürte Panik in sich aufkommen.

Plötzlich war Anna neben ihm. Sie ergriff seine Hand und schleifte ihn durch die Menge. Nouri folgte, anfangs taumelnd, dann mit festerem Schritt. Gemeinsam, noch immer Hand in Hand, kämpften sie sich durch die Horden. Er konnte nicht sagen, wie weit sie gegangen waren, aber die Polizei war außer Sichtweite. Sie führte ihn auf die andere Seite der Washington Street, und damit ließen sie die Demonstration hinter sich.

ACHT

Endlich hielt der Frühling mit seiner angenehmen Wärme Einzug in Chicago, und Autos, die monatelang unter riesigen Schneemassen begraben waren, konnten nun endlich wieder benutzt werden. Das wärmere Wetter brachte noch heißere politische Debatten mit sich, und eine Politikerin hatte beschlossen, den amtierenden Bürgermeister bei der nächsten Kommunalwahl in Chicago herauszufordern. Anna fand, dass es höchste Zeit dafür war.

„Es gibt nicht den geringsten Grund, warum eine Frau nicht Bürgermeisterin sein sollte", sagte sie eines Abends beim Abendessen zu Nouri. „Israel hatte Golda Meir, Indien Indira Gandhi. Und Margaret Thatcher könnte die nächste Premierministerin Großbritanniens werden. Wie immer hinkt Amerika hinterher."

Nouri schnitt ein Stück Hähnchen ab und biss hinein.

„Was denkst du, Nouri? Würdest du eine Frau wählen?"

Er kaute und schluckte das Fleisch, legte dann Messer und Gabel beiseite und faltete seine Hände. „Ich glaube nicht, dass ich die Möglichkeit haben werde, bei der Kommunalwahl von Chicago abzustimmen."

„Nein, natürlich nicht, die Wahl ist in einem Jahr, und du bist kein Bürger der USA."

„Selbst wenn ich einer wäre, würde ich nicht wählen."

Anna legte die Stirn in Falten. „Warum nicht? Glaubst du nicht, dass eine Frau diese Position ausfüllen kann?"

Er lachte laut auf. Es sah fast so aus, als würde er gleich vor Lachen platzen. Anna war ratlos und warf ihm einen verwirrten Blick zu. „Was ist, Nouri?"

Nouri schob seinen Stuhl zurück, dessen Beine mit einem schleifenden Geräusch über den Boden glitten. Er stand auf. „Ich habe auf den richtigen Moment gewartet, es dir zu sagen. Man hat mir einen Job in Teheran angeboten. Es ist eine Ingenieursstelle bei dem Unternehmen, das die U-Bahn baut."

„Ich wusste nicht, dass eine U-Bahn geplant ist", sagte sie zurückhaltend. Sie hätte so gern seine Freude geteilt, aber in ihrem Bauch rumorte es plötzlich heftig. Das würde also definitiv bedeuten, dass er in den Iran zurückgehen würde. Sie hatte immer gewusst, dass das eines Tages passieren würde, aber sie hatte es vorgezogen, nicht darüber nachzudenken.

Er kam um den Tisch herum und ergriff ihre Hände. „Anna, das ist meine große Chance."

Sie fuhr mit der Zunge über ihre Lippen. Was wollte er ihr wirklich sagen? „Was ist mit deinem Plan, für die ländlichen Dörfer eine Elektrizitäts- und Wasserversorgung zu schaffen?", fragte sie. „All die Pläne, mit denen du deinen Landsleuten helfen kannst? Den Schah loswerden?"

„Die haben sich nicht geändert. Nicht im geringsten." Er rieb mit seinen Daumen über ihre Handrücken. „Aber ich brauche einen Job, und dies ist ein ausgezeichneter Start in das Berufsleben. Mein Vater kennt den verantwortlichen Bearbeiter in der Firma. Er ist ein guter Mann. Angenommen, ich schaffe mein Examen, ist das die Chance meines Lebens." Er machte eine Pause. „Aber das ist nicht das, was ich dir sagen will."

Anna war wie erstarrt. Es waren nur noch wenige Monate, bis sie ihr Diplom erhalten würde, und Nouri seinen Master. Sie hatte sich eindeutig noch nicht genügend auf diese Situation vorbereitet.

Nouri fing erneut an zu lachen.

Sie fand, dass er sich höchst unangemessen verhielt. Das wollte sie ihm gerade mitteilen, als er unvermittelt vor ihren Füßen auf die Knie ging.

„Anna Schroder, ich kann ohne dich nicht mehr leben, und ich will es auch nicht. Willst du mir die größte Ehre erweisen, die man einem Mann vermutlich erweisen kann? Willst du mit mir in den Iran gehen? Willst du meine Frau werden? Meine Kinder gebären? Für immer mit mir zusammen leben?"

Sie riss den Mund auf, brachte aber kein Wort hervor.

Er erhob sich und zog sie an sich.

Sie schmiegte sich in seine Armbeuge, und ihre Augen füllten sich mit Tränen.

Er wischte ihre Tränen ab. „Warum weinst du? Dies sollte doch eigentlich ein glücklicher Moment sein."

Sie schniefte und putzte sich die Nase. Ihr Traum wurde wahr. Einen wundervollen Mann zu heiraten, eine Familie zu haben. Ein Leben zu führen, das geprägt war von Wärme, Liebe und Geborgenheit. Ein Leben, das sie bisher nicht kannte, und ein Leben, von dem sie bis jetzt nicht geglaubt hatte, dass sie es verdiene. Nun erfüllten sich ihre innigsten Wünsche.

„Ist das ein Ja?", fragte er.

Eine Träne lief über ihre Wange, und sie umarmte ihn fest. „Ja, Nouri", schluchzte sie. „Oh, ja!"

Doch Annas Freude wurde schon bald wieder getrübt. In den folgenden Wochen kehrte ihre Angst zurück. Was wäre, wenn das alles tatsächlich nur ein Traum wäre? Eine Fata Morgana, die sich bei Annäherung in Nichts auflöst? „Sagtest du nicht, dass deine Eltern unsicher wären, ob du jetzt nach Hause kommen sollst?

Sagten sie nicht, dass sich die Lage verschlimmert, mit all den Demonstrationen und Aufständen?"

Nouri winkte abschätzig ab. „Wir leben im sichersten Bezirk Teherans. Es kann nichts passieren."

Anna setzte sich auf das Bett. „Was für ein Bezirk ist das?"

„Meine Eltern leben im Norden Teherans. Wir werden neben ihnen in Shemiran wohnen. Es ist bereits alles vorbereitet. Du wirst sehen, es ist sehr hübsch. Und sicher."

„Aber ich spreche nicht Farsi, mit Ausnahme der wenigen Wörter, die du mir beigebracht hast." Er hatte ihr solche Wörter wie ‚Hallo' oder ‚Auf Wiedersehen' beigebracht und wie sie seinen Namen in arabischer Schrift schreiben musste.

„Das musst du auch nicht. Es leben so viele Amerikaner im Iran, dass die meisten Iraner zumindest ein wenig Englisch sprechen. Glaube mir, du wirst es im Fernsehen, im Radio und in den Läden hören. Du wirst dich wie zu Hause fühlen."

Sie schluckte. „Nouri..." Sie biss sich auf die Lippe. „Was ist, wenn deine Eltern mich nicht mögen?"

„Sei nicht albern. Sie werden dich lieben, genauso, wie ich es tue." Er blickte sie verwundert an, da er nicht recht wusste, warum sie so voller Zweifel war. „Und von Teheran aus bist du viel schneller in Paris bei deiner Mutter. Du kannst sie besuchen, wann immer du willst."

Anna begann, mit ihren Zehen zu wackeln.

„Wenn es dich glücklicher macht", sagte Nouri, „betrachte deinen Aufenthalt dort einfach als zeitlich befristet. Wenn es dir nicht gefällt, gehen wir zurück in die USA."

Sie hielt mit ihren Schlenkerbewegungen inne. „Das würdest du tun? Mit mir zurück nach Amerika gehen?"

„Ich würde alles für dich tun, Anna." Aber sein Ausdruck war nicht mehr so bestimmt, seine Stimme drückte nicht mehr so viel Selbstsicherheit aus. „Was ist? Warum bist du so aufgewühlt?"

Sie konnte es nun nicht mehr länger vor ihm verbergen. „Ich muss dir noch etwas sagen. Lass uns spazieren gehen."

———

Der Midway Plaisance, ein langgezogener, schmaler Park zwischen der 59. und 60. Straße, war anlässlich der Columbian Exposition im Jahr 1893 angelegt worden. Die untergehende Sonne tauchte die Landschaft in ein goldenes Licht, als Anna und Nouri entlangschlenderten. Beide Seiten des Parks wurden von imposanten Universitätsgebäuden flankiert. Die Blüten begannen unter den zahlreichen Bäumen und Sträuchern auszutreiben. Aber Anna hatte heute keinen Blick für die Architektur, und auch nicht für die Blumen oder den üppigen Rasenteppich.

„Da ist etwas, das ich dir noch nicht erzählt habe", sagte sie. „Über meinen Vater." Sie zögerte. „Es könnte Auswirkungen haben auf ... nun ja, auf alles eben."

„Nichts könnte Auswirkungen auf meine Gefühle für dich haben, Anna."

„Warte ab... bis ich zu Ende gesprochen habe."

Sie passierten eine Statue von Carl von Linné, dem Begründer der modernen Taxonomie, die – wie Anna wusste – das Schema darstellt, wie Organismen, etwa nach Geschlecht und Art, klassifiziert werden. Mit seinem langen, gelockten Haar aus Marmor und seiner gelehrten und gleichzeitig blass wirkenden Erscheinung ähnelte er ein wenig dem jungen Benjamin Franklin.

„Selbst wenn dein Vater ein Massenmörder wäre, könnte ich dich nicht weniger lieben."

Nouri war dichter an der Wahrheit, als er es ahnte. Anna hielt am Sockel der Statue an. Sie waren Hand in Hand gegangen, aber nun zog sie ihre Hand zurück und presste ihre Handflächen zusammen. „Mein Vater ist Physiker. Er arbeitet für die Regierung in einem Geheimlabor in Maryland, das offiziell gar nicht existiert."

Nouri blickte überrascht.

„Er hatte sich zunächst auf Genetik spezialisiert. Er befasste sich mit dem Studium und der Entschlüsselung von Genomen in Zellen. Du hast vermutlich darüber gehört. Man nennt es Gentherapie.

Wenn die Technik perfektioniert wird, kann man möglicherweise eines Tages Krebs und andere Krankheiten heilen."

Sie setzten ihren Spaziergang fort. „Das hört sich nach einer ehrenwerten Beschäftigung an", sagte Nouri.

Wollte er ihr Beistand leisten? Falls ja, so funktionierte es nicht. Anna schluckte. „Das Problem ist, ich weiß nicht, was mein Vater genau macht. Er erzählt es mir nicht. Es ist geheim." Sie schnaubte ein wenig. „Alles, was ich weiß, ist, dass er an genetisch veränderten Viren oder Bakterien arbeitet, die die menschliche Rasse vernichten können."

Nouri runzelte die Stirn. „Warum sagst du so etwas?"

„Wegen seiner Vergangenheit. Er war... es ist schwierig für mich, darüber zu reden, Nouri."

Nouri erwiderte nichts.

„Mein Vater wurde in Deutschland geboren; er ist dort aufgewachsen und hat seine Ausbildung dort gemacht. Während des 2. Weltkriegs wurde er zwangsverpflichtet und gezwungen, der nationalsozialistischen Partei beizutreten. Er arbeitete mit... nun, wie soll ich sagen... mit Wissenschaftlern, die versuchten, die Herrenrasse zu vervollkommnen. Du weißt schon, den reinrassigen Arier."

Nouri riss die Augen weit auf. Er hub an, etwas zu entgegnen, aber sie fiel ihm ins Wort.

„Ja, *Arier*." Sie rollte das Wort auf ihrer Zunge, ihr Tonfall war eine Spur verächtlich. „Das gleiche Wort, aus dem sich der Name deines Landes ableitet. Die gleiche Rasse." Sie atmete unregelmäßig. „Wie du vielleicht weißt, wurde die Eugenik vor achtzig Jahren als vielversprechende Wissenschaft angesehen. Alle waren daran interessiert, die Erbanlagen von Menschen zu verbessern. Schwachstellen, die Krankheiten verursachen, sollten minimiert werden. Aber Hitler hat diesen Ansatz für seine Zwecke missbraucht."

Nouri nickte.

„Es gab Massensterilisierungen, insbesondere bei geistig und körperlich Behinderten. Menschen, die sie als Bastarde bezeichneten. Dann verfügte Hitler, dass Juden ‚schlechte' Gene hätten und eine Bedrohung für die Rassenreinheit darstellten. Den Rest kennst du ja."

„Welche Rolle spielte dein Vater dabei?"

Anna zögerte. Sie hatte über diese Zeit Filme gesehen und Bücher gelesen – es hatte sogar eine Zeit gegeben, in der sie geradezu versessen darauf gewesen war. Sie musste einfach jedes Detail, alle Entscheidungen, alle Ereignisse des Kriegs kennen. Nach einer Weile schwand dieses Bedürfnis dann wieder. Ob es die natürliche Folge ihrer Reife war oder eine psychische Blockade, die sie daran hinderte, mehr aufzusaugen, das vermochte sie nie zu sagen, und sie machte auch keinerlei Anstalten, es herauszufinden. Ihre Eindrücke über diese Zeit verblassten zu einem diffusen Restwissen, das die meisten Studenten behielten, nachdem das Seminar einmal vorbei und die Examensarbeit geschrieben war. Sie konnte nun *Das Tagebuch der Anne Frank*, *Casablanca*, ja sogar *Triumph des Willens*, den ihr Professor in einem Seminar über die europäische Geschichte des 20. Jahrhunderts einmal vorführte, mit einem gewissen Abstand und einer Mischung aus Neugier und fast schon Ironie ansehen.

Nun sagte sie: „Ich kann darüber nur spekulieren. Vermutlich eine Art von medizinischen oder chemischen Experimenten, weil er gegen Ende des Krieges sicher war, dass er von den Alliierten verhaftet und vor Gericht gestellt werden würde. Dass er möglicherweise sogar hingerichtet werden würde. Dann erhielt er Besuch von einem Amerikaner. Alles lief im Verborgenen ab – mein Vater musste drei Mal den Ort wechseln, bis sie sich endlich trafen."

„Welcher Mann?"

„Ich weiß es nicht. Vielleicht ein hochrangiger Vertreter des OSS. Oder aus dem Kriegsministerium. Jedenfalls wollte er wissen, ob mein Vater interessiert sei, seine Arbeit in den Vereinigten Staaten fortzusetzen. Die Regierung wollte das Thema Eugenik neu aufgreifen - nicht um eine Herrenrasse zu erschaffen – sondern um Gene für andere Zwecke zu manipulieren."

„Welche Zwecke?"

„Wie schon gesagt, ich weiß es nicht. Aber in Anbetracht der

Vergangenheit meines Vaters, und wenn man heutzutage die Berichte verfolgt, vermute ich, dass es sich dabei um so etwas wie die Entwicklung biologischer Kampfstoffe handeln könnte." Anna räusperte sich nervös. „Dieser Mann bot meinem Vater an, ihn außer Landes zu schleusen und ihn hierher zu bringen. Dadurch würde er der strafrechtlichen Verfolgung und der Inhaftierung entgehen. Er hätte keinerlei Konsequenzen zu befürchten. Überhaupt keine." Sie machte eine Pause „Natürlich sagte mein Vater ja."

Anna blieb stehen. Sie hatten fast das westliche Ende des Midway erreicht. „Also, Nouri, wie du siehst: mein Vater war ein Nazi."

Nouri schwieg.

„Es war mitten in meiner Schulzeit, als ich es bemerkte. Einer meiner Lehrer legte mir einen Zeitungsartikel auf meinen Schreibtisch. Ich nahm ihn mit nach Hause, und mein Vater bekannte, dass es wahr war."

„Haben sich deine Eltern deswegen scheiden lassen?"

Sie versuchte, ihre Augen mit den Händen vor der untergehenden Sonne zu schützen. „Da bin ich mir sicher. Sie haben sich nach dem Krieg auf einer Party der Botschaft in Washington kennen gelernt. Ich glaube nicht, dass meine Mutter wusste, wer er war, oder was er getan hat, aber als sie es herausfand – zu diesem Zeitpunkt war ich noch sehr jung – verließ sie uns."

„Und du? Was denkst du?"

„Ich war noch ein kleines Mädchen. Ich wusste nicht, warum meine Mutter ging und sie mich nicht mitnahm. Bis heute weiß ich es nicht. Aber sie ging, und so war mein Vater der einzige Elternteil, den ich hatte." Einen Moment lang schwieg sie. „Ich hatte nie viele Freunde, weißt du. Nicht, dass sie mich gemieden hätten..." Ihre Stimme verebbte allmählich. „Oder vielleicht doch. Man gibt sich nicht gern mit der Tochter eines Nazis ab. Mein Vater war die einzige Person, die mich verstand. Und mich akzeptierte. Zumindest in gewisser Hinsicht." Sie spürte, wie sich ihre Kehle zuschnürte. Sie sah Nouri an. „So, jetzt weißt du alles. Ich könnte verstehen, wenn du alles rückgängig machen willst. Ich würde dir keine Vorwürfe machen. Im Grunde bin ich ja – wie sagt man – eine Mogelpackung."

Sie kehrten um und schlenderten nun in die östliche Richtung des Midway zurück. Nouri schwieg. Anna ließ den Kopf hängen. Sie hatte Angst davor, ihn anzusehen, Angst, zu atmen. Es kam ihr in den Sinn, dass eine unschuldige Person, die des Mordes angeklagt war, sich unmittelbar vor der Urteilsverkündung genauso elend fühlen müsste, wie sie sich in diesem Augenblick fühlte. Sie kamen erneut an der Statue vorbei, ließen dichtbelaubte Bäume, deren Blätter sich leicht im Wind hin und her wiegten, hinter sich. Endlich wandte Nouri sich ihr zu. Ihr gefror das Blut in den Adern, und sie war unsicher, was sie tun sollte, wenn er das Falsche sagte. Sie machte sich auf das Schlimmste gefasst.

„Nun, dann ist es ja gut, dass wir in den Iran ziehen." Er strahlte sie an und drückte fest ihre Hand. „Du wirst eine *echte* Familie haben, die sich um dich kümmert."

NEUN

Anna bekam ihren Abschluss im Juni. Sie ließ die Abschlussfeier ausfallen, stattdessen feierte sie lieber mit Nouri bei einem Abendessen in einem Restaurant. Es gab sogar doppelten Anlass zum Feiern. Nouri würde nach Einreichen seiner Abschlussarbeit seinen Master-Abschluss erhalten. Er erzählte Anna, dass er beabsichtige, sie im Iran fertig zu stellen und dann per Post zu verschicken. Anna hatte anderes im Sinn: sie war voll mit Einkaufen und Packen beschäftigt. Die Sachen sollten als Pakete in den Iran geschickt werden. Sie kaufte einen Messerblock mit Steakmessern, einige Gläser Erdnussbutter und Tamponpackungen, allesamt Produkte, von denen sie gehört hatte, dass sie in Teheran nur schwer zu finden sein würden.

Anfang August flogen sie nach Baltimore, mieteten sich ein Auto, mit dem sie gen Westen nach Frederick fuhren. Jenseits der Schnellstraße durchquerten sie die ländlichen Gebiete Marylands mit seinen zahlreichen landwirtschaftlichen Nutzflächen. Nouri, der noch nie in diesem Teil Amerikas gewesen war, war überrascht von den sanft geschwungenen Hügelketten und den weiten, bebauten Feldern, die sie auf ihrer Fahrt begleiteten. Anna erklärte ihm, dass das Land seit Beginn des 18. Jahrhunderts, also noch vor der amerikanischen Revolution, landwirtschaftlich genutzt werde.

„Wie heißen diese Berge in der Ferne?", fragte Nouri.

„Die Blue Ridge Mountains. Sie sind Teil der Appalachen." Ihr kam ein Ausflug mit ihrem Vater zum Catoctin Mountain, von wo aus die Aussicht spektakulär war, in Erinnerung.

„Sie sind so …blau", schwärmte Nouri. „Im Iran sind unsere Berge braun und felsig."

„Das hängt mit den Bäumen und dem Kohlenwasserstoff zusammen, den sie in die Atmosphäre abgeben. Mein Vater könnte dir genau sagen, wie und warum."

Schließlich erreichten sie ein altes, mit weißen Schindeln verkleidetes Bauernhaus, das von mehreren Hektar Land umgeben war. Es sah einladend, aber nicht luxuriös aus. Als Anna aus dem Wagen stieg, empfing sie eine hell strahlende Augustsonne, und der Geruch des von ihr aufgeheizten Bodens und das Zirpen der Insekten erweckten in ihr augenblicklich lebhafte Kindheitserinnerungen. So intensiv waren sie, so voller Zärtlichkeit und Verlangen, dass es ihr fast den Atem nahm. Sie lehnte sich an den Wagen.

Ihr Vater war nicht zu Hause, aber Anna hatte einen Schlüssel. Sie stiegen die Treppe hoch zu ihrem alten Schlafzimmer. Ab ihrem fünfzehnten Lebensjahr hatte sie ein Internat besucht und war nur in den Ferien heimgekehrt, aber sofort erkannte sie alles wieder. Es hatte sich hier kaum etwas verändert, immer noch befand sich das riesige, in frischem, weißem Ton gehaltene Himmelbett an seinem Platz, ebenso wie der antike Kleiderschrank und die spitzenbesetzten Vorhänge. Sie führte Nouri in das Gästezimmer auf der anderen Seite des Korridors, das eher zweckmäßig als dekorativ eingerichtet war.

„Du musst hier schlafen", sagte sie entschuldigend. „Mein Vater ist sehr konservativ."

„Ist in Ordnung." Er grinste. „Solange du deine Tür nicht abschließt."

Sie küsste ihn flüchtig auf die Lippen. Nachdem sie ausgepackt hatten, gingen sie nach draußen. Die Erinnerungen waren jetzt nicht mehr so überwältigend, und sie zeigte ihm, wo sie immer Verstecken gespielt hatten, wo sie damals vom Baum gefallen war und sich den Arm gebrochen hatte und wo ihre Katze ihre Jungen geboren hatte. Als jedoch der Nachmittag hereinbrach, wurde sie dann aber doch wieder aufgewühlter. Ständig war sie, wild mit den Armen rudernd, in Bewegung, andauernd fuhr sie mit ihrer Zunge über ihre Lippen. Nouri entging es nicht.

„Anna, sei nicht so nervös. Er ist dein Vater, aber er bestimmt nicht dein Leben. Nicht mehr."

Sie warf ihm einen dankbaren Blick zu. Nouri hatte Recht. Er war nun ihr Lebensmittelpunkt, ihre Zuflucht, ihre Freude. Sie konnte ein Leben führen, wie es ihr passte, brauchte nicht die Zustimmung ihres Vaters und stellte sich nicht mehr die bangen Fragen, ob er sie liebte oder nicht. Sie konnte ohne Angst vor den Geheimnissen seiner Vergangenheit leben. Im Iran würde sie ein glückliches, erfülltes Leben führen, ohne sich sehnen zu müssen nach einer normalen Familie wie in diesen albernen Fernsehsendungen, die sie in ihrer Kindheit gesehen hatte, Sendungen wie *Father Knows Best* oder *Leave it to Beaver*.

Anna bereitete gerade Tee zu, als ein langer, schwarzer Wagen langsam die Auffahrt hochfuhr. Schon seit ihren ersten Erinnerungen hatte ihr Vater immer einen Fahrer gehabt. Nouri und sie begaben sich nach draußen und beobachteten, wie er aus dem Wagen kletterte. Sie fragte sich, wie Nouri wohl die Situation wahrnahm. Für Anna war Erich Schroder ein distinguiert aussehender Mann schon ziemlich weit in seinen Sechzigern. Sein wehendes, weißes Haar war lang, aber ordentlich gekämmt. Seine durchdringenden, blauen Augen würden ein Loch in Annas Seele brennen können, wenn sie es zuließe. Er hatte ein markantes Kinn, das Anna von ihm geerbt hatte, und buschige Augenbrauen, die Gott sei Dank keine Ähnlichkeit mit Annas aufwiesen. Er war nicht groß, aber kräftig. Wenn er nicht Physiker geworden wäre, wäre möglicherweise ein guter Boxer aus ihm geworden. Obwohl man sich inzwischen allgemein etwas legerer kleidete, trug ihr Vater einen Anzug, ein strahlend weißes Hemd und eine Seidenkrawatte.

Er umarmte sie und gab ihr einen flüchtigen Kuss auf die Stirn. Dann schüttelte er Nouri die Hand, lächelte und stellte sich selbst vor. Sie marschierten ins Haus, wo ihr Vater seine Jacke auszog und seine Krawatte lockerte. Sie setzten sich in den Raum, den Anna immer das Vorderzimmer nannte – der offizielle Empfangssalon. Anna servierte Tee. Sie erinnerte sich daran, dass ihr Vater immer zwei Löffel Zucker nahm. Nouri mochte es noch süßer und nahm drei. Sein Vater fragte Nouri nach seiner Familie, seiner Ausbildung und seinen Interessen. Nach jeder Antwort nickte er. Nouri wirkte zurückhaltend, und Anna fragte sich, was er wohl dachte. Hatte er Zweifel? Würde er alles neu überdenken?

„Und wie stellen Sie sich Ihre Zukunft vor, junger Mann?", fragte ihr Vater. „Was werden Sie tun, wenn Sie in Ihr Land zurückgekehrt sind?"

Nouri erzählte ihm von der U-Bahn. „Es ist die Chance meines Lebens. An vorderster Front die Fortschritts- und Modernisierungspläne des Schahs zu unterstützen."

„Ich verstehe." Ihr Vater nahm einen Schluck Tee und stellte die Tasse und Untertasse zurück auf das Tablett. „Und wie denken Sie über den Schah?" Mit wachem Blick musterte er ihn. In Annas Bauch begann es zu rumoren.

Nouri gab eine differenzierte Antwort. Anna fragte sich, ob ihr Vater das auch so empfand. „Er hat Gutes geleistet. Viel Gutes, zum Beispiel hat er dem Iran einen moderneren Anstrich gegeben. Aber gleichzeitig ist seine Bilanz in Sachen Menschenrechte..." Nouri hatte sich die Ausdrucksweise der Politiker zu Eigen gemacht, „... negativ. Die SAVAK ist ein Gräuel."

Ihr Vater beugte sich nach vorne. „Glauben Sie nicht, dass der Zweck die Mittel heiligt? Wenn Armut ausgelöscht werden kann, wenn es den Leuten besser geht, ist es da nicht egal, wie das zustande kam?"

Unwillkürlich legte Nouri die Stirn in Falten. War das ein Trick, fragte sich Anna.

„Wozu soll Wohlstand gut sein, wenn man seine Meinung nicht frei äußern kann, ohne staatliche Repressalien fürchten zu müssen", erwiderte Nouri.

„Aber Ihr Schah verspricht jedem Iraner ein Auto."

„Genau. Ich bleibe bei dem, was ich gesagt habe."

Ihr Vater lächelte grüblerisch. „Wenn ich es nicht besser wüsste, müsste ich annehmen, dass Sie ein Progressiver sind, vielleicht sogar ein Marxist – verkleidet als Kapitalist."

Nouri grinste.

Ihr Vater presste seine Fingerspitzen zusammen. „Andererseits ist jeder Mensch in jungen Jahren Marxist."

Anna war reichlich verärgert, aber Nouri ließ sich nichts anmerken.

„Natürlich...", fuhr Annas Vater fort, „hat die Geschichte gezeigt, dass der Iran recht... flexibel ist. Der Vater Ihres Schahs hat im Zweiten Weltkrieg offen mit Hitler sympathisiert. Zumindest solange, bis die Briten und Amerikaner eingriffen. Sein Sohn hat dann später genauso leicht die entgegengesetzte Richtung eingeschlagen. Wussten Sie das?"

Nouri schüttelte den Kopf.

„Das hat man wahrscheinlich aus Ihren Geschichtsbüchern gestrichen. Perser sind genau wie Franzosen Meister der... Flexibilität."

In Anna machte sich ein Gefühl der Empörung breit. Die Kommentare ihres Vaters zielten nicht nur gegen Nouri, sondern waren gleichzeitig auch Kritik an ihrer Mutter.

„Nun..." schloss ihr Vater und tat so, als bemerke er Annas Wut nicht, „...wir haben eine Reservierung für acht Uhr zum Abendessen. Bis dahin sage ich..." er machte eine kunstvolle Pause, um dann mit verschwörerischem Lächeln fortzufahren „...adieu."

———

Im Ort gab es nur ein einziges anständiges Restaurant, eine Gaststätte im Country-Stil, in der Eintöpfe und gebackene Maismehlklößchen serviert wurden, das aber mit weißen Tischdecken, zuvorkommenden Kellnern und einer gut ausgestatteten Bar aufwartete. Der Oberkellner hieß ihren Vater willkommen und behauptete, Anna wiederzuerkennen, obwohl sie sich zuletzt gesehen hatten, als sie zwölf war. Die Bedienung war durchgehend höflich zu Nouri und bot ihm sogar die Weinkarte an, die er aber ablehnte.

Annas Vater trug denselben Anzug, hatte aber ein frisches Hemd angezogen. Er bestellte gebackene Mostaccioli, was Anna als seltsames Gericht für ein Country-Restaurant erachtete. Sie bestellte Fisch und Nouri Hähnchen. Das Essen schmeckte überraschend gut. Während des Essens betrieben sie Smalltalk, aber als die Kellner abräumten, nahm ihr Vater seine Gleitsichtbrille ab, zog ein Baumwolltaschentuch hervor und begann, die Gläser zu reinigen. Schließlich setzte er die Brille wieder auf und legte seine Hände zusammen.

„Nouri", sagte er. „Ich bin in einer etwas schwierigen Position. Anna ist meine einzige Tochter. Natürlich habe ich erwartet, dass sie mich eines Tages um Erlaubnis fragen würde, heiraten zu dürfen, aber ich muss zugeben, ich hatte nicht erwartet, dass das so schnell gehen würde. Wie Sie wissen, hat sie gerade erst ihren Abschluss gemacht."

Irritiert schaute Anna auf. Seit wann brauchte sie seine Erlaubnis, um zu heiraten? Aber sie verkniff sich eine Entgegnung darauf. Ihr Vater versuchte gerade, etwas Wichtiges zu sagen.

„Aber Anna hat Sie ausgewählt", fuhr ihr Vater fort.

„Genauso, wie ich sie ausgewählt habe. Ich liebe und verehre Ihre Tochter. Ich möchte immer für sie da sein."

Ein Lächeln umspielte Annas Lippen.

„Das glaube ich Ihnen." Ihr Vater räusperte sich. „Aber leider erlauben es mir mein fortgeschrittenes Alter und mein Arbeitsaufkommen nicht, zu eurer Hochzeit in Teheran zu kommen."

„Wir hoffen, dass wir Sie noch umstimmen können."

„Das glaube ich nicht." Ihr Vater hielt inne. „Ich vermute, es wird eine muslimische Zeremonie sein? Und dass Anna sagen muss, dass sie konvertieren wird?"

Anna fragte sich, woher ihr Vater das wusste. Nouri und sie hatten darüber bereits gesprochen und waren zu einem Kompromiss gelangt. Für sie war das kein Thema.

Nouri antwortete: „Ich bitte Sie, das zu verstehen... es ist nur eine Formalität. Niemand nimmt das ernst. Ich zumindest nicht. Und meine Familie tut es auch nicht. Wir wissen, dass Anna Christin ist. Wir respektieren Menschen aller Glaubensgemeinschaften im Iran. Niemand wird sie zwingen, sich dem Islam anzuschließen."

Ihr Vater setzte einen seltsamen Gesichtsausdruck – halb lächelnd, halb Grimasse schneidend – auf. „Ich weiß Ihre Offenheit zu schätzen, Nouri. Als Vater muss ich allerdings sicher sein, dass Anna unter keinen Umständen Bedenken hat, Sie zu heiraten, so unbedeutend sie auch erscheinen mögen."

Anna fiel ihm ins Wort. „Wir sind nicht religiös, sind es nie gewesen. Du weißt das. Nichts interessiert mich weniger."

„Gut." Ihr Vater nickte. „Dann habe ich nur noch eine Bitte, und ich hoffe, ihr seid beide nachsichtig mit mir."

Anna und Nouri tauschten fragende Blicke aus.

„Ich möchte gern, dass ihr hier heiratet – in den Vereinigten Staaten – bevor ihr abreist. Eine standesamtliche Trauung wäre ausreichend."

„Hier heiraten? Warum?", fragte Anna.

„Reicht es nicht, dass ich meine einzige Tochter an ihren Auserkorenen ‚weggeben' muss?"

Anna lehnte sich zurück. Sentimentalität war bisher eigentlich keine Eigenschaft, die ihr Vater an den Tag gelegt hätte. Im Gegenteil hatte sie bisher immer gedacht, dass er den emotionalen Quotienten eines Froschs habe. Sie fragte geradeheraus: „Papa, worauf willst du wirklich hinaus?"

Er sah sie verärgert an, offenbar darüber, dass sie es wagte, nach seinen Motiven zu fragen, doch dann zuckte er nur mit den Schultern. „Ich wollte nur sicherstellen, dass eure Ehe sowohl in den USA als auch im Iran anerkannt wird."

„Warum?" Anna konnte das Misstrauen in ihrer Stimme nur mit Mühe unterdrücken.

Ihr Vater blickte erst sie, dann Nouri an. „Bitte. Tut mir den Gefallen."

„Aber wir sollen schon in drei Tagen abreisen. Das sehen unsere Visa so vor. Wir haben keine Zeit dafür."

„In Maryland wird kein Bluttest verlangt. Ihr könnt eure Lizenz abholen und 48 Stunden später seid ihr verheiratet. Oder ihr geht nach Virginia, dort habt ihr überhaupt keine Wartezeit."

Anna holte tief Luft. „Du willst, dass wir für eine Schnellheirat durchbrennen. Ich dachte immer..."

Ihr Vater schnitt ihr das Wort ab. „Es ist alles ganz legal."

Annas Kinnlade klappte herunter. Sie war verwirrt. „Aber du hast doch gerade gesagt... ich meine... du willst tatsächlich, dass ich in irgendeinem, x-beliebigen Rathauszimmer heirate? Ich verstehe das nicht."

Seine Stimme war bestimmt und fest. „Anna, ich glaube nicht, dass ich zu viel verlange. Tu das für mich. Betrachte es als Abschiedsgeschenk für mich."

Jetzt mischte sich auch Nouri ein. „Doktor Schroder, ich bitte Sie, es sich zu überlegen und doch nach Teheran zu kommen. Sie wären bei uns ganz herzlich willkommen. Aber wenn Sie sich sicher sind, dass es Ihnen unmöglich ist, werden wir selbstverständlich tun, worum Sie uns bitten."

„Aber Nouri...", rief Anna aus.

Nouri schüttelte den Kopf

Anna verkniff sich weitere Äußerungen.

Ihr Vater lächelte.

———

Am nächsten Morgen fuhren die drei in Richtung Süden, nach Leesburg in Virginia, dem Verwaltungssitz des Loudoun County. Das Justizgebäude lag in der Stadtmitte. Es war ein roter Ziegelsteinbau aus der Kolonialzeit mit anmutigen weißen Säulen. Anna und Nouri beantragten und erhielten eine Heiratslizenz. Eine Stunde später wurde die Ehe von einem Amtsrichter in dessen Mittagspause geschlossen. Auch wenn sie sich darin einig waren, dass die ‚offizielle‘ Feier in Teheran stattfinden würde, spürte Anna doch eine gewisse Erregung, als sie und Nouri sich das Ja-Wort gaben. Sie war jetzt Frau Nouri Samedi. Sie konnte nicht aufhören zu lächeln. Auch ihr Vater sah sehr zufrieden aus und schüttelte freudig Nouris Hand.

———

Annas Vater fertigte Fotokopien der Heiratsurkunde an, und anschließend machten sie sich auf den Heimweg nach Maryland. Zwei Tage später fuhren Anna und Nouri zum Flughafen und bestiegen das Flugzeug nach Teheran.

ZEHN

Ihre ersten Eindrücke über Teheran sammelte Anna aus der Luft. Sie sah eine ausgedehnte Metropole, die so groß sein musste wie die fünf Verwaltungsbezirke von New York, wenn nicht sogar noch größer. Endlose Reihen kleiner Gebäude und großer Wolkenkratzer erstreckten sich unter ihr in keiner erkennbaren Anordnung. In der Ferne lag das felsige Elburs-Gebirge, das drei Seiten der Stadt umschloss. Das Elburs-Gebirge ist eine Art Markenzeichen für Teheran, vergleichbar mit dem Lake Michigan für Chicago.

Fast alles hatte irgendeine der vielen Schattierungen von Braun – die Berge, der Boden, ja sogar der leichte Nebelschleier der Verschmutzung. Doch je tiefer das Flugzeug sank, desto schärfer wurden die Details der Objekte sichtbar, und das Braun hellte sich zu einem Beige, Crème oder sogar Weiß auf. Ein deutlicher Kontrast zum gleichbleibenden Grau Chicagos war nun erkennbar.

Die Hitze traf Anna fast wie ein Schlag, als sie die Treppen des Flugzeugs hinunterschritt, eine trockene und gefährliche Hitze. Schweißperlen bildeten sich auf ihrem Hals. Glücklicherweise waren es nur einige Schritte bis zum klimatisierten Gebäude des Flughafens Mehrabad. Im Terminal angekommen, bewegten sie sich

Richtung Zoll. Anna bemerkte die runden Bögen und leuchtenden Mosaike in den Hallen. Es war früher Nachmittag, doch es herrschte großer Andrang, und ein großer Teil der Menschen stammte aus westlichen Ländern. Ihre Gegenwart erregte kaum Aufmerksamkeit.

Die Zollabwicklung verlief problemlos – die Beamten öffneten nicht einmal ihre Koffer. Draußen angelangt, winkten sie ein Taxi herbei. Nouri hatte seine Eltern von Frankfurt aus angerufen und sie gebeten, nicht zum Flughafen zu kommen; jedes Familienmitglied hätte mitfahren wollen, und es hätte dann nicht ausreichend Platz für das Gepäck gegeben. Anna war sehr dankbar für die Gnadenfrist; sie gab ihr die Möglichkeit, sich noch ein wenig zu akklimatisieren.

Der Taxifahrer redete in einem Wortschwall in Farsi auf sie ein. Nouri antwortete ihm und bat ihn dann: „Bitte sprechen Sie Englisch. Meine Frau...", er grinste Anna an, als er dieses Wort aussprach, „ ...versteht uns sonst nicht."

Anna konnte ein Kichern gerade noch unterdrücken. Nouri gab sich wirklich Mühe, dass sie sich willkommen fühlte.

Der Fahrer zuckte mit den Schultern. „Ich nicht gut Englisch sprechen." Er verstummte.

Ein kunstvoll geschwungenes Bauwerk tauchte vor ihnen auf. Es bestand aus anmutigen Rundbögen mit elegant angeordneten, wiederkehrenden Diamanten in Blau und Gold unter den Bögen. Vor dem Gebäude sprühte ein Springbrunnen Wasserfontänen. „Das ist das Shahyad Aryamehr", erklärte Nouri. „ ‚Gedenken an die Schahs.' Wir nennen es das Tor nach Teheran. Der Schah erbaute es anlässlich des 2500-jährigen Bestehens der persischen Monarchie."

Der Fahrer verlangsamte das Tempo und ergriff das Wort, diesmal wieder in Farsi.

Nouri übersetzte. „Er sagt, es ist aus achttausend Blöcken weißen Marmors gebaut."

Anna reckte ihren Hals, um besser sehen zu können. Das Gebäude war imposant und erhaben, fast wie ein persischer Arc de Triomphe.

Wenige Minuten später befanden sie sich in einem dichten

Gewühl aus Autos und Fußgängern. Anna vermutete, dass diese Gegend, die geprägt war von zehn- bis zwölfstöckigen Gebäuden, einem Kaufhaus und Hotels, das Geschäftsviertel war. Hier sah es aus wie in jeder anderen Großstadt.

Sie bogen auf einen breiten, von Bäumen gesäumten Boulevard ein. Im westlichen Stil errichtete Gebäude mit scharfkantigen, geometrischen Formen flankierten die Straße, aber dazwischen fanden sich immer wieder Bauwerke mit anmutigen Rundungen und Kuppeln, Gebäude mit Dachterrassen und aufwändigen Verzierungen an den Fassaden. Viele von ihnen waren mit farbenfrohen, gleichmäßigen Mustern versehen. Zusätzlich zu weißen Ornamenten sah Anna blaue, grüne, ja sogar lavendelfarbene Töne aufschimmern. Alles wirkte warm und weich und fügte sich harmonisch in die Gesamtarchitektur ein. Während sie sich weiter durch den Verkehr kämpften, blickte sie immer wieder auf die Gipfel der Berge.

Sie durchquerten Kreisverkehre, in deren Mitte sich manchmal Springbrunnen befanden. „Wir fahren nach Nord-Teheran", sagte Nouri. „Das ist der bessere Teil der Stadt. Du wirst sicherlich nicht in den Süden wollen."

„Warum nicht?"

„Er ist ... nun, wie soll ich sagen..."

„Das Ghetto?"

Er nickte.

Der Taxifahrer gab, wild gestikulierend und Nouri durch den Rückspiegel betrachtend, einen weiteren Redeschwall in Farsi von sich. Nouri hörte zu und antwortete dann mit scharfer Stimme. Der Fahrer verstummte augenblicklich.

Anna legte ihre Hand auf Nouris Schulter. „Was ist los?"

„Er berichtete von den Aufständen gegen den Schah. Er fragte, ob wir in den USA davon gehört hätten und wie ich darüber dächte."

„Aber du wolltest nicht darüber sprechen?"

„Nein." Er tätschelte Annas Hand. „Er könnte bei der SAVAK sein. Oder ein Spitzel. Hoffen, dass ich etwas sage, womit er mich ans Messer liefern kann. Oder womit er mich erpressen könnte."

Anna starrte erst Nouri, dann den Taxifahrer an. Musste sie sich Sorgen machen? Sie kam zu dem Ergebnis, dass sie im Augenblick zu viel um die Ohren hatte, um sich Gedanken über Meinungsfreiheit zu machen.

Nouri wechselte nun ohnehin das Thema. „Sieh mal, wir sind jetzt auf der Pahlavi Avenue. Eine der längsten Straßen der Welt. Sie verläuft quer durch Teheran."

Anna blickte aus dem Fenster. Sie konnten später sprechen.

„Na, was denkst du über meine Stadt?"

Sie spähte weiter zu beiden Seiten hinaus. „Ich liebe sie."

Er ließ seine Finger in ihre gleiten. „Ich bin so froh. Oh Anna, welch ein wundervolles Leben wir führen werden!"

„Es hat schon begonnen." Sie lächelte. „Du bist mein Ein und Alles."

Einige Minuten später bogen sie von der Pahlavi Avenue in ein Wohngebiet ab. Die Straßen waren hier enger, und der Straßenlärm verebbte ein wenig. Die meisten Häuser waren hinter Mauern verborgen, an manchen Stellen schaute eine belaubte Baumkrone darüber. Anna spürte, dass sie nun in den wohlhabenden Teil Teherans gelangten. Das Taxi schlängelte sich durch mehrere Straßen und hielt schließlich neben einer Steinmauer, die den gesamten Häuserblock umgab. Die Straße hatte eine leichte Steigung, und hier waren sie am höchsten Punkt.

Nouri sprach mit dem Taxifahrer, der laut und lange hupte. Wenige Augenblicke später öffnete sich ein Tor, und mehrere Leute strömten heraus: eine Frau, klein und rundlich, und ein Mädchen, das einige Jahre jünger als Anna sein musste. Hinter ihr erschienen ein Mann und eine Frau. Das mussten die Haushaltshilfen sein. Ehe sie wusste, wie ihr geschah, wurde Anna umarmt und geküsst, was von lauten Freudenrufen begleitet wurde.

———

Hinter der Mauer kam ein riesiges Haus zum Vorschein, das so wirkte, als sei es kürzlich umgebaut worden. Anna ging über den mit Obstbäumen flankierten Innenhof und durch einen Garten mit in voller Blüte stehenden Blumen darauf zu. In der Mitte des Hofes lag ein kleiner Pool. Die anderen schenkten der Szenerie kaum Beachtung, aber Anna verlangsamte ihre Schritte. Die Tatsache, dass jemand genügend freien Raum hatte, um seine Füße in kühlendes Wasser tauchen zu können, vielleicht mit einem Gedichtband in der Hand, oder einfach nur, um eins zu sein mit der Natur, erschien ihr wie das Paradies.

Im Inneren sah sie hohe Decken, dicke Perserteppiche und Wandteppiche in hellen, bunten Farben. Silber- und Goldaccessoires glänzten im Licht, das durch ein Panoramafenster hineinschien, das die gesamte Höhe des Raumes einnahm. Abstrakte Ölgemälde in goldenen Rahmen bedeckten die Wände. Die Polstermöbel waren nach Annas Vermutung mit Seide bezogen, und die Wände waren weiß. Das gesamte Interieur schuf eine helle und luftige Atmosphäre, ohne den Eindruck von Gemütlichkeit zu erwecken. Je mehr Räume sie in Augenschein nahmen, desto stärker war Anna beeindruckt. Sie war in guten Verhältnissen ohne jeglichen Mangel aufgewachsen, aber dieser Reichtum übertraf ihre Vorstellungskraft.

Nouris Mutter erteilte einer Bediensteten einen Befehl. Die Frau, die ein Tuch um ihr Haar gewickelt hatte, murmelte etwas zurück und ergriff Annas Koffer und Reisetasche.

„Nein, ich nehme das schon", sagte Anna zu der Frau.

Nouris Mutter machte eine abwehrende Handbewegung und schüttelte den Kopf. Die Frau nahm Annas Gepäck auf. Nouris Mutter lächelte, hakte sich bei Anna unter und führte sie die Treppe hinauf. Parvin Samedi war klein und rundlich, aber Anna stellte fest, dass sie früher eine Schönheit gewesen war. Ihr dunkles Haar war mit grauen Strähnen durchzogen, und die Augen hatte Nouri von ihr: ein dunkles Braun mit Spuren von Bernstein, umrahmt von dunklen Wimpern. Sie trug ein einfach geschnittenes, beigefarbenes Kleid, das mit goldenem Schmuck aufgewertet war. Sie sprach nur gebrochen Englisch, aber zusammen mit ihrem Lächeln, ihren

Gesten und mit Hilfe von Pantomime konnte sie sich gut verständlich machen.

Oben angelangt, führte sie Anna einen langen Gang entlang, der eine stattliche Anzahl von Türen aufwies. Sie öffnete die zweite auf der rechten Seite, murmelte etwas in Farsi und geleitete Anna in den Raum. Panoramafenster über die gesamte Höhe des Raumes gaben den Blick auf das nördliche Teheran frei, das weitgehend aus einer riesigen Ansammlung von Gebäuden bestand, von denen sich viele noch im Bau befanden. Es hatte den Anschein, als seien sie alle zum Elburs-Gebirge ausgerichtet. Anna kam es so vor, als hätten die Berge in der letzten Stunde die Farbe gewechselt. Sie waren jetzt pinkfarbener, nicht mehr so braun.

Das Zimmer war im westlichen Stil eingerichtet und beinhaltete unter anderem ein Doppelbett, einen Schreibtisch und Bücherregale mit Büchern in Ledereinbänden. Auf dem obersten Regalbrett standen einige Pokale sowie einige eingerahmte Familienfotos. Es befand sich sogar ein Bild von Nouri in einem Fußballtrikot darunter.

Die Bedienstete mit dem Kopftuch schleppte Annas Gepäck in das Zimmer. Sie wuchtete es auf das Bett, zog den Reißverschluss der Reisetasche auf und begann, Annas Sachen herauszunehmen.

„Bitte, das kann ich selbst machen", sagte Anna. Aber Nouris Mutter gab etwas in Farsi von sich, und die Bedienstete machte mit dem Auspacken weiter. Anna war ein wenig erleichtert, als Nouri den Raum betrat. Ein weiterer Bediensteter beförderte seine Koffer in einen Raum etwas weiter den Gang hinunter.

„Dies ist unser bestes Gästezimmer", sagte Nouri.

Anna neigte den Kopf. Sie war überrascht, dass Nouris Mutter sie in zwei verschiedenen Räumen unterbrachte. Überhaupt war sie überrascht, dass sie hier untergebracht wurden. „Ich dachte, wir würden unsere eigene Wohnung beziehen."

„Mein Vater sagt, dass sie noch nicht ganz fertig ist. Sie wird noch frisch gestrichen und geputzt. Wir werden sie uns morgen ansehen."

„Wie lange werden wir hier bleiben?"

„Das weiß ich noch nicht."

„Aber..." Sie hielt inne. Sie war gerade erst angekommen. Sie wollte keine Probleme bereiten. Sie blickte sich um. „Nouri, warum sind wir in getrennten Zimmern? Wir sind verheiratet."

Nouri blickte auf den Boden. Er gab keine Antwort.

„Nouri..." Sie verschränkte die Arme.

Als Nouri endlich wieder aufblickte, errötete er. „Ich habe es ihnen noch nicht gesagt."

Sie trat einen Schritt zurück. „Du hast nicht gesagt, dass wir verheiratet sind?"

„Mutter ist so aufgeregt wegen der Hochzeitsvorbereitungen. Für uns ist die Heirat das wichtigste Ereignis in einem Familienleben. Ich weiß nicht, wie ich es ihr beibringen soll."

„Nouri, wir müssen es ihnen sagen. Wir können ihnen doch nicht ständig etwas vorspielen."

Nouris Stimme nahm einen beschwörenden, fast schon weinerlichen Tonfall an: „Bitte Anna, es ist ja nur für einige Tage!" Er sah sie schüchtern an. „Ich werde zu dir kommen. Nachdem alle zu Bett gegangen sind."

„Was geschieht, wenn wir in unsere eigene Wohnung umgezogen sind. Die Hochzeit findet erst in einem Monat statt. Erwarten sie etwa, dass wir dort auch in getrennten Zimmern schlafen?"

„Du weißt doch, wie Eltern sind." Er winkte ab. „Sie werden es ignorieren. Der Anschein ist wichtig. Das Gesicht zu wahren, darum geht es."

Nouri hatte ihr erzählt, dass es für Ehepaare unterschiedlicher Nationalität oder Konfessionen nicht ungewöhnlich war, zweimal zu heiraten, einmal in den USA und einmal im Iran. Das islamische Recht schrieb vor, dass eine muslimische Zeremonie durchgeführt werden musste. Warum machte Nouri aus ihrer amerikanischen Hochzeit ein Geheimnis? Anna fühlte sich einfach ein ganz klein wenig betrogen. Und ausgeschlossen. Erschöpft von ihrer Reise und mit ihrer Geduld am Ende hätte sie ihm beinahe gesagt, wie sie sich fühlte. Aber Nouris Mutter beobachtete sie mit einem neugierigen Ausdruck in ihrem Gesicht. Mit erheblicher Mühe konnte sich Anna beherrschen. Sie wollte gerade bemerken, dass sie später darüber sprechen würden, als Nouris sechzehnjährige Schwester in den Raum platzte.

Laleh hatte Nouris Augen, scharfe Gesichtszüge und dunkles, üppiges Haar, wirkte aber zierlicher und weiblicher. Mit ihrer enganliegenden Jeans, dem knappen T-Shirt und dem kunstfertig aufgetragenen Make-up sah sie atemberaubend aus. Obwohl Anna fünf Jahre älter war, fühlte sie sich unweigerlich eingeschüchtert. Lalehs Schönheit war mit Selbstbewusstsein verknüpft und dem Wissen, dass ihre Auftritte stets für Aufmerksamkeit sorgen würden.

Laleh schritt unvermittelt auf Anna zu und umarmte sie. „Ich bin so aufgeregt, dass du hier bist, Anna. Ich kann es kaum erwarten, dir Teheran zu zeigen." Ihr Englisch war fast so gut wie Nouris. „Wir werden beste Freundinnen und gleichzeitig Schwestern sein." Sie strahlte Anna mit einem umwerfenden Lächeln an.

Anna gelang es, das Lächeln zu erwidern.

Nouri war sichtlich stolz. Dann sagte seine Mutter etwas in Farsi, und Nouri nickte. „Anna, lass das Zimmermädchen fertig auspacken. Wir gehen nach unten zum Tee."

Anna hätte lieber selbst ausgepackt. Aber sie war hier nicht zu Hause, und sie besann sich darauf, dass sie ein guter Gast sein wollte. Sie warf der Bediensteten einen dankbaren Blick zu, die schon damit beschäftigt war, ihre Sachen in den Schränken unterzubringen. Dann folgte Anna der Familie nach unten. Sie war über Nouri verärgert.

Aus dem Wohnzimmer vernahm Anna das Klappern von Tellern und Tassen in der Küche. Einen Augenblick später trug ein weiteres Dienstmädchen – wie viele sie wohl hatten, fragte sich Anna – ein Tablett herein, auf dem sich eine schlanke Teekanne, fünf schmale Gläser und eine Platte mit in Scheiben geschnittenem Obst befanden. Iraner tranken ihren Tee aus Gläsern, wie sich Anna erinnerte, manchmal mit einem Würfel Zucker zwischen den Zähnen. Nouri setzte sich auf das gepolsterte Sofa und klopfte auf den freien Platz neben ihm.

Nouris Vater trat ein und setzte sich auf den offensichtlich nur ihm zugedachten Stuhl neben dem Sofa. Er war erst vor kurzem aus dem Büro zurückgekehrt. Bijan war hellhäutig, groß und schlank. Nouri hatte seine Statur von ihm geerbt. Sein Haar war grauer als das seiner Frau, und seine fast mandelförmigen Augen waren von jadegrüner Farbe. Er hatte einen gut gepflegten Oberlippenbart und trug einen maßgeschneiderten, teuer wirkenden Anzug, eine Seidenkrawatte und Manschettenknöpfe.

Parvin nahm auf einem Stuhl gegenüber dem ihres Ehemannes Platz und goss Tee ein. Laleh ließ sich auf ein Sitzkissen fallen.

Nouris Vater beugte sich nach vorn. „Ich hoffe, eure Reise verlief angenehm?"

„Lang, aber schön", sagte Anna.

„Wenn ihr müde seid, müsst ihr ein Schläfchen machen." Er sprach Englisch mit einem deutlich britischen Akzent.

„Ich schlafe tagsüber nie. Stattdessen gehe ich früh schlafen."

Parvin bot Anna ein Glas Tee an. „Sie haben ein wundervolles Heim, Frau Samedi."

„Oh, aber du musst uns Maman-joon und Baba-joon nennen", sagte Nouris Vater lächelnd.

„Liebe Mutter, lieber Vater", erklärte Nouri.

Anna nickte schüchtern. „Ach, das erinnert mich an etwas", sagte sie, denn ihr fiel plötzlich etwas ein. Sie stellte ihren Tee ab, erhob sich von der Couch und begab sich zur Treppe.

„Wohin gehst du?", fragte Nouri.

„Das wirst du gleich sehen."

Sie ging die Treppe hoch und in ihr Zimmer. Das Dienstmädchen war fast fertig mit dem Auspacken. Das war problematisch, fand Anna. Sie hatte keine Ahnung, wo die Frau ihre Sachen untergebracht hatte. Sie breitete fragend die Arme aus, erkannte dann aber, dass die Frau keine Ahnung hatte, worum es ihr ging. Sie versuchte, mit den Fingern eine Schachtel in die Luft zu malen.

„Das Mitbringsel. Das Geschenk", sagte sie. „Wo ist es?"

Das Dienstmädchen schüttelte den Kopf. Anna suchte den gesamten Raum ab, doch sie fand es nicht. Sie wusste genau, dass sie es in die Reisetasche gepackt hatte. Dann öffnete sie die Tür zum Bad. Dort war es, auf dem obersten Regal: eine hellblaue Schachtel mit dunkelblauem Geschenkband. Sie reckte sich, aber das Regal war zu hoch für sie. Das Dienstmädchen war größer und holte es vom Regal.

„*Khayli mamnoon.*" Vielen Dank. Das war eine der wenigen Redewendungen in Farsi, die Anna kannte.

Die Frau nickte ihr zu. „*Khâhesh meekonam.*" Gern geschehen.

Anna nahm die Schachtel mit nach unten und händigte sie Nouris Mutter aus. „Das ist für dich, Maman-joon."

Nouris Eltern tauschten Blicke aus.

„Öffne es!", forderte Nouri sie auf.

Anna beobachtete, wie Parvin die Schachtel öffnete. Sie hatte sich wochenlang wegen des Geschenks den Kopf zerbrochen. Es durfte nicht zu überschwänglich sein, aber auch nicht billig oder minderwertig. Nach langem Hin und Her entschied sie sich endlich für Kristall-Kerzenhalter von Lalique. Sie kosteten ein kleines Vermögen. Sie hoffte, dass sie eine gute Wahl getroffen hatte. „Ich weiß, dass der Name Nouri Licht bedeutet. Als seine Frau hoffe ich, dass ich mehr Licht auch in euer Leben bringen kann. Ich bin sehr geehrt, Teil eurer Familie zu sein."

Nouris Vater übersetzte. Parvin untersuchte die Kerzenhalter sorgfältig. Leichte Falten legten sich auf ihre Stirn. Sie sprach in Farsi.

„Was hat sie gesagt?", fragte Anna nervös.

Nouri übersetzte. „Sie sagt, sie kann es nicht annehmen."

In Annas Magen rebellierte es. „Was meinst du damit? Warum nicht?"

„Maman sagt, sie sind wundervoll. So wundervoll, dass wir sie für uns selbst behalten sollen."

„Aber es ist ein Geschenk für sie", sagte Anna. „Sag ihr das!"

Nouri tat es, aber Parvin schüttelte den Kopf.

„Bitte..." Anna wurde es immer flauer im Magen, sie spürte Panik in sich aufsteigen. „Ich verstehe das nicht. Habe ich etwas falsch gemacht? Mag sie mich nicht?"

Nouris Vater knurrte etwas in Farsi. Parvin antwortete ihm, und auf diese Weise ging es eine Weile hin und her. Bijan hatte das letzte Wort. Es klang bestimmt. Parvin sah daraufhin Anna an. „In Ordnung", sagte sie in gebrochenem Englisch. „Es ist in Ordnung."

„Was ist in Ordnung?" Anna war jetzt völlig verwirrt.

Nouri ergriff das Wort. „Das ist eine iranische Sitte. *Ta'arof.* Wir Iraner lehnen ein Geschenk grundsätzlich ab, bevor wir es annehmen. So machen wir das nun einmal. Aber Baba weiß, dass dies in der westlichen Welt so nicht Sitte ist. Das hat er Maman erklärt."

Parvin erhob sich, ging auf Anna zu und umarmte sie „*Khayli mamnoon.*"

„Sie sind wunderschön", sagte Bijan. „Und wohl überlegt. Aber die Ehre, dass du unserer Familie beitrittst, ist auf unserer Seite."

Anna lehnte sich zurück, erschöpft, aber erleichtert. Mit der persischen Kultur vertraut zu werden würde schwieriger werden, als sie sich vorgestellt hatte.

Bijan wechselte das Thema. „Ich habe den Geschäftsführer der Firma mit dem Metro-Vertrag angerufen. Sie möchten, dass Nouri sich in zwei Tagen vorstellt. Ich nehme an, das passt?"

„Natürlich", antwortete Nouri. „Danke, Baba."

„Und du, Anna. Ich weiß, dass du erst einmal mit den Hochzeitsvorbereitungen und deinem neuen Zuhause beschäftigt sein wirst. Aber willst du dir eine Arbeit suchen, wenn du dich eingewöhnt hast?"

Sie freute sich, dass er an sie dachte. „Das würde ich gern tun. Bis unsere Kinder auf der Welt sind natürlich." Sie lächelte schüchtern.

„Ah." Er setzte ein breites Grinsen auf. „Ihr möchtet Kinder?"

„Oh ja, mindestens drei oder vier." Sie hatte sich schon immer viele Kinder gewünscht, sich auf den süßen Babygeruch in ihrer Nase, den fröhlichen Kinderlärm und das Gelächter, das ihr Haus erfüllen würde, gefreut. Sie konnte es kaum abwarten, sie mit Küssen zu überschütten, wenn sie sich die Knie und Ellbogen aufschürften oder aus Alpträumen erwachten. Sie hatte sich geschworen, dass das Leben ihrer Kinder völlig anders sein würde als ihre kalte, sterile Kindheit.

Baba-joon lachte. „Ich nehme an, du und Nouri, ihr werdet sehr beschäftigt sein."

Anna spürte, wie ihre Wangen heiß wurden. Sie hoffte, dass sie keinen Faux-Pas begangen hatte. Aber Baba-joon grinste immer noch. „Nun, und was hast du dir vorgestellt, bis dieser segensreiche Tag kommt?"

Sie spreizte die Hände. „Ich weiß es noch nicht. Ich hoffe, dass mir mit der Zeit etwas einfällt."

„Das Unternehmen, für das ich arbeite, sucht immer Leute, die Englisch sprechen und schreiben können. Briefe schreiben, Übersetzungen anfertigen, Telefonate führen, solche Sachen. Natürlich müsstest du zuvor etwas Farsi lernen, aber wenn du interessiert bist, kann ich mal nachfragen."

Die Ölfirma? Und dann auch noch die, in der Nouris Vater arbeitete? Wie viel Einfluss hätte Nouris Familie wohl dann auf ihr Leben? Anna zögerte. Aber sie hütete sich abzulehnen. „Ich weiß dein Angebot zu schätzen, Baba-joon. Können wir das genauer besprechen, wenn ich hier ein wenig Fuß gefasst habe?"

„Natürlich. Lass dir Zeit."

Anna schluckte. Sie war erst seit wenigen Stunden im Iran, aber sie fragte sich, wie lange es wohl dauern würde, bis sie sich zu Hause fühlte.

ELF

Nouri schlüpfte in dieser Nacht spät in Annas Bett, und sie liebten sich verstohlen und diskret – still sein zu müssen, hatte einen gewissen erotischen Reiz. Er schlief in ihren Armen ein, doch bei Anbruch des Tages wachte er auf und schlich zurück in sein Zimmer.

Am nächsten Morgen fuhr der Chauffeur der Familie sie nach Shemiran, einem Bezirk am nördlichen Rand Teherans. Shemiran, einer der schönsten Flecken Teherans, war einst die Sommerresidenz der Kadscharen und Pahlavi-Dynastie, die kunstvolle Paläste und Villen errichten ließen. Wegen der explosionsartigen Bevölkerungszunahme Teherans entwickelte sich Shemiran allmählich zu einem Teil der nördlichen Vororte Teherans. Es entstand eine exklusive Wohngegend mit Geschäften, Hochhäusern und viel Verkehr. Wie überall, thront auch hier über allem das Elburs-Gebirge. Anna fand, dass die Gegend den nördlichen wohlhabenden Vororten Chicagos entsprach, wenngleich es erhebliche architektonische Unterschiede gab.

Schließlich bog der Wagen in eine enge Gasse in einem Wohnbezirk ab, wo hohe Mauern alles umschlossen. Anna erwartete eine Wohnanlage, aber als sie eine offene Toreinfahrt passierten, sah sie ein kleines Haus mit schmaler Front, dessen Fassade aus Ziegelsteinen gemauert war und dessen Eingangstür von Säulen flankiert war.

Nouri stieg aus und öffnete die Wagentür für Anna. Erstaunt blickte sie auf das Haus. „Das ist unser neues Zuhause?"

Nouri grinste. „Es sollte eine Überraschung für dich sein."

„Du wusstest es."

„Ja, aber auch ich sehe es jetzt zum ersten Mal."

Anna schüttelte den Kopf. „Ich kann es nicht fassen", sprudelte es aus ihr heraus. „Wir können doch nicht... ich meine... was sollen..."

Nouri legte seine Finger auf ihre Lippen. „Schhhh." Er nahm ihre Hand, und gemeinsam marschierten sie durch das Tor. Das erste, was Anna bemerkte, war ein kleiner Garten mit einem noch kleineren Pool. Dann kamen sie an einer Platane und dicht belaubten Büschen vorbei, zwischen denen farbenfrohe Blumen und Gras wuchsen.

Das Haus hatte drei Stockwerke, wobei das Obergeschoss nur aus einem Dachboden und einer Kammer bestand. Es gab drei Schlafzimmer, zwei Badezimmer, Hartholzdielenböden und elegante Arbeitsplatten. Der Geruch frisch gestrichener Wände hing noch in der Luft, und zwei Arbeiter waren im Erdgeschoss damit beschäftigt, Fußbodenleisten anzubringen. Ein weiterer Arbeiter wachste gerade die Böden ein. Anna ging in die Küche. Neben einem neuen Herd und Kühlschrank gab es auch eine Geschirrspülmaschine sowie einen Müllschlucker. Anna wurde es etwas schwindlig, ihr war, als gleite sie in einen Traum.

„Also, was denkst du?", fragte Nouri mit einem listigen Grinsen.

Sie ließ ihre Hand über die schneeweiße Küchentheke gleiten. Alles war makellos und niegelnagelneu. „Das ist... wundervoll. Aber wie können wir uns das leisten? Selbst wenn ich einen Job kriege, die Miete muss astronomisch hoch sein. Es geht gar nicht... "

Er fiel ihr ins Wort. „Jetzt kommt das Beste."

„Was?"

„Das hier...", er breitete seine Arme aus, „Anna, das ist ein Hochzeitsgeschenk meiner Eltern."

„Sie schenken es uns? Das ganze Haus?"

„Mein Vater hat das Grundstück gekauft und das Haus selbst gebaut."

„Nein. Das kann nicht sein. Das ist zu viel."

„Anna, sie wollen es so."

„*Wir* hätten es bauen müssen. Und es bezahlen müssen. Du weißt schon, klein anfangen und dann auf unsere Ziele hinarbeiten."

„Meinen Eltern ist daran gelegen, dass wir einen guten Start in unser neues Leben haben. Das ist ihre Art."

Anna biss sich auf die Lippe. „Das können wir nicht annehmen. Wir müssen ihnen das sagen."

Er lachte, aber es klang ein wenig gekünstelt. „Ah, jetzt versuchst *du* dich wohl im Ta'arof?"

„Ich meine es ernst, Nouri." Sie versuchte, die richtigen Worte zu finden. „Es ist eine Frage der Unabhängigkeit. So zu leben wie es unsere Verhältnisse erlauben. Gemeinsam etwas aufzubauen, darum geht es. Möchtest du..."

Nouris Lächeln verschwand aus seinem Gesicht. „Anna, hast du für deine Wohnung in Chicago Miete bezahlt?"

„Nein, aber wir...ich, ich war Studentin. Das war etwas anderes."

„Warum? Wir sind gerade erst fertig mit unseren Abschlüssen. Und du weißt, dass der erste Job immer unterbezahlt ist. Wir können von Glück sagen, dass wir eine Familie haben, die sich kümmert – und die die Mittel dazu hat."

Annas Lippen verengten sich zu einem schmalen Strich. Sie wollte sich nicht mit Nouri oder seiner Familie anlegen, aber ihr Instinkt sagte ihr, dass dies hier falsch war. Sie hatte sich ihr Leben mit Nouri als Gemeinschaft vorgestellt, die sich ihre Zukunft Schritt für Schritt aufbaut. Die Freude über eine neue Errungenschaft nach einem langen Kampf gegen Windmühlen. Ihr wurde nun klar, dass es so nicht laufen würde. Sie wusste, dass Nouris Familie wohlhabend war. Aber das war mehr als sie sich vorgestellt hatte. Warum spielte er seinen Reichtum herunter? Hatte er Angst vor ihrer Reaktion? Vor genau der, die sie jetzt an den Tag legte?

Sie hätte es wissen müssen. Amerika war teuer. Jeder ausländische Student, der zum Studieren in die USA kam, musste über Mittel verfügen. Sie erinnerte sich, was Nouri ihr über seine erste Veranstaltung der Studentenorganisation erzählt hatte. Wie misstrauisch sie wegen des Reichtums seiner Familie gewesen waren. Warum hatte sie dem nicht mehr Beachtung geschenkt? Nicht zwei und zwei zusammengezählt? Sie dachte in die falsche Richtung. Sie fuhr sich mit der Hand durch die Haare und überlegte, was zu tun sei. Sie konnte es nicht ablehnen, in dem Haus zu leben. Das wäre eine Beleidigung für Nouris Familie.

Sie verließ die Küche. Vielleicht sollte sie einfach nur positiver denken. Schließlich hatte die Sache durchaus viel Positives. Alles im Haus war frisch und neu, und sehr westlich. Selbst die Badezimmer. Das Hauptschlafzimmer hatte begehbare Schränke. Das zweite Schlafzimmer könnte man zu einem Büro umfunktionieren, das dritte könnte ein Gästezimmer werden. Sie betrat das Wohnzimmer und fragte sich gerade, wie sie es einrichten würde, als es klingelte. Sekunden später öffnete sie die Tür, und Laleh stürmte herein, umgeben von einer Duftwolke aus Parfum.

„Halli, hallo!", rief sie aus. Anna vermutete, dass sie gekommen war, um das Haus in Augenschein zu nehmen und die Reaktion darauf zu erleben. Nouri empfing sie, und sie sprachen in Farsi miteinander. Dem aufgeregten Tonfall nach zu urteilen, war Laleh begeistert. „Also, was denkst du? Ist es nicht toll?"

Anna zwang sich zu einem Lächeln. „Es ist beeindruckend."

Laleh klatschte in die Hände. „Ich wusste, dass es dir gefällt. Ich habe Baba bei der Planung geholfen."

„Das wusste ich nicht."

„Ich studiere Innenarchitektur." Ein wissendes Lächeln legte sich auf ihr Gesicht. „Bis ich heirate natürlich."

Anna wusste nicht, was sie sagen sollte.

Laleh schien es nicht zu bemerken. „Ich habe einen Freund, weißt du. Er heißt Shaheen. Er ist so alt wie Nouri. Er sieht gut aus, ist reich und einfach toll. Ich denke, dass wir heiraten werden."

„Wie schön." Anna fiel ein, dass Laleh erst sechzehn war. Nouri war dreiundzwanzig. Sieben Jahre war ein großer Altersunterschied, aber sie behielt ihre Gedanken für sich.

„Aber ich hoffe, dass ihr mir bis dahin erlauben werdet, euch häufig zu besuchen."

Anna zuckte mit der Achsel. „*Mi casa es su casa.*"

Laleh machte ein fragendes Gesicht.

„Entschuldigung, das ist so eine Redensart. Natürlich bist du willkommen. Jederzeit."

Laleh lächelte und sah sich mit zufriedenem Gesichtsausdruck um. „Hast du dir schon Gedanken um die Einrichtung gemacht? Fange am besten sofort damit an!"

Anna legte den Kopf schief.

„Der *mahr*. Eure Mitgift."

„Mitgift?"

„Nach iranischem Brauch zahlt der Ehemann die Hochzeit, während die Frau die Möbel und die Haushaltswaren bereitstellt. Die Familien einigen sich auch auf einen Betrag, der im Falle einer Scheidung gezahlt wird." Laleh winkte ab. „Wusstest du das etwa nicht?"

Anna fühlte sich mit einem Male ernüchtert. Sie hatte keine Mitgift, und sie hatte auch keine Ahnung, wie viel sie im Falle einer Scheidung wert wäre. Sie wollte doch nicht eine Ehe beginnen, indem sie darüber nachdachte, wie sie enden könnte. Für einen Ehevertrag hatte sie ohnehin kein Geld.

Nouri warf seiner Schwester einen bösen Blick zu. „Höre nicht auf Laleh, Anna. Das ist ein altmodischer, veralteter Brauch. Meine Familie ist mehr als glücklich, uns mit allem zu unterstützen, was wir brauchen. Und wir werden niemals geschieden werden, du musst dir also keine Gedanken um den *Mahr* machen."

Noch ehe Anna antworten konnte, kam ihr Laleh zuvor. „Na gut, wie dem auch sei, ich kenne hier die besten Läden. Wir werden zusammen einkaufen gehen. Morgen. Damit die Möbel noch rechtzeitig zu eurer Hochzeit eintreffen. Wie wäre es gegen Mittag?"

Anna schluckte. Sie fühlte sich wie eine Prinzessin, die man in ein verzaubertes Königreich mitgenommen hatte. Ihr Vater hatte sie mit allem versorgt, was sie brauchte, mehr aber auch nicht. Das war die deutsche Art. Und wenn ihre Mutter auch nicht so pragmatisch gewesen sein mochte, so hatte sie nicht genügend Zeit für sie gehabt, um ein Gegengewicht bilden zu können. Und nun, da sie die Entscheidung getroffen hatte, Nouri zu heiraten, überschütteten Menschen – nein, ihre neue Familie, wie sie sich selbst korrigierte – sie mit Aufmerksamkeit und Geschenken. Sie *wollten* sich um sie kümmern. Sie nahm die Atmosphäre des Wohnzimmers, der Küche, des Flurs ihres neuen Hauses in sich auf. Warum sollte sie eigentlich nicht im Luxus leben? Es tat niemandem weh. Sie sollte endlich die Zweifel, die an ihr nagten, abwerfen. Lernen, das Leben zu genießen. Immerhin war es der Beginn ihres neuen Lebens. Sie wandte sich an Laleh.

„Morgen Mittag ist perfekt."

Am nächsten Tag kletterte Anna in den Mercedes der Samedis. Der Fahrer fuhr sie in ein Möbelgeschäft in der Stadtmitte. Teheran versuchte, sich so modern wie New York oder Paris zu geben, und Anna sah überall westliche Einflüsse, egal ob in Schaufensterauslagen oder Bürogebäuden. Selbst die Autoabgase und das Verkehrsgewühl kamen ihr vertraut vor.

Aber abseits der breiten Boulevards tauchten sie in eine andere Welt ein. Mal trottete ein friedlicher Esel eine enge Gasse entlang, mal bot der Inhaber eines verwitterten, kleinen Ladens auf dem Bürgersteig geheimnisvolle Schachteln und Gläser feil. In wieder einer anderen Ecke hingen Lebensmittel von der Decke herunter. Ein Bild des Schahs fand sich in den Schaufenstern aller Geschäfte.

Auch die Menschen bildeten einen scharfen Kontrast zueinander. Perser sind Kaukasier, und Anna sah viele Menschen mit heller Haut und hellen Augen, aber es gab auch die dunkleren, arabisch aussehenden Typen. Einige Frauen waren modisch gekleidet, trugen Make-Up und flanierten so selbstbewusst, als kämen sie geradewegs aus Beverly Hills. Andere wiederum trugen schwarze Gewänder – Tschadore, wie sie erfuhr – die sie von Kopf bis Fuß verhüllten. Die auf diese Weise gekleideten Frauen glitten durch die Straßen wie schwarze Engel. Die meisten Männer trugen entweder Anzüge oder Freizeithemden und Jeans, aber gelegentlich sah Anna auch einen Mullah mit wehendem Bart, bekleidet mit einer langen Robe und einem Turban.

Der Fahrer fuhr vor ein vornehmes Geschäft, das Möbel im europäischen Stil in der Auslage hatte. „Es ist das beste Geschäft von Teheran", sagte Laleh. „Wir kennen die Inhaber."

Im Inneren angelangt, war Anna überwältigt und wirkte leicht überfordert, zu riesig war das Angebot. Mit Lalehs Hilfe entschied sie sich endlich für ein schmales Doppelbett sowie je zwei Kommoden und Beistelltische. Für das Wohnzimmer wählte sie ein glänzendes, modernes Sofa sowie zwei erdfarbene Sessel. Weiterhin bestellte sie einen Esstisch mit Glasplatte, zusammen mit passenden Stühlen und Bücherschränken. Als es ans Bezahlen ging, bat Laleh den Kassierer, alles zu Lasten des Kontos der Samedis zu buchen. Glücklich neigte er seinen Kopf so tief, dass man fast schon von einer Verbeugung sprechen konnte. Warum nicht, dachte Anna? So einen guten Tag hatte er vermutlich noch nie gehabt.

Danach suchten sie ein Elektrowarengeschäft auf, wo Laleh darauf bestand, dass Anna einen Farbfernseher, eine Stereoanlage, Lampen, einen Toaster und eine Kaffeemaschine kaufte. Als dies erledigt war, wurden sie in ein Restaurant gefahren, dessen Angebot sich vornehmlich an Amerikaner und Briten richtete. Sie ließen sich Zeit und aßen lange und ausgiebig Salate, Gebäck und Tee, und als Laleh sich anschickte zu zahlen, war es schon fast vier Uhr.

„Perfektes Timing", sagte Laleh verschmitzt lächelnd.

„Wofür?" Anna hoffte, dass sie nun nach Hause fahren könnten.

„Du wirst schon sehen."

Wieder im Auto angelangt, wies Laleh den Fahrer an, in Richtung Norden zum Tajrish-Basar zu fahren. Laleh erzählte Anna, dass man dort praktisch alles kaufen könne, und als sie ihr Ziel erreicht hatten, konnte Anna dies nur bestätigen. Dieser riesige Basar mit einer schier endlosen Anzahl von Verkaufsständen war eine Mischung aus Billigläden und einem Flohmarkt, wo angefangen von Lebensmitteln, über Kleidung und Schmuck bis hin zu Musik, alles angeboten wurde. Er erinnerte sie ein wenig an die Maxwell Street, dem Freiluftmarkt Chicagos, den Nouri und sie häufig besucht hatten.

Als sie sich durch die engen Gassen des Basars treiben ließen, bewunderte Anna Lalehs Antriebskraft – wie ein Wirbelwind bewegte sie sich über den Platz, so wissend und selbstbewusst, dass man die Energie, die von ihr ausging, fast körperlich spüren konnte. Sie machte Anna auf Geschirr, Besteck, Teppiche und mehr aufmerksam, die allesamt zu Großhandelspreisen angeboten wurden, aber ermahnte sie gleichzeitig, nicht zu viel zu kaufen. „Du wirst viele Hochzeitsgeschenke erhalten."

Der Basar füllte sich langsam, ganze Familien nutzten die Gelegenheit zu einem nachmittäglichen Einkaufsbummel. Anna drängte sich an verschwitzten Körpern vorbei. Die Gerüche waren ihr fremd: scharfe Gewürze, Öle, Parfums und auch ein ganz besonderer, sehr süßlicher Duft, den sie nicht identifizieren konnte. Einige Verkäufer – meistens Männer – versuchten, sie heranzuwinken, aber Laleh ging ohne anzuhalten weiter.

Die Gerüche, die Hitze und die Menschenmengen forderten ihren Tribut von Anna. Die Möbel, die Elektrowaren, und nun auch noch der Basar – sie war inzwischen sehr erschöpft. Sie musste jetzt einfach Schluss machen mit dem Einkaufen.

„Es tut mir leid, Laleh, aber können wir nach Hause fahren. Ich... ich bin so erschöpft. Ich brauche eine Pause."

Mit sorgenvollem Gesicht sah Laleh sie an. „Ach du liebe Güte, ich habe es übertrieben, was? Maman sagt mir immer, ich sei wie ein Wildpferd, das gezähmt werden muss. Es tut mir so leid. Natürlich gehen wir jetzt." Sie umarmte Anna. „Du hättest etwas sagen sollen."

Anna versuchte zu lächeln „Es hat Spaß gemacht." Und so ein wenig stimmte das ja auch.

Laleh bahnte sich einen Weg zurück und hielt an einem Verkaufsstand an, an dem Tonbänder und Kassetten verkauft wurden. „Nur noch eine Minute."

Anna nickte matt.

Laleh blätterte die Auswahl durch und redete dabei in salvenartigem Wortschwall in Farsi auf den Verkäufer ein. Anna erkannte die Wörter ‚Michael Jackson' und ‚Eric Clapton'. Laleh wandte sich an Anna.

„Wer ist dein Lieblings-Rockmusiker?"

Anna zögerte. Sie hörte lieber Klassik. Sie wusste nicht einmal genau, was derzeit angesagt war, die Stücke kamen und gingen wieder, so schnell, dass man kaum folgen konnte. Glücklicherweise fiel ihr dann doch noch ein Name ein. „Ich mag Steely Dan."

„Oh, die mag ich auch. In meiner Lieblingsdisko wird viel Steely Dan gespielt. Nouri und du, ihr müsst mal mitkommen. Vielleicht heute Abend? Nachdem du dich ausgeruht hast natürlich." Laleh raffte ein halbes Dutzend Kassetten zusammen, von denen eine mit schwarz-weiß-rotem Cover die Aufschrift ‚Aja' trug. Sie zog ihre Brieftasche hervor, fischte einige Scheine heraus und gab sie dem Verkäufer. Er packte die Waren in eine Tragetasche und händigte sie Laleh aus, die sie wiederum in Annas Hände drückte. „Wenn eure Stereoanlage eintrifft, hast du schon mal etwas zum Abspielen."

„Laleh, das ist zu viel. Das kann ich nicht annehmen. Behalte sie für dich selbst."

„Nein, nein. Die sind für dein neues Heim. Als Einweihungsgeschenk, sagt man nicht so bei euch?"

„Das kann ich nicht... ich..." Anna gab ihren Protest auf. Laleh würde denken, dass sie Ta'arof praktizieren würde und würde sich nicht beirren lassen. Sie ergab sich in ihr Schicksal, dankte Laleh und klemmte die Tasche unter ihren Arm. Laleh ergriff Annas anderen Arm und führte sie aus dem Basar heraus. Anna staunte über ihre Einkaufslust, sie hatte noch nie eine Freundin gehabt, die ihr Geld so freizügig ausgab. Dann kam ihr in den Sinn, dass sie ja eigentlich noch nie viele Freundinnen gehabt hatte.

ZWÖLF

Der Verkehr in Teheran war die Hölle, ein Chaos sondergleichen – auf vier oder fünf Fahrspuren vollführten die Autos waghalsige Fahrmanöver, wechselten unvermittelt die Spur oder bremsten abrupt. Es gab nur wenige Ampeln. Anna hielt sich krampfhaft an der Kante ihres Sitzes fest und fragte sich, wie es die Fahrer schafften, unversehrt durch das Gewühl zu gelangen. Nach gut einem Kilometer verdichtete sich der Verkehr so sehr, dass er schließlich ganz zum Erliegen kam. Hupen ertönten, Taxifahrer drohten mit Fäusten, und obwohl der Mercedes mit einer Klimaanlage ausgestattet war, war Annas T-Shirt auf dem Rücken schon bald nass vor Schweiß.

Eine Sirene ertönte mit einem schrillen, europäischen Tatütata, wie Anna es schon einige Male in Filmen gehört hatte, in solchen Filmen, die ahnen lassen, dass die Gestapo wieder einmal mitten in der Nacht erbarmungslos zuschlagen würde. Sie schauderte. Anna bemerkte Blinklichter, die den Mercedes streiften. Vor ihr auf der rechten Seite erspähte sie einen Park, in dem eine Menschenmenge Lieder anstimmte. Viele Menschen waren jung und sahen wie Studenten aus. Einige Männer trugen einen Bart. Die Menge schien sich nicht zu bewegen und dehnte sich doch, wie ein pulsierender Körper, auf mysteriöse Weise aus. Viele Leute trugen Stangen. Einige hielten Plakate in die Höhe. Einer rief in englischer Sprache: „Nieder mit dem Schah!"

Laleh kurbelte das Fenster herunter. „Oh, nein." Ihre Stimme war voller Verachtung.

„Was?" Anna spähte durch die Windschutzscheibe.

Sichtlich verärgert schüttelte Laleh den Kopf. „Warum gehen die nicht einfach nach Hause. Sehen die nicht, dass sie den ganzen Verkehr aufhalten?"

Anna erwiderte nichts. Ein Mannschaftsbus der Polizei bahnte sich seinen Weg durch den Verkehr, beschrieb am Ende des Parks einen Bogen und kam schließlich aus voller Fahrt abrupt zum Stehen. Uniformierte Beamte mit Pistolen in der Hand sprangen heraus. Sie führten einige Demonstranten ab, aber viele andere blieben, riefen laut und gestikulierten mit den Fäusten. Schließlich fuhr auch noch mit Gewehren und Bajonetten bewaffnetes Militär auf. Die Soldaten, die in grünen Uniformen gekleidet waren, schlugen auf weitere Demonstranten ein und schleiften sie fort.

Angesichts so vieler Gewalt wich Anna erschrocken zurück. Sie hatte so etwas bereits mehrmals gesehen, aber es war immer wieder ein schockierendes Erlebnis. Die meisten Menschen aber schien der Anblick nicht weiter zu stören, fast teilnahmslos gingen sie an der Szenerie vorbei. Es war schon bizarr. Die eine Seite der Straße glich einem Tollhaus, und auf der anderen Seite tat man so, als sei nichts passiert. „Was hältst du davon? Warum ignorieren das so viele Leute?", fragte sie.

Laleh zog die Schultern hoch. „Irgendjemand demonstriert in letzter Zeit immer."

Anna erinnerte sich an Nouris Aktivitäten in Chicago. „Du – und die Leute, die die Straßenseite wechseln – haben also kein Problem mit dem Schah?"

„Der Schah ist alles andere als perfekt, aber er ist immer noch besser als die Leute, die sich über ihn beklagen."

„Was meinst du damit?"

„Hast du bemerkt, wie überbevölkert Teheran ist? Insbesondere der Süden der Stadt? Die meisten Leute ziehen aus den kleinen Dörfern hierher. Sie sind Analphabeten und haben keine Ausbildung. Sie haben nichts zu tun und bereiten nur Ärger." Lalehs Lippen kräuselten sich. „Es würde mich nicht überraschen, wenn sie Araber wären."

Anna erinnerte sich an den Witz, den Nouri ihr am Anfang ihrer Beziehung erzählt hatte. Sie hatte nachgeschlagen, was sein Name bedeutet, und herausgefunden, dass er sich vom arabischen Wort für „Licht" ableitet. *Arabisch,* nicht persisch. Nouri hatte gelacht und gesagt: „Vierzig Prozent aller Perser haben arabisches Blut, aber hundert Prozent von ihnen werden das bestreiten."

Laleh fuhr fort. „Die meisten von ihnen sind strenggläubige Moslems und glauben, dass alles Moderne dekadent ist. Die Frauen tragen Tschadore, obwohl der Schah sie eigentlich verbannt hat. Hier sagt man auch *Hijab,* dazu. Sie riechen auch übel."

Anna bewegte sich in Richtung des Parks. „Einige der Demonstranten sahen wie Studenten aus."

„Sie spielen Politik." Laleh schnaubte. „Sie stellen sich vor, sie könnten die breite Masse wachrütteln. Baba-joon sagt, das ist alles nur Theater. Es ist verboten, Kommunist zu sein, weißt du."

Theater hin oder her, Anna dachte über die breite Masse nach und welche Rolle sie in der Geschichte gespielt hatte. Insbesondere dann, wenn die Kluft zwischen Arm und Reich groß war. Außerdem war Laleh genau der Typ Mensch, den die breite Masse gern für sich gewinnen würde.

———

Als sie endlich wieder bei den Samedis angelangt waren, wäre Anna am liebsten sofort zu Bett gegangen. Aber Nouri saß im Wohnzimmer und trank Tee mit einer jungen Frau. Überrascht hielt Anna inne. Die junge Frau war groß und kräftig. Ihre langen, gewellten, kastanienbraunen

Haare waren mit einem blauen Band zu einem Knoten zusammengebunden. Sie hatte leuchtende, braune Augen, kräftige Brauen und einige Sommersprossen um ihre Nase herum. Sie war attraktiv, vielleicht sogar hübsch, und wenn Anna sie mit einem Wort beschreiben sollte, so würde sie ‚vertrauenswürdig‘ wählen. Sie trug eine einfache, weiße Bluse und einen dunkelblauen Rock, der ihr über die Knie reichte.

Laleh folgte Anna in den Raum, und als Anna Lalehs hochgezogene Augenbrauen bemerkte, fing es augenblicklich in ihrem Bauch zu rumoren an. Sie wusste, wer dieses Mädchen war. Nouri, der aufstand und sie zu sich winkte, bestätigte es.

„Anna, schön, dass du wieder da bist. Ich möchte dir eine langjährige Freundin unserer Familie vorstellen, Roya Kalani.”

Roya war die junge Frau, mit der Nouri informell verlobt war, bevor er Anna kennenlernte. Anna überspielte ihr Unbehagen und streckte ihr die Hand entgegen. Roya ergriff sie und schüttelte sie mit weichem und klammem Druck. Sie beäugten sich gegenseitig.

Nouri schien dieses subtile Abtasten nicht zu bemerken, aber Laleh, die auf der Couch Platz genommen hatte, betrachtete die Szene mit wissendem Ausdruck. „Royas Eltern und unsere sind gute Freunde”, sagte er. „Ihr Vater ist Betreiber der riesigen Sportanlage in Teheran.”

Anna zwang sich zu einem Lächeln und setzte sich. Roya saß neben dem Tablett mit dem Tee und goss für Anna und Laleh ein, als sei sie die Hausherrin. Anna hatte Mühe, ihre Regungen zu unterdrücken. Müssten nicht sie oder Laleh einschenken?

Roya reichte ihr ein Glas. „Welch lange Reise Sie hinter sich haben”, sagte sie. Ihr Englisch war passabel, wenngleich nicht ganz so gut wie Nouris oder Lalehs. „Es gehört viel Mut dazu, aus Amerika hierher zu ziehen.” Sie sprach es ‚Amreeka‘ mit der Betonung auf der ersten Silbe aus. „Sie müssen Nouri sehr lieben.”

Anna wusste nicht recht, was sie entgegnen sollte. Sie saß der Frau gegenüber, die geglaubt hatte, dass sie eines Tages Nouri heiraten würde. Sie entschied sich für ein einfaches: „Das tue ich."

Roya setzte ein Lächeln auf. Anna wusste nicht, ob es aufrichtig war. Nagten Eifersucht und Enttäuschung an ihr? War die Ruhe, die sie ausstrahlte, nur eine Maske?

Nouri sprach mit Roya in Farsi und übersetzte dann. Er erkundigte sich nach ihrer Familie, aber seine Stimme klang leicht herablassend, als ob er die Rolle des Familienoberhaupts spielte. Als ob er mit seiner Verlobung eine neue Stufe des Erwachsenseins erreicht hätte. Anna fragte sich, ob Roya dies spürte.

Das Gespräch setzte sich eine Weile radebrechend in gebrochenem Englisch und Farsi fort, bis sich die Tür öffnete und Baba-joon eintrat. Als er Roya bemerkte, setzte er den gleichen erstaunten Gesichtsausdruck wie Laleh auf, den er aber schnell zugunsten eines höflichen Lächelns unterdrückte. Halb schüttelte er ihre Hand, halb umarmte er sie und erkundigte sich in Englisch nach ihrer Familie. Sie antwortete in Farsi. Zum ersten Mal legte sie ein wenig Lebhaftigkeit an den Tag.

Anna spürte Eifersucht in sich aufkeimen. Sie konnte schwerlich mit jahrzehntealten Familienbanden mithalten.

Baba-joon und Roya setzten ihre Konversation fort, während Nouri übersetzte. „Roya nimmt mit ihrer Großmutter am Haddsch teil."

„Haddsch?", fragte Anna.

„Eine Pilgerfahrt nach Mekka. Roya freut sich schon sehr darauf."

Anna wusste, dass Moslems mindestens einmal in ihrem Leben nach Mekka reisen müssen. Es ist eine der fünf Säulen des Islam. Roya und ihre Großmutter würden drei oder vier Tage mit einer Vielzahl von Aktivitäten befasst sein, die allesamt dazu dienen sollten, sich ihrer Sünden zu entledigen und ihre Beziehung zu Allah zu vertiefen.

„Royas Großmutter hat den Haddsch bereits einmal mitgemacht, aber Roya nicht", erklärte Nouri.

„Und du?", fragte Anna.

„Noch nicht." Nouri zuckte zusammen. Ein klein wenig.

Roya sagte etwas in Farsi und wandte sich dann an Nouri. Sie wollte, dass er es übersetzte.

„Sie sagt, dass ihre Großmutter eine sehr eifrig praktizierende Muslimin sei. Zum Beispiel trägt sie, trotz des Erlasses des Schahs, westliche Kleidung anzuziehen, einen Tschador – zumindest zu Hause – und scheint ein wenig ... ein gestörtes Verhältnis zum modernen Leben zu haben. Und von allen Menschen, die Roya kennt, hat sie die reinste und spirituellste Seele. Roya hofft, dass ihre Großmutter sie in ihre Geheimnisse einweiht, wenn sie auf den Haddsch geht."

Anna hatte ihre eigenen Großeltern nie gesehen. Soweit Sie wusste, lebte keiner von ihnen mehr. Aber Nouris Abstammungslinie war lang und breit, und verwoben mit anderen Familien. Es hätte ihr vielleicht nicht gefallen, aber zusammen bildete die Familie ein untrennbares Band, ein Schild gegen äußere Eindringlinge. Und trotz ihrer Schwierigkeiten, sich zu assimilieren, würde sie ein Teil von ihr werden. Sie würde beschützt werden.

Roya sagte etwas, und Nouri übersetzte. „Roya hofft, dass Allah uns ein langes und gesundes Leben schenken möge. Und viele Kinder."

Baba-joon küsste Roya auf die Wange und sagte: „Ich habe mich sehr gefreut, dich wiederzusehen, meine Liebe. Ich hoffe, du wirst uns bald einmal wieder besuchen. Ich muss jetzt gehen und die Nachrichten anhören."

Anna strahlte. Vielleicht war es mit Roya doch nicht so schlimm, wie sie befürchtet hatte.

Einige Minuten später begleitete Nouri Roya zur Tür. Anna wollte ihn fragen, wie es kam, dass sich Roya hier aufhielt. War es ein Überraschungsbesuch oder ein geplanter? Gewiss, ihr gefiel Roya, aber das hieß noch lange nicht, dass sich damit ihre Eifersucht in

Luft aufgelöst hätte. Bevor sie die Frage stellen konnte, kam Laleh ihr zuvor.

„Roya und ich waren noch nie beste Freunde. Sie ist in deinem Alter, weißt du. Aber sie hat sich verändert."

„Inwiefern?", erkundigte sich Anna.

„Sie wird zu religiös. Wie die Menschen, von denen ich dir erzählt habe."

„Welche Menschen?", fragte Nouri.

Anna erzählte ihm von der Demonstration, die sie gesehen hatten und Lalehs Reaktion darauf.

Nouri runzelte die Stirn. „Du solltest nicht so genervt von ihnen sein. Diese Demonstranten haben ganz reelle Anliegen."

Lalehs Stimme klang säuerlich. „Woher willst du das wissen? Du hast doch nichts mit ihnen zu tun gehabt. Du warst in Amerika und hast dir eine schöne Zeit gemacht."

Anna kam ihm zu Hilfe. „Menschen verändern sich. Es gibt ganz bestimmt genügend Raum für uns alle auf diesem Planeten." Sie versuchte, das Gespräch wieder auf Roya zu lenken. „Auch für Roya."

„Das sage ich ja. Roya... nun, es ist sonderbar... ich bin mir nicht mal sicher, ob es überhaupt echt ist." Laleh zuckte mit den Schultern.

Anna wollte gerade etwas erwidern, doch Nouri legte den Arm um Anna und beendete damit wirkungsvoll das Gespräch. „Ich verstehe Roya auch nicht, aber das muss ich ja auch nicht. Ich habe dich."

Es klingelte an der Tür. „Das muss Shaheen sein", sagte Laleh und hastete zur Tür.

„Wer ist Shaheen?", fragte Nouri.

„Shaheen Khandil. Mein Freund."

„Ich dachte, du solltest dich mit Jangi, dem Sohn der Freunde von Maman und Baba verloben."

„Hast du ihn neulich gesehen?" Laleh schnaufte verächtlich. „Er ist fett und stinkt, und er hat schlechte Zähne. Ich würde mich davor ekeln, ihn zu berühren, geschweige denn ihn heiraten."

„Aber es wurde so arrangiert."

„Wenn du dich nicht an die Regeln hältst, dann brauche ich das auch nicht", sagte Laleh trotzig.

Anna war überrascht. Sie hatte gedacht, dass Nouri bereits von Shaheen wusste. Bevor sie jedoch fragen konnte, öffnete Laleh die Tür und führte einen jungen Mann in das Wohnzimmer. Sie hakte sich bei ihm unter und setzte ein triumphierendes Lächeln auf.

„Freut mich sehr, Ihre Bekanntschaft zu machen", sagte Shaheen, nachdem Laleh ihn vorgestellt hatte. Wie bei den meisten Iranern, die Anna bisher kennen gelernt hatte, sprach auch er ein ausgezeichnetes Englisch mit britischem Akzent. „Laleh spricht unaufhörlich von Ihnen, seit Sie angekommen sind."

Anna lächelte. Shaheen war attraktiv und groß, hatte hellbraunes Haar und dunkelbraune Augen. Er trug maßgeschneiderte Kleidung, die teuer aussah. Er strahlte solch ein großes Selbstvertrauen aus, dass Anna dachte, dass es nichts gäbe, das er nicht tun könnte. Kein Wunder, dass Laleh ganz verrückt nach ihm war.

Shaheen wandte sich an Nouri. „Und ich bin ja so froh, dass ich Sie endlich kennenlerne, Nouri. Laleh sagt nur Gutes über Sie. So viel Gutes, dass ich glatt eifersüchtig werden würde, wenn ich nicht wüsste, dass Sie ihr Bruder sind."

Nouris schwaches Lächeln verriet, dass er noch nicht so recht wusste, was er von Shaheen halten sollte.

———

Am Abend sagte Anna zu Nouri: „Shaheen ist charmant, nicht wahr?"

Nouri knurrte. „Laleh kennt ihn erst seit einigen Monaten. Und ja, er ist charmant. Tatsächlich ist er als Playboy bekannt."

„Wirklich?" Sie setzte sich aufrecht.

„Er reist nach London und Genf. Einer aus dem Jet-Set. Laleh sagt, sie sei in ihn verliebt, aber Maman und Baba sind dagegen."

„Weil er so viel älter ist?"

„Nein, darum geht es ihnen gar nicht. Mädchen heiraten im Iran sehr jung." Nouris Stirn legte sich in Falten. „Aber Laleh war einem anderen versprochen."

„Du warst auch einer anderen versprochen."

„Ja, aber ich bin ein Mann."

Anna erstarrte.

Nouri erkannte, dass er etwas Falsches gesagt hatte und kam schnell wieder auf das eigentliche Thema zurück. „Und Shaheen... er ist das, was man gemeinhin einen Neureichen nennt. Seine Eltern waren eigentlich Kleinbauern. Sehr arm. Shaheen hat ein Riesengeschäft mit Immobilien gemacht, und nun hält er sich für den großen Zampano. Maman glaubt, dass er Laleh nur benutzt."

„Wozu?"

„Sie glaubt, dass er sich mit ihr nur wegen des Ansehens schmücken will."

„Er scheint sie gern zu haben."

Nouri gab einen höhnischen Ton von sich.

„Und wie denkt dein Vater darüber?"

Nouri zögerte. „Baba kann Laleh einfach nichts abschlagen. Er verhätschelt sie."

Anna wackelte mit dem Fuß. Sie dachte über Väter und Töchter nach, und über Loyalität. Baba-joon – sie fing nun an, ihn aus anderer Perspektive zu betrachten – hatte gar nicht nach *ihrem* Vater gefragt. Wenn sie bedachte, was sie Nouri über seine Vergangenheit erzählt hatte, war sie überrascht. Und sie fragte sich, ob er – genauso wie ihre Trauung in Virginia – vergessen hatte, dies zu erwähnen.

DREIZEHN

Zwei Wochen später saß Anna eines Abends zusammen mit Maman-joon lesend im Wohnzimmer, als Nouri von einem Aufenthalt in der Innenstadt zurückkehrte. „Vor euch steht der neueste Ingenieur für das Metro-Projekt!", verkündete er stolz.

Anna sah auf. „Du hast den Job?"

„Ich fange nächste Woche an."

Anna entfuhr ein Aufschrei, sie sprang auf und umarmte ihn stürmisch. Nouri hob sie hoch und wirbelte sie im Kreis herum. Es war ein langer, anstrengender Prozess gewesen – drei Vorstellungsgespräche, intensive Vorgespräche, und daneben noch das Lernen für die Prüfung, die ihn zum Mitglied der Iranischen Ingenieursvereinigung machen würde.

„Also", rief sie atemlos aus, als er sie absetzte, „dann kannst du jetzt ja deine Abschlussarbeit fertig stellen und deinen Master machen."

Nouri hatte einen Aufschub von sechs Monaten erhalten, aber seine Abschlussarbeit hatte er noch immer nicht fertig gemacht. Dennoch sah er die Sache gelassen. „Es ist ein französisches Unternehmen, und sie scheren sich nicht viel um die Abschlussarbeit an einer amerikanischen Hochschule. Ihnen ist die anstehende Prüfung wichtig, und sie unterstützen mich bei der Vorbereitung dafür. Ein anderer neuer Mitarbeiter hat sie kürzlich abgelegt. Er sagte, sie sei einfach."

Anna legte ihren Kopf schief, als wollte sie etwas erwidern, aber Nouri wandte sich bereits seiner Mutter zu und wiederholte in Farsi, was er gerade Anna erzählt hatte. Seine Mutter setzte ein breites Lächeln auf und umarmte ihn ebenfalls. „Das müssen wir feiern", sagte sie.

„Das wäre schön, Maman. Ach ja, Hassan wird zum Abendessen kommen."

„Wunderbar." Seine Mutter machte sich auf den Weg in die Küche.

Nouri drehte sich wieder zu Anna um. „Wir sind auf einem guten Weg, Anna!"

„Nochmals Glückwunsch." Sie machte sich auf den Weg nach oben. „Ich ziehe mich besser für das Abendessen um."

Nouri verschränkte mit zufriedenem Gesichtsausdruck seine Arme hinter dem Nacken. Sein Leben im Iran entwickelte sich genauso, wie er es erhofft hatte. Seine schöne amerikanische Verlobte integrierte sich gut in seine Familie, seine Karriere nahm einen guten Anfang, und er würde in ein neues Haus in Shemiran einziehen. Das Leben war schön.

Er folgte Anna ins Gästezimmer. Anna zog gerade ihr T-Shirt aus. Als sie die Türgeräusche vernahm, fuhr sie erschrocken herum und bedeckte automatisch ihre Brüste mit dem T-Shirt. Als sie sah, dass er es war, ließ sie es zu Boden fallen. Er starrte auf ihre nackten Brüste, dann auf ihre zerzausten Haare. Er wollte sie, jetzt und hier. Er ging auf sie und umfasste ihre Brüste.

Sie kicherte. „Nouri, es ist mitten am Nachmittag."

Er zog sie näher an sich und vergrub sein Gesicht an ihrem Hals. Sie legte ihre Arme um seine Taille. Er öffnete ihren Jeansknopf und atmete gleichzeitig ihren Geruch ein – Schweiß, vermischt mit dem unverkennbaren Duft, der Anna so einzigartig machte. Sie war nun ein Teil von ihm geworden. Er war sich nicht mehr sicher, wo sein Körper endete und wo ihrer begann. Gemeinsam fielen sie aufs Bett.

———

Als sie sich wieder aufrafften, war bereits der Abend hereingebrochen. Sie planten, unauffällig einzutreten, Nouri vermutete aber, dass seine Familie wissen wollte, was sie gemacht hatten. Er hatte eine Ausrede vorbereitet, aber als sie nach unten schlichen, wurden sie von seiner Mutter und seiner Schwester ignoriert, die gebannt auf den Fernseher starrten. Sein Vater, der gerade heimgekehrt war, blickte mit sorgenvoller Miene.

„Was ist los?", fragte Nouri und schaute auf das Fernsehgerät.

Laleh antwortete. „Es gab einen schrecklichen Brand. Im Cinema Rex in Abadan. Es waren mehr als vierhundert Leute da. Sie sind alle ums Leben gekommen."

Anna schluckte. Nouri erschrak. Abadan war im Süden des Iran, Hunderte Kilometer von Teheran entfernt. Aber trotzdem...

„Sie sagen, dass islamische Terroristen das Feuer gelegt hätten, aber dass die Polizei die Türen verschlossen hätte, so dass niemand herauslaufen konnte."

„Das ergibt keinen Sinn." Nouri blickte finster. „Warum?"

„Einige Leute sagen, dass der Schah und die SAVAK dahinter stecken", sagte Baba.

„Nein!", entfuhr es Anna leise.

„Es lief *Gavaznha*, ‚Die Hirsche'", erklärte Baba. „Das ist ein Film, der den Schah kritisiert. Einige Leute behaupten, die Feuerwehr wartete – absichtlich – zu lange, bis sie zum Kino fuhren, weil sie wussten, dass die Zuschauer gegen den Schah sind."

Sie starrten auf den Fernseher, wo Feuerwehrautos, Menschenansammlungen vor dem Kino und entsetzte Gesichter zu sehen und Schreckensschreie zu hören waren.

„Die Polizei glaubt, dass Terroristen im Kino ein kleines Feuer legten und planten, zusammen mit dem Rest der Zuschauer nach draußen zu gelangen und zu fliehen", berichtete der TV-Reporter. „Also beschloss die Polizei, die Türen zu schließen, um dies zu verhindern. Aber das Feuer geriet dann außer Kontrolle."

Nouri atmete tief ein.

„Gerüchten zufolge befanden sich die meisten Leichen noch immer auf ihren Sitzen", fuhr der Reporter fort, „was darauf hindeutet, dass sie aus ungeklärter Ursache nicht zu den Türen gelangen konnten. Es bleiben somit natürlich noch viele Fragen offen. Klar ist hingegen, dass diese vorsätzliche Brandstiftung den schlimmsten Angriff von Terroristen darstellt, der je im Iran – oder anderswo – begangen wurde."

„Warum waren sie noch immer auf ihren Sitzen?", fragte Laleh. „Ist das nicht sonderbar?"

„Vielleicht hat jemand eine Art Gift versprüht. Oder Gas", sagte Nouri.

Maman erhob sich, sie war deutlich aufgewühlt. Sie sah Baba an, aber der schüttelte den Kopf und starrte weiter auf den Fernseher. Maman ging in die Küche. Niemand sprach ein Wort.

––––––

„Das ist der Wendepunkt, denk an meine Worte", meinte Nouris bester Freund, Hassan Ghaffari, an jenem Abend nach dem Abendessen. Hassan war dick und gedrungen, fast wie ein Stier. Seine Augen glitzerten und waren wachsam, aber man konnte aus ihnen nicht viel herauslesen. Seine Haut war karamellfarben, er hatte ein spitzes Kinn und trug einen dünnen Oberlippenbart. Laleh bemerkte, dass er aussah wie Michael Corleone in *Der Pate*, bevor er ihn sich wachsen ließ. Hassan nahm es als Kompliment, obwohl Nouri nicht sicher war, ob Laleh es als solches gemeint hatte.

Während des gesamten Essens war Hassan ungewöhnlich still, er antwortete auf die Fragen von Maman und Baba, mehr aber auch nicht. Nouri versuchte, das Gespräch in Gang zu halten, indem er über die Metro sprach – wie leise und modern sie sein würde, dass die Wände mit Kunstwerken bemalt werden würden und Skulpturen in den Tunnels aufgestellt werden würden. Niemand sprach über den Brand. Oder den Schah.

Nach dem Essen gingen die vier jungen Leute in den Innenhof, um ihre Füße im kleinen Pool zu baden. Die Nacht war hereingebrochen, aber ein Scheinwerfer warf einen Lichtstrahl und einen Schatten auf die Obstbäume. Eine sanfte Brise wehte den Duft von Blumen und Überresten gegrillten Lammfleisches zu ihnen herüber.

„Das ist wirklich ein Wendepunkt", wiederholte Hassan und strampelte ein wenig mit den Füßen im Wasser. Er war jetzt sehr lebhaft, so sehr, dass Nouri sich fragte, ob Babas Anwesenheit ihn vorher eingeschüchtert hatte.

„Eine Tragödie, ja", sagte Anna. „Aber ein Wendepunkt? Was meinst du damit?"

„Erkennst du es nicht? Niemand kann jetzt noch so tun, als ob ihn die Situation nichts anginge. Fünfhundert Familien sind der Beweis. Es ist jetzt an der Zeit, Stellung zu beziehen."

„Ich weiß nicht, was du meinst, Hassan", sagte Laleh. „Ich kenne keine der Familien."

Hassan hörte mit dem Wassertreten auf. „Du kannst nicht ernsthaft annehmen, dass der Schah schuldlos ist. Bei all dem hier sieht man die Handschrift der SAVAK. Stimmt's, Nouri?"

Nouri zögerte. „Ich weiß nicht recht, was ich glauben soll. Mein Vater... "

„Dein Vater arbeitet für die Ölfirma", unterbrach ihn Hassan. „Er ist ein guter Mensch, aber hast du ihn einmal gefragt, was mit den Einnahmen aus dem Öl in den letzten Jahren geschehen ist? Der Ölpreis hat sich vervierfacht. Aber das Leben der Menschen hat sich nicht einen Deut verbessert. Der Schah streicht die meisten Gewinne selbst ein. Und das, was er nicht behält, gibt er für Ausländer aus, die ihn mit allen möglichen Projekten umgarnen. Zum Beispiel für die Metro."

Nouri unterdrückte seinen Ärger. „Ja, es ist eine französische Firma, die die Metro baut. Aber sie wird Teheran ein sauberes, schnelles und kostengünstiges Transportmittel bescheren. Das ist eine gute Sache."

Hassan schnaubte. „Insbesondere seit klar ist, dass viele Menschen keinen eigenen Paykan besitzen werden."

Nouri presste seine Lippen zusammen.

Hassan erklärte Anna, dass der Schah dem Volk in einer seiner Reden zum Thema Fortschritt versprochen hatte, dass sich jeder bald seinen eigenen Paykan, ein Modell des staatlichen Automobilherstellers im Iran, leisten können würde. „Das war aber nur ein leeres Versprechen", fügte er hinzu. „Genau wie all die anderen. Niemand erhält irgendetwas... bis auf das Militär."

„Willst du damit sagen, dass Nouri den Metro-Job nicht hätte annehmen sollen?", fragte Anna. „Dass er etwas anderes machen sollte?"

„Das muss er selbst entscheiden", sagte Hassan. „Aber in Abadan, wo das Feuer ausbrach, lebt die Arbeiterklasse. Der Film war gegen den Schah gerichtet. Die Feuerwehr traf erst ein, als das Gebäude bereits in hellen Flammen stand. Und die Polizei hat die Türen verriegelt. Das nenne ich einen eindeutigen Fall von Massenmord. Der Schah setzt das Leben seiner eigenen Bürger aufs Spiel, um sein Regime am Leben zu erhalten."

„Jetzt mal ehrlich, Hassan", sagte Nouri, „da sind auch die schiitischen Moslems, die der Ansicht sind, dass der Film ein Affront gegenüber Allah ist. Sie verabscheuen westliche Dekadenz. Ihre militanten Kräfte könnten auch das Feuer gelegt haben."

Hassan warf Nouri einen seltsamen Blick zu. „Vor einem Jahr hättest du so etwas nicht gesagt. Du hast dich verändert, Nouri." Er wandte sich Anna zu. „Und was denkst du, Anna?" Sein Tonfall verriet Streitlust.

Sie tauchte ihre Finger in den Pool. „Ich glaube, dass jede Form von Unterdrückung falsch ist, ob sie nun von einer Regierung oder einer Religion ausgeht." Das war eine ausweichende Antwort, fand Nouri. „Aber ich glaube auch, dass wahre Revolutionäre keinen Raum für Religion lassen."

„Was ist mit eurem Martin Luther King? Oder Martin Luther? Oder Jesus? ", feuerte Hassan zurück.

„Das waren Reformer, keine Revolutionäre", sagte sie. „Staat und Religion müssen getrennt sein. Wenn das nicht der Fall ist, wird es schlimm enden. Selbst eure persische Kultur glaubt daran. Schaut euch Rumi und Hafiz an. Ihr Islam toleriert keine Orthodoxie. Er ist spirituell, nicht dogmatisch. Es wäre ... unglücklich, wenn dieses Grundprinzip nicht vorangestellt werden würde."

Nouri lächelte in sich hinein. Anna war möglicherweise intelligenter als Hassan. Ganz sicher aber war sie eloquenter.

Hassan hob sein Kinn an. „Rumi und Hafiz haben es aber auch nie erlebt, dass Briten ihr Land überfallen. Oder zusehen müssen, wie die CIA den einzigen demokratischen Führer, den der Iran je gehabt hat, absetzt."

Anna und Nouri tauschten Blicke aus. Nouri wusste, dass sie die Diskussion gern fortsetzen würde, aber er war sich nicht sicher, ob das eine gute Idee war. Nouri wechselte das Thema. „Mein Vater hat Anna eine Stelle in der Ölfirma angeboten."

„Wirklich? Und wirst du sie annehmen", fragte Hassan.

„Ich weiß es nicht."

„Was wirst du machen, wenn nicht?"

„Ich habe daran gedacht, Englisch zu unterrichten. Es muss viele Leute geben, die es lernen wollen."

Hassan richtete sich auf. „Es gibt die Iranisch-Amerikanische Gesellschaft."

Laleh stimmte zu. „Das ist eine tolle Idee, Hassan. Ich wollte gerade Abbott Labs vorschlagen. Sie haben hier gerade eine Niederlassung gegründet. Shaheens Schwester wird dort anfangen. Aber die Gesellschaft ist besser."

„Wer ist Shaheen?", fragte Hassan.

Laleh erklärte, dass Shaheen ihr Freund sei.

„Wirklich? Woher stammt er?", fragte Hassan.

„Er hat in Shiraz gelebt. Aber jetzt ist er hier."

„Was ist die Iranisch-Amerikanische Gesellschaft?", wollte Anna wissen.

Laleh wandte sich Anna zu und erklärte ihr, dass die IAS ein Zentrum sei, wo iranische und amerikanische Staatsbürger Studenten etwas über die USA beibrachten – deren Geschichte, Bräuche und vor allem die Sprache. „Das ist der perfekte Ort für dich, Anna."

„Das klingt in der Tat interessant. Danke, Hassan, ich werde sie mir mal anschauen."

Einige Minuten später ging Hassan, und Nouri war erleichtert. Er fühlte sich, als hätte er gerade ein Drahtseil überquert. Er blickte Anna an. Er nahm an, dass sie ähnlich empfand. Als sie ins Haus gingen, fragte er: „Was denkst du?"

„Hassan hat feste Überzeugungen."

„Aber hat er auch Recht? Glaubst du, dass ich mich verändert habe?"

Anna beäugte ihn. „Hast du?"

„Vielleicht. Ich glaube, der Schah hat in vielen Punkten Unrecht. Aber... "

„Es ist einfach zu kritisieren, wenn man nicht mittendrin ist, nicht wahr? Wenn man weit weg, in Amerika, ist. Aber jetzt, da du zu Hause bist, steht etwas auf dem Spiel." Sie strich ihm über die Wange. „Gar nicht so einfach."

Er ergriff ihre Hand und küsste ihre Finger. „Du hast dich auch verändert, weißt du. Du gewöhnst dich an unsere Sitten. Und du wirst recht diplomatisch."

Sie lächelte. „Verrate mir mal etwas: Beim Abendessen fragte Baba-joon nach Hassans Mutter und seinen Schwestern, aber er erwähnte mit keinem Wort seinen Vater. Warum nicht?"

„Hassans Vater wurde inhaftiert und von der SAVAK gefoltert. Nach einigen Monaten ließ man ihn frei, aber er war nicht mehr der Alte. Kurze Zeit später nahm er sich das Leben."

Anna zuckte zusammen. Schweigend stiegen sie die Treppe hinauf. Auf der obersten Stufe angelangt, sagte sie: „Da wir gerade über Väter sprechen, Nouri, hast du deinen Eltern von meinem erzählt?"

Nouri vermied den Blickkontakt mit ihr.

Anna nickte, als sei dies die Antwort, die sie erwartet hatte, betrat das Gästezimmer und verschloss die Tür.

VIERZEHN

Während der Herbst den brütend heißen Sommer allmählich ablöste, wurde das Verhalten des Schahs zunehmend unberechenbar. Ende August ersetzte er seinen Premierminister und kündigte an, dass er islamische Traditionen respektieren werde. Weniger als zwei Wochen später eröffneten seine Truppen das Feuer während einer gewaltsamen Demonstration auf dem Jaleh-Platz. Es gab unterschiedliche Aussagen zur Zahl der Opfer; danach wurden zwischen fünfzig und zweihundert Menschen getötet. Es wurde von Dutzenden Brandanschlägen berichtet; zahlreiche Banken, Kinos, Polizeistationen und Geschäfte wurden zerstört. Der Ausnahmezustand wurde ausgerufen; Oppositionsführer wurden inhaftiert. Der ‚Schwarze Freitag‘, wie er bald genannt wurde, zerstörte viele Hoffnungen auf einen Kompromiss zwischen der Protestbewegung und dem Schah.

Trotz des Aufruhrs in anderen Teilen der Stadt, blieb es auf den Straßen im Norden Teherans ruhig, so dass Nouri und Anna ihre Hochzeitsplanungen fortsetzen konnten. Die Feier war für Mitte September, nach dem Ende des Ramadans, angesetzt. Als Ziel der Hochzeitsreise hatten sie sich Esfahan ausgesucht. Maman-joon und

Anna verbrachten Stunden, manchmal sogar ganze Tage bei der Schneiderin, die das Hochzeitskleid nähte.

Die Hochzeitszeremonie und das Festessen sollten in einem neu errichteten Luxushotel, dem Azadi Grand, stattfinden. Der Schah war nicht eingeladen, aber andere wichtige Minister der Regierung würden anwesend sein. Parvin und Anna zerbrachen sich den Kopf über die Sitzordnung, das Menü, die Blumen und die kleinen Geschenke, die die Gäste erhalten sollten. Sie verbrachten zwei Tage damit, die Feier zu proben, so dass Anna gut vorbereitet sein würde. Verschiedene Mitglieder von Nouris Familie planten, nach der Hochzeit eigene Partys zu veranstalten, so dass sich die gesamten Feierlichkeiten über eine ganze Woche hinziehen würden.

Nouri hatte inzwischen seine neue Stelle angetreten und daher nicht viel Zeit, sich um die Vorbereitungen zu kümmern. Er war froh, dass seine Familie durch die bevorstehende Hochzeit von den Sorgen um die Zukunft des Landes abgelenkt wurde. Seine Mutter und Laleh waren mit Leib und Seele mit den Planungen beschäftigt, und auch Anna ließ sich von deren Begeisterung anstecken. Es blieb nur noch ein Problem zu lösen, und eines Abends, nach dem Abendessen und nachdem Laleh mit Shaheen in die Diskothek aufgebrochen war, nahm Nouri seinen ganzen Mut zusammen. „Maman, Baba, da ist noch etwas, was wir euch sagen müssen."

„Was denn?" Seine Eltern schauten sich gerade eine Unterhaltungssendung im Fernsehen an. Sie sahen heute etwas entspannter aus als in den letzten Tagen; es war also eine willkommene Gelegenheit. Zuletzt waren Sorgenfalten ein ständiger Begleiter auf dem Gesicht seines Vaters gewesen, und die heitere, energiegeladene Art seiner Mutter war nur aufgeflammt, wenn man über die bevorstehende Hochzeit sprach.

Nouri schielte auf Anna, die ruhig auf dem Sofa saß. Sie sah aus, als würde sie am liebsten in der Polsterung verschwinden. Er holte tief Luft. „Bevor wir hierher kamen, wurden Anna und ich noch in Amerika bereits getraut." Er sprach in Farsi, aber er sah, dass Anna verstand.

Seine Mutter schrak zurück, als hätte ihr jemand eine Ohrfeige verpasst. Sein Vater bewegte sich nicht. Anna zupfte nervös an ihrem Arm herum. Nouri wäre am liebsten im Erdboden versunken. Die unheilschwangere Stille schien eine Ewigkeit zu dauern. Endlich sprach Baba.

„Warum?"

Nouri schluckte. „Ihr Vater hat es verlangt. Er kann nicht zur Hochzeit kommen, aber er wollte an der Trauung seiner Tochter teilnehmen."

Seine Mutter fand ihre Stimme wieder. „Ich verstehe das nicht. Vertraut er uns nicht? Denkt er, dass wir dumme Bauern ohne Kultur oder ..."

„Parvin." Nouris Vater fiel ihr ins Wort. „Lass mich das machen."

Seine Mutter stieß den Atem aus und schlug die Hände zusammen. Sie erinnerte Nouri an eine dieser Frauen in alten Spielfilmen, die sich in Krisensituationen selbst nervös Luft zufächern.

Die Augen seines Vaters verengten sich. „Er hat dir keinen anderen Grund genannt?"

Nouri schüttelte den Kopf. „Baba, es tut mir leid, wenn ich einen Fehler gemacht habe. Ich habe mit anderen iranischen Studenten in den USA gesprochen. Es scheint so, dass viele, die Amerikanerinnen heiraten, es zweimal tun – einmal in den USA und einmal hier. Ich dachte nicht, dass das ein Problem sein würde."

Maman gab einen Wortschwall in Farsi von sich, emotional und angespannt. Sie gestikulierte wild in Annas Richtung.

Baba hörte es sich eine Weile an, um der Szene dann mit einer scharfen Handbewegung ein Ende zu setzen. „Genug."

Maman verstummte.

Anna zuckte zusammen. Sie verstand zwar die Worte nicht, merkte aber, dass es nicht gut lief.

Baba wandte sich an Anna und sprach in Englisch.

„Verzeihe uns, Anna. Wir sind... bestürzt. Das ist alles. Wir hätten nur gern vorher davon gewusst. Aber das ist kein Beinbruch. Wie du ja bereits weißt, tun viele Amerikaner und Iraner das, was ihr beide gemacht habt. Mit deiner Erlaubnis werde ich deinen Vater anrufen und ihm das sagen."

Anna spürte eine Welle der Erleichterung. „Danke, Baba-joon. Wenn ich gewusst hätte, welche Probleme euch das bereitet, hätte ich dafür gesorgt, dass ihr es im Voraus erfahrt. Ich kannte die Etikette nicht. Verzeihe *du mir*."

„Es gibt nichts zu verzeihen. Und habe ich deine Erlaubnis, deinen Vater anzurufen?"

Annas Gesicht verfinsterte sich. Nouri wusste, dass die Sache noch nicht ausgestanden war.

Baba beugte sich vor. „Was ist, Anna-Liebling?"

Anna war nervös. „Ich weiß nicht ... ich meine, ich weiß nicht, ob Nouri dir erzählt hat ..." Sie verstummte. „Aber du... du und Maman-joon... ihr müsst wissen, wer mein Vater ist."

Baba faltete seine Hände zusammen. „Wer ist er?"

„Seine Vergangenheit", platzte Anna heraus. „Er... nun, es könnte sein, dass ihr meine Zugehörigkeit zu eurer Familie über-denken wollt."

Baba schaute Nouri, dann wieder Anna an. „Du meinst, weil er Physiker ist, der für die Nazis gearbeitet hat, bevor er in die USA gebracht wurde?"

Nouris Kinnlade klappte herunter. Anna tat es ihm nach. „Woher weißt du ..."

Babas Lächeln verriet Nouri, dass ihn ihre Verwunderung amüsierte. „Hast du ernsthaft geglaubt, ich würde nicht über die Familie der Verlobten meines Sohnes recherchieren?" Er kicherte. „Ich weiß, dass dein Vater in Maryland lebt und deine Mutter, die sich vor Jahren hat scheiden lassen, in Paris."

Anna spürte, wie ihre Wangen glühten. Sie wagte nicht, Baba anzusehen.

„Anna, mein Liebling, du solltest wissen, dass es immer enge Verbindungen zwischen Deutschland und dem Iran gab. Der Vater des Schahs änderte den Namen Persien in Iran hauptsächlich wegen der Arier, die unsere Kultur maßgeblich geprägt haben. Die gleichen Arier, die für Hitler so wichtig waren."

Anna und Nouri tauschten Blicke aus. Anna sah erschüttert aus, fand Nouri.

„Schah Reza wollte sich während des Krieges mit Deutschland verbünden, wurde daran aber von den Alliierten gehindert. Du brauchst dich also nicht zu schämen. Du kannst stolz auf dein Erbe sein. Du wirst für uns immer wertvoll sein."

Anna saß bewegungslos da, die Hände auf dem Schoß gefaltet. Sie muss erst noch die Botschaft Babas aufnehmen und verarbeiten, dachte Nouri. Jahrelang hatte sie die Bürde der vermeintlichen Gräueltaten ihres Vaters mit sich herumgetragen. Es war das dunkle Geheimnis, das sie quälte und das sie weniger amerikanisch machte. Noch nie zuvor hatte jemand ihren Vater stillschweigend gutgeheißen. Es musste wie eine Erlösung sein, diese bedrückende Last so schnell und einfach ablegen zu können. Nouri versuchte es mit einem ermutigenden Lächeln. Sie sollte wissen, dass er sie verstand.

Anna sprang auf und warf ihre Arme um Baba. Dann umarmte sie Nouris Mutter. Obwohl seine Eltern verlegen, ja sogar ein wenig peinlich berührt zu sein schienen, warf Anna Nouri ein strahlendes Lächeln zu. Nouri spürte ihre tiefe Erleichterung. Oder war es seine eigene?

FÜNFZEHN

Nouri wachte am Morgen seiner Vermählung mit dem Gefühl einer zentnerschweren Last auf seiner Brust auf. Der Tag, der sich schon seit seiner Kindheit angekündigt hatte, war gekommen. Er atmete tief ein und versuchte, sich über dessen Tragweite bewusst zu werden. Er bewegte sich gerade auf dem schmalen Grat zwischen Jugend und Erwachsensein. Zum ersten Mal in seinem Leben würden seine Handlungen echte Auswirkungen haben.

Er verschränkte die Hände hinter seinem Kopf. Es wäre zu einfach anzunehmen, dass alles begonnen hätte, als er seinen Fuß wieder auf iranischen Boden setzte. In Wirklichkeit hatte es in dem Augenblick begonnen, als er beschlossen hatte, Anna zu heiraten – bald würde sie seine Frau und die Mutter seiner Kinder sein. Ihre Kinder würden nur die besten Schulen besuchen. Er würde eine glänzende Karriere machen. Sie würden in einem wundervollen Haus leben. Es gab nichts, das sie nicht zusammen erreichen könnten.

Nouri stand auf und ging ins Badezimmer. Sein Vater hatte einst politische Ambitionen gehabt, aber trotz guter Verbindungen zu hochrangigen Ministern und der Königsfamilie hatten sich Babas

Hoffnungen nie erfüllt. Es wurde nie ausgesprochen, aber Nouri wusste, dass seine Eltern ihn als zweite Chance sahen. Wenn er seine Sache mit der Metro gut machte und er dies auch in andere Erfolge ummünzen könnte, wäre er in einer guten Position. Vielleicht würde man ihn eines Tages fragen, ob er nicht an hochrangiger Stelle politische Verantwortung übernehmen wolle.

Er spritzte sich kaltes Wasser in sein Gesicht. Nein. Der Schah war korrupt. Er hatte seine Macht missbraucht. Er musste ersetzt werden. Aber es würden immer gute Ingenieure mit einer Ausbildung in einem westlichen Land benötigt werden, egal, wer an der Macht war. Es gab noch so viele Dörfer, die keine Strom- und Wasserversorgung hatten, so viele Menschen, die nicht lesen konnten, zu viele, die zu wenig hatten. Er betrachtete sich im Spiegel. Es war höchste Zeit, sich die kindlichen Verhaltensweisen abzugewöhnen. Er würde in diesem Land in Zukunft eine wichtige Rolle spielen. Und heute machte er den ersten Schritt dazu.

Er nahm ein Bad und rasierte sich, während die Bediensteten seinen Smoking herauslegten. Es war ihm untersagt, Anna vor Beginn der Zeremonie zu sehen, aber Laleh und seine Mutter kümmerten sich bereits um sie. Sie hatten Annas Mutter eingeladen und erwartet, dass sie aus Paris einreisen würde, aber die Unruhen der letzten Wochen hatten sie beunruhigt, und in letzter Minute hatte sie abgesagt.

Die Zeit wollte einfach nicht vergehen, quälend langsam schienen die Uhren zu ticken, doch endlich war Nouri angezogen und fuhr mit seinem Vater ins Hotel. Es waren schon zahlreiche Gäste da, die auf ihre Plätze in einem großen Saal mit riesigen Kronleuchtern gebeten wurden. Ein buntes Stimmengewirr erfüllte den Raum. Nouri erkannte die Gesichter von Menschen, die er seit Jahren nicht gesehen hatte. Er hoffte, dass er sich an ihre Namen erinnern würde.

An der Stirnseite des Raumes war weiße Seide auf dem Boden ausgebreitet, an deren Rändern Vasen mit frischen Blumen standen. Auf dem Seidentuch befanden sich die Gegenstände für den *Sofreh*

Aghd, den formellen Teil der Zeremonie, die auf rituellen Bräuchen des altertümlichen Zarathustrismus beruht. Diese Zeremonie erfordert verschiedene Gegenstände: einen großen Spiegel, der das Licht symbolisiert, ein Paar elegante Kerzenleuchter als Symbol für das Feuer (einer für die Braut, einer für den Bräutigam), ein riesiger Laib geschmücktes Fladenbrot sowie Goldmünzen, die für Wohlstand stehen; dazu kamen *esfand*, das Räuchern mit Weihrauch, das das Brautpaar vor dem bösen Auge schützen sollte, kleine Schüsseln mit Honig und Rosenwasser sowie kleine Körbe, die mit Süßigkeiten, Obst, Eiern und Nüssen gefüllt waren. Im weiteren Verlauf würde ein Tuch über die beiden gehalten werden, um damit Nouris und Annas Zusammengehörigkeit zu bekunden. Das Seidentuch selbst war in Richtung Sonnenaufgang ausgerichtet.

Nouri saß auf der rechten Seite, auf einem von zwei Stühlen in der Nähe der Decke, während auf der anderen Seite des Raumes die Band eine Version des Stückes ‚Bada Bada Mobarak‘ anstimmte, eine heitere Melodie, die er schon oft bei Hochzeiten gehört hatte. In diesem Lied wird dem Brautpaar zum freudigen Ereignis gratuliert. In seinem Bauch rumorte es ein wenig, als er sich vor Augen führte, dass diesmal er damit angesprochen wurde.

Kurze Zeit später betrat Anna den Raum, gefolgt von Laleh und Nouris Mutter. Die Menge, die verstummt war, als das Lied angestimmt wurde, stieß gemeinsam ein Stöhnen der Bewunderung aus.

Anna sah umwerfend aus. Ihr Brautkleid aus schwerer, weißer Seide war tailliert und bauschte sich glockenförmig bis zum Boden. Der obere Teil des Kleides war geschnürt und mit kleinen Schmucksteinen besetzt, die im Licht funkelten. Auch auf dem Rock und der Schleppe waren solche Diamanten zu erkennen. Das Brautkleid war schulterfrei und erlaubte einen Blick auf Annas sommerlichen Teint. Ein Schleier, der an einem schmalen Stirnband befestigt war, bedeckte ihr Gesicht, aber Nouri konnte ihre Augen erkennen. Mit der Kraft ihres inneren Feuers funkelten sie wie Smaragde. Ihr langes, blondes Haar war in Zöpfen um den Kopf herum gelegt, und in ihren Ohren steckten erlesene Diamant-Ohrstecker. Nouri fand, dass sie wie eine verzauberte Prinzessin aussah. Oder wie ein Film-star, Jessica Lange oder Olivia Newton-John zum Beispiel. Er wünschte, er wäre allein mit ihr.

Anna setzte sich auf den Stuhl neben ihn, und die Zeremonie begann. Der zuständige Mullah war ein entfernter Cousin und bekannt dafür, recht liberal zu sein – nicht alle Geistlichen würden ein Brautpaar vermählen, wenn nicht beide Muslime wären. Er trug einige einführende Segenswünsche vor. Der Esfand wurde auf das glühende Kohlenbett in einem Weihrauchgefäß gesprenkelt. Nouris Onkel und Tante gingen sieben Mal um Anna und Nouri herum. Durch den Weihrauch löste sich der Kloß in Annas Kehle auf, ohne dass sie sich räuspern musste.

Nach einem Vortrag über die Heiligkeit der Ehe, der beiden wie eine Ewigkeit vorkam, fragte der Mullah, ob Anna und Nouri die Zeremonie fortsetzen wollten. Dies sollte symbolisch bewirken, dass Nouri auf Annas Antwort warten musste. Anna wurde dreimal gefragt, ob sie Nouri heiraten wolle. Anna antwortete zunächst nicht, und Nouris Mutter legte dann nach jeder Frage eine Goldmünze in Annas Hand, um sie damit symbolisch aufzufordern, ‚Ja‘ zu sagen. Beim dritten Mal sagte Anna mit deutlicher Stimme: „Ja. *Baleh.*"

Der Mullah zitierte weitere Verse aus dem Koran, und im Anschluss daran unterzeichneten Anna und Nouri sowie die Trau-zeugen den Heiratsvertrag. Der Mullah erklärte sie zu Mann und Frau, woraufhin Nouri Annas Schleier lüftete. Sie küssten sich und tauschten die Ringe aus. Nouri sah, wie es Anna fast den Atem verschlug, als sie den Ring sah, den Nouri ihr auf den Finger steckte. Er war aus wunderschön bearbeitetem Gold mit einem riesigen Diamanten. Anna gab ihm einen einfachen goldenen Fingerring.

Solange die Zeremonie dauerte, hatten zwei von Nouris Cousinen das zeremonielle Tuch über Annas und Nouris Kopf gehalten. Nun rieb eine dritte Cousine zwei kegelförmige Zucker-stücke gegeneinander und ließ die Körner auf das Tuch rieseln, um symbolisch das Leben des Ehepaares zu versüßen. Nouri und Anna tauchten ihre Finger in einen kleinen Honigtopf und dann in den Mund des jeweils anderen.

Sie küssten sich erneut. Und dann war die Zeremonie beendet.

Die Gäste begaben sich in einen anderen Saal zum Festessen. Er war üppig mit Blumen und Obstbäumen dekoriert, und in einer Ecke gab es einen Pool mit einem kleinen Wasserfall. Die Band spielte bereits; zwischen den einzelnen Gängen und in den Musikpausen schlenderten die Gäste durch den künstlich angelegten Garten, um das plätschernde Wasser zu genießen.

Nouris Mutter hatte einen Koch aus Paris einfliegen lassen, der das Menü überwachen sollte, das aus Schnecken und weiteren Gängen mit so kunstvollen Namen wie *Quail in Puff Pastry, Shell with Foie Gras* und *Truffle Sauce* bestand. Zu jedem Gang wurde ein anderer Wein serviert. Auch die persischen Speisen fanden Zustimmung, denn die Haute Cuisine wurde durch süßen Reis, Lammfleichkebab, Gemüse und Fladenbrot hervorragend ergänzt.

Ein Gang folgte dem anderen, und der Lärm, die Gerüche und die Hitze, die trotz der Klimaanlage in der heißen Septembernacht noch herrschte, forderten ihren Tribut. Nouri döste fast kurz ein. Doch von überall strömten Menschen auf ihn zu – die meisten von ihnen kannte er nur vage – und schüttelten seine Hände oder nahmen ihn beiseite, um ihm zuzuraunen, wie glücklich er sich doch schätzen müsse, eine solch wunderschöne blonde Frau erobert zu haben. Die Frauen überwältigten ihn mit Umarmungen, ihrem Parfumduft und Kichern, während er sie tanzend im Saal herumwirbelte. Das unaufhörliche Blitzlichtgewitter der Fotografen blendete ihn. Es war alles zu viel für ihn. Irgendwann konnte er nur noch mechanisch lächeln. Und dies war erst die erste von mehreren Feiern, genannt *Paghosah*, die nach der Hochzeit noch stattfinden sollten.

Er gab sich Mühe, höflich und der perfekte Gastgeber zu sein, aber gegen Mitternacht konnte er die Fassade kaum mehr aufrechthalten. Endlich durften sie die Hochzeitstorte anschneiden; anschließend konnten sie sich zurückziehen. Sie nahmen den Aufzug zur

Hochzeitssuite, wo sie ins Bett fielen und augenblicklich einschliefen.

———

Esfahan, je nach Verkehrsaufkommen etwa sechs Autostunden von Teheran entfernt, war einst die Hauptstadt Persiens. Gleichzeitig war sie eine der schönsten und romantischsten Städte im Iran. Die fünf Tage, die sie dort verbrachten, erinnerten Nouri an ihr Leben in Chicago. Hier waren sie allein und konnten tun und lassen was sie wollten.

Sie übernachteten im Abbasi, einem luxuriösen Fünfsternehotel mit herrlichen Gärten, Promenaden, Restaurants und sogar einem Teehaus. Die ersten zwei Tage verbrachten sie nur in ihrem Zimmer und taten, was Frischverheiratete nun einmal tun. Am dritten Nachmittag jedoch waren sie bereit für die Welt da draußen, zogen sich an und flanierten vom Hotel zum Zayandeh. Am Ufer dieses Flusses mit seinen ausgedehnten, abschüssigen Wiesen tummelten sich zahlreiche Familien, die Picknick machten und Tee tranken. Kinder tollten fröhlich im seichten Wasser herum. Nouri schenkte ihnen einen wohlwollenden Blick. „So werden auch unsere Kinder bald spielen", sagte er zu Anna.

Anna drückte seine Hand und lächelte ihn scheu an. Seit ihrer Hochzeit hatte sie sich verändert. Nouri konnte es nicht genau beschreiben, aber etwas hatte sich geändert. Im Bett war sie weniger leidenschaftlich, eher zärtlich und verletzlich. Es war, als wäre eine bislang verschlossene Tür aufgestoßen worden. Sie schien... glücklicher zu sein. Nouri kaufte ihr ein Eis, und sie bewunderten eine Brücke mit einer Reihe von Spitzbögen. Junge Leute paddelten in Schwanenbooten fröhlich auf dem Fluss.

Sie bummelten zum Schah-Platz, einem Komplex aus zwei Moscheen und einem Palast, der fast schon atemberaubend schön war. Die größere Moschee, in die nur Männer Zutritt hatten, hatte eine türkisfarbene Kuppel, die über die Turmfassade mit aufwändigen Mosaikmustern herausragte. Obwohl Fliesenstückchen in sieben verschiedenen Farben verwendet worden waren, dominierten Blautöne. Ein riesiger Pool glitzerte mit seinem reflektierenden Wasser vor der Moschee. Nouri erklärte, dass die Farbe Blau die Seele beruhigen und die Spiritualität steigern sollte.

Überwältigt von den Eindrücken durch die Architektur durchwanderten sie ehrfurchtsvoll die Außenanlage. Die kleinere Moschee war für die Frauen des Harems des Schahs aus dem 17. Jahrhundert gebaut worden. Zwanzig stattliche Säulen stützten eine goldene, wabenartig angeordnete Fassade und die Kuppel. Im Inneren glitzerten Tausende winzige Spiegel von der Decke herab, und aufwändige Mosaike und Fresken begrüßten den König, der den Komplex während der vielleicht bemerkenswertesten Jahre, der Blütezeit Persiens, erbaut hatte. Nouri erzählte Anna von Schah Abbas und wie er 1598 beschlossen hatte, die Hauptstadt des Landes nach Esfahan zu verlegen.

„Nach welchem Kalender?", scherzte Anna.

Nouri lachte. Iraner haben zwei Kalender, den persischen Sonnenkalender und den westlichen. Wenn im Westen das Jahr 1978 geschrieben wird, ist es das Jahr 1357 nach dem Dschalali-Kalender. „Welchen möchtest du?"

„Den, bei dem die Zeit stillsteht, wenn wir zusammen sind", sagte sie.

Nouri blickte sie verstohlen an. Anna hatte einen nachdenklichen, ja fast schon traurigen Gesichtsausdruck. „Was ist los?"

„Das ist alles zu schön, um wahr zu sein, Nouri."

Er streichelte ihre Wange.

„Alles. Diese Stadt. Unsere Hochzeit. Unsere Familie. Es ist fast mehr als ich ertragen kann. Du hast die Leere in mir ausgefüllt – eine Leere, die ich verspürt habe, seit ich ein kleines Kind war. Ich glaube, mein Herz könnte vor Freude zerspringen."

Nouri nahm sie in die Arme. In diesem Moment liebte er Anna mehr als das Leben.

SECHZEHN

Anna konnte sich nicht erinnern, jemals glücklicher gewesen zu sein. Den größten Teil ihres Lebens hatte es sie nach Zuneigung gedürstet, und ihre Hochzeit mit Nouri hatte diesen Durst gestillt; wie eine Wüstenblume blühte sie auf. Morgens wachte sie mit einem Lächeln auf, versessen darauf, den Tag zu begrüßen. Als Ehefrau, als Tochter und als Schwester. Sie wurde geliebt. Endlich hatte sie ihren Platz im Leben gefunden.

Endlich trafen auch die Möbel ein, und sie und Nouri zogen in ihr Haus in Shemiran ein. Laleh hatte Recht gehabt; sie hatten einen ganzen Berg Geschenke erhalten. Aber immer noch fehlten Kleinigkeiten, die man in einem neuen Haus benötigt, und Anna war entschlossen, sie zu beschaffen. Trotz des Verkehrs ging sie überall hin. Es machte ihr nichts aus, im Gegenteil, es war die beste Möglichkeit, ihre neue Umgebung zu erkunden. Sie verliebte sich in die persische Architektur und war ganz aufgeregt, auch hier farbenfrohe Fliesen, Mosaiken und aufwändige Verzierungen, wie sie sie in Esfahan gesehen hatte, zu entdecken. Sie beschloss, dies als Zeichen für Hoffnung und Schönheit zu werten.

Wie gewohnt dominierte das Elburs-Gebirge die Landschaft,

aber manchmal war es schwierig festzustellen, wo die Gebäude endeten und das Gebirge begann. Andere Male wechselten die Berge ihre Farbe und nahmen statt der Ocker- und Brauntöne eine violette Färbung an, dann standen sie in scharfem Kontrast zur restlichen Landschaft. Anna mochte es am meisten, wenn sie sich zu Grau wandelten. Sie versuchte herauszufinden, wann, wie und warum das passierte. Lag es an der Tageszeit, am Wetter oder vielleicht am Grad der Schadstoffbelastungen? Vorerst behielten die Berge ihr Geheimnis für sich.

Anna stellte fest, dass iranische Händler ihr recht gerne dabei halfen, ihr Geld loszuwerden. Viele von ihnen waren der Ansicht, dass die wenigen Brocken Englisch, die sie sprachen, völlig ausreichten, um intensive Verkaufsgespräche zu führen, und so schwatzten sie ziemlich unverständlich für Anna munter drauf los. Anna nickte dann nur und lächelte, als ob sie es verstünde. Sie schnappte einige Wörter in Farsi für Lebensmittel, Möbel oder für einfache Anweisungen auf. Sie lernte auch schnell, dass der Preis für alle Artikel verhandelbar war und fand bald großen Spaß daran zu feilschen.

Trotz ihres Glücks legte sich allmählich doch ein Schatten auf sie, wie ein Sturm, der sich noch weit entfernt über den Bergen zusammenbraut. Anfangs beachteten Nouri und Anna das nicht, erkannten dann aber, dass es Hassan war, der für diese Eintrübung verantwortlich war.

Eines Oktoberabends, zu einer Zeit, als die Wärme immer noch über der Stadt hing und der Sommer sich ein letztes Mal aufbäumte, lud Anna ihn zum Abendessen ein. Sie trug einen kleinen Tisch auf die Terrasse, so dass sie draußen essen konnten. Eine sanfte Brise lag in der Luft und trug das leise Rauschen des entfernten Verkehrs zu ihnen hinüber. Den ganzen Tag lang brachte sie mit der Zubereitung des *tah-chin-e morgh* zu, einem mit Safran gewürzten Hähnchengericht mit Joghurt, Reis, Tomaten und Hummus, das mit iranischem Fladenbrot, dem *sangak*, gereicht wird. Hassan nahm ein Stück Hähnchen, kaute und schluckte es. Anna hielt den Atem an.

Dann grinste er. „Das ist gut, Anna." Er langte ordentlich zu und verschlang das Hähnchen, als habe er wochenlang nichts zu essen bekommen. „Du bist schon eine recht gute iranische Köchin geworden."

Anna strahlte, und Nouri tat es ihr nach.

Nach dem Abendessen gingen sie hinein. Während Anna Tee zubereitete, holte Nouri eine Flasche Whiskey und zwei Gläser hervor. Er schenkte ein und reichte Hassan ein Glas. Dieser zögerte, was Anna nicht entging.

Auch Nouri bemerkte es. „Stimmt etwas nicht?" Nouri stürzte den Inhalt seines Glases hinunter und leckte sich die Lippen. „Das ist echter Kentucky-Bourbon."

Hassan starrte auf das Glas und schüttelte dann den Kopf. Er nahm ein Schlückchen.

„Also, mein Freund", sagte Nouri in dem fast schon herablassenden Tonfall, den er sich seit kurzem angewöhnt hatte. „Wie läuft's denn bei dir? Hast du einen interessanten Job in Aussicht?"

Hassan sah sich schon seit langem nach einer Arbeitsstelle um, wie Anna wusste. Er hatte Arzt werden wollen, aber der Tod seines Vaters und seine Verantwortung als ältester Sohn hatten ihn dazu gezwungen, die Ausbildung abzubrechen. Er hatte eine Stelle als Verkaufsrepräsentant für ein Pharmaunternehmen angenommen. Anna hoffte, dass Nouri ihm helfen könnte, ihm vielleicht sogar einen Job beim Bau der Metro besorgen könnte, sobald Nouri sich selbst dort etabliert hätte.

Doch Hassan sah Nouri mit einer Mischung aus Erstaunen und Verärgerung an, sein Schweigen war fast unerträglich. Anna zuckte zusammen. Nouri hätte wohl besser etwas sensibler sein sollen, dachte sie und hütete sich davor, ihm beizupflichten. Hassan war immerhin sein bester Freund. Vielleicht war es nur die Belastung, die Nouris neue Arbeitsstelle mit sich brachte. Deshalb ließ sie es auf sich beruhen.

Aber Hassan tat es nicht. „Nouri, hilf mir dabei, etwas zu verstehen", sagte er endlich nach einer langen Pause. „Es gibt Aufstände in den Straßen, Menschen werden von den Gefolgsleuten des Schahs getötet. Wir sind an der Schwelle zur Revolution. Und du glaubst, mit mir über meine Berufsaussichten sprechen zu müssen?"

Nouri legte seinen Kopf schräg, als sei *er* verwirrt. „Revolution? Das sind schwere Geschütze. Gewiss gibt es eine starke Opposition gegen den Schah, und das ist auch gut so. Aber eine Revolution? Die sehe ich nicht."

Hassan war seine Verwunderung deutlich anzusehen. „Ich weiß ja, dass du und Anna gerade erst eure Hochzeit gefeiert habt. Vielleicht seid ihr gedanklich noch immer in euren Flitterwochen." Er legte die Betonung auf das Wort *Flitterwochen.* „Aber ihr könnt nicht die Augen vor dem verschließen, was da draußen passiert. Ihr habt die Aufstände in der Schah Rezah Avenue und an der Teheraner Universität erlebt. Ihr habt gesehen, wie Autos in Brand gesetzt wurden, und ihr habt die Angriffe auf Banken und Regierungsgebäude gesehen."

„Natürlich." Nouri blickte Anna fast entschuldigend an, so als wollte er eine schützende Hand vor dem, was in der Innenstadt Teherans vor sich ging, über sie halten. Sie blickte missbilligend zurück. Das brauchte er nicht.

„Das ist nicht nur eine Opposition, Nouri", fuhr Hassan fort. „Es ist eine Revolution, und sie erfasst das ganze Land." Hassan setzte sein Whiskeyglas ab. Er hatte es kaum angerührt. „Nur wer – glaubst du – wird die Macht übernehmen, nachdem der Schah abgedankt hat?"

Nouri drehte sein Glas hin und her. War dies der Versuch, nachdenklich zu erscheinen, fragte sich Anna. Versuchte Nouri zu überspielen, dass er sich nicht wohl in seiner Haut fühlte? „Eine interessante Frage. Ich bevorzuge eine parlamentarische Demokratie. Vielleicht eine demokratische Republik."

Hassan verschränkte seine Arme. „Was ist mit dem Imam?"

Anna verfolgte die Diskussion aufmerksam. Vor einigen Tagen hatte Saddam Hussein den Ayatollah Khomeini aus dem Irak verbannt, wo er fünfzehn Jahre lang gelebt hatte. Khomeini war daraufhin nach Paris gezogen, von wo aus seine hitzigen Parolen weit häufiger im Iran übertragen wurden, als es vorher aus dem staubigen, kleinen irakischen Dorf, wohin er abgeschoben worden war, der Fall gewesen war. Sein Einfluss war sprunghaft angestiegen, was den Aufruhr nur noch zusätzlich anheizte.

„Khomeini ist nur eine Stimme", sagte Nouri. Anna bemerkte, dass er absichtlich das Wort ‚Imam‘, was übersetzt ‚islamischer Führer‘ bedeutet, nicht wiederholte. „Es gibt auch die Sozialisten, die Kommunisten, die Demokraten – und alle wollen sie den Schah loswerden."

Hassan lehnte sich nach vorne. „Höre mir zu, Nouri! Der Ayatollah hätte in jedes arabische Land gehen können, nachdem er den Irak verlassen hatte. Aber wohin ist er gegangen? An einen Ort, wo ihm die Pressefreiheit garantiert, dass er weiter den Sturz des Schahs propagieren kann. An einen Ort, wo ihm viel mehr Menschen zuhören als bisher. Der Mann ist ein meisterhafter Stratege. Du musst dich in Acht nehmen."

„Wovor?"

Hassan blickte ihn an. Annas Magen krampfte sich zusammen. Zu einer anderen Zeit, mit anderen Personen hätte sie – vielleicht etwas flapsig – entgegnet, dass sie für jeden religiösen Führer, den Hassan ihr nennen könnte, einen Sartre, einen Karl Marx oder einen Marcuse entgegensetzen könnte.

Aber sie hatte die Proteste in den Straßen gesehen, die inbrünstigen Gesänge für Khomeini, die Tränen, die auf den Wangen der Frauen hinunterliefen. Irgendwie hatte Hassan Recht. Sie spürte ein Unbehagen und wechselte das Thema. „Meine Mutter lebt in Paris."

Hassan sah sie neugierig an. „Ach, wirklich?"

Sie nickte. Darüber hinaus war ihre Mutter auch noch die Art Mensch, die mit Extremisten, Gesetzlosen und Ausgestoßenen sympathisierte. Aber das behielt sie lieber für sich.

Hassan strich über seinen Schnauzer. „Eine Mutter in Paris. Ein deutscher Vater in Amerika. Wer bist du wirklich, Anna Samedi? Was willst du?"

Sie blickte ihm tief in die Augen. „Ich bin Nouris Ehefrau. Ich will das, was ihn glücklich macht."

Hassan warf ihr ein hintergründiges Lächeln zu. „Du sprichst wie eine gute iranische Ehefrau. Vielleicht gibt es Hoffnung für dich."

Anna wusste nicht recht, was sie entgegnen sollte. Einige Minuten später wünschte Hassan ihnen eine gute Nacht. „*Marg bar Shâh*, meine Freunde. Tod dem Schah."

———

Im Laufe der letzten Monate hatte es immer wieder sporadische Streiks gegeben, aber Ende Oktober lähmte ein Generalstreik das Land fast flächendeckend, auch die Ölfelder waren betroffen. In den darauf folgenden Tagen brannten Banden große Teile der Stadt nieder. Ein Brandanschlag wurde auf die britische Botschaft verübt, und Aufständische versuchten, auch die Botschaft der USA anzugreifen. Einigen Berichten zufolge weigerten sich die Truppen des Schahs, gegen die Demonstranten vorzugehen und ließen eine Eskalation der Aufstände zu. Der Premierminister trat zurück. Baba-joon blieb seinem Büro fern und bestand darauf, dass Anna die Zeit bei ihnen im Haus verbrachte, während Nouri an seiner Arbeitsstelle war. Obwohl sich die Aufstände noch nicht in den Norden Teherans ausgebreitet hatten und die Straßen ruhig waren, holte der Fahrer der Samedis sie jeden Morgen ab. Auch die Nächte waren speziell. Nach Einbruch der Dunkelheit ertönte der Ruf ‚*Allâho Akbar!*' von zahlreichen Dächern der Stadt.

Eines Nachmittags Anfang November, nur wenige Tage nach dem Rücktritt des Premierministers, saßen Anna und Laleh auf dem Sofa vor dem Fernseher. Laleh schmollte, weil sie das Haus nicht verlassen und Shaheen treffen konnte. Maman-joon war in der Küche. Es lief gerade eine Seifenoper – Balsam auf die Seele der Masse, dachte Anna. Der Staat konnte es sich nicht leisten, seinem Volk den ganzen Tag immer nur Bilder von Aufständen zu zeigen.

Aber die Unruhen hinterließen ihre Wirkung. Die Haushaltshilfen, darunter auch die Frau, die Annas Gepäck nach oben getragen hatte und die ein Tuch über ihrem Haar trug, war feindselig und still geworden und vermied jeden Augenkontakt.

Baba-joon blieb in seinem Arbeitszimmer, das Kurzwellenradio stets auf BBC eingestellt. Anna schaute sich einen Teil der Seifenoper mit Laleh an. Sie hatte zwar etwas besser Farsi gelernt, aber die Schauspieler sprachen zu schnell für sie. Trotzdem konnte sie die Grundhandlung anhand von Mimik und Gestik verstehen. Gelangweilt schlenderte sie in Baba-joons Arbeitszimmer. Er saß zeitunglesend am Schreibtisch. Das Radio brummte leise im Hintergrund.

„Baba-joon?"

Er senkte seine Zeitung und blickte sie an. „Ja, Liebling?"

„Entschuldige die Störung."

„Macht doch nichts." Er lächelte nachsichtig.

„Baba-joon, glaubst du, dass es eine Revolution geben wird? Wird Khomeini zurückkehren, um den Iran zu führen?"

Sie war sich nicht sicher, welche Antwort sie von ihm hören wollte: vielleicht eine energische Verneinung oder ein zynischen Lachen, das ihr zeigen sollte, dass ihre Frage lächerlich war. Ganz sicher aber nicht die Antwort, die er ihr tatsächlich gab. Er lehnte sich in seinem Stuhl zurück. „Ich hoffe nicht. Aber falls doch, sind wir verloren."

Anna fühlte sich schlagartig so, als ob sie mit einem Boot zu kentern drohte. Sie setzte sich schwerfällig hin. „Du glaubst also, dass es passieren könnte?"

Mit zusammengepressten Lippen faltete Baba-joon die Zeitung in akkurate Viertel und legte sie auf den Schreibtisch. „Vor sechs Monaten hätte ich ‚niemals' gesagt. Aber heute bin ich nicht mehr so sicher. Der Schah verliert an Unterstützung – und zwar rasant."

Anna kannte Baba-joons Werdegang. Nouri hatte ihr berichtet, dass er in ärmlichen Verhältnissen aufgewachsen und beim Militär gewesen war. Es war nicht viel Geld vorhanden gewesen, aber immer

Disziplin, harte Arbeit und Entschlossenheit. Für ihn bedeutete es seine große Überwindung, Zweifel am Schah zu äußern.

„Und was Khomeini betrifft... " Er erklärte, dass die Aufstände und Demonstrationen in einem 40-Tage-Zyklus abzulaufen schienen.

Anna runzelte fragend die Stirn. „Warum?"

„Im Islam trauert man vierzig Tage nach dem Tod eines Familienmitglieds oder geliebten Menschen. Das war schon immer so. Nun ist dieses Ritual auch auf die politischen Handlungen übertragen geworden."

„Das verstehe ich nicht."

„Nach der Trauerphase von vierzig Tagen versammelt sich die Menge, um jener zu gedenken, die im vorangegangenen Aufstand ums Leben kamen. Die Verzweiflung und die Wut sind noch immer frisch und daher oftmals Auslöser von neuen Unruhen, die unweigerlich größer und zerstörerischer sind als die zuvor. Diese 40-Tage-Zyklen ziehen sich durch das ganze Land."

„Aber was hat das mit einer Revolution zu tun? Oder mit Khomeini?"

„Wenn der Tropfen das Fass zum Überlaufen bringt, wenn die Menschen die Tyrannei eines Despoten nicht mehr ertragen können, suchen sie Zuflucht, wo immer sie sie finden können. Iraner haben keinen physischen Raum, in dem sie sich verstecken könnten, so suchen sie sich also eine Zuflucht in einer anderen Zeit. Sie klammern sich an die Vergangenheit, in der Familientraditionen und Bräuche ihnen Erleichterung verschaffen."

„Die gute, alte Zeit."

Er nickte. „Insbesondere auch deswegen, weil der Schah versucht hat, so modern zu sein. Wenn wir weiterhin modern sein wollen, so sagt man, werden wir alt sein. Das Ergebnis ist die Wiedergeburt islamischer Gesetze, Gesetze, die Jahrhunderte alt sind. Die *Scharia*, wie sie auch genannt werden."

„Das, was Khomeini predigt", sagte Anna.

„Genau", erwiderte Baba-joon. „Für die, die nichts haben, sind Khomeinis Worte und die Gesetze der Scharia verführerisch."

„Du klingst beinahe mitfühlend."

„Ich kann es verstehen. Das ist ein Unterschied."

In der wieder einkehrenden Stille zwischen ihnen vernahm Anna aus der Küche das Quietschen von sich öffnenden Schubladen, das Geräusch einer Messerklinge beim Zerkleinern von Gemüse und das Klopfen von Fleisch. Trotz der Wärme und der Vertrautheit dieser Geräusche spürte Anna, wie sie ein kalter Schauer durchfuhr.

SIEBZEHN

Es war Anfang November, als die Dinge Fahrt aufnahmen; die Ereignisse überschlugen sich förmlich, und niemand wusste, wohin die Entwicklung führen würde. Der Schah hielt eine Rede, in der er die Unruhen zum ersten Mal eine Revolution nannte, und er unterbreitete den Demonstranten vermeintlich ein Friedensangebot. Aber diese Geste war schon bald wieder hinfällig, als er die Zivilregierung durch eine Militärregierung ersetzte. In Paris forderte Ayatollah Khomeini die Abdankung des Schahs zugunsten einer islamischen Republik. Im eigenen Land lehnten die schiitischen Religionsführer die Militärregierung ab und riefen die Gläubigen auf, den Kampf fortzuführen. Aber es gelang der Regierung, die meisten Streiks zu durchbrechen, und einige Menschen kehrten an ihre Arbeitsplätze zurück.

Inzwischen war die Regenzeit über das Land hereingebrochen. Es war kalt und feucht mit anhaltendem Regen oder zeitweiligen Schauern. Gelegentlich lugte auch einmal die heitere Sonne hervor, als wollte sie sich für die Trostlosigkeit entschuldigen; das Leben schien fast wieder normal zu sein. Wenn Anna ausging, stieß sie überall auf die Wasserrinnen, die neben den Bürgersteigen, von

Nord-Teheran bis hinunter in das Stadtzentrum, verliefen und die nach feuchtem Beton rochen. Anfangs dachte sie, es handelte sich um Abflusskanäle, aber Baba-joon erzählte ihr, dass sie erbaut worden waren, um das überschüssige Regenwasser und die Schneeschmelze aus den Bergen abfließen zu lassen. Manchmal spielten kleine Jungen und Hunde darin.

Jetzt, da ihr Haus mehr oder weniger fertig eingerichtet war, beschloss Anna, dass es Zeit sei, sich eine Arbeitsstelle zu suchen. Sie nahm ein Taxi zu einer ruhigen, von Bäumen flankierten Straße im nördlichen Teil der Innenstadt Teherans, nicht weit entfernt vom Haus der Samedis. Taxis in Teheran waren wahrlich ein Abenteuer. Es konnte vorkommen, dass man sich den Platz mit anderen Mitfahrern teilen musste, und heute war Anna zwischen einem Mann, der trotz des kühlen Wetters stark schwitzte, und einer Frau, deren Haare einen süßen, fruchtigen Geruch verbreiteten, eingepfercht.

Das Taxi lieferte sie vor der Iranisch-Amerikanischen Gesellschaft ab, die in einem modernen, zweistöckigen Gebäude untergebracht war. Im Inneren fand Anna in der Eingangshalle im Erdgeschoss weiß gestrichene Wände vor, die mit Ölgemälden dekoriert waren. Direkt vor ihr befand sich ein Theater. Sie spähte hinein und erblickte Plätze für etwa zweihundert Zuschauer. Sie nahm die Treppe zum Obergeschoss und gelangte dort auf einen Korridor, der zahlreiche Bürotüren hatte, die allesamt mit Namensschildern versehen waren. Das Büro des Geschäftsführers befand sich am hintersten Ende. Die Tür war offen, aber Anna klopfte trotzdem an.

„Herein!", rief eine Stimme.

Hinter einem Schreibtisch saß eine Frau mit schwarzen Haaren, blasser Haut, einem prägnanten Kinn und hellblauen Augen, die vermutlich wegen ihres türkisfarbenen Kostüms noch blauer wirkten. Ihr Make-up war dezent, ganz im Gegensatz zu dem Schmuck, den sie trug. Da klimperten Armreifen hier, wippten Ohrringe dort, und Anna sah mehrere Ringe an beiden Händen, einschließlich eines Eherings.

Die Frau kam hinter dem Schreibtisch hervor. „Ich heiße Charlotte Craft, aber alle nennen mich Charlie." Sie streckte Anna ihre Hand entgegen.

Anna schüttelte sie. „Anna Samedi."

Charlie bedeutete ihr, auf einem Stuhl Platz zu nehmen. „Erzählen Sie mir etwas über sich. Ihr Schwiegervater sagte lediglich, dass Sie eine außergewöhnliche, junge Frau sind, die einen Job möchte."

Anna wackelte mit ihrem Fuß. Vor einigen Tagen hatte sie endlich den Mut gefasst, Baba-joon zu gestehen, dass sie nicht in der Ölfirma arbeiten möchte, woraufhin Nouri ihm augenblicklich von Hassans Vorschlag, es bei der IAS zu probieren, erzählte. Es stellte sich heraus, dass Baba-joon auch dort Leute kannte, und so arrangierte er umgehend ein Vorstellungsgespräch für sie.

„Er ist so nett", sagte Anna.

„Wissen Sie, was wir machen?"

„Nicht genau."

„Wir sind ein Kulturzentrum. Wir versuchen, die Beziehungen zwischen Iranern und Amerikanern zu vertiefen, indem wir uns gegenseitig austauschen. Wir sind nun schon seit mehr als 20 Jahren in diesem Bereich tätig, und vor zwei Jahren wurde ich Direktorin. Ich selbst bin mit einem Iraner verheiratet."

„Das bin ich auch." Anna faltete ihre Hände in ihrem Schoß zusammen.

„Ja, ich weiß." Charlie lächelte. „Ich habe gehört, dass Sie in Chicago gelebt haben." Als Anna nickte, sagte sie: „Ich lebte in Notre Dame. Gleich um die Ecke, sozusagen. Ich habe Freunde an der Universität von Chicago. Und ich vermisse Harolds gebratene Hähnchen."

Anna grinste und spürte, wie sie sich langsam entspannte. „Und ich vermisse Medicis Pizza."

Charlie lachte, und es war ein ansteckendes Lachen: leise, kehlig und heiser. „Du liebe Zeit, Iraner sind wirklich gute Köche, aber von Pizza haben sie keine Ahnung."

Auch Anna lachte. „Ich weiß, was Sie meinen."

„Wie dem auch sei", fuhr Charlie fort, „wir sind eine dynamische Organisation, wenn ich das mal so sagen darf. Wir sind freundlich, konzentrieren uns auf das Wesentliche und sind kreativ. Wir zeigen einige der aufregendsten Werke, die von iranischen und amerikanischen Künstlern geschaffen wurden. Wir bringen Theaterstücke, Schauspiele und Konzerte auf die Bühne – haben Sie unsere Galerie unten gesehen?"

Anna nickte. Sie mochte Charlie, auch wenn diese ohne Unterlass redete.

„Wir halten auch Seminare in englischer und amerikanischer Kultur ab – hauptsächlich für Berufstätige oder Iraner, die in die Vereinigten Staaten ziehen möchten. Wie Sie sich vielleicht vorstellen können, ist das Interesse an den USA so groß wie noch nie, wir haben also auch Programme für junge Leute. Insbesondere für Studenten mit vielversprechenden Karrieremöglichkeiten. Haben Sie eine pädagogische Ausbildung?"

Annas Magen drehte sich um. „Ich habe einen Abschluss in Literaturwissenschaft. Aber nicht als Pädagogin."

Charlie beugte sich vor, stützte ihre Ellbogen auf den Schreibtisch und musterte Anna. „Die meisten unserer Dozenten sind Lehrer von der Universität Teheran oder einer vergleichbaren Hochschule. Sie gehen hier einer Nebenbeschäftigung nach."

Anna blickte auf den Boden.

Charlie war einen Moment lang still, doch dann stellte sie fest: „Bei der derzeitigen Nachfrage haben wir mehr Studenten als wir aufnehmen können."

Anna schaute auf. „Trotz der Unruhen?"

„Wegen ihnen." Sie lächelte erneut. „Glauben Sie nicht alles, was Sie hören. Die Schleusenstore sind geöffnet. Jeder möchte Englisch lernen. Sofort. Ich denke, so gesehen können wir dem Schah danken." Sie lächelte. „Sagen Sie, möchten Sie junge Menschen unterrichten? Teenager? Derzeit bieten wir Seminare für Iraner in diesem jungen Alter noch nicht an, aber wir haben viele

Anfragen. Wenn Sie glauben, damit zurechtzukommen, denke ich, dass wir für Sie eine Stelle finden werden."

Anna setzte sich auf. „Machen Sie Scherze? Das würde ich sehr gerne tun."

„Aber es wäre nur ein Teilzeitjob, wissen Sie."

„Das wäre perfekt."

„Weil Sie Zeit brauchen, um sich Ihrem Ehemann und Ihrer Familie zu widmen?"

„Genau." Anna grinste. Sie und Charlie, sie verstanden sich. Eigentlich fühlte sie sich zum ersten Mal, seit sie im Iran war, behaglich. Charlie war der Typ Frau, die sie selbst gerne werden würde. Könnte sie zu hoffen wagen, dass diese Frau eines Tages vielleicht ihre Freundin sein würde?

„Charlie, ich danke Ihnen vielmals. Das ist viel mehr als ich erwartet hatte!"

Charlie blickte sie an. „Es ist nur ein Job." Aber sie sah sehr zufrieden aus, als sie sich erhob und gemächlich zu einigen Aktenschränken in einer Ecke des Raumes ging. Sie kramte in einer Schublade herum und zog einen Ordner hervor. „Hier sind einige Beispiele für Lehrpläne aus ehemaligen Seminaren. Sie sind für Erwachsene konzipiert, so dass sie noch angepasst werden müssen. Können Sie das erledigen?"

Anna nickte eifrig.

„Gut." Charlie überreichte sie ihr. „Es wird erst im Januar richtig losgehen. Der Dezember ist hier ein Trauermonat, und natürlich sind die Amerikaner alle mit Weihnachtsvorbereitungen beschäftigt. Ist das für sie machbar?"

Anna nickte, dankte Charlie erneut und verabschiedete sich. Sie sprang förmlich die Treppen hinunter, arbeitete in Gedanken bereits einen Lehrplan aus. Sie dachte da an Lyrik. Sie würde eine englische Übersetzung von Rumi ausfindig machen. Und von E.E. Cummings. So sehr war sie in Gedanken versunken, dass sie kaum ihre Rückfahrt wahrnahm. Sie konnte es kaum abwarten, Nouri alles zu berichten. „Wie viel wird man dir bezahlen?", fragte er an jenem Abend.

„Sechzig Toman pro Stunde", sagte sie. Etwa neun Dollar.

„Nicht schlecht. Nein, das ist sogar recht gut."

Sie wollte entgegnen, dass es ihr nicht aufs Geld ankäme. Dass sie es täte, weil jemand sie wollte und weil sie einen Beitrag leisten konnte. Und weil sie vielleicht auch noch eine Freundin dabei finden konnte. Aber das sagte sie Nouri nicht. Sie senkte nur ihren Kopf und strahlte.

———

Der November ging zu Ende, und zum Erntedankfest versuchte Anna, ein Festmahl für ihre iranische Familie zuzubereiten. Sie konnte keinen Truthahn zum Braten finden, also musste sie sich mit einem Hähnchen behelfen. Aufgrund der immer noch andauernden Unruhen wurden allerdings die Bestände in den Geschäften knapp, so dass Anna nur noch einen abgemagerten und zähen Vogel finden konnte. Sie hoffte, dass sie seinen Makel mit Reis und ausreichender Korinthen-Füllung ausgleichen konnte.

Die Samedis gaben vor, Hähnchen zu mögen, aber die Art und Weise, wie sie die Kebabs und Curryfleischbällchen, die sie ebenfalls zubereitet hatte, verdrückten, verrieten ihr, dass sie nur höflich sein wollten. Während des Essens plapperte Anna munter über ihren neuen Job, die Schüler, denen sie etwas beibringen wollte und die Texte, die sie aufzubereiten plante. Nouris Familie stellte die richtigen Fragen, aber nach dem Essen kam man — es war beinahe wie ein Bumerang, der stets zurückkehrt — unweigerlich erneut auf das Thema Politik zu sprechen.

Baba-joon sagte, dass er mit dem Schah gesprochen habe. Einen Moment lang herrschte ehrfürchtiges Schweigen, während dessen Anna sich insgeheim überlegte, dass es wohl keinen Menschen in Teheran gäbe, den er nicht persönlich kannte.

Nouri fragte, was er gesagt habe.

„Er ist in düsterer Stimmung, depressiv, und sieht Feinde überall. Einmal sieht er seine Gegner in den Ölfirmen. Ein anderes Mal macht er die CIA und Carter verantwortlich, weil sie die geheimen Hilfszahlungen an Radikale und Kleriker eingestellt haben. Dann sind es die Kommunisten und natürlich Khomeini. Und wieder ein anderes Mal glaubt er an einen Verrat seiner eigenen Minister." Baba-joon seufzte. „An einem Tag lässt er die politischen Gefangenen frei. Am nächsten Tag erschießen seine Soldaten Menschen auf offener Straße." Baba-joon schüttelte den Kopf. „Ich weiß auch nicht mehr weiter."

Stille trat ein. Wenn jemand wie Baba-joon so niedergeschlagen war, welche Hoffnung sollte man dann noch haben?

„Glaubt der Schah, dass er die Krise überstehen kann?", fragte Nouri schließlich. Es klang, als wollte er um Bestätigung bitten.

„Ich glaube schon", entgegnete Baba-joon. Aber es war eindeutig, dass Baba-joon selbst nicht daran glaubte.

Nouri sagte nichts. Glaubte er seinem Vater nicht, fragte sich Anna. Oder war er nicht bereit, sich der Realität zu stellen?

Auch Laleh wollte dies offensichtlich nicht tun. „Ich hoffe, dass er überlebt. Ich mag es nicht, wenn man meine Freiheiten einschränkt. Ich könnte keine Disko mehr besuchen, keinen Einkaufsbummel mehr machen und kein Taxi mehr nehmen. Was wäre das für ein Leben?"

Anna zog es vor zu schweigen, und als die Familie wieder in den Mercedes stieg, um nach Hause zu fahren, war sie erleichtert. Während sie aufräumte, stellte Nouri die Nachrichten an, die, wie in den USA, auch noch spät nachts ausgestrahlt wurden. Soldaten hatten in Shiraz fünfzehn Aufständische getötet. Ein noch schlimmeres Omen war der Umstand, dass aufgedeckt worden war, dass mehr als 200 hochrangige Politiker und Mitglieder der Königsfamilie ihre Ersparnisse von geschätzt mehr als zwei Milliarden Dollar aus dem Iran herausgeschafft hatten.

Nouri atmete tief ein.

Anna kam aus der Küche. Sie schaute sich eine Weile lang die Berichte über die Aufstände an und sagte dann mit ruhiger Stimme: „Das hast du nicht erwartet, oder?"

Er fuhr sich mit der Hand durch das Haar. „Ich habe nicht geglaubt, dass es so... gewaltsam sein würde. Andererseits glaube ich, dass, wenn eine Regierung es verdient, abgesetzt zu werden, Gewalt das wirksamste Mittel dafür ist. Und wenn die Menschen nichts zu verlieren haben..." Seine Stimme verlor sich.

Anna war still. Dann, als sei es ihr plötzlich in den Sinn gekommen, fragte sie: „Was ist mit Hassan?"

„Was soll mit ihm sein?"

„Gehört er zu denen, die nichts zu verlieren haben?"

Sorgenfalten machten sich auf Nouris Stirn breit. „Warum fragst du?"

„Sein Vater beging wegen des Schahs Selbstmord. Das kann ein sehr starkes Motiv für Rache sein."

„So einfach ist das nicht, Anna."

„Ist es nicht?"

„Es ist nicht Hassans Art, Vergeltung zu üben. Er handelt aus der Überzeugung heraus, dass sich etwas ändern muss. Das hat er immer schon getan. Du unterstellst, dass niemand für einen Wechsel eintreten kann, wenn es ihm nicht schlecht geht. Aber was ist mit uns? Uns geht es nicht schlecht, aber wir wünschen uns doch definitiv einen Wechsel."

Anna erkannte, welche Lunte sie da gezündet hatte. „So meinte ich das nicht. Ich wollte nur... "

„Ich liebe dieses Land. Ich möchte Fortschritte in diesem Land sehen. Wenn der Schah nicht in der Lage ist, nach vorne zu blicken, und das ist er ganz bestimmt nicht, dann sollte das jemand anders machen. Ich werde diesen jemand dann gern unterstützen. Genau wie Hassan."

„Würdest du das wirklich tun?"

„Worauf willst du hinaus, Anna?"

„Was wäre, wenn du etwas aufgeben müsstest, damit das Land vorankommt?"

Er legte die Stirn in Falten und blickte sich um. „Was hätte ich wohl aufzugeben?"

ACHTZEHN

Der Dezember markierte den Beginn des Muharram, der neben dem Ramadan zu den heiligsten Monaten des islamischen Kalenders zählt. Die Austragung von Kämpfen ist während dieses Monats eigentlich untersagt, aber trotzdem gab es an drei aufeinander folgenden Nächten in Teheran und anderen Städten gewaltsame Ausschreitungen. Demonstranten besetzten Regierungsgebäude, legten Geschäfte lahm und griffen Regierungsbeamte an. Selbst in Esfahan, der Stadt, die Anna so sehr in ihr Herz geschlossen hatte, attackierten Demonstranten SAVAK-Büros und brannten Kinos nieder. Zahlreiche Menschen wurden getötet. Die Rufe nach Khomeini waren unüberhörbar. Ausländer, darunter auch viele Amerikaner, flohen aus dem Land.

Anna fand, dass die ganze Welt verrückt geworden war. Drei Wochen zuvor hatten mehr als 900 Menschen in Jonestown, Guyana, auf Anordnung eines einzigen Mannes Massenselbstmord begangen. Und am 27. November wurde der Führer der Schwulen- und Lesbenbewegung, Harvey Milk, in San Francisco Opfer eines Attentats. Waren das womöglich die Vorboten des Jüngsten Gerichts?

Aber es kam noch schlimmer. Am 7. Dezember wurde US-Präsident Jimmy Carter auf einer Pressekonferenz gefragt, ob er erwarte, dass der Schah politisch überlebe. Er antwortete, dass dies eine Entscheidung des iranischen Volkes sei, und nicht die der USA. Diese überraschende Kehrtwende nach Monaten, in denen der Schah als einer der treuesten Verbündeten der USA gepriesen worden war, besiegelte das Schicksal des Schahs. Die Unterstützung für ihn hatte sich in Luft aufgelöst.

Am 11. Dezember, dem Aschura-Tag – ein heiliger islamischer Tag des Trauerns und des Fastens – kamen in Teheran fast eine Million Menschen auf dem Shahyad-Platz zusammen und forderten die Abdankung des Schahs. Der Protest weitete sich auf den Shahyad-Turm aus – das ‚Tor nach Teheran‘ – das Wahrzeichen Teherans, das Anna bestaunt hatte, als sie vor gerade einmal vier Monaten mit Nouri auf dem Weg vom Flughafen daran vorbeigekommen war. Der Schah weigerte sich, Gewalt anzuwenden, und gab keinen Befehl an das Militär, die Menschenmenge aufzulösen. Seine Militärregierung trat zurück. Die unerbittliche Rasanz, mit der sich die Ereignisse überschlugen, brachten Annas Zeitempfinden völlig durcheinander. Es kam ihr wie vier Jahre vor, nicht wie vier Monate.

Mit Beginn des neuen Jahres ernannte der Schah eine neue Regierung, aber das konnte die Gemüter kaum beruhigen. Die Demonstrationen und Unruhen setzten sich fort, jede von ihnen gewalttätiger als die vorangegangenen. Am 16. Januar flog der Schah in seinem eigenen Flugzeug nach Ägypten und erklärte seinem Volk, er werde dort Urlaub machen. Aber jeder wusste, dass er nicht zurückkehren würde.

Millionen Iraner kamen auf die Straßen, dieses Mal in Feierstimmung. Aus Paris ließ Ayatollah Khomeini verlauten, dass der Schah möglicherweise verschwunden sei, dass aber die Notwendigkeit, eine islamische Republik zu erschaffen, immer noch vorhanden sei. Zwei Tage später, trotz der Gegenwehr der neuen Regierung, strömten die Menschenmengen erneut auf die Straßen, um genau dies zu fordern.

In aller Eile wurden Kommuniqués zwischen Khomeini und Bakhtiar, dem neuen Premierminister, der erst seit einigen Wochen im Amt war, ausgetauscht. Am 1. Februar flog Khomeini zurück nach Teheran.

TEIL ZWEI

„Komm schon, Nouri", rief Hassan die Treppe hinauf. „Wir werden nicht nah genug herankommen, wenn wir uns jetzt nicht auf den Weg machen."

Anna zog den Reißverschluss ihrer Jacke zu und wickelte sich einen Schal um ihren Hals. Sie und Hassan warteten auf Nouri. Sie wollten in den südlichen Teil der Stadt gehen, um den Ayatollah zu sehen, dessen Flugzeug gerade auf dem Flughafen Mehrabad gelandet war. Er war jetzt auf dem Weg zum Friedhof Behesht-e Zahra, wo er eine Rede halten wollte. Den Radioberichten zufolge säumten bereits mehr als zwei Millionen Menschen die Straßen. Es versprach, einer dieser Tage zu werden, über die man noch seinen Enkeln berichten würde.

Hassan scharrte ungeduldig mit den Füßen. „Wo bleibt er nur?"

„Vermutlich rasiert er sich noch immer", sagte Anna.

Hassan blickte mürrisch drein.

Endlich polterte Nouri dann doch die Treppe herunter, mit einer Duftwolke aus Aftershave und Zahnpasta, die ihn umgab. Anna liebte Nouris Geruch, wenn er aus dem Bad kam. Sie hätte sich am liebsten ganz eng an ihn angeschmiegt, begnügte sich dann aber mit einem flüchtigen Kuss.

Sie kletterten in Nouris BMW, ein weiteres Hochzeitsgeschenk seiner Eltern, und fuhren nach Süden in Richtung des Friedhofs, kurz hinter der Stadtgrenze Teherans auf der Straße Richtung Ghom. Etwa eineinhalb Kilometer, bevor sie ihr geplantes Ziel erreicht hatten, war die Masse der Menschen, die auf der Straße zusammenströmte, bereits so groß, dass ein Weiterfahren unmöglich war. Sie ließen den Wagen stehen und gingen zu Fuß weiter. Nouri blickte sich erstaunt um. „Ich habe noch niemals solch riesige Menschenansammlungen gesehen."

„*Inschallah*, das ist der Beginn einer neuen Zeitrechnung", sagte Hassan.

Anna verdrehte die Augen angesichts so viel Pathos. Für einen Februartag war es recht mild, und sie wickelte ihren Schal ab und öffnete den Reißverschluss ihrer Jacke. Die Atmosphäre hatte Festspielcharakter, Menschen sangen und umarmten sich gegenseitig. Sie lächelten sogar Anna an. Einige Menschen hatten das Bild des Schahs aus ihren Geldscheinen herausgeschnitten und wedelten mit ihren schahlosen Rials und Tomans. Ladeninhaber warfen Bonbons und andere Süßigkeiten in die Menge. Kinder flitzten hin und her, um sie aufzufangen. Andere Menschen verteilten Blumen. Gelegentlich sahen sie Soldaten, aber sie machten keinen bedrohlichen Eindruck. Ein Mädchen traute sich sogar, Blumen in die Gewehrläufe der Soldaten zu stecken. Wenn die Kleidung nicht eine andere Sprache sprechen würde, dachte Anna, so könnte man denken, man befinde sich mitten in einer Hippie-Veranstaltung in San Francisco auf dem Höhepunkt des Vietnamkriegs. Die Männer trugen größtenteils westliche Kleidung, aber viele Frauen trugen Tschadore.

„Schaut mal!", sagte Hassan und deutete in eine Richtung.

Jemand arbeitete gerade daran, mit einer Axt eine Statue des Schahs abzuschlagen. Er war ganz offensichtlich schon seit einiger Zeit damit beschäftigt, denn die Statue wackelte bereits bedenklich.

Nouri ergriff Annas Hand. Anna drückte fest zu.

Das Menschengewühl wurde immer dichter, je näher sie dem Friedhof kamen, aber die Tore waren weit geöffnet, und die Menge strömte hindurch. Anna, die noch nie auf einem Friedhof gewesen war, wusste nicht recht, was sie erwartete. Sie war eigenartig erleichtert, als sie die idyllische Kulisse mit ihren Alleen, breiten Plätzen und Terrassen erblickte.

Ein großes Transparent gleich hinter dem Tor verkündete etwas in arabischer Sprache. „Was bedeutet das?", fragte Anna Nouri.

„Die kommunistische Partei heißt den Ayatollah auf iranischem Boden willkommen!", antwortete er aufgekratzt. Andere Menschen schwenkten iranische Fahnen. Einige hielten grüne Spruchbänder in die Höhe.

„Warum grün?", fragte Anna.

„Grün ist die Farbe des Islam." Hassan schmunzelte.

Nouri sprach ihn auf seine Gemütsverfassung an. „Ich habe dich noch niemals so glücklich gesehen, Hassan."

Hassan klatschte in die Hände. „Wir haben es geschafft, Nouri! Der Schah ist weg, und der Imam wird uns in ein neues Zeitalter führen."

Die Spur eines Zweifels legte sich auf Nouris Stirn. „Der Imam ist ein gelehrter Mann, und ein heiliger dazu, aber er ist nicht Teil der politischen Kräfte. Wir haben eine konstitutionelle Monarchie. Shapour Bakhtiar ist unser Premierminister. Und die Armee verhält sich noch immer loyal gegenüber der Regierung."

Hassans Lächeln war nun nicht mehr ganz so strahlend.

Als wolle Nouri Hassan ein wenig besänftigen, fuhr er mit beruhigender Stimme fort: „Aber Khomeini hat ja versprochen, sich an die Verfassung von 1906 zu halten, was bedeutet, dass wir eine demokratische Regierung haben werden. Und eine freie Presse. Politische Gefangene werden freigelassen, und die SAVAK wird abgeschafft. Also, ja, das ist es, was wir wollten." Nouri rieb sich die Hände. „Du hast Recht, Hassan. Es ist aufregend."

Anna konnte sich des Eindrucks nicht erwehren, dass sie und Hassan gerade eine Lektion in Staatsbürgerkunde erhalten hatten.

Sie schüttelte den Gedanken ab. Sie waren bislang nur sehr langsam vorangekommen, doch nun war die Menschenmenge so dicht, dass sie gezwungen waren anzuhalten. Mittlerweile waren sie auf einem riesigen, grasbewachsenen Feld angelangt, das Anna an den Grant Park in Chicago erinnerte. An einer Seite war eine Bühne aufgebaut. An Stangen montierte Lautsprecher waren gleichmäßig um das Feld herum verteilt. Einige Menschen saßen auf dem Boden, als hielten sie ein Picknick ab. Andere hielten die Augen geschlossen und beteten, einige von ihnen auf Knien. Anna konnte spüren, dass die Erwartungshaltung sehr hoch war.

Eine Autokolonne bog auf den Friedhof ein. Sie bestand aus überraschend durchschnittlich aussehenden Wagen: vor allem Paykans, auch ein oder zwei amerikanische Modelle waren darunter. Beim Anblick der Kolonne brachen laute Jubelrufe aus. Jeder drückte und schob und wollte weiter nach vorne gelangen. In dem Gewühl hatte Anna Mühe, etwas zu erkennen. Aus immer mehr Kehlen erklangen nun immer enthusiastischere Schreie. Einigen Frauen liefen Tränen die Wangen hinunter. Anna konnte kaum etwas vor sich erkennen, schon gar nicht die Bühne. Vor einigen Jahren hatte sie einmal ein Konzert der Rolling Stones im Chicago Stadium besucht. Das Publikum war derart hypnotisiert gewesen, das Mick Jagger splitterfasernackt über die Bühne laufen hätte können, ohne dass irgendwer daran Anstoß genommen hätte. Genauso fühlte es sich jetzt an.

Als mehrere Männer auf der Bühne erschienen, brach unter den Zuschauern ein Sturm der Begeisterung aus. Der Jubel kannte keine Grenzen mehr. Anna erhaschte einen Blick auf einen alten Mann mit schwarzem Turban und schwarzer Robe. Er war von Männern umgeben, die teilweise weiße Turbane trugen, teilweise in westlichem Stil gekleidet waren. Khomeini wurde zu einem Stuhl auf der Bühne geführt, wo er sich setzte, während andere sich mit überkreuzten Beinen zu seinen Füßen niederließen.

Ein junger Mann trat ans Mikrofon. Der Lärm der Menge verebbte allmählich. Der Mann, der in Farsi sprach, mahnte die

Menge zur Ruhe. Viele Menschen im Publikum erhoben ihre Hände, ballten Fäuste und riefen Antworten auf die Bühne. Dann gab es einen langen Moment der Stille.

Als Khomeini zu sprechen begann, klang seine Stimme erstaunlich leidenschaftslos. Anna fragte sich, ob er Gebete aus dem Koran rezitierte. Sein Gesicht wirkte ernst und feierlich, war ansonsten aber ausdruckslos. Wenn überhaupt, konnte man seinen Gesichtsausdruck am ehesten noch mit wütend beschreiben. Mit zunehmender Dauer jedoch wurde seine Stimme lauter, und an einer Stelle seiner Rede hob er mit strenger Miene seinen Zeigefinger. Es schien, als wolle er die Menge warnen. Sie antwortete mit Jubelrufen.

Anna zupfte an Nouris Jacke. „Was sagt er?"

„Er sagt, dass er der Bakhtiar-Regierung das Maul stopfen will. Er denkt, die Regierung sei illegal, und deshalb ruft er zu weiteren Streiks und Demonstrationen auf."

Hassan reckte seine Faust in die Höhe. Nouri nicht.

Khomeinis Stimme wurde jetzt emotionaler, ja sogar leidenschaftlich. Weitere zustimmende Rufe erklangen

„Und jetzt?", fragte Anna.

„Er kritisiert die USA. Und ruft die Armee auf, sich der Revolution anzuschließen."

Je länger die Rede andauerte, desto größeren Zuspruch erhielt er.

„Und jetzt?"

„Er sagt, dass es eine vom Volk gewählte Regierung geben werde und dass die Geistlichen sich nicht einmischen würden. Er verspricht, dass niemand obdachlos bleiben müsse und dass Telefon, Heizung, Strom, Busfahrten und Öl für alle Iraner kostenlos sein würden."

„Er klingt genau wie der Schah."

„Anna, du hast keine Ahnung." Hassan fiel ihr mit bösem Blick ins Wort. „Dies ist die Geburtsstunde der Islamischen Republik. Glaube und Demokratie sind eng miteinander verknüpft. Die ganze Welt wird uns beneiden. *Allâho Akbar!*"

Anna erinnerte sich daran, was sie einst über die Gefahren der

Verschmelzung von Religion und Politik gesagt hatte. Sie überlegte, ob sie Hassan daran erinnern sollte, aber als sie seinen Gesichtsausdruck sah, wusste sie, dass sie besser schweigen sollte.

———

An diesem Abend klebten Nouri und Hassan gebannt am Fernseher und schauten sich Berichte über die Rede des Ayatollah und die Reaktionen der Menschen darauf an. Die Kommentatoren waren voller Begeisterung, und Anna spürte, dass sie Zeugin eines neuen Kapitels der Geschichte wurde.

Und doch war ihr nicht ganz wohl in ihrer Haut. Sie stieg die Treppe hoch zum Dachboden und stieß die Tür auf. Es war eine klare, frische Nacht. Der Mond warf silberne Lichtstreifen auf die Dachziegel. Sie dachte an ihren Vater in Maryland und an ihre Mutter in Paris. Beide waren so weit weg. Sahen sie denselben Mond wie sie? Spürten sie den gleichen weichen Atem der Nacht in ihrem Gesicht? Oder hatte sich im Iran so viel verändert, dass selbst der Mond und die Luft sich verwandelt hatten?

ZWANZIG

„*Rooz beh khayr!* Guten Tag."

„Guten Tag", antworteten die Schüler im Chor.

Anna lächelte. Es war ihre dritte Woche als Lehrerin. Sie unterrichtete etwa fünfzehn Schüler, die meisten von ihnen Mädchen zwischen dreizehn und neunzehn Jahren. Amerikaner würden ihre Englischkenntnisse als sehr gut bezeichnen; in der Tat sprachen sie weit besser Englisch, als sie selbst Latein oder Französisch sprach, das sie in deren Alter gelernt hatte. Manchmal fühlte sie sich selbst wie eine Schülerin. Sie hatte zwar ihre Schüler gebeten, während des Unterrichts nicht Farsi zu sprechen, aber nicht jeder hielt sich daran, und so hatte sie seit Beginn ihrer Tätigkeit bereits viele neue Redewendungen aufgeschnappt.

Der Klassenraum war alles andere als ideal: Betonwände, Linoleumboden, eine viel zu kleine Tafel und Stühle ohne Armlehnen. Obwohl die Heizung nur drei Monate im Jahr nötig wäre, wurden die Heizkörper in der Iranisch-Amerikanischen Gesellschaft offensichtlich die übrigen neun Monate auch eingeschaltet, denn es war so heiß und stickig, dass die Schülerinnen in nachmittägliche Lethargie verfielen.

Anna wischte sich die Stirn mit dem Handrücken ab. „Ich habe mir gedacht, dass wir heute einmal etwas anderes machen." Bis jetzt hatte sie sich streng an den Lehrplan gehalten, den Charlie ihr gegeben hatte. Charlie hatte den größten Teil ihrer ersten beiden Wochen mit ihr zusammen in der Klasse verbracht, zweifellos um zu beobachten, wie Anna mit ihren Schülern umging. Offensichtlich war Charlie mit dem Ergebnis zufrieden, denn inzwischen ließ sie Anna frei gewähren und grüßte sie mit einem fröhlichen Lächeln und manchmal mit ein oder zwei Witzen.

Die IAS war für Anna ein sicherer Hafen geworden. Die neue Regierung war brüchig; die meisten Iraner wussten nicht, welche Lager oder Gruppierungen sich letzten Endes durchsetzen würden. Obwohl es noch immer Demonstrationen und Streiks gab, machte sich viel Hoffnung breit, und in der nun freien Presse war viel von der Demokratisierung des Landes die Rede. Jeder sprach von einem Neuanfang, einer Säuberung des Landes. Gleichzeitig warnten einige aber auch vor einer düsteren Zukunft, sollte die Revolution keinen Erfolg haben. Andere wiederum fürchteten sich vor einer islamischen Republik und den Folgen, die sie für die iranische Wirtschaft und für das internationale Ansehen haben könnte. Anna war dankbar, dass sie einen Ort hatte, an dem sie all dies ausblenden konnte und wo sie etwas Ablenkung hatte, während die Regierung und die Menschen versuchten, mit den Entwicklungen zurechtzukommen.

Im Geiste dieser Zeit fertigte Anna Kopien der Unabhängigkeitserklärung der Vereinigten Staaten von Amerika für ihre Studenten an. Sie verteilte sie und bat einen Freiwilligen, mit dem Vorlesen zu beginnen. Eine Hand schoss in die Höhe. Es war Miriam, eine energische Brünette mit schelmischen Augen und spitzbübischem Lächeln.

„Nur zu, Miriam."

„Wenn es im Lauf menschlicher Gegebenheiten für ein Volk nötig wird, die Politische Bande, wodurch es mit einem anderen verknüpft gewesen, zu trennen, und unter den Mächten der Erden..."

Miriam las die englischen Worte stockend. Sie kannte die Aussprache der meisten Wörter, aber sie hatte einen breiten Akzent, und es war schwierig, ihr zu folgen.

„Sehr gut, Miriam. Wer möchte weiter machen?"

Ein weiterer Schüler meldete sich: ein dünner, junger Mann mit Brille, einer blassen Haut und gelehrtem Aussehen. „Zubin."

„Wir halten diese Wahrheiten für ausgemacht..." Sein Englisch war flüssiger als Miriams, und Anna fragte sich, ob er es durch das Anschauen amerikanischer Spielfilme gelernt hatte. *„...daß alle Menschen gleich erschaffen wurden, daß sie von ihrem Schöpfer mit gewissen unveräusserlichen Rechten begabt wurden, worunter sind Leben, Freiheit und das Streben nach Glückseligkeit."*

„Sehr gut, Zubin", sagte Anna, als sie diesen Abschnitt beendet hatten. „An dieser Stelle wollen wir aufhören." Sie blickte in die Runde. „Also, was denkt ihr?"

Die Schüler sagten nichts.

„Ach, kommt schon! Diese Worte wurden von den Gründungsvätern der Vereinigten Staaten vor mehr als zweihundert Jahren niedergeschrieben. Und immer noch werden sie zitiert. Was bedeutet, dass sie vielen Amerikanern noch immer wichtig sind. Aber wie steht es mit euch? Seht ihr eine Bedeutung für unsere heutige Welt?"

Ein Mädchen hob zaghaft die Hand.

„Ja, Jaleh?"

„Der Schah hat diese Grundsätze mit Füßen getreten."

Anna nickte. „Und was ist passiert?"

„Die Menschen haben die Regierung abgesetzt und eine neue gebildet", fiel ein anderer Junge ein.

„Nein", unterbrach Zubin. „Nicht alle Leute. Nur diejenigen, die sich nicht mehr damit abfinden wollten, auf diese Weise beherrscht zu werden."

Die Schüler begannen nun, untereinander zu diskutieren. Anna vernahm Wortfetzen sowohl in Farsi als auch in Englisch. „Aber wir sind jetzt ,azad'. Frei."... „Die Monarchisten haben Unrecht"... „Anhänger des Schahs"... „Anti-revolutionär."

Die Reaktionen der Schüler spiegelten die gleichen Hoffnungen und Ängste wider, über die Anna gelesen hatte.

Zubin schüttelte den Kopf und blaffte etwas in Farsi. Anna konnte nicht alles verstehen, aber seine Äußerungen riefen weitere Kommentare hervor. Zubin wechselte zur englischen Sprache. „Ich bin nichts", sagte er zu Anna. „Aber einige Menschen, wie die Minister des Schahs und die Reichen, wollen keine Revolution."

Zubin musste wohl ‚niemand' gemeint haben, vermutete Anna. Unabhängig von seiner Wortwahl, war es recht mutig von ihm, dieses Thema anzuschneiden und bei seinem Standpunkt zu bleiben. „Nun gut, liebe Schüler."

Sie schwatzten weiter.

„Ruhe, bitte!" Sie erhob ihre Stimme. Jetzt stellte sich die erwünschte Ruhe ein. „Also, was passiert, wenn nicht jeder einverstanden ist? Wenn nur ein kleiner Teil der Bevölkerung einen Wechsel will? Sollte der Wechsel dann trotzdem vorangetrieben werden?"

Niemand antwortete. Die Schüler schienen verwirrt zu sein. „Das ist keine Fangfrage", fügte sie hinzu. „Aber vielleicht eine, die gestellt werden sollte."

Ein Mädchen, das bisher nichts zum Gespräch beigetragen hatte, hob langsam eine Hand. „Meine Eltern sagen, dass Khomeini ein Terrorregime aufziehen wird. Wie bei der französischen Revolution. Mein Vater sagt, dass wir nach Kanada ziehen werden."

Ein anderer Schüler meldete sich zu Wort. „Meine Eltern sagen, dass Khomeini den Iran gerettet hat. Dass er der Messias des Iran ist."

Erneut setzte ein Stimmengewirr unter den Schülern ein, eines, das von Leidenschaft und Intensität zeugte. Anna fragte sich, ob sie etwas in Gang gesetzt hatte, das sie eigentlich gar nicht beabsichtigt hatte. Sie entschloss sich, die Diskussion zu beenden. „Ich weiß die Meinung von euch allen zu schätzen, aber es ist klar, dass wir die Zukunft des Iran heute nicht lösen werden. Wie dem auch sei, ich sage euch jetzt mal etwas. Die Diskussion, die wir geführt haben, wäre noch vor wenigen Wochen schwierig, wenn nicht sogar unmöglich gewesen. Sie kann nur in einem demokratischen Umfeld stattfinden, in dem Meinungs- und Versammlungsfreiheit herrschen. Dafür sollten wir dankbar sein." Sie hoffte, dass Sie den richtigen Ton gefunden hatte. „Lasst uns nun also zurück zur Sprache der Unabhängigkeitserklärung kommen, weil Teile davon doch sehr speziell sind. Und wunderschön geschrieben."

Sie handelte mit ihnen eine Erläuterung zur Präambel ab. Die Studenten stellten Fragen über ‚Gesetze der Natur', ‚Gott der Natur' und was ‚unveräußerlich' bedeutet. Sie gab sich alle Mühe, Antworten darauf zu finden, aber sie hatte bereits begriffen, dass Englisch zu unterrichten mehr bedeutete, als nur Wörter, Buchstaben und Aussprachregeln zu vermitteln. Es ging auch um Politik, Soziologie und Kultur. Und obwohl sie versuchte, ihre eigenen Ansichten außen vor zu lassen – die Schüler sollten sich ihre eigene Meinung bilden – merkte sie, dass sie doch einen gewissen Einfluss auf sie ausübte. Sie entdeckte den Respekt vor ihren ehemaligen Lehrern und Professoren neu.

Plötzlich stürmte eine von Annas Schülerinnen in den Raum. Es war Dina, ein Mädchen, das Anna als eine der aufgewecktesten und neugierigsten Schülerinnen einschätzte. Sie war bis zu diesem Zeitpunkt noch nicht zum Unterricht erschienen. „Die Armee hat die Waffen gestreckt", sagte sie atemlos. „Die Revolution hat gesiegt!"

———

Laleh, die endlich ihre Führerscheinprüfung erfolgreich abgelegt hatte, wartete am nächsten Nachmittag nach Annas Unterricht im Mercedes auf sie. Anna hatte sich einverstanden erklärt, mit ihr einen Einkaufsbummel auf dem Basar zu machen. Nouris Eltern hatten nicht gewollt, dass sie ausgingen, zumindest nicht alleine. Aber Laleh, halsstarrig wie immer, fegte die Ängste ihrer Eltern beiseite und überzeugte Anna, dass alles gutgehen werde.

Laleh saß am Steuer und schlängelte sich durch die Straßen

Teherans. Der Verkehr war zähflüssig und kam schließlich ganz zum Erliegen. Man konnte weder Polizei oder Verkehrsüberwachung noch Soldaten sehen. Nach zehn Minuten betätigte Laleh wütend und langandauernd die Hupe ihres Fahrzeugs. „Das ist lächerlich."

„Vielleicht sollten wir lieber wieder nach Hause fahren", sagte Anna. „Vielleicht wäre es auch besser gewesen, wenn der Fahrer uns gebracht hätte. Du hast von der Armee gehört, oder? Bakhtiar soll sich hier irgendwo versteckt halten, und einige Teile der Stadt sind in der Hand der Rebellen."

Laleh winkte empört ab „Wenn es das ist, was uns in Zukunft erwartet, ist das Anarchie. Und unser Fahrer hätte uns nicht mitnehmen können. Er hat letzte Woche gekündigt."

Anna blickte überrascht auf. „Warum?"

„Er sagte, es sei an der Zeit für ihn, sich der Revolution anzuschließen." Laleh schnaubte verächtlich.

„Aber womit wird er seinen Lebensunterhalt verdienen?"

„Wen interessiert das schon?"

Anna presste ihre Lippen zusammen. Vor etwa einer Woche hatte Khomeini Mehdi Bazargan zum Premierminister einer neuen Übergangsregierung ernannt. Die Kapitulation der Armee war im Prinzip eine Bestätigung dieser Entscheidung, aber die Regierungsgeschäfte lagen immer noch weitestgehend lahm. Mancherorts begannen örtliche, zivile Komitees, sogenannte *komitehs*, Verantwortung für solche Dinge wie Sicherheit in der Nachbarschaft oder die Verteilung von Heizöl zu übernehmen.

Laleh fuhr fort. „Alle denken, Khomeini sei die Antwort auf ihre Gebete. Warte nur ab, bis sie herausfinden, welche Mogelpackung er ist. Wie geht das Lied? *'Meet the new boss, same as the old boss'*?"

Anna schüttelte den Kopf.

„Von The Who." Laleh lächelte grimmig.

Als sie endlich den Basar erreichten, hatte bereits eine düstere Winterdämmerung eingesetzt, und die Scheinwerfer der vorbeifahrenden Autos blendeten sie und wirkten aufdringlich. Der Markt selbst machte einen schmuddeligeren und chaotischeren Eindruck als Anna ihn in Erinnerung hatte, so als ob die Böden eine ganze Weile lang nicht gefegt oder die Tresen nicht gewischt worden wären. Laleh gab die Richtung vor, wobei sie sich soeben um zwei Verkaufsstände herumschlängelte, deren Inhaber die beiden Frauen desinteressiert betrachteten. Der Markt hatte seinen Charme verloren, vorbei war es mit dem regen Treiben, der flotten Musik und den auffordernden Verkaufsversuchen der eifrigen Händler. Selbst die Gerüche waren nicht mehr so durchdringend, als ob die Gewürze und Lebensmittel schal geworden wären.

Laleh hielt an einem Verkaufsstand an, der ihr vage bekannt vorkam. Allerdings war inzwischen nichts Dekoratives oder Markantes mehr an ihm zu sehen. Er war nicht viel mehr als ein notdürftig zusammengezimmerter Tresen ohne viel Ware. Stapel von Papier und Plastiktüten lagen auf dem Boden hinter dem Tresen. Ein älterer Mann mit ausgefranstem Pullunder mit Karomuster über einem weißen Hemd war über den Tresen gebeugt. Ein Turban bedeckte seinen Kopf, und die Stoppeln auf seinen Wangen ließen erahnen, dass er sich einen Bart wachsen ließ. Als sie näherkamen, blätterte er geflissentlich in einer Zeitung. Er sah nicht auf, fast schien es, als wollte er keine Kundschaft. Anna erinnerte sich daran, dass dies der Stand war, an dem man alkoholische Getränke kaufen konnte. Laleh hatte hier vor einigen Monaten Wein gekauft.

Laleh baute sich vor dem Mann auf. Er verweigerte den Augenkontakt mit ihr, aber Anna konnte erkennen, dass er sie aus den Augenwinkeln musterte. „Ich möchte gerne eine Flasche Scotch kaufen", sagte Laleh in Farsi.

Abermals war Anna überrascht. Sie wusste, dass Laleh Wein trank und gelegentlich auch ein Bier, aber harte Spirituosen? Vielleicht hatte sie sich dies bei ihren Discobesuchen angewöhnt. Anna verabscheute Cocktails und Martinis und all die anderen Getränke mit diesen neumodischen Namen. Sie schmeckten einfach viel zu künstlich. Sie erinnerten sie an einen Film mit Cary Grant. Er und Katharine Hepburn konnten einen Highball immer so elegant halten und dann gewandt zum Mund führen, aber Anna konnte sie nie imitieren. Sie war einfach nicht weltgewandt genug und zu unbeholfen.

Laleh wiederholte ihre Bitte. Dieses Mal sah der Mann auf. „Ich habe nichts für Sie."

„Was meinen Sie damit?" Lalehs Wangen wurden rot, und ihre Stimme wurde schärfer. Sie wandte sich in Englisch an Anna. „Normalerweise würde er Alkohol tonnenweise verkaufen, wenn er könnte. Ich habe ihn gesehen."

„Kein Alkohol. Nicht mehr." Er zuckte mit den Schultern.

„Warum nicht?" Laleh wechselte wieder zu Farsi. „Sie haben letzte Woche etwas an meinen Freund verkauft."

„Lesen Sie den Koran nicht? Rauschmittel und Glücksspiel sind ein Werk des Satans." Er hatte in Farsi geantwortet, aber Anna verstand das Wesentliche. Er blickte über seine Schulter. „Alkohol zu trinken ist eine Sünde. Eine der Wurzeln des Verderbens."

Laleh machte große Augen „Seit wann?"

„Die Scharia verbietet den Verkauf von Alkohol."

Laleh verschränkte ihre Arme. „Nur weil der Ayatollah zurück ist, bedeutet das noch lange nicht, dass der Iran die Scharia anwendet."

Er lächelte geheimnisvoll. „Sie wird früh genug kommen, Inschallah."

Laleh deutete auf den Stapel mit Tüten auf dem Boden. „Ich will Scotch. Ich weiß, dass Sie welchen haben."

„Kommen Sie nächste Woche wieder. Ich werde Gewürze und Süßigkeiten für Sie haben. *Bamieh. Baklava.* Das wird Ihnen gefallen."

Laleh entgegnete eine Weile lang nichts. Dann kramte sie in ihrer Handtasche und fischte ein Bündel Rials heraus. „*Ay Bâbâ*", sagte sie herablassend.

Ein Mann in dunkelgrüner Uniform kam auf sie zu. Er hatte ein Gewehr umhängen, aber Anna war sich eigentlich sicher, dass die Armee braune, und nicht grüne Uniformen trug. Mit roten Kappen.

Der Mann verlangsamte sein Tempo, als er näherkam. Anna stieß Laleh an.

„Was ist?", blaffte Laleh sie an. Sie hielt noch immer ihr Geldbündel in der Hand.

Anna deutete auf den Soldaten.

Laleh drehte sich um. Als sie ihn sah, starrte sie ihn wütend an.

Er musterte die Frauen, dann den Händler, um dann wieder die beiden zu betrachten. Ein süffisantes, besitzergreifendes Lächeln machte sich auf seinen Lippen breit, als wäre er der Herr über den Verkaufsstand, die Waren und den ganzen Basar. „Frauen sollten keinen Alkohol kaufen. Allah erlaubt es nicht."

Verblüfft trat Anna einen Schritt zurück. Er sprach Englisch.

„Ein neues Zeitalter bricht an. Wenn Sie sich weigern, das anzuerkennen, werden Sie als Ungläubige gebrandmarkt werden."

Annas Magen zog sich zusammen, und sie ergriff Lalehs Arm. „Lass uns gehen, Laleh. Wir werden ein anderes Mal wiederkommen."

„Nein." Laleh baute sich drohend vor ihm auf und zwang seinen Blick nieder. „Die Scharia ist nicht das geltende Gesetz dieses Landes. Inschallah, wird sie es niemals sein."

Der Soldat warf ihr einen vernichtenden Blick zu. Anna erstarrte. Was würde er tun? Als ob er ihre Gedanken gelesen hätte, drehte er sich zu Laleh um. Er sah aus, als wollte er sie jeden Moment verhaften. Anna hielt den Atem an, auf das Schlimmste gefasst. Doch dann bemerkte sie in seinem Gesicht den Anflug eines Zweifels. Er richtete den Riemen seines Gewehrs, warf ihnen einen weiteren, finsteren Blick zu, machte dann auf dem Absatz kehrt und ging davon, ohne ein weiteres Wort zu sagen.

Anna atmete wieder aus. Laleh wandte sich wieder an den Ladenbetreiber und schob das Geldbündel über den Ladentisch. „Sehen Sie?", sagte sie. „Und nun geben Sie mir bitte eine Flasche Johnny Walker. Black."

Verstohlen beäugte der Händler das Geld. Der Soldat war fort, und niemand sah zu. Er ergriff die Scheine, stopfte sie in seinen

Hosenbund und bückte sich unter den Tresen. Anna vernahm das Rascheln von Papier. Etwas wurde eingepackt. Als er wieder auftauchte, händigte er Laleh eine Plastiktüte aus. Etwas Schweres befand sich darin. „Gehen Sie weg! Schnell!"

Laleh ergriff die Tüte, und Anna und sie machten sich auf den Rückweg zum Auto. Laleh öffnete die Vordertür, ließ die Tüte im Auto verschwinden und klopfte dann auf ihre Handtasche mit der Geldbörse. „Denke immer daran, Anna. Im Iran wird dies immer mehr zählen als jedes Gesetz."

Inshallah, dachte Anna.

EINUNDZWANZIG

Sieben silberne Schüsseln standen auf Maman-joons Esstisch. Jede war mit anderen Lebensmitteln gefüllt, hauptsächlich mit Getreide. Darüber hinaus gab es einen kleinen Spiegel, zwei Kerzen, ein Goldfischglas, angemalte Eier und alle möglichen sonstigen Köstlichkeiten. Es war Nowruz, das iranische Neujahrsfest. Mit seinen verschiedenen Festessen und Feuerritualen dauert es dreizehn Tage, an denen wenig oder gar nicht gearbeitet wird, wobei die Hauptfeier am Tag des Frühlingsanfangs stattfindet.

Die Samedis geben traditionell eine große Party, und auch dieses Jahr wurde keine Ausnahme gemacht. Die Gäste – zumeist Verwandte, Kollegen und Freunde – kamen auf der Dachterrasse und im Innenhof zusammen. Laleh beklagte sich darüber, dass in diesem Jahr weniger Gäste anwesend seien, aber Nouri meinte Anna gegenüber, dass er keinen großen Unterschied feststellen könnte. Anna erkannte einige Menschen wieder, die sie auf ihrer Hochzeit gesehen hatte; und endlich waren auch die Fotoalben über dieses Ereignis fertig gestellt worden und lagen auf dem Tisch. Die Gäste nickten zustimmend und murmelten, während sie sie durchblätterten, und erinnerten sich ohne Zweifel wehmütig an das, was erst vor einigen Monaten stattgefunden hatte, was ihnen aber wie Jahre vorkam.

Nouri hatte auch leitende Angestellte des Metro-Projekts eingeladen. Es waren Franzosen, aber ihr Englisch war gut und ihr Farsi sogar besser als Annas. Auch Baba-joons Kollegen aus der Ölfirma waren gekommen, ebenso einige von Lalehs Freundinnen und natürlich Shaheen. Die Mädchen, von denen die meisten Miniröcke und knappe Tops trugen, waren aufgedreht und ließen ihre langen Haare flattern, womit sie die Blicke der Männer auf sich zogen. Anna kam sich zwischen ihnen wie eine ältere Frau vor.

Anna selbst hatte Charlie, ihre Chefin bei der IAS und einzige Freundin im Iran, eingeladen. Charlie kam mit ihrem Ehemann, Ibram. Sie trug ein maßgefertigtes, grünes Kostüm mit tief ausgeschnittenem Oberteil unter der Jacke. Auch Anna hatte ein Kostüm an, aus blassblauem Leinen und dazu eine weiße Bluse.

Maman-joon hastete hin und her, um sicherzustellen, dass jeder gut mit Essen und Trinken versorgt war. Sie lächelte unentwegt und verbreitete gute Laune, aber Anna schien es, als habe sie abgenommen und als wären die Falten über ihren Augenbrauen tiefer geworden.

Die letzten sechs Wochen waren schwierig gewesen. Khomeini, der von Teheran in die Heilige Stadt Ghom umgesiedelt war, verdammte die Idee einer demokratischen Republik mit dem Argument, sie würde in unangemessener Weise von der westlichen Welt beeinflusst werden. Mehr als zweihundert Offiziere der Armee und Verantwortliche der SAVAK wurden von einer neu geschaffenen Organisation namens Islamisches Revolutionäres Tribunal hingerichtet. Außerdem wurden viele Anhänger des Schahs ins Gefängnis geworfen; Baba-joon und Maman-joon kannten davon einige persönlich.

Die Aufstände sorgten innerhalb der Elite des Iran für große Besorgnis. Anna entsann sich des Ausspruchs ‚après moi le déluge‘, womit der französische König Ludwig XV. im 18. Jahrhundert sein Volk gewarnt haben soll. Es kam ihr in der Tat so vor, als befände sich der Iran inmitten einer reißenden Flut und als versuchten seine Bürger verzweifelt, ihre unzureichenden Rettungsboote in einen sicheren Hafen zu steuern.

Nowruz sollte eigentlich ein Tag des Feierns sein, aber Anna schien die Fröhlichkeit aufgesetzt zu sein. Hassan stand mit rudernden Armen in einer Ecke des Wohnzimmers in einer intensiven Diskussion mit einer Frau vertieft. Anna sah sich die Szene etwas genauer an. Es war Roya, Nouris Freundin aus Kindertagen. Die in einem langen, bis zum Boden reichenden Rock und einer einfachen Bluse gekleidete Frau nickte eifrig. Anna fragte sich, ob es wohl zwischen den beiden ein wenig funkte. Sie ging zu den beiden hinüber.

„Hallo, Roya." Sie lächelte. „Wie war Ihr Haddsch mit Ihrer Großmutter? Hatten Sie eine gute Reise?"

Hassan zog die Augenbrauen hoch, als sei er überrascht, dass sie wusste, was ein Haddsch ist, aber Roya nickte höflich. „Sehr schön", antwortete sie. „Ich glaube fast, es war wie ein Vorbote der Zukunft."

„Inwiefern?" Anna legte den Kopf schief.

„Zum ersten Mal seit vielen Jahren gibt es Hoffnung. Jetzt, da der Imam zurück ist."

Anna verschränkte die Arme. Sie wünschte, Nouri wäre bei ihr, aber er war auf der anderen Seite des Raumes und unterhielt sich mit einem der Metro-Manager.

„Sie haben Literatur an der Universität studiert, nicht wahr?", fragte Roya.

„Ja, das stimmt."

„Dann haben Sie vielleicht letzten Monat das Gedicht in der Zeitung gelesen. Ich kann mich nicht an den Namen des Dichters erinnern, aber er sagte Dinge wie ‚niemand wird jemals wieder Lügen verbreiten, die Menschen werden Brüder, man wird das Brot der Freude miteinander teilen, und das Böse und der Verrat werden ausgelöscht, jetzt, da der Imam zurück ist.'" Royas Gesicht nahm einen lebhaften Ausdruck an. „Haben Sie es gesehen?"

„Das muss ich wohl übersehen haben."

„Ich habe es gesehen", ertönte eine Stimme hinter Anna. Sie drehte sich um und erblickte Charlie, die ein Glas Wein in der Hand hielt.

Anna stellte die Anwesenden vor.

„Der Dichter war ein Amateur, von dem noch niemand etwas gehört hat." Charlie sah Anna an. „Es war eine Katastrophe, technisch gesehen."

Roya blickte sie eisig an.

„Doch wirklich, das war es", fuhr Charlie mit beißendem Unterton fort. „Vollgestopft mit pseudo-intellektuellen Konzepten und Bildern." Sie zuckte mit den Schultern und nippte an ihrem Wein. „Doch offensichtlich gibt es jemanden, dem es gefällt."

Hassans Lippen wurden schmal. „Sie teilen wohl nicht die Hoffnung, die der Rest des Landes empfindet?"

Charlie nahm ein weiteres Schlückchen. „Ganz im Gegenteil. Ich wünsche mir nichts sehnlicher, als dass der Iran eine parlamentarische Demokratie errichtet. Dies wäre ein Segen für die Menschen im Iran, im Mittleren Osten, ja für die ganze Welt. Aber Khomeini hat deutlich gemacht, dass dies nicht sein vorrangiges Ziel ist."

„Sie sind mit der Idee einer islamischen Republik nicht einverstanden?"

Charlie suchte sich sicheren Stand. Ihr Brustkorb hob und senkte sich schnell. „So wie ich das verstehe, möchte Ihr *Imam...*" Dieses Wort betonte sie besonders, „das Gesetz gegen Bigamie aufheben, Abtreibungen verbieten und die gemeinsame Erziehung von Jungen und Mädchen beenden. Er möchte weiterhin den Frauen in Regierungsministerien vorschreiben, einen Hidschab zu tragen. Als Frau finde ich diese Haltung inakzeptabel. Die Gesellschaft darf sich nicht zurückentwickeln."

Hassan machte eine wegwerfende Handbewegung. „Ach ja, ich vergaß, dass Sie Amerikanerin sind. Sie verstehen das natürlich nicht."

„Entschuldigen Sie bitte, aber wie Anna bin ich mit einem Iraner verheiratet. Ich lebe seit mehr als sieben Jahren hier. Diese Ankündigungen deuten nicht auf eine moderate Politik hin. Sie sind eine Kriegserklärung."

„Es gibt viel Übel in der Gesellschaft, das ausgerottet werden muss, bevor wir wirklich frei sein können", feuerte Hassan zurück.

Charlie stemmte eine Hand in ihre Hüfte. Mit der anderen hielt sie ihr Weinglas umklammert. Anna hatte keine Ahnung, was sie als nächstes sagen würde. Erneut versuchte sie, Augenkontakt mit Nouri herzustellen.

„Sie haben Recht, Charlie", sagte Hassan. „Geistliche und weltliche Kräfte stehen *tatsächlich* in Konflikt zueinander. Aber sehen Sie, der Schah selbst hat dieses Problem hervorgerufen. Indem er die Demokratie und die Redefreiheit beschnitt, blieben als einzige Orte, wo Menschen sich versammeln und ihre Ideen austauschen konnten, die Moscheen. Da ist es kein Wunder, dass die dort geborenen Bewegungen einen religiösen Beiklang haben."

„Der Schah ist fort", konterte Charlie. „Also muss sich kein Moslem – und überhaupt kein Mensch mehr – in seinen persönlichen Freiheiten beschnitten fühlen. Der Iran sollte jetzt vor Diskussionen, Plänen und Ideen nur so übersprudeln. Stattdessen werden Menschen von bewaffneten Truppen erschossen." Sie nahm einen weiteren Schluck Wein. „Das ist nicht der Iran, den ich kenne. Der Iran, den ich kenne, hat gastfreundliche, großzügige, offene Menschen."

Roya mischte sich in die Diskussion ein. „Ich verstehe. Aber wissen Sie, Hassan wollte sagen, dass..."

Charlie fiel ihr ins Wort. „Und wie ich gehört habe, ist Khomeini drauf und dran, Importe von ausländischen Autos, von Alkohol und Schweinefleisch unter anderem zu verbieten. Das Problem dabei ist nur, dass man Religion nicht verordnen kann. Das funktioniert niemals."

„Ich bin sicher, dass dies nur vorübergehend gilt", sagte Nouri lächelnd. Endlich hatte er sich ihnen angeschlossen.

Charlie sah ihn aufmerksam an.

„Khomeini hat drängender Probleme zu lösen", fuhr Nouri fort. „Er muss erst einmal die Wirtschaft wieder ankurbeln."

Die Arbeit an dem Metro-Projekt war zum Erliegen gekommen. Bis jetzt war das kein Problem gewesen. Nouri hatte dabei geholfen, Einsatzorte für die U-Bahn zu überprüfen und technische Zeichnungen anzufertigen. Aber die Planungen konnten nicht ewig andauern. Nun brauchten sie die Gelder, die ursprünglich vom Schah zugesagt worden waren.

„Khomeini muss sich auch um die Probleme im Norden des Landes kümmern", sagte Nouri und legte dabei seinen Arm um Anna.

„Du meinst die Kurden?", fragte Hassan.

Die Kurden waren quasi unabhängige Moslems, die in den Gebirgsregionen des Iran und den angrenzenden Ländern lebten. Wie die Palästinenser waren sie staatenlos, und wie die Palästinenser versuchten sie seit Jahrzehnten, ihr eigenes Territorium zu erhalten. Jetzt, da der Schah fort war, waren im Norden Kämpfe aufgeflammt. Dieses Problem erforderte eine ganz besonders sensible Herangehensweise, denn die Kurden waren sunnitische Moslems, im Gegensatz zu den meisten Iranern, die Schiiten waren.

Als Anna in Chicago persische Literatur studiert hatte, hatte sie den Unterschied kennen gelernt. Der Professor hatte ihr – um ihr ein Grundwissen für ihre weiteren Studien zu vermitteln – auf einfache Weise die unterschiedlichen Auffassungen der beiden Gruppen so erklärt: Schiitische Moslems sind der Ansicht, dass die Dinge für sie nicht gut liefen, seit sie Ali, den Schwiegersohn Mohammeds als seinen Nachfolger gewählt hatten. Ali wurde später ermordet, und die in ihrer Grundhaltung fatalistischen und melancholischen Schiiten sahen sich schnell als Märtyrer und Opfer von Verschwörungen. Die Sunniten auf der anderen Seite machen bei weitem den größten Teil der muslimischen Welt aus. Sie hatten Abu Bakr, Mohammeds Berater, als seinen Nachfolger gewählt. Seitdem gab es einen Bruch zwischen diesen beiden Lagern. Anna wusste, dass hinter den Konflikten viel mehr steckte, und hoffte, dass das Leben im Iran ihr dabei helfen würde, die komplizierte Geschichte des Islam besser zu verstehen.

Trotz der Behaglichkeit von Nouris Arm fühlte sich Anna unbehaglich und angespannt, so als müsste sie sich darauf vorbereiten, einen Schlag abzuwehren. Was würde sie jetzt nicht alles geben für ein sorgenfreies Lachen, einen lustigen Film, ja sogar für eine Nacht mit Laleh in der Disco. Die Zeiten ließen die Leute trocken werden wie Zunder. Sie hoffte, dass niemand ein Streichholz haben würde.

ZWEIUNDZWANZIG

Anna war überrascht, als es an der Tür klopfte. Es war ein heißer, trockener Abend Ende Mai, und die Frühsommerhitze kündigte eine noch größere Gluthitze für den Hochsommer an. Anna hatte die Tür offen stehen lassen, damit wenigstens hin und wieder ein Luftzug für etwas Abkühlung sorgen konnte; vielleicht war die Tür ins Schloss gefallen, ohne dass Anna es gemerkt hatte. Aber als sie zur Tür ging, stand Hassan draußen.

Anna blickte ihn erstaunt an. Sie hatte Hassan seit dem Nowruz-Fest vor fast drei Monaten nicht mehr gesehen. In der Zwischenzeit hatte er sich einen Bart wachsen lassen, und er trug eine dunkelgrüne Uniform. Ein Patronengürtel umschloss seine Taille; das dazugehörige Gewehr im Halfter war riesig.

„Hassan! Du siehst so... verändert aus."

„Ich habe mich der Revolutionsgarde angeschlossen."

Im Vormonat hatte Khomeini seine eigene Armee gegründet, bestehend aus Männern, die der Revolution aufgeschlossen gegenüberstanden. Sie waren nicht Teil der regulären iranischen Armee und gehörten auch nicht zu den Polizeikräften. Unter anderem sollte die Pasdaran oder Revolutionsgarde gegen linksgerichtete Guerillagruppen vorgehen, die gegen Khomeini und die von ihm gegründete Islamische Republik waren.

Sie schlug die Hand vor den Mund, obwohl sie – ehrlich gesagt – so sehr schockiert eigentlich gar nicht war. Es hatte sich schon lange angedeutet, dass Hassan diesen Weg einschlagen würde. „Aber warum?"

Stolz richtete er sich auf. „Es ist eine natürliche Folge der Revolution. Den Menschen, die ohne Rechte waren, wird endlich Gerechtigkeit zuteil."

Anna wurde es flau im Magen – sie war grundsätzlich misstrauisch gegenüber Polemik jeder Art – aber sie sagte nichts. Sie öffnete die Tür ein Stück weiter. „Komm doch herein! Nouri ist oben. Ich hole ihn."

Hassan rührte sich nicht.

„Hast du nicht gehört? Komm rein!"

„Anna, ich kann nicht."

„Warum nicht?"

„Ich darf nicht mit einer Frau alleine sein, besonders dann nicht, wenn sie die Ehefrau eines anderen Mannes ist."

Anna war ein wenig irritiert. „Aber das bist du nicht. Nouri ist oben."

Hassan zögerte immer noch.

Anna hielt die Tür fest. „Ich nehme an, du bist auch ein gläubiger Moslem geworden?"

Er starrte sie an. „Und wenn?" Ihr entging der aggressive Unterton in seiner Stimme nicht.

Anna erwiderte den Blick. „Du wolltest doch eigentlich Arzt werden, Hassan. Du wolltest den Menschen das Leben retten. Sie wieder gesund machen. Es wäre ein Beruf, der Respekt verdient."

„Es verdient noch größeren Respekt, in bestmöglichem Maße Moslem zu sein. Dabei zu helfen, den Menschen die Gaben des Islam nahe zu bringen."

Anna wollte gerade etwas entgegnen, als Nouris Stimme von oben ertönte. „Ist das Hassan?"

„Ja, er ist hier", erwiderte Anna. „Komm runter!"

„Sag ihm, er soll raufkommen."

„Er will nicht." Anna klammerte sich immer noch an die Tür.

Nouri war jetzt neugierig geworden und steckte seinen Kopf über das Geländer. Als er Hassan erblickte, kam er, jede zweite Stufe auslassend, die Treppe heruntergeeilt. „Ach du liebe Güte, Hassan! Was ist los?"

Hassan wiederholte, was er bereits Anna erzählt hatte.

Nouri legte erst die Stirn in Falten, um dann in Lachen auszubrechen. „Sehr lustig, Hassan. Der war gut. Einen Moment lang hast du mich getäuscht."

Hassan schob sein Kinn vor. „Das ist kein Witz."

„Ja, sicher..." Nouris Stimme erstarb, als er Hassan genauer betrachtete, dessen Gesicht eine Mischung aus Stolz und Trotz widerspiegelte. Einen Moment lang herrschte Schweigen, währenddessen Nouri und Anna Blicke austauschten. „Ich verstehe."

„Tust du das wirklich, Nouri? Ich bin mir nicht sicher. Du bist nach Amerika abgehauen, und als du zurückkamst, wartete bereits ein toller Job auf dich. Du musstest dir niemals Gedanken darüber machen, woher die nächste Mahlzeit kommt. Oder wie du deine Familie ernähren sollst. Du musstest dich nie mit einem Arbeitgeber herumschlagen, der dein Gehalt einbehält, weil du nicht genügend Artikel an Ärzte und Krankenhäuser verkauft hast. Ich glaube nicht, dass du mich verstehst." Er sah Anna an. „Und sie tut es auch nicht."

Nouri zuckte zusammen. „Ich wusste nicht, dass es dir so schlecht geht, Hassan. Warum hast du nie etwas gesagt? Ich hätte dir geholfen. Du weißt das. Du bist mein bester Freund."

„Du hast mich nie gefragt."

„Das hätte ich wohl tun müssen. Ich entschuldige mich dafür." Nouri machte eine einladende Geste. „Bitte komm herein! Wir werden reden." Er sah Anna fragend an, die ihm kurz zunickte.

Hassan beobachtete den Austausch dieser Blicke. Er zögerte, trat aber dann ein. Mit einem unbehaglichen Gefühl nahmen sie im Wohnzimmer Platz.

„Möchtest du etwas trinken, Hassan?" fragte Anna.

Er schüttelte den Kopf.

„Es macht mich einfach traurig, Hassan", begann Nouri. „Du und ich... wir hatten immer die gleichen Überzeugungen. All die Diskussionen und Pläne zur Rettung des Landes. Ja, wir waren gegen den Schah. Aber unser Ziel war eine demokratische Regierung, nicht eine islamische Republik. Erinnerst du dich nicht daran?"

Hassan gestikulierte. „Nutzloses Gerede. All das Zeug aus der Jugend. Es ist Zeit, erwachsen zu werden. Spätestens seit dem Bürgerentscheid." Das iranische Volk hatte Ende März über die Bildung einer islamischen Republik abgestimmt.

„Aber was ist mit unseren Träumen?"

„Es ist erforderlich, die Gräueltaten des Schahs zu überwinden. Den Einfluss der westlichen Welt einzudämmen. Iranern geht es nicht gut, wenn sie keinen starken Führer haben. Demokratie schwächt alles."

„Glaubst du das wirklich?", fragte Anna sanft.

Hassan bekräftigte seine Ansicht. „Demokratie ist die Keimzelle der Korruption, der Gier und des Imperialismus. Sie ist heimtückisch. Sie hat sich in den Filmen, in der Musik, in der Kleidung, sogar in den Lebensmitteln eingenistet. Die Scharia wird die Gesellschaft reinigen. Und unsere Feinde in Schach halten."

„Was sind das für Feinde?", fragte Nouri.

Hassan schaute unbehaglich drein. „Die kommunistischen Gruppierungen, die Gegner der islamischen Republik sind. Sie haben die jungen Leute infiziert, hauptsächlich an den Universitäten. Sie sind für viele der Unruhen verantwortlich, weißt du."

Anna wusste von den Protesten der linksgerichteten Gruppen an der Teheraner Universität. Die jungen Schüler der IAS hatten auch über dieses Thema diskutiert. Aber Anna wusste nicht, welche Bedrohung die Kommunisten wirklich darstellten. Vielleicht war Hassan einfach nur dem konspirativen Charakter einiger Revolutionäre aufgesessen. Es hatte diese Strömungen schon immer gegeben, während der Studentenbewegungen in den Sechzigern, in der französischen und in der russischen Revolution, es war eine Bewegung, die sich durch die gesamte neuere Menschheitsgeschichte zog.

„Die Studenten haben aber auch irgendwie Recht, meinst du nicht?", beharrte Nouri. „Die Menschen, die jetzt die Dinge in der Hand haben, sind nicht diejenigen, die die Opposition gegen den Schah angeführt haben. Die neue Regierung besteht aus kaum gebildeten Männern mit ungepflegten Bärten – du bildest da natürlich eine Ausnahme. Sie haben keine Ahnung, wie man ein Land regiert, sie wissen nicht, was erforderlich ist. Nach Vergeltung schreien – das ist alles was sie können."

Anna erinnerte sich an die Strophe, die Laleh zitiert hatte, an den neuen Chef, der nicht besser als der alte ist.

Hassan überkreuzte seine Beine und stellte sie dann wieder gerade hin. „Es stimmt, dass sich die Machtverhältnisse verschoben haben. Aber das ist die Zukunft."

„Nicht unbedingt", sagte Nouri.

„Sei nicht naiv, Nouri", sagte Hassan. „Und noch eines: Ich rate dir, vorsichtig zu sein."

„Ich?" Nouri setzte sich auf. „Warum? Was sagst du da, Hassan?"

„Es ist bekannt, dass du einmal Marxist warst. Wenn du dich weiter mit dieser Ideologie identifizierst, könntest du selbst zum Feind der Revolution werden." Anna hörte den warnenden Unterton in Hassans Stimme.

Nouris Miene verfinsterte sich „Ist das eine Drohung?"

„Es ist nur ein Rat. Du solltest vielleicht auch in Erwägung ziehen, dir einen Bart wachsen zu lassen."

Anna wurde es plötzlich ganz übel. Sie erhob sich. „Es tut mir leid, ich fühle mich nicht wohl. Ich muss nach oben gehen. Das Essen steht in der Küche, Nouri. Bediene dich selbst! Du auch, Hassan."

———

Obwohl es die bislang wärmste Nacht des Jahres war, kuschelten sich

Anna und Nouri im Bett ganz eng aneinander, so als wären sie im eisigen Winter Chicagos. Keiner wollte den anderen loslassen.

„Was denkst du?", flüsterte Anna.

„Ich weiß es nicht."

„Es macht mich nervös."

Nouri fuhr mit seinem Handrücken über ihre Wange. „Hab keine Angst, ich beschütze dich."

Anna schmiegte sich noch fester an ihn. „Wir wussten, dass er sich verändert."

„Ja, aber ich dachte nicht, dass das so weit gehen würde."

Anna blickte gedankenverloren auf das Mondlicht, das durch das Fenster fiel. „Was hat er gesagt, als ich oben war?"

Nouri schwieg einen Moment lang und sagte dann: „Nichts Wichtiges."

„Ging es um mich?"

„Warum fragst du das?"

„Ich dachte, ich hätte gehört, wie du meinen Namen erwähntest."

Nouri antwortete nicht.

„Nouri..."

Er räusperte sich. „Nun ja, er hat doch etwas gesagt."

„Was?"

„Er denkt, dass du zu direkt seist."

Anna stieß es säuerlich auf.

„Er sagte, dass es nicht gut für eine Frau sei, mit einem Mann zu streiten oder ihm zu widersprechen. Insbesondere dann, wenn es um Politik oder Religion geht."

DREIUNDZWANZIG

„Wie kann man allen Ernstes von uns verlangen, sie ‚*Vali-ye Asr*' zu nennen? Es ist die *Pahlavi* Avenue, und sie wird es immer sein", tobte Laleh eines heißen Sommertages. Sie und Anna fuhren gerade zu einem Buchladen in der Nähe der Teheraner Universität. Viele Straßen in Teheran waren umbenannt worden, in dem Versuch, alle Spuren, die auf den Schah hindeuteten, zu beseitigen. Anna erinnerte sich, wie Nouri sie auf die Straße aufmerksam gemacht hatte, als sie gerade in Teheran angekommen waren. Aber ob man sie nun *Pahlavi* Avenue oder *Vali-ye Asr* nannte – es blieb immer noch eine der längsten Straßen der Welt.

„Ich kann es nicht fassen, sie nennen den Shahyad Aryamehr jetzt Azadi Tower." Laleh trocknete sich die Stirn. Die Hitze drang auch in das Innere des Wagens ein, trotz der Klimaanlage. „Freiheitsturm! Welche Freiheit? Was ist mit all den Versprechen von Frauenrechten, Demokratie und Gerechtigkeit geschehen?"

Anna konnte nichts entgegensetzen. Die Regierung ging weiterhin hart gegen Konterrevolutionäre vor und hatte erst kürzlich mehr als zwanzig Menschen an nur einem Tag hingerichtet. Das

Problem war die Definition von ‚Konterrevolutionär'. Sie schien sich danach zu richten, auf wen man es gerade abgesehen hatte. Soweit Anna das beurteilen konnte, konnte es jeder sein, der eine höhere Position innehatte und der kein islamischer Fundamentalist war.

Und doch erweckte das Leben im Iran den Anschein von Normalität. Die Menschen gingen ihrer Arbeit nach. Sie aßen in Restaurants. Sie fuhren Auto. Diese neue Normalität war eine Art Parallelwelt; wie ein gespenstisches Spiegelkabinett, das die Wirklichkeit verzerrte und verfälschte. Anna wusste, dass sie vorsichtig sein musste, damit dieser Anschein von Normalität gewahrt blieb und das Fass nicht überlief.

Einige Menschen berauschten sich noch immer an dem glorreichen Sieg über den Schah. Genau wie Hassan bekannten sie sich bedingungslos und ohne Wenn und Aber zur neuen Republik und verteidigten in grenzenlosem Opportunismus jede Entscheidung, und sei sie auch noch so despotisch. Andere, wie Laleh, betrachteten die Situation als vorübergehend und gingen davon aus, dass das Leben irgendwann wieder so sein würde wie zuvor. Wiederum andere glaubten, dass der Iran eine demokratische Gesellschaft werden müsste, und ließen nicht davon ab, weiter zu demonstrieren und für freie Wahlen einzutreten.

Anna arbeitete immer noch bei der IAS, und Nouri bei der Metro. Der Ausflug zur Buchhandlung war eigentlich Annas Idee gewesen. Sie suchte nach einem Lyrikband von E.E. Cummings zur Verwendung im Unterricht, und nirgends konnte sie besser fündig werden als in den Buchläden in der Nähe der Universität. Sie hätte eigentlich lieber ein Taxi genommen, um für sich allein herumstöbern zu können, aber Nouri weigerte sich, sie allein gehen zu lassen, und bestand darauf, dass Laleh sie die ganze Zeit begleitete.

Sie fanden einen Parkplatz in der Nähe des Laleh-Parks, einige Blocks vom Universitätsgelände entfernt. „Als ich klein war, hat Baba-joon mir erzählt, dass der Park nach mir benannt ist", kicherte Laleh. „Ich habe ihm das jahrelang geglaubt."

Anna zwang sich zu einem matten Lächeln. Sie und Nouri waren jetzt seit fast einem Jahr verheiratet. Sie vermisste ihren eigenen Vater.

Während sie die Azar Avenue bis zur Kreuzung mit der Enqelab-e Eslami Avenue hinuntergingen, fuhr Laleh unablässig damit fort, sich über die Neubenennung der Straßennamen zu beschweren. Es herrschte eine drückende Hitze, und Anna wusste nicht, was schlimmer war: die schwüle Hitze zu Hause an der Ostküste oder die trockene Bruthitze im Iran. Jedenfalls klebte ihr T-Shirt an ihrem Rücken, und ihre Jeans fühlten sich schwer an. Eine hochschwangere, junge Frau kam mit ihrem dicken Bauch an ihnen vorbei. Anna spürte einen plötzlichen Stich in ihrem Herzen. Wann würde sie ihre eigene Familie haben – Kinder, die sie großziehen könnte, Kinder, die das Haus mit Leben erfüllen würden, Kinder, die sie brauchten und die sie nie im Stich lassen würde?

Der Laden mit englischsprachigen Büchern war klein und eng. Als sie eintraten, schlug ihnen der Geruch von Moder und Staub entgegen. Bücher türmten sich in den Regalen und auf den Tresen, und ein Bücherturm auf dem Boden wackelte bedenklich. Nichts schien sortiert und geordnet, und doch fühlte sich Anna hier augenblicklich wohl. Alle Bücher waren in englischer Sprache. Erneut übermannte sie ein Anfall von Heimweh.

Der Inhaber kam aus einem Hinterzimmer heraus. Ein älterer Mann mit wehendem, weißem Bart und mit einem Gesicht, das genauso verbraucht und ausgebleicht aussah wie einige seiner Bücher. Er musterte sie. „Was möchten Sie?", fragte er in einem Englisch mit starkem Akzent.

Anna erklärte ihm, dass sie nach Lyrik von E.E. Cummings suchte.

Der Buchhändler zog seine Augenbrauen hoch und betrachtete sie argwöhnisch. „Warum fragen Sie danach?"

Sie erklärte es ihm. „Haben Sie einige seiner Werke?"

Ein weiterer skeptischer Blick. Anna fühlte sich nicht wohl in ihrer Haut, fast schien es ihr, als kenne er ein Geheimnis über sie und wolle sie das auch wissen lassen. Aber sie hielt den Augenkontakt mit ihm. Schließlich wandte er seinen Blick ab, und seine Gesichtszüge nahmen einen traurigen Ausdruck an. Er führte sie zu einem Bücherregal auf einer Seite des Ladens und deutete mit dem Finger auf das oberste Fach. „Sehen Sie?"

Anna folgte mit ihren Augen seinem Finger und entdeckte eine Lücke in der Bücherauslage.

„E.E. Cummings führe ich nicht mehr. Man hat sie mir weggenommen. Meinen Shakespeare ebenfalls."

Annas Kinnlade fiel herunter. „Wer? Und warum?"

„Die *komitehs*." Die örtlichen, von Khomeini legitimierten, revolutionären Gruppen. In den Wochen und Monaten seit der Revolution hatten sie großangelegte Aktionen zur Ausrottung und Bestrafung unmoralischen Verhaltens durchgeführt. „Shakespeare sei konterrevolutionär, behaupten sie. Zu westlich!"

„Aber das ist absurd."

„Für sie nicht." Er hob die Hände um und schlug dann die Handflächen gegeneinander. „Aber ich habe noch etwas von Robert Browning, was sie nicht beschlagnahmt haben. Und Emily Dickinson. Ihre Gedichte eignen sich doch sicherlich auch gut."

„Warum beschweren Sie sich nicht über die Beschlagnahme der Bücher? Warum lassen Sie sie nicht wissen, dass sie zu weit gegangen sind?"

Der Ausdruck des Buchhändlers wurde noch eine Spur verdrießlicher. „Sie sind jung. Und Amerikanerin, nicht wahr?" Als Anna nickte, sagte er: „Sie glauben, man muss nur demonstrieren, und alles wird sich ändern." Er schnippte mit den Fingern. „Nur mal eben so. Amerikaner sind so."

Anna wollte etwas erwidern, aber er erstickte ihren Ansatz mit erhobener Hand.

„Hier läuft das anders. Seit Jahren sind wir Opfer. Zuerst die Invasoren, dann der Schah, jetzt die Revolution. Es ist alles das Gleiche."

Anna erinnerte sich daran, was Nouri ihr am Tag ihres ersten

Treffens erzählt hatte: Wie die Perser nach Märtyrertum lechzen, wie sie am Fatalismus festhalten. Aber sie konnte das nicht akzeptieren. Es war so... unamerikanisch. „Ein Grund mehr, damit Schluss zu machen. Sie müssen etwas unternehmen."

„Was ich tun muss, ist, zu überleben."

———

Dreißig Minuten später verließen Anna und Laleh den Laden, Anna mit einem Gedichtband von Emily Dickinson in der Hand. Sie war das genaue Gegenteil einer guten ‚ta'arof', dachte sie und lächelte über diese Ironie. Der Inhaber des Buchladens hatte ihr das Buch fest in die Hand gedrückt und wollte partout kein Geld von ihr annehmen. Sie verstaute das Buch unter ihrem Arm. Auf dem Weg zurück zum Wagen überquerten sie das Universitätsgelände. Anna fühlte sich noch immer unbehaglich. So hatte sie sich die Sache nicht vorgestellt. Nachdem man den Schah losgeworden war, hätte man eigentlich Freiheit ohne Restriktionen erwarten können, ganz sicher aber nicht ein Bücherverbot.

„Die Beschlagnahme antirevolutionärer Propaganda ist die eine Sache", sagte sie, mehr zu sich selbst als zu Laleh. „Aber Shakespeare? Und E.E. Cummings? Sie sind ungefähr so politisch wie dieser Laternenpfahl", sagte sie und deutete auf einen solchen.

Laleh zog einen Schmollmund. Auch sie war gekränkt.

Die Hitze musste die Geräusche wohl von weiter weg herübertragen als gewöhnlich, zumindest vernahm Anna heute die entfernten Rufe des Muezzins zum nachmittäglichen Gebet. Die hektisch herumlaufenden Studenten ignorierten sie, da sie gedankenverloren und sich um nichts zu kümmern schienen, was sie nicht direkt betraf. Wie die Universität von Chicago war auch die Teheraner Universität ein Tummelplatz für Linksgerichtete, Marxisten, aber auch für islamische Fundamentalisten. Tatsächlich war die Universität die Quelle der meisten Unruhen, vor denen Hassan Nouri gewarnt hatte.

Anna beobachtete, wie sich die jungen Menschen um sie herum verhielten. Die neue Regierung hatte verfügt, dass Frauen einen Hidschab, eine Form der Kopfbedeckung, tragen müssten, aber es hatte nicht den Anschein, als hielte man sich hier an diese Verfügung. Die meisten Mädchen hatten Jeans und T-Shirts an, und einige trugen Miniröcke. Aber einige trugen auch das Kopftuch, und einmal war sogar eine Frau im Tschador zu sehen.

Als sie sich dem Laleh-Park näherten, beobachteten sie, wie zwei junge Männer in dunkelgrünen Uniformen gerade ein Blatt Papier hinter die Scheibenwischer des Mercedes klemmten. Revolutionsgardisten.

„Oh nein! Was jetzt?" Laleh eilte zum Wagen und griff nach dem Zettel. Ein Knöllchen, wie Anna feststellte. Laleh redete heftig und schnell in Farsi auf die Männer ein, deren Augen sich verengten. Als sie Atem holte, lachte einer der beiden höhnisch und stellte eine Frage. Die Feindseligkeit in seiner Stimme war unüberhörbar. Vermutlich fragte er sie, ob das Auto ihr gehörte.

Laleh fuchtelte mit ihren Armen und redete noch schneller. Anna konnte nur einige Brocken aufschnappen, aber es schien, als stellte Laleh die Amtsbefugnis der Männer in Frage.

Anna erstarrte.

Laleh wurde jetzt immer erregter, und die Männer immer wichtigtuerischer. Schließlich warf Laleh angewidert ihre Hände in die Höhe, gleich darauf stöberte sie in ihrer Handtasche nach ihrer Geldbörse, wo sie ein Bündel Rials herausholte, das sie in zwei Hälften aufteilte, um jedem der Männer jeweils einen Teil in die Hände zu drücken.

In Annas Magen rumorte es heftig. Das hätte Laleh besser nicht tun sollen.

Die Männer öffneten ihre Münder. Sie starrten erst das Geld, dann Laleh und schließlich sich gegenseitig an. Einer von beiden wedelte angewidert mit seiner Hand, als ob Laleh ihm Exkremente ausgehändigt hätte. Laleh gab einen abfälligen Kommentar ab. Dann musste Anna mit ansehen, wie der andere Mann Laleh anspuckte.

Entsetzt riss Lelah die Augen auf. Sie sah aus, als ob sie geschlagen worden wäre. Anna wusste, dass sie eingreifen musste, bevor die Situation vollständig eskalierte. Sie zwang sich, zu handeln, und packte Laleh an den Schultern.

„Ins Auto, Laleh! Sofort!"

Laleh schaute Anna an, bewegte sich aber nicht. Sie schien vor Schock wie gelähmt zu sein. Die Männer rückten drohend und Unheil verheißend näher, nahe genug, dass Anna ihren Körpergeruch wahrnehmen konnte.

„Laleh!", wiederholte Anna. „Hast du mich gehört? Steig ins Auto!"

Laleh blinzelte verwirrt. Halb zog, halb schob Anna sie zur Beifahrertür, öffnete diese und drückte Laleh hinein. „Gib mir den verdammten Schlüssel!"

Wieder reagierte Laleh nicht.

Anna ergriff Lalehs Tasche, wühlte darin herum und zog den Schlüssel und das Knöllchen heraus. Während sie zur Fahrerseite eilte, blieben die Männer immer noch vor dem Wagen stehen. Einer spreizte die Beine und stemmte die Hände in die Hüften.

Anna wedelte mit dem Knöllchen. „Es tut mir leid. *Ma'zerat meekhâm.*" Sie förderte nun jedes höfliche Wort in Farsi, das sie kannte, zutage. „Entschuldigen Sie. *Bebakhshid.* Vielen Dank. *Mamnoonam.*"

Die beiden Männer beäugten Anna skeptisch. Sie mussten erkannt haben, dass sie keine Iranerin war. Aber wussten sie, dass sie Amerikanerin war, aus dem Land des Großen Satans selbst? Sie brach den Blickkontakt mit ihnen ab und schaute auf den Boden. Unterwürfig. Gehorsam. Auf Gnade hoffend. Nach einem langen Moment, in dem Anna zu der Überzeugung gelangte, dass die Männer vermutlich sie beide, Laleh und sie, verhaften würden, traten sie schließlich zurück.

Anna schwang sich in den Wagen, während gleichzeitig eine Woge der Erleichterung durch sie hindurchstömte. Laleh starrte nach vorne. Anna startete den Wagen und fuhr an. Als sie die beiden Männer passiert hatte, winkte sie im Rückspiegel. *„Khodâ hâfez.* Auf Wiedersehen."

„Allâho Akbar!", schrie einer der Gardisten.

VIERUNDZWANZIG

„**D**as war schrecklich", beklagte sich Laleh bei Maman-joon, als sie wieder bei den Samedis angelangt waren. „Ich habe ordnungsgemäß geparkt, aber sie haben mir trotzdem einen Strafzettel verpasst. Fünfundzwanzig Tomans Strafe."

Ansonsten aber schien es, als hätte sich Laleh von der Bedrängnis, in der sie sich befunden hatten, schnell wieder erholt. Nicht so Anna. Im Park hatte sie einige Minuten lang gedacht, dass sie nicht nach Hause kommen würden. Ihre Schwägerin war sicherlich verwöhnt, aber dumm war sie bestimmt nicht. In Anbetracht der Lage hätte sie die Situation eigentlich entschärfen müssen, dachte Anna. Nicht sich selbst zur Zielscheibe machen dürfen. Sie überlegte, ob sie das erwähnen sollte, vielleicht als Randbemerkung, aber als sie Maman-joons Gesicht sah, zog sie es vor zu schweigen.

Von den Beziehungen zu allen Familienangehörigen der Samedis war Annas Verhältnis zu Parvin das anfälligste. Es gab keine Situation, in der Parvin nicht höflich war. Sie stellte die richtigen Fragen und lächelte zur richtigen Zeit, aber Anna fand, dass sie nur wenig gemeinsam hatten. Maman-joon war gut behütet in einer islamischen Familie aufgewachsen, in der der Grundsatz herrschte, dass Frauen gut heiraten, sich um die Familie kümmern und islamische Traditionen respektieren sollten.

All das fand Anna natürlich völlig in Ordnung, ließ sie selbst aber in einem anderen Licht gegenüber Maman-joon erscheinen. Es war Maman-joons Lebensaufgabe, ganz für ihre Familie da zu sein. Wie bei der Hochzeit: Einladungen waren an all die richtigen Leute verschickt worden, und die Sitzordnung und die Speisenabfolge hatten stundenlange Planungen erfordert. Für Parvin hatte die Stellung ihrer Familie in der Gesellschaft Vorrang. Dies und das Gesicht zu wahren. Parvin konnte nicht ganz verstehen, warum Anna ihre Werte nicht teilte. Manchmal schien sie sogar von dem überrascht zu sein, was aus Annas Mund kam.

Parvin hatte sich seit der Revolution verändert. Jetzt zogen sich noch mehr graue Strähnen durch ihr Haar. Ihre Erscheinung war zwar immer noch geschmackvoll, aber nicht mehr ganz so gewissenhaft wie vorher, so als habe sie ihr Interesse verloren, die perfekten Accessoires auszuwählen. Ständig legte sie eine sorgenvolle Miene an den Tag, als hätte sie ihren Anker verloren und als treibe sie nun in eine ungewisse Zukunft. Als sie sich Lalehs Gejammer über die Männer und das Auto anhörte, wanderte ihr Blick erst zu ihrer Tochter, dann zu Anna. Ihre Lippen bildeten eine schmale Linie. „Bist du sicher, dass du die Parkzeit nicht überschritten hast?"

„Ich bin mir sicher, Maman. Es geschah nur, weil ich einen Mercedes fahre. Ich weiß es. Kein anderes Auto in der Straße hatte einen Strafzettel. Sie wollten mich einfach nur wegen meiner Herkunft schikanieren."

Und nun haben sie dein Autokennzeichen, dachte Anna. Aber sie sprach es nicht laut aus.

Laleh stand auf und verschränkte die Arme. „Ich habe die Nase voll von diesem Land. Ich möchte wegziehen."

Erschrocken lehnte sich Parvin vor. „Was sagst du da, Laleh? Du kannst doch deine Familie nicht verlassen. Du bist noch nicht einmal achtzehn." Mit Vollendung des 18. Lebensjahres galt man im Iran als volljährig.

Laleh rollte mit den Augen. „Wenn Baba mir die Erlaubnis gibt, dann geht es." Sie wandte sich an Anna. „Du und Nouri, ihr solltet auch gehen."

Maman-joon gestikulierte mit ihren Händen. „Das willst du nicht wirklich, Laleh. Du bist nur wütend."

„Na klar, Maman." Laleh setzte eine finstere Miene auf und rannte nach oben, um ihre Kleidung zu wechseln; Maman-joon und Anna blieben zurück.

Gleichermaßen nervös und erregt erhob sich Parvin. „Ich werde Tee machen."

Anna zwang sich zu einem Lächeln. „Ich helfe dir." Aber Parvin schüttelte den Kopf und verschwand in die Küche.

Anna blieb im Wohnzimmer zurück und dachte darüber nach, was Laleh gesagt hatte. Ja, die Situation verschlechterte sich, aber schließlich war der Iran jetzt Annas Heimat. Nouri und seine Familie waren ihr Schutz, ihre Sicherheit. Bestimmt würde sich die Lage wieder verbessern. Immerhin war dies bloß die erste Welle der Revolution, und die Geschichte lehrte, dass die ersten Änderungen oft extrem sein konnten. Es würde seine Zeit dauern, bis die Dinge wieder in geordneten Bahnen verliefen.

Anna nahm die Zeitung von der Couch auf. Es waren weitere Hinrichtungen befohlen worden, und die Gesichter der Toten prangten auf der Titelseite. Die Zeitung war in Farsi geschrieben, aber sie wusste, dass die Männer auf den Fotos des Verrats angeklagt worden waren. Sie fragte sich, ob diese Anklagen der Wahrheit entsprachen. Während sie darauf wartete, dass Maman-joon den Tee brachte, blätterte sie die Seiten durch. In diesem Moment ertönte die Türklingel. Automatisch erhob sie sich. „Ich gehe schon."

Als sie die Tür öffnete, blickte sie überrascht auf die auf der Schwelle stehende Frau, die in einen Tschador gekleidet war. Der einzig sichtbare Teil war ihr Gesicht, aber dieses Gesicht kam Anna bekannt vor. Als sie es endlich zuordnen konnte, rang sie nach Luft. „Roya? Bist du das?"

Roya lächelte. Anna sperrte ihren Mund auf. Erst Hassan, jetzt

Roya. Sie riss sich zusammen und versuchte, nicht schockiert dreinzublicken. „Bitte komm herein. Wir wollten gerade Tee trinken. Möchtest du dich zu uns gesellen?"

„*Albatteh*. Natürlich. Das wäre schön", sagte Roya. Als sie eintrat, konnte Anna nicht umhin zu denken, dass Roya eine Verkleidung angelegt hatte, um eine noch unbekannte Rolle zu spielen.

„Maman-joon, Laleh", rief Anna. „Roya ist hier."

Als Maman-joon ihren Kopf aus der Küchentür steckte und Roya erblickte, weiteten sich auch ihre Augen. Sie stellte Roya eine kurze Frage in Farsi und erhielt eine noch kürzere Antwort. Dann lächelten sich Maman-joon und Roya gegenseitig an. Anna fühlte sich in ihrer Jeans und ihrem T-Shirt befangen. Laleh kam mit einem knappen Minirock und einem ärmellosen Oberteil herunter. Als sie die mit dem Tschador bekleidete Roya sah, war auch sie überrascht. „Was trägst du denn da, um Himmels willen?"

Roya schloss die Augen und zog den Tschador unter ihrem Kinn noch etwas fester zu. „Ich möchte Allah näher sein. Das hilft mir dabei."

„Das glaube ich nicht", schnaubte Laleh. „Sind jetzt alle Leute im Iran verrückt geworden?"

„Ich kann nicht für andere sprechen", sagte Roya ruhig. „Ich weiß nur, dass es für mich richtig ist."

Laleh gab nicht nach. Sie gestikulierte in Royas Richtung. „Aber was sagt das über die Rolle der Frau in der Gesellschaft aus? Du lässt es zu, dass man dich wie eine Untergebene behandelt. Vielleicht sogar, dass man dich wie Dreck behandelt, ganz zu schweigen von all den anderen barbarischen Gesetzen, die im Gespräch sind."

„Der Koran sagt, dass man Übeltäter an ihrem Gesicht erkennt. Ich bin kein Übeltäter."

„Oh, mein Gott." Laleh vergrub ihren Kopf in den Händen, genau in dem Augenblick, in dem Maman-joon mit einem Tablett mit Tee und Keksen hereinkam. Sie stellte das Tablett ab. Sie hatte eindeutig das Wortgefecht zwischen Laleh und Roya mit angehört, denn sie sprach in scharfem Ton zu Laleh. Dann schaute sie Anna an und winkte sie herüber.

„Ja, Maman-joon?", fragte Anna.

„Sie möchte dir mitteilen, dass *ihre* Mutter einen Tschador trägt", sagte Laleh missmutig.

„Ich erinnere mich daran", erwiderte Anna. „Weißt du, Laleh, jeder sollte das Recht haben, seine religiösen Überzeugungen auszudrücken. Egal, ob wir das persönlich ablehnen mögen. Freiheit bedeutet, dass Roya einen Tschador tragen und zehn Mal am Tag beten dürfen sollte, wenn sie das möchte. Das ist es, was eine wirkliche Demokratie ausmacht."

„Aber der Tschador ist ein Symbol der Unterdrückung. Wie jede andere Form von Hidschab. Selbst der Vater des Schahs hat das erkannt. Darum hat er ihn verbannt."

„Es ist unfair, eine Frau als unterdrückt abzustempeln, nur weil sie einen Hidschab trägt", beharrte Anna. „Genauso wenig kann man eine Frau als befreit ansehen, nur weil sie einen Minirock trägt."

Laleh verschränkte die Arme, aber Roya schenkte Anna ein glückseliges Lächeln. Selbst Mama-joon sah zufrieden aus. Sie lehnte sich über das Tablett und sprach in Englisch, was sie nur selten tat. „Lasst mich euch Tee eingießen, meine Töchter."

Roya schüttelte den Kopf. „Danke, Maman-joon, aber ich möchte nichts."

Einen Moment lang herrschte Schweigen, während Maman-joon Teegläser an Laleh und Anna verteilte. Anna wandte sich an Roya. „Nouri ist noch in der Arbeit. Brauchst du etwas von ihm, Roya?"

„Eigentlich komme ich deinetwegen."

„Meinetwegen?" Anna runzelte die Stirn. „Warum?"

„Ich... ich..." Sie sah Laleh an. „Ich hatte gehofft, wir könnten das unter vier Augen besprechen."

Anna sah Maman-joon und Laleh an und erhob sich dann. „*Bebakhshid.* Entschuldigt mich. Ich bin in einer Minute zurück." Sie wandte sich an Roya. „Komm mit!"

Laleh winkte gleichgültig ab. Anna führte Roya nach draußen in den Innenhof. Die Hitze war so drückend, dass Annas T-Shirt augenblicklich feucht wurde, und das, obwohl es ein leichtes, luftiges Kleidungsstück war. Sie konnte nur erahnen, wie es Roya mit diesem schweren Stoff des Tschadors ergehen musste. Sie setzten sich an den Tisch im Schatten der Obstbäume, die allerdings leider nur mäßig die Hitze abhielten.

Roya räusperte sich. „Es gibt viele Iraner, die die Amerikaner nicht mögen. Besonders die Mullahs sind der Ansicht, dass die USA sich wegen unseres Öls in die Angelegenheiten des Iran einmischen."

„Sie haben guten Grund, das anzunehmen. Mossadegh wurde 1953 genau deswegen von der CIA gestürzt."

„Ja, ich weiß." Roya feuchtete ihre Lippen mit der Zunge an. „Aber Anna, ich mag dich. Und ich möchte dir dafür danken, dass du meine Wahl, den Hidschab zu tragen, verteidigt hast. Du bist eine unvoreingenommene Frau." Sie zögerte. „Leider trifft das auf deine Chefin nicht zu."

„Du meinst Charlie? Von der IAS?"

Roya nickte. „Ja, sie ist sehr ... rechthaberisch."

„Also?" Annas Nacken war schweißgebadet. Sie musterte Roya, die einen ernsten Gesichtsausdruck zeigte. „Was willst du mir sagen, Roya?"

„Ich ... ich habe Angst davor, was mit ihr passieren könnte."

Anna erinnerte sich an die Szene auf der Nowruz-Party der Samedis vor einigen Monaten, als Charlie mit Hassan diskutierte – recht aggressiv, wie sie sich in Erinnerung rief. Anna wischte sich den Nacken mit ihrem Handrücken ab. „Angst? Inwiefern?"

„Ich ... höre so einige Sachen, weißt du. Was man plant, um sicherzustellen, dass die Scharia befolgt wird."

„Willst du damit sagen, dass Charlie in Gefahr ist?"

Roya antwortete nicht.

„Ist das der Grund für deinen Besuch? Um mich wegen Charlie zu warnen?"

Roya sah zu Boden. „Wie ich schon sagte, ich glaube, du bist wirklich eine aufrichtige Person. Ich bin froh, dass Nouri dich hat." Erneut zögerte sie. „Er hat eine kluge Entscheidung getroffen."

Zum ersten Mal erkannte Anna Wehmut in Royas Augen. Roya empfand sehr wohl etwas für Nouri, ging es ihr durch den Kopf. Und trotzdem versuchte sie, sich mit Anna anzufreunden. In einer wahren Flut übermannten Anna die Gefühle. Sie streckte ihre Hand nach Royas Arm aus. „*Khayli mamnoon*, Roya. Danke."

Roya nickte. „Ich weiß, dass du eigentlich Christin bist, aber als du Nouri geheiratet hast, bist du Muslimin geworden, weißt du das."

„Nun ja... in der Theorie."

„Ich glaube, dass du eine gute Muslimin werden könntest. Eine sehr gute sogar."

Anna wurde es plötzlich unbehaglich zumute. Sie wählte ihre Worte vorsichtig. „Ich schätze dein Vertrauen in mich, Roya. Ich fühle mich dadurch sehr geehrt. Aber der Islam ist nicht der Weg, den ich einschlagen möchte."

Roya lächelte. „Vielleicht nicht sofort, aber man weiß ja nie, was die Zukunft bereit hält, nicht wahr? Wer hätte schon vor einem Jahr geglaubt, dass wir eine islamische Republik haben würden?"

Das ist wohl wahr, dachte Anna.

———

Während ihr Schwiegervater sie nach Hause fuhr, ließ sich Anna Royas Worte nochmals durch den Kopf gehen. Sollte sie Charlie etwas davon erzählen? Charlie war eine warmherzige Seele, und ihre Absichten waren ehrenwert. Aber wenn sie die Aufmerksamkeit auf sich lenkte, aus welchen Gründen auch immer, war das nicht gut für sie – auch nicht für die Iranisch-Amerikanische Gesellschaft. Einerseits konnte Anna nicht glauben, dass Charlie in Gefahr war. Sie war mit einem Iraner verheiratet und lebte hier seit sieben Jahren. Sie war praktisch Teil der Landschaft. Andererseits hatten die Zeiten sich geändert. Nichts war mehr wie vorher.

Und was war mit Roya? War sie eine echte Gläubige geworden,

eine muslimische Missionarin auf dem Kreuzzug mit dem Ziel, die islamische Religion zu verbreiten? Oder war Roya eine verlorene Seele, die die Versäumnisse ihres Lebens mit Religion kompensierte. Es war nicht ungewöhnlich, dass sich junge Leute Kultbewegungen anschlossen – in den Vereinigten Staaten kam das ganz gewiss auch oft genug vor. Aber Roya stammte aus gutem Hause, sie war aus freien Stücken mit ihrer Großmutter auf den Haddsch gegangen. Hatte sie das engagierter gemacht? Oder verlorener?

Anna dankte Baba-joon und stieg am Tor ihres Hauses aus. Sie fragte sich, was geschehen wäre, wenn Roya und Nouri *tatsächlich* ein Paar geworden wären. Sie vermutete, dass Maman-joon begeistert gewesen wäre. Sie fragte sich, ob das vielleicht der Grund war, warum Maman-joon sich ihr gegenüber so distanziert verhielt. Wünschte sie sich insgeheim, dass sich die Dinge anders entwickelt hätten, dass an ihrer Stelle Roya ihre Schwiegertochter geworden wäre?

FÜNFUNDZWANZIG

Die Abendluft war erfüllt mit dem Geruch gegrillten Rindfleischs, als Nouri auf das Haus zuging. Anna musste *kabab kubideh*, eines seiner Lieblingsgerichte, zubereiten. Er erinnerte sich daran, dass sie ihm heute Morgen berichtet hatte, dass sie dies plante. Er öffnete die Tür und kam herein.

„Nouri? Bist du das? Wie war dein Tag?"

Er ignorierte den Geruch und auch Anna. Er trottete die Treppe hoch, öffnete die Tür zu ihrer beider Zimmer und warf sich auf das Bett. „Nouri?"

Er hörte Annas Schritte auf der Treppe. Er schob sich ein Kopfkissen über den Kopf.

„Nouri, was ist los? Bist du krank?"

Er antwortete nicht. Sie kam herein und setzte sich auf die Bettkante. „Was ist denn passiert, Azizam?"

Nouri sagte nichts. Er wusste, dass er ihr Angst machte, aber er wusste auch nicht, wo er anfangen sollte. Er wünschte sich, dass Anna ausnahmsweise einmal nicht so einfühlsam wäre. Sie konnte an seinem Herzschlag erkennen, ohne dass er ein Wort sagte, wenn etwas nicht in Ordnung war. Er zog das Kopfkissen noch ein Stück tiefer über sein Gesicht.

„Nouri, Azizam…" Ihre Stimme verriet Anspannung. „Was immer es ist, erzähle es mir. Wir kommen da gemeinsam durch."

Vielleicht hatte sie Recht. Anna war der Typ Frau, mit der immer alles leichter zu sein schien. Er lockerte den Griff am Kopfkissen und hob es ein wenig von seinem Gesicht. Anna starrte ihn mit sorgenvoller Miene an. Er streckte den Arm nach ihr aus. Sie kuschelte sich hinein und legte den Kopf auf seine Brust. Er fragte sich, ob sie seinen Herzschlag hören könnte. Er atmete ihren ganz besonderen Duft ein: süß, moschusartig und doch leicht metallisch. Dieser Duft machte ihn an. Darin konnte er sich verlieren, wenn er es zuließ. Erst Anna machte ihn zu einem ganzen Menschen. Aber jetzt war nicht die Zeit dafür. Er seufzte.

Nach einer Weile hob sie ihren Kopf und warf ihm ein zaghaftes Lächeln zu. „Also?"

Nouri seufzte erneut. „Sie haben meine Arbeitszeit auf drei Tage pro Woche beschränkt, weil sie die versprochenen Gelder von der neuen Regierung nicht erhalten, und sie können es sich nicht leisten, die volle Belegschaft weiter in Vollzeit zu beschäftigen."

Anna hob die Augenbrauen. „Oh."

„Sie sagen, es sei nur vorübergehend", beeilte er sich hinzuzufügen. „Sie sagen, dass die Angelegenheit sich bis Ende des Sommers erledigt haben müsste."

„Ich bin überzeugt davon, dass das stimmt", murmelte Anna.

„Ja, aber was mache ich, wenn nicht?"

„Mach dir keine Sorgen!" Anna strich sich mit der Hand über die Stirn. „Wer weiß, vielleicht hat das ja sogar sein Gutes. Wir werden mehr Zeit für einander haben, du und ich." Sie lächelte. „Zeit zum Reisen, um andere Teile des Landes zu sehen. Oder…", grinste sie, „für andere Sachen."

Er zwang sich zu einem Lächeln

„Natürlich könntest du dich nach einer neuen Stelle umsehen, aber wenn es nur vorübergehend ist, warum sehen wir die Sache nicht einfach ganz entspannt und genießen sie?"

Er nickte halbherzig.

Sie legte die Stirn in Falten. „Du könntest die Zeit auch dazu nutzen, deine Abschlussarbeit fertigzustellen."

Nouri dachte darüber nach. Die Abschlussarbeit war in weite Ferne gerückt, ein Relikt aus vergangenen Tagen und vergangenen Aufenthaltsorten. Seine Studentenzeit war vorbei. Er hatte kein Interesse daran, zurückzublicken.

Als wüsste sie, was er dachte, zuckte Anna mit den Schultern. „Es war nur so eine Idee." Sie zögerte. „Vielleicht hat dein Vater einen Vorschlag."

Er schüttelte den Kopf. „Ich kann Baba nicht ständig bitten, die Dinge für mich zu regeln. Es wird Zeit, dass ich auf eigenen Füßen stehe."

„Ich verstehe."

Aber das tat sie nicht. Nicht wirklich. Baba-joon würde alles für seine Familie tun. Eigentlich würde er nichts mehr mögen, als wenn Nouri ihn um Hilfe bäte. Aber Nouri betrachtete es als seine Pflicht, die Dinge selbst in die Hand zu nehmen. Darum konnte er nicht zu Baba-joon gehen. Er hatte jetzt seine eigene Familie, oder würde sie zumindest haben. Er wollte sein eigenes Profil haben.

Anna strich sich mit der Hand weiter über ihre Stirn. „Weißt du, Nouri, du könntest dich auch selbstständig machen. Ingenieure werden immer gebraucht. Wir könnten im Freundeskreis, in der Familie und in der Nachbarschaft Mundpropaganda betreiben. Du könntest Berater werden."

Interessiert sah Nouri auf. „Berater." Er ließ sich das Wort auf der Zunge zergehen.

„Warum nicht? In den USA kann man damit ein Vermögen verdienen."

Seine Miene hellte sich auf. „Das gefällt mir. Vielleicht kann ich ein Geschäft bauen, oder irgendein Haus umgestalten. Irgendetwas in dieser Richtung."

„Genau." Anna lächelte. „Wenn du willst, können wir nach dem Essen eine Liste der Leute erstellen, die du anrufen könntest."

Nouri lächelte erneut, und diesmal war es ein ehrliches Lächeln. Er hatte einen Plan. Eine Lösung. Eine zentnerschwere Last fiel von ihm ab. „Danke, Anna. Du bist der perfekte Balsam für meine Seele." Nochmals zog er sie dicht an sich heran. Diesmal ließ er es zu, dass er ihren Duft einatmete und darin schwelgte. Jetzt war er bereit. Er rollte sich auf sie.

„Das geht jetzt nicht, Nouri, das Essen steht auf dem Ofen."

Er stützte sich auf seine Ellbogen. „Lass es anbrennen!"

———

Einige Stunden später klingelte es an der Haustür. Nouri sah gerade fern, und Anna war mit dem Abwasch beschäftigt. „Ich gehe", rief Nouri.

Aber als er die Tür öffnete, war niemand zu sehen. Er blickte nach links, nach rechts, geradeaus, aber er sah nichts. Aber da das Haus geschützt hinter einer Steinmauer lag, war sein Sichtfeld eingeschränkt. Jemand könnte da gewesen und durch das Tor wieder hinausgegangen sein. Aber das Tor war verschlossen und sah unbeschädigt aus.

„Wer ist da?", rief Anna aus dem Inneren des Hauses.

„Niemand."

Mit einer Bratpfanne in der Hand, die sie gerade abtrocknete, kam sie aus der Küche heraus. „Das ist merkwürdig."

Nouri ging zum Tor, öffnete es und spähte in beide Richtungen auf die Straße hinaus. Niemand war zu sehen. Er zuckte mit den Achseln, drehte sich um und kam zurück. In diesem Augenblick sah er ein kleines, braunes Päckchen, das zwischen der Tür und der Hausmauer lag. „Sieh mal!"

Anna kam heraus „Was ist das?"

Nouri bückte sich und hob das Päckchen auf. Etwas Schweres war darin. Er riss die Verpackung auf. Ein Buch in einem Ledereinband kam zum Vorschein. Er zog es heraus und drehte es um. „Das ist seltsam. Es ist eine Ausgabe des Korans. Aber in Englisch."

Anna machte große Augen.

„Das verstehe ich nicht. Der Koran auf Englisch. Wer sollte das tun? Und warum?"

Anna legte ihren Kopf schief. Dann erschien ein wissender Ausdruck auf ihrem Gesicht. „Oh, mein Gott, ich glaube, ich weiß, wer das hier deponiert hat."

„Wer?"

„Roya."

„Roya? Aber warum?"

„Das ist eine lange Geschichte. Komm wieder rein, ich erzähle sie dir!"

SECHSUNDZWANZIG

Ende Juli tauchte Shapour Bakhtiar, der letzte Premierminister des Iran vor Ausbruch der Revolution, in Paris auf, nachdem er sich zuvor sechs Monate versteckt gehalten hatte, und erklärte, es existiere keine Regierung im Iran, nur feudale Allianzen, die chaotische Zustände hervorbrächten. Etwa zur gleichen Zeit wurden die Angriffe der Kurden im Norden heftiger und erforderten die Aufmerksamkeit der ,feudalen' Regierung. Als Vergeltung für eine Demonstration linker Kräfte griffen zwei Wochen später muslimische Militanten linksgerichtete Einrichtungen, die Bibliothek und die juristische Fakultät an der Teheraner Universität an. Vorlesungen wurden abgesagt, und weil die Iranisch-Amerikanische Gesellschaft so eng mit der Universität verbunden war, wurden auch dort die Programme vorübergehend eingestellt.

Ohne ihre Unterrichtsklassen war Anna, wie Nouri, beschäftigungslos. Sie beschlossen, statt in der Teheraner Wüstenhitze zu bleiben, in das Ferienhäuschen der Familie am Kaspischen Meer zu fahren. In dieser Region verbrachten vieler Iraner ihren Urlaub, und daher waren die drei Provinzen, die am Meer angrenzten, mit Ferienwohnungen und –anlagen übersät. Die Küstenregion des Kaspischen

Meers war geografisch und klimatisch ganz anders beschaffen als Teheran und hatte mildere Temperaturen, eine üppige Vegetation, zahlreiche Sandstrände und natürlich das Wasser. Eigentlich, so wusste Nouri Anna zu berichten, ist der Begriff ‚Meer' irreführend, in Wahrheit ist das Kaspische Meer ein See, und zwar der größte der Erde, größer als jeder der Großen Seen Nordamerikas.

Der Rest der Familie blieb in Teheran, um sich auf den Ramadan vorzubereiten, deshalb nahmen Nouri und Anna die lange, gewundene Strecke nach Nordwesten. Sie fuhren durch das felsige Elburs-Gebirge. Steile, rötliche Berge türmten sich zu beiden Seiten des Passes auf und ließen die Straße unsicher und provisorisch erscheinen, so als sei sie von der Naturgewalt der Berge abhängig und könnte jederzeit unter ihnen begraben werden. Der Damavand, der höchste Berg im Elburs-Gebirge, der mächtig und einsam herausragte, sah noch unheilvoller aus, als dies von Teheran aus den Anschein hatte. Anna fand, dass der Felsboden sie an die Wüste von Arizona erinnere.

Als sie die steppenhaften und bewaldeten Gebirgsausläufer auf der anderen Seite erreicht hatten, wurde das Gebiet langsam flacher. Es war kühler, und in der Luft hing ein leicht fischiger Geruch. Je weiter sie in die Landschaft vordrangen, desto besser wurde Nouris Laune. Er ließ die Scheibe herunter und blickte auf den Horizont.

„Sind wir in der Nähe des Wassers?", fragte Anna.

Nouri nickte. Sie erreichten den Ortseingang einer Stadt. Babolsar war einst ein wichtiger Hafen am Südzipfel des Kaspischen Meeres, doch inzwischen war er hauptsächlich als Ferienort bekannt. Nouri fuhr einige Kilometer am Ufer des Babols entlang, an dem zahlreiche kleine Boote lagen. An dem Punkt, an dem der Fluss in das Kaspische Meer mündet, hielten sie an und betrachteten die Sandstrände. Die glitzernden Sonnenstrahlen tanzten auf der Wasseroberfläche. Es gab nicht so viele Badegäste, wie er es in Erinnerung hatte, die meisten von ihnen waren Jungen.

„Das erinnert mich an die Chesapeake Bay."

„Ist das die Bucht an eurer Ostküste?"

„Vor der Küste von Maryland. Sie erstreckt sich von Delaware südlich bis ganz durch Virginia. Mein Vater hat mich jeden Sommer dorthin mitgenommen, um Hartschalenkrebse zu fangen. Ich habe nie herausgefunden, wie man sie knackt." Ihre Stimme klang wehmütig.

„Du hast Heimweh."

Annas Lippen zitterten ein wenig. „Manchmal."

Nouri betrachtete sie. Anna sah aus, als habe sie etwas sagen wollen, sich es dann aber anders überlegt. Schweigend gingen sie zum Auto zurück. Außerhalb der Ortschaft angelangt, passierten sie eine Reihe von Häusern, die sich über etwa zwei Kilometer in westlicher Richtung am Strand entlangzog. Weiter ging es über neu befestigte Straßen. Die Bäume an den Straßenrändern waren knorrig und karg. Es schien, als hätten sie vor Jahren aufgehört zu wachsen, so als ob sie sich dem fortwährenden Einfluss von Wasser und Wind gebeugt hätten. Viele der Häuser waren eingeschossig, aber Nouri bog ab und parkte vor einem Haus mit zwei Stockwerken.

„Wir sind da."

Er holte das Gepäck aus dem Kofferraum, während Anna ausstieg. Sie stemmte die Hände in die Hüften. „Ein Ferienhäuschen also."

Er bemerkte den Sarkasmus in ihrer Stimme und versuchte, das Haus mit ihren Augen zu sehen. Es war nicht so groß wie das Haus seines Vaters in Teheran, aber größer als ihres in Shemiran. Es hatte drei Schlafzimmer, ein großes Wohn-und Esszimmer und einen abschüssigen Hinterhof, der zu einem Privatstrand führte. Seitlich befand sich ein Kai, den sie sich mit ihren Nachbarn teilten.

Sie gingen hinein. Das Haus war gut ausgestattet, mit modernen Geräten in der Küche, einer Waschmaschine und einem Trockner und sogar mit einem Fernseher. Anna stand in der Küche und drehte sich langsam herum. „Manchmal vergesse ich, wie reich deine Familie wirklich ist."

Nouri wusste nicht recht, wie er diesen Kommentar deuten

sollte. „Spielt das eine Rolle? Was unsere Beziehung zueinander anbelangt, meine ich?"

Anna warf ihm einen kurzen Blick zu mit einem Ausdruck, den er bislang noch nie an ihr gesehen hatte. Er war oberflächlich, fast schon gleichgültig, so als sei er nur eine Probe unter einem Mikroskop. Aber so schnell dieser Gesichtsausdruck gekommen war, so schnell verschwand er auch wieder, und Anna lächelte herzlich. „Natürlich nicht. Aber es hilft mir zu verstehen, wie viel auf dem Spiel steht."

„Was meinst du mit ‚auf dem Spiel stehen'? Dein Vater ist auch nicht gerade arm", konterte Nouri.

„Stimmt", sagte Anna. Erneut warf sie Nouri diesen gleichgültigen, sachlichen Blick zu.

Er nahm das Gepäck und trug es zur Treppe. „Komm mit nach oben, und ich zeige dir, wo wir schlafen werden." Er drehte sich um. Durch das Fenster blickte sie auf das Wasser. „Nun?"

Sie blickte über ihre Schulter zurück, so als wollte sie eigentlich diese wunderschöne Aussicht nicht aufgeben.

„Du warst es, die gesagt hat, dass wir unsere Zeit gemeinsam genießen sollten. Also..." Nouri schenkte ihr ein verschlagenes Lächeln, „... lass es uns tun."

———

Obwohl es im Ferienort Babolsar ungezwungener zuging als in Teheran, hatte die Revolution auch hierhin ihre Fühler ausgestreckt. Nouri erfuhr, dass der öffentliche Strand in Zonen getrennt nach Männern und Frauen aufgeteilt werden musste – aus diesem Grund waren weniger Badegäste dort. Außerdem wurden Frauen nicht mehr gern gesehen; Badeanzüge stellten einen Affront gegen den Islam dar. Aus diesem Grund verbrachten er und Anna den Großteil ihrer Zeit am Privatstrand mit Baden, Sonnenbaden und Rundfahrten durch den Hafen mit dem kleinen Motorboot der Samedis. Anna bat Nouri, den Fernseher ausgeschaltet zu lassen, und so verbrachten sie die Abende mit Lesen oder Kartenspielen. An einem Tag fuhren sie zum Nationalpark Sisangan und wanderten durch den Wald.

Ab dem vierten Tag wurde Nouri jedoch unruhiger. Obwohl er sich keinen Illusionen hingab, dass sein Berufsleben je wieder so sein würde wie vorher, hatte er das Gefühl, dass er etwas verpasste. Er wusste nicht genau, was es war, aber er wollte zurück nach Teheran fahren, um es herauszufinden. Anna wollte nicht zurück, aber Nouri bestand darauf. Er versuchte, ihr entgegenzukommen, indem er den längeren Weg nach Hause nahm. Sie fuhren die Küste entlang und schnitten dann ein Stück in südlicher Richtung zur Chalus Road ab, einer der schönsten Straßen im Iran. Wie schon auf dem Hinweg überquerten sie nun erneut einen kurvenreichen Gebirgspass, der in das Elburs-Gebirge eingebunden war. Zur Meerseite sahen die Berge wie mit einem grünen Teppich bedeckt aus, und je länger die Sonne darauf schien, desto satter wirkte das Grün. Als sie sich jedoch Teheran näherten, nahm die Landschaft allmählich wieder ihren unwirtlich wirkenden, braunen, felsigen Charakter an.

Nouri entschied sich dafür, zunächst zu seinem Elternhaus zu fahren, um dort den Schlüssel für das Ferienhaus zu deponieren. Auf dem Weg dorthin deutete Anna auf etwas, das am Straßenrand lag. „Fahr langsamer!"

„Was ist das?"

„Ich weiß es nicht, aber das ist nun schon der dritte, den ich sehe." Nouri verlangsamte das Tempo. Anna deutete auf einen blauen Kasten an einer Stange neben dem Zeitungskiosk. Verzierungen aus gelben Ornamenten waren an den Seiten des Kastens angebracht. Nouri fuhr ganz dicht an den Bordstein heran, um ihn sich genau anzusehen. Als er näher kam, erkannte er, dass die gelben Verzierungen in Wirklichkeit zwei Hände darstellten, die den Kasten an den Seiten umklammerten. Sie zeigten nach oben. Einige Worte in Farsi waren auf den Kasten geschrieben. „Jetzt weiß ich, was das ist", sagte Nouri. „Das sind Almosenkästen."

„Almosenkästen? Wozu?"

Nouri zuckte mit den Schultern. „Ich vermute, die neue Regierung möchte, dass man für die weniger Privilegierten Geld spendet."

„Wirklich?" Anna gab sich gar nicht erst Mühe, die Schärfe in ihrer Stimme zu verbergen. „Was glaubst du, wohin das Geld wirklich geht?"

„Spielt das eine Rolle?"

„Ich glaube nicht." Als Nouri sich wieder vom Bordstein entfernte, seufzte sie. „Sieh mal! Die Plakate sind weg."

Nouri blickte auf die Steinmauer, die noch bis vor kurzem mit Filmplakaten beklebt war, die aber nun mit Bildern von Khomeini und anderen Geistlichen überklebt war.

Anna sah so aus, als ob sie Nouri etwas fragen wollte. Er schaute weg.

Als sie am Haus seiner Eltern ankamen, fragte sich Nouri, ob sie nicht doch besser am Strand geblieben wären. Sie waren nur vier Tage lang fort gewesen, aber die Atmosphäre hatte sich verändert. Baba-joon – der sich üblicherweise sehr gepflegt kleidete – lief in recht zerknitterten Khakihosen herum, und die Zipfel seines Hemdes hingen heraus. Seine Haare waren grauer geworden. In nur vier Tagen war er dramatisch gealtert.

Gebannt saß er vor dem Fernseher und schaltete hektisch hin und her. Es war fast egal, welchen Sender er wählte. Die allermeisten zeigten fast schon in einer Endlosschleife Bilder von ‚Verrätern', die hingerichtet worden waren. Nouri wollte ihn bitten, das Gerät auszuschalten, aber als er in die Augen seines Vaters blickte, zögerte er. Diese Augen hatten einen Ausdruck, den er noch nie zuvor gesehen hatte. Sie zeigten nicht nur Sorge, sie zeigten Verzweiflung.

Aber seine Mutter war ein noch größerer Schock. Obwohl es schon spät am Nachmittag war, befand sie sich noch immer im Bademantel. Ihre Haare waren ungekämmt, und ihre Haut wirkte teigig. Sie konnte kaum stillsitzen, flitzte stattdessen nervös im Haus hin und her. Nouri bemerkte ein Döschen mit Tabletten auf dem Kaffeetisch. Er zog die Augenbrauen hoch und gestikulierte in Lalehs Richtung, um ihre Aufmerksamkeit zu gewinnen. Laleh, die die einzige

Person zu sein schien, die sich nicht verändert hatte, schüttelte nur ganz leicht den Kopf und signalisierte ihm somit eindeutig: „Frag' lieber nicht!"

Er versuchte es mit einem jovialen Gruß, aber seine Eltern, die ihn üblicherweise mit offenen Armen empfingen, nahmen kaum Notiz von ihm. Unschlüssig stand Nouri eine Weile lang da, er fühlte sich unbehaglich. Schließlich stürzte Maman-joon zum Fernseher und schaltete ihn aus. Dann wandte sie sich an Baba-joon.

„Die Bilder. Immer wieder die Bilder. Ich kann sie nicht mehr ertragen, Bijan." Ihre Stimme war grell und angespannt.

Baba-joon erhob sich und legte seinen Arm um sie. Parvin brach in Tränen aus.

Ein Gefühl der Angst überkam Nouri. „Was geht hier vor, Baba, Maman? Was ist passiert?"

„Ich erzähle es dir..." begann Laleh, aber Baba-joon hob warnend den Finger, um sie zum Schweigen zu bringen.

„Ich führe das Gespräch, Laleh." Seine Stimme war schroff.

Nouri hatte diesen Tonfall erst zweimal gehört: Das eine Mal, als er, eine Woche nach Erhalt seines Führerscheins, in einen Autounfall verwickelt gewesen war, und das andere Mal, als er beinahe durch die Geschichtsprüfung gefallen wäre.

„Yousef, der Ehemann von Tante Mina, wurde verhaftet und ins Gefängnis gesperrt", sagte Baba.

Mina war eigentlich gar nicht Nouris Tante, aber sie und Royas Mutter waren Parvins beste Freundinnen. Nouri fühlte sich plötzlich, als seien seine Füße einbetoniert worden.

„Warum?", fragte Anna sanft.

Nouri schrak auf. Er hatte ganz vergessen, dass auch Anna anwesend war.

„Sie sagen, dass er ein Verräter der Revolution wäre."

„Was hat er getan?"

Baba-joon spreizte seine Hände. „Nichts. Er ist Besitzer einer Kinokette. Gelegentlich hat er Hollywood-Filme gezeigt, du weißt schon, solche mit Untertiteln. Letzte Woche haben sie eines seiner

Filmhäuser niedergebrannt, aber das reichte ihnen offenbar noch nicht. Einige Tage später suchten sie ihn zu Hause auf – in seinem Haus wohlgemerkt – und nahmen ihn unter dem Vorwurf, ein Agent Satans zu sein, fest."

„Warum zahlt Tante Mina nicht einfach Schmiergeld, um ihn herauszuholen?", fragte Nouri.

Baba-joon schüttelte den Kopf. „Sie weiß nicht, wer zuständig ist. Auch nicht, wohin sie ihn gebracht haben. Niemand sagt ihr etwas."

Maman fiel ihm ins Wort. „Heute ist es Yousef, aber morgen könnte es auch euren Baba treffen." Sie schauderte. Sie eilte hinüber zum Medikamentendöschen, schraubte den Deckel ab, schüttete eine Tablette heraus und schluckte sie trocken hinunter. Dann sah sie hinüber zu Anna. Annas Haar war durch die Sonne ein wenig ausgebleicht, und ihre Haut hatte einen rosigen Glanz. Nouri fand, dass sie wie ein Engel aussah, aber Maman war offensichtlich anderer Meinung. Der Blick, den Maman ihr zuwarf, verriet pure Feindschaft. Warum das plötzlich so war, konnte sich Nouri nicht erklären, aber er wusste, dass Anna es spürte, weil sie zurückwich und sich offensichtlich am liebsten verkriechen würde.

Aber Maman-joons Feindseligkeit war nur von kurzer Dauer, denn nur kurze Zeit später schlug ihre Stimmung schon wieder um. Jetzt begann sie, ihre Hände aneinanderzupressen und im Wohnzimmer auf- und abzuwandern. „Wir müssen unsere Fenster abdunkeln", sagte sie in den Raum hinein, ohne konkret jemanden anzusprechen.

Baba-joon antwortete: „Ich habe dir bereits gesagt, dass hier niemand hineinsehen kann. Die Mauer um unser Haus schützt uns."

„So wie sie auch Yousef geschützt hat?" Mamans Stimme klang jetzt noch angespannter. „Die Augen der Spitzel sind überall. Wir müssen Jalousien anbringen. Sofort." Sie setzte sich auf die Couch.

Baba-joon schaltete den Fernseher wieder ein. Sie sahen Menschenmengen, die an den Freitagsgebeten in Ghom, wo Khomeini jetzt lebte, teilnahmen.

Laleh deutete missmutig auf den Fernseher. „Habt ihr gesehen, wie die Menschen sich jetzt allesamt Bärte wachsen lassen und sich in Tschadore hüllen? Noch vor einem Jahr waren sie in Jogginganzügen und Miniröcken in der Disko und machten sich lieb Kind beim Schah. Schaut sie euch jetzt an!"

Maman-joon bedeutete Laleh zu schweigen.

„Aber es stimmt, Maman. Und die Gardisten sind nur Jungs, die mit ihren neuen, tollen Spielzeugen spielen."

„Maschinenpistolen sind kein Spielzeug", murmelte Anna.

„Stimmt", fuhr Laleh fort. „Darum sind wir gezwungen, uns von morgens bis abends in unseren Häusern zu verbarrikadieren. Sagt mir, was für ein Leben ist das?" Sie spitzte die Lippen. „Shaheen hat das Land verlassen, weißt du das? Er ging nach London. Er ist schlau. Ich werde auch gehen. Sobald ich kann."

Maman-joon schaute ihre Tochter an und kämpfte mit den Tränen.

SIEBENUNDZWANZIG

„Wo warst du?" Nouri hatte Kopfschmerzen, und er wusste, dass er launisch klang, als Anna am nächsten Nachmittag durch die Tür hereingesegelt kam. „Ich habe mir Sorgen gemacht."

„Es tut mir leid." Sie errötete, und ein Hauch Schweiß machte sich auf ihrer Oberlippe bemerkbar. „Ich habe Charlie besucht."

Er blickte finster drein. „Ich mag es nicht, wenn du alleine unterwegs bist."

„Das verstehe ich, Azizam, aber die Situation ist schwierig für sie. Da der Unterricht abgesagt wurde, gibt es nicht viel zu tun."

„Die Situation ist für alle schwierig. Mach das nicht wieder, Anna!"

„Aber sie ist meine einzige Freundin hier."

„Aber was ist, wenn dir etwas zugestoßen wäre? Was ist, wenn dir jemand Probleme machen würde? Das ist dumm. Und was Freunde anbelangt, so hast du Laleh."

„Laleh ist Familie, und ich liebe sie. Aber mit Charlie ist das etwas anderes. Sie ist eine Freundin, die ich selbst gewonnen habe. Und ich habe mir Gedanken gemacht. Ich war vorsichtig."

Nouri sah sie immer noch stirnrunzelnd an. Dann wechselte er das Thema. Obwohl er wusste, dass sie nichts vorbereitet hatte, fragte er: „Was gibt es zu essen?"

Sie warf ihm einen Blick zu, der verriet, dass sie wusste, was er vorhatte. Aber sie wollte sich nicht mit ihm streiten, stattdessen ging sie in die Küche, öffnete den Kühlschrank und die Wandschränke und sichtete den Inhalt. „Ich hatte keine Zeit, zum Markt zu gehen. Lass uns noch schnell etwas holen."

„Ist gut. Ich werde gehen. Du bleibst hier."

„Ist in Ordnung." Sie fuhr sich mit der Hand durch das Haar. Es sah aus, als wollte sie ihm etwas erzählen.

„Was?"

Sie schüttelte den Kopf. „Ach, nichts."

Nouri, nervös und besorgt, wollte sich damit nicht zufrieden geben. „Es ist nicht nichts. Was ist?"

Anna holte tief Luft. „Ich wollte es dir eigentlich nicht sagen, aber ... Heute ist etwas passiert."

In seinem Magen rumorte es. „Was?"

„Charlie und ich waren auf dem Obstmarkt in der Nähe ihres Hauses, und ich habe mir einen Apfel gekauft. Ich begann noch im Laden, ihn zu essen und ging dann hinaus. Ein Mann in Uniform hat mich beobachtet. Plötzlich riss er mir den Apfel aus der Hand."

„Warum?"

„Er sagte, ich äße ihn zu aufreizend."

„Was?"

„Er sagte, eine Frau sollte nicht auf der Straße essen. Das sei eine Sünde gegen Allah. Man könnte mich für eine Hure halten."

Nouri rieb sich die Nase. Im Juli waren drei Frauen unter dem Vorwurf, sie betrieben einen Prostitutionsring, verhaftet und hingerichtet worden. Es waren die allerersten Frauen, die im Iran vor ein Erschießungskommando gestellt wurden.

„Dann sagte er mir, ich müsse einen Tschador tragen. Dass ich dazu gezwungen werden würde, wenn ich es nicht freiwillig täte." Sie ging zurück zum Kühlschrank und holte ein Stück Käse heraus.

„Wer war diese Person?"

„Ein Revolutionsgardist, denke ich. Er trug die gleiche Uniform wie Hassan."

„Bist du sicher?"

Sie brachte den Käse zur Küchentheke und stellte ihn ab. „Sicher worüber? Ob es passiert ist oder ob der Mann ein Gardist war?"

„Beides."

Sie blickte ihn an. „Nouri, glaubst du mir nicht?"

Er wich zurück. „Natürlich tue ich das."

„Es war... nun... es war gruselig. Ich war erschüttert." Sie nahm eine Schachtel Cracker aus dem Schrank, holte ein Messer und schnitt den Käse. Sie legte alles auf eine Platte und trug diese dann ins Wohnzimmer. „Was denkst du also?"

Nouri nahm eine Scheibe Käse und einen Cracker, steckte sie in seinen Mund und kaute langsam. „Es ist vielleicht keine schlechte Idee. Zumindest vorübergehend."

„Was? Dass ich einen Tschador trage?"

„Keinen Tschador. Aber irgendeine Form von Hidschab. Etwas auf deinem Kopf. Im Moment spielen alle verrückt und vergiss nicht, Anna, du bist Amerikanerin. Im Moment ist es nicht klug, wenn du Aufmerksamkeit auf dich lenkst."

„Aber was ist mit meiner Wahlfreiheit? Ich bin keine Iranerin. Oder eine Muslimin. Warum sollte ich etwas tun, woran ich nicht glaube?"

„Es ist ja nur für eine kurze Zeit. Es wird dich davor bewahren, dass man dich belästigt. Die Gemüter werden sich schon bald wieder beruhigen."

„Denkst du, dass auch Laleh einen Hidschab tragen sollte?"

„Es könnte nicht schaden."

Anna stemmte ihre Hände in die Hüften. „Siehst du keine Doppelmoral darin?"

Er zuckte mit den Schultern. „Es ist ja nur außerhalb des Hauses. Drinnen, in unseren vier Wänden kannst du tragen, was immer du möchtest." Er lächelte verschlagen. „Übrigens, je weniger, desto besser."

Anna erwiderte das Lächeln nicht. „Charlie sagt, dass zwischen ausländischen Ehefrauen und iranischen Ehefrauen ein Unterschied besteht . . ."

„Natürlich tut es das", fiel Nouri ihr ins Wort.

„Hör mir zu! Sie sagt, dass es im *Shahnameh* steht. Iranische Männer möchten, dass eine Frau kindlich, gehorsam und unterwürfig ist. Nur dann kann sie als ‚reine Iranerin' bezeichnet werden. Ich glaube, dass das Unsinn ist, und ich werde es nicht tun."

Nouri nahm einen weiteren Cracker und ein Stück Käse. „Ich verstehe, Anna. Ich erwarte es auch nicht hier von dir. Aber in der Welt da draußen... Da wäre es sicherer."

Anna schwieg einen Moment lang. Dann sagte sie: „Nouri, vielleicht sollten wir den Iran eine Weile verlassen. Wir könnten nach Paris gehen und meine Mutter besuchen. Ich habe sie schon seit mehr als einem Jahr nicht mehr gesehen, und sie ist ganz wild darauf, dich kennen zu lernen. Unser Hochzeitstag naht. Ich fände es toll, dir Paris zeigen zu können. Oder wir könnten in die USA zu einem Besuch fahren. Bis sich die Situation beruhigt hat. Was meinst du?"

Nouri kaute an seinem Snack. „Ich weiß nicht. Ich habe das Metro-Projekt. Und was ist mit der Familie? Baba und Maman-joon brauchen uns."

Anna zögerte. „Vielleicht sollten auch sie darüber nachdenken, das Land zu verlassen."

„Baba hat einen wichtigen Job. Und Maman hat niemals im Ausland gelebt. Der Iran ist ihr Zuhause. Sie würde niemals gehen."

„Viele Leute, besonders die Reichen, deponieren ihr Geld auf Schweizer Banken. Und gehen dann."

„Woher weißt du das?"

„Von Charlie."

„Und woher weiß sie das?"

„Sie ist die Direktoren der IAS. Sie bewegt sich in diesen Kreisen."

„Baba-joon wird niemals den Iran verlassen", wiederholte er. Er hoffte, dass seine Stimme so nachdrücklich klang, wie er es beabsichtigt hatte.

„Aber du kannst es."

Nouri legte die Stirn in Falten.

„Wirst du zumindest darüber nachdenken?"

Er spürte, dass dies alles war, was sie wollte. „Natürlich." Er ging zu ihr, legte seine Arme um sie und zog sie dicht an sich. „Lass uns jetzt damit aufhören, solche traurigen Themen zu erörtern."

Sie reagierte nicht. Er wertete dies als Zustimmung und begann damit, ihren Nacken mit einer Hand zu massieren. Mit der anderen Hand streichelte er ihre Wange und küsste sie. Normalerweise vernahm er ein leises Stöhnen von ihr, wenn er auf Tuchfühlung ging. Das war ihr Signal dafür, dass sie es liebte, wie er sie liebte. Dass sie jeden Widerstand aufgeben und sich ihm ganz hingeben würde. Aber an diesem Abend hörte er dieses Zeichen nicht. Er küsste sie erneut mit fordernder, forschender Zunge. Dann tat Anna etwas, das sie noch nie getan hatte. Sie wich zurück.

„Nicht jetzt, Nouri."

„Aber Anna, bei dir zu sein und nicht mit dir Liebe machen zu wollen, ist unmöglich für mich. Weißt du, der Gardist hatte Recht. Du bist sehr aufreizend und verführerisch. Auch wenn du keinen Apfel isst."

„Halte mich einfach fest, okay?" Sie studierte sein Gesicht.

„Aber du bist meine Ehefrau."

„Nouri, bitte." Sie sah aus, als ob sie gleich anfangen würde zu weinen.

„Keine Sorge, Azizam. Ich werde dich zum Lächeln bringen, ich verspreche es."

Sie ließ es zu, dass er sie die Treppe hochführte.

ACHTUNDZWANZIG

Der Tag, an dem Nouri verhaftet wurde, begann wie jeder andere heiße Augustmorgen. Er und Anna besprachen bei einem Frühstück aus Tee und Obst ihre Pläne für den Tag. Nouri wollte zu den Metro-Büros gehen. Er erwartete, am Nachmittag zurück zu sein. Anna würde zunächst zu Hause bleiben und dann zu Nouris Eltern zum Essen gehen.

Nouri ging nach oben, um zu duschen. Er mochte es, wenn das Wasser aus einem heftigen Strahl auf ihn niederprasselte. Es stellte sich dann vor, dass das sprudelnde Wasser ein lauter, pulsierender Wasserfall wäre. Er seifte gerade seine Brust ein, als ein bärtiger Mann in Militäruniform in das Badezimmer stürmte und den Duschvorhang zur Seite riss.

„*Ay vây!*", schrie Nouri. „Oh mein Gott!"

„Sind Sie Nouri Samedi?", rief der Mann in Farsi.

Nouri bedeckte schnell seine Geschlechtsteile mit den Händen. Wasser strömte über seine Beine und seinen Rücken. Er blinzelte heftig mit den Augen. „Wer sind Sie? Was machen Sie hier?"

Der Mann ignorierte die Fragen und drehte den Wasserhahn ab. „Kommen Sie raus und ziehen Sie sich etwas an!", befahl er.

Hinterher wusste Nouri nicht mehr, wie er die Geistesgegenwart aufbrachte, Stellung zu beziehen, aber er weigerte sich, sich zu rühren. „Hinaus aus meinem Haus, oder ich rufe die Polizei."

„Was glauben Sie, wer wir sind?" Der Mann lachte verächtlich, zog dann eine Pistole hervor und zielte auf ihn. „Tun Sie jetzt, was ich sage!"

Langsam wickelte sich Nouri ein Handtuch um seine Taille und kam aus der Dusche und dem Badezimmer heraus. Ein zweiter bärtiger Gardist stand, ebenfalls mit einer Pistole wedelnd, in der Diele.

„Wer sind Sie?", fragte Nouri.

Er erhielt keine Antwort. Er versuchte es nochmals. „Sie haben kein Recht, das zu tun. Wissen Sie eigentlich, wer ich bin?"

Eine Faust krachte in sein Gesicht. Augenblicklich machte sich ein stechender Schmerz im Bereich der Nase und des Mundes bemerkbar. Nouri taumelte zurück. Sein Handtuch fiel zu Boden. Mit der Hand fasste er sich an das Kinn. Das Zimmer begann sich zu drehen. Er spürte, wie Blut in seiner Kehle hochstieg. Als er zu Boden fiel, dachte er, dass er Anna schreien hörte, aber es klang wie aus weiter Ferne. Er krümmte sich in einer Säuglingsstellung zusammen.

Halb von Sinnen vor Schmerz hörte er einen der Gardisten sagen: „Suche seine Sachen!" Der andere Gardist grunzte.

„Sagen Sie uns, wo Ihre Sachen sind", blaffte der erste Gardist. „Wenn Sie nicht nackt mit uns mitkommen wollen."

„Im Wandschrank", krächzte Nouri. Er lag noch immer zusammengekrümmt auf dem Boden. Einen Augenblick später spürte er, wie etwas auf ihn geworfen wurde. Ein Hemd und eine Hose.

„Anziehen!"

Nouri rollte sich auf die andere Seite und setzte sich auf. Übelkeit drohte ihn zu überkommen, aber es gelang ihm, sie zu bekämpfen. Seine Hände zitterten, und sein Magen zog sich zusammen. „Wo... Wo ist meine Frau?"

„Ihr ist nichts passiert."

Ungelenk und mit Schmerzen erfüllt zog sich Nouri an und stolperte die Treppe hinunter. Anna saß auf der Couch im Wohnzimmer, wo sie von der Pistole eines dritten Gardisten in Schach gehalten wurde. Ihr Gesicht war aschfahl, und ihre Hände waren zu Fäusten verkrampft. Nacktes Entsetzen war ihr ins Gesicht geschrieben.

„Rufe Baba an!", sagte er.

Sie nickte. Dann zog einer der Gardisten eine Augenbinde hervor und legte sie Nouri an.

„Was tun Sie da?", rief Nouri. „Nehmen Sie das weg! Behandeln Sie mich nicht wie einen gemeinen Dieb!"

Der Gardist stieß ihn an die Wand. Nouri verlor den Halt und stürzte auf den Boden.

Anna schrie auf.

„Das war nur Show", höhnte der Anführer. „Er ist nicht verletzt." Er wandte sich wieder Nouri zu. „Aufstehen! Sofort!"

Nouri kam mühsam auf die Füße und taumelte vorwärts. Er musste all seine Kräfte aufbieten, damit sein Kopf nicht abkippte. Einer der Männer packte ihn unter den Achseln.

„Bringt ihn raus!"

„Wohin bringen Sie ihn?", fragte Anna. Sie erhielt keine Antwort. „Bitte, ich flehe Sie an! Wo wird er hingebracht?"

Als Antwort knallten sie die Tür zu.

———

Die Autofahrt kam ihm endlos vor. Seiner Sicht beraubt, konzentrierte sich Nouri auf Geräusche und Gerüche. Die Autofenster waren heruntergelassen; Sirenen schrillten, Motoren beschleunigten, wütende Fahrer brüllten sich gegenseitig an. Er war noch immer in Teheran. Im nicht klimatisierten Wagen atmete er den widerlichen Körpergeruch seiner Entführer ein, immer und immer wieder ergänzt durch den Luftzug heißen Asphalts oder Benzins. Er hatte völlig die Orientierung verloren, und jeder Schlenker des Fahrzeugs verursachte ihm Übelkeit. Nach einigen weiteren scharfen Kurven konnte er den Würgereiz nicht mehr unterdrücken. Er spürte das unangenehme Gefühl aufsteigender Galle.

„Mir... mir wird schlecht", stammelte er.

„Das lassen Sie besser sein", antwortete eine feindliche Stimme.

Doch es war zu spät. Nouri übergab sich über den gesamten Rücksitz. Augenblicklich verbreitete sich ein übler Gestank im gesamten Wageninneren.

„Ah...Mâdar ghahbeh! Estefragh kard! Oh nein!", rief einer der Gardisten. „Dieser Hurensohn hat gekotzt!"

Eine Moment lang herrschte Schweigen. Dann sagte einer der Männer: „Zeig ihm, was wir mit Verrätern machen, die das Eigentum der Islamischen Republik beschädigen."

Nouri spürte einen heftigen Faustschlag in seiner Wange. Er schrie auf und prallte gegen die Tür. In seinen Ohren klingelte es, und in seinem Kopf drehte sich alles. Er rang nach Luft. Paradoxerweise überdeckte der stechende Schmerz seine anderen Empfindungen, und so beruhigte sich zumindest einen Moment lang auch sein Magen.

Die Männer murmelten untereinander, aber ein echtes Gespräch führten sie nicht. Nouri spürte, wie ihm Schweißperlen den Rücken hinunterliefen. Er fragte sich, was er falsch gemacht hatte. Er wollte sie anflehen, ihn gehen zu lassen. Er hätte in diesem Augenblick alles gestanden, was sie wollten, nur um diesen Alptraum endlich zu beenden. Was wollten sie von ihm?

Endlich hielt der Wagen an. Er versuchte abzuschätzen, wie lange sie gefahren waren, aber er hatte jegliches Zeitgefühl verloren. Er konnte noch immer den Teheraner Verkehrslärm hören, also befanden sie sich noch im Stadtgebiet. Ein gutes Zeichen. Wenn sie ihn in das Evin-Gefängnis im Nordwesten der Stadt gebracht hätten, wäre der Verkehrslärm weit geringer.

Die Männer zogen ihn aus dem Auto heraus und schoben ihn vorwärts. Nouri torkelte zur Seite. Jemand packte ihn am Kragen seines Hemdes und brachte ihn wieder auf den rechten Weg. Nouri krümmte sich – wer immer es war, der an seinem Hemd zerrte – er schnürte ihm damit ebenfalls die Luftröhre zu. Sie erklommen einige Treppenstufen und traten durch eine knarrende Tür ins Innere eines Gebäudes. Sie zerrten ihn eine weitere Treppe hinauf, dann noch eine.

Die Männer hielten inne, um sich zu beraten. Dann trieb ihn jemand einen Korridor entlang. Eine Tür öffnete sich, und unsanft wurde er in einen Raum gestoßen. Hier war es mindestens zehn Grad wärmer, und die Luft war erfüllt von übel riechenden, abgestandenen Ausdünstungen der Anwesenden. Eine Hand umklammerte seine Schulter und drückte Nouri auf eine harte Oberfläche. Eine Bank? Ihm wurden Fußfesseln angelegt, die seinen Bewegungsspielraum auf wenige Zentimeter beschränkten.

Er lehnte seinen Kopf an eine Wand, deren wohlige Kühle sich angenehm vom Rest des Zimmers abhob. Er vernahm das Geräusch sich entfernender Schritte. Die Tür wurde zugeschlagen. Er konnte niemanden mehr hören oder riechen und glaubte, dass er allein wäre. Vergeblich versuchte er, seine Gedanken zu sortieren, doch immer wieder erfassten ihn Panikattacken, die ihn davon abhielten, einen klaren Gedanken zu fassen.

Er hatte keinerlei Vorstellung, wie viel Zeit vergangen war. Seine Kehle war ausgedörrt, seine Lippen waren rau wie Sandpapier. Er lechzte förmlich nach einem Schluck Wasser. Gleichzeitig verspürte er einen Harndrang.

Er fragte sich, was sie wohl unternehmen würden, wenn er in die Hose machte. Vor seinem geistigen Auge erschien Anna, mit aschfahlem und zum Zerreißen gespanntem Gesicht. Hatte sie Baba angerufen? Würde er kommen? Aber würden sie überhaupt wissen, wo er war?

Schließlich hörte er draußen Schritte. Mehr als ein Mann. Die Tür öffnete sich.

„Nouri Samedi?" Die Stimme war hoch und dünn. Er war sich nicht sicher, aber er glaubte nicht, dass er sie schon einmal gehört hatte.

Er hob den Kopf. „Wer will das wissen?"

Schritte näherten sich, und jemand verpasste ihm eine schallende Ohrfeige. Nouri wich zurück. Seine Wange schmerzte.

„Sie werden respektvoll sprechen", befahl die Stimme. „Haben Sie das verstanden?"

Nouri nickte.

„Ich kann Sie nicht hören."

„*Baleh*. Jawohl."

Jemand räusperte sich. „Nouri Samedi, uns liegen Beweise vor, dass Sie die Revolution und den Islam verraten haben."

Nouri wollte laut „Nein!" schreien, erinnerte sich aber noch rechtzeitig an den Schmerz, den sie ihm erneut zufügen könnten. Er schüttelte vehement den Kopf.

„Sie leugnen also?"

Er nickte.

Jemand schlug mit voller Wucht gegen seine Schläfe. Nouri fiel seitwärts zu Boden. In seinem Kopf hämmerte es. Hände ergriffen ihn unsanft, um ihn wieder hochzuziehen. Er befürchtete, dass ihm erneut übel werden würde.

„Wir haben Beweise, dass Sie der Mojahedin-e-Khalq-Organisation angehören."

Nouri versuchte mit aller Macht, über sich hinauszuwachsen und den Schmerz zu ignorieren. Die Volksmodschahedin waren eine linksgerichtete Oppositionsbewegung. Man warf ihm vor, Kommunist zu sein.

„Ich bin kein Kommunist. Ich arbeite für das Metro-Projekt. Ich bin nicht..."

„Ruhe!", herrschte ihn eine neue Stimme in Farsi an. „Sie werden nur sprechen, wenn ich Ihnen eine Frage stelle."

„Unser Geheimdienst sagt etwas anderes", blaffte der Mann mit der hohen Stimme. „Wir haben Beweise."

„Das stimmt nicht." Nouri versteifte sich, in Erwartung eines weiteren Hiebs, der aber ausblieb. Aber schon die Erwartung, dass er ihn treffen könnte, verursachte ihm Angstschweiß. Schweißperlen tropften sein Gesicht hinunter und rannen unter die Binde über seinen Augen. Er blinzelte.

„Wenn Sie gestehen, wird der Schmerz aufhören. Wenn nicht, wird es weitergehen."

Nouri konnte eigentlich nur verlieren. Vielleicht sollte er gestehen. Viel konnte er nicht mehr ertragen. Aber was sollte er gestehen?

„Sie haben viel Zeit im Land des Großen Satans zugebracht. Der erklärte Feind des Islam. Sie haben selbst die Frau des Satans als Ihre eigene mitgebracht."

Sie wussten also von Anna. War er ausspioniert worden?

Die hohe Stimme fuhr fort. „Sie haben damit eindeutig gezeigt, auf welcher Seite Sie stehen. Sie und Ihre Familie." Bei der Erwähnung seiner Familie rumorte es heftig in Nouri Magen. Hatten sie auch Baba und Maman-joon verhaftet?

„Sie haben Ihre Heimat im Stich gelassen", fuhr die Stimme fort. „Sie haben sich mit Ungläubigen und Verrätern abgegeben. Sagen Sie uns, warum wir Sie nicht wegen Verrats hängen sollten."

Nouri versuchte nachzudenken. Woher wussten sie über seine Studien im Ausland bescheid? Als er noch in den USA war, gab es noch keine Islamische Republik. Nur den Schah. Und die Proteste gegen ihn.

Die Proteste.

Der Schleier des Schmerzes lichtete sich für einen Augenblick. Die Demonstration auf dem Daley Plaza in Chicago. Er und Anna. Massoud und die anderen. Er hatte eine Plastiktüte auf dem Kopf, sie aber dann abgenommen. Er war gewarnt worden, dies nicht zu tun. Die SAVAK könnte Fotos machen, hatte man ihm gesagt. Zu jener Zeit interessierte ihn das nicht.

Jetzt verstand er. Die SAVAK gab es nicht mehr, ihre Führer waren entweder im Gefängnis oder tot. Was aber, wenn einige wenige Gardisten vor der Revolution SAVAK-Agenten waren? Was, wenn sie Bilder gemacht oder gefunden hätten? Und sie als Sicherheit für ihre neue Rolle als Gardisten verwendeten?

Es passte alles erstaunlich gut zusammen. Vielleicht war es dem

Umstand zuzuschreiben, dass er inzwischen einen klaren Gedanken in dieser Frage fassen konnte, jedenfalls spürte er nun deutlich, wie seine Zuversicht und sein Mut neuen Auftrieb erhielten. „Ich bin weder ungläubig noch ein Verräter. Ich habe für den Iran gekämpft. Gegen den Schah.”

„Wir kennen die Wahrheit. Wir haben Sie beobachtet. Wissen Sie, was die Revolution mit Verrätern anstellt?”

Nouri blieb bei seiner Haltung. Dieses Mal traf ihn der Schlag mit voller Wucht im Bauch. Er krümmte sich vor Schmerz. Er rang nach Luft. Seine Blase entleerte sich, und er nässte in seine Hose ein, aber sein Schmerz war zu groß, als dass es ihn in diesem Augenblick störte. Welche Beweise hatten sie gegen ihn in der Hand? Und wer hatte sie ihnen gegeben? Hatte ihn jemand denunziert? Während er sich abmühte, wieder aufrecht sitzen zu können, erinnerte er sich daran, dass Hassan ihn gewarnt hatte. Wusste Hassan mehr als er zugegeben hatte? Nouri wusste, dass sein Freund sich verändert hatte. Die Frage war nur, wie sehr.

———

Nouri war allein. Er hatte keine Vorstellung, wie lange schon. Keine Vorstellung davon, ob es Tag war oder Nacht. Noch immer trug er die Augenbinde, noch immer krampfte sich sein Magen zusammen. Seine Augen, sein Mund und seine Nase – eigentlich sein ganzes Gesicht – fühlten sich heiß an und waren geschwollen. Sein ganzer Körper tat ihm weh. Frostschauer wechselten sich mit Hitzewallungen ab. Niemand würde ihn retten. Man würde ihn töten. Und dennoch war er erstaunlich ruhig. Fast schon gleichgültig. Angst kann nicht ewig andauern. Zu mächtig ist dieses Gefühl. So musste sich ein verurteilter Mann fühlen. Er fragte sich, was Anna gerade machte. Wo seine Eltern waren. Ob sie ihn vermissten.

Schritte stampften den Korridor entlang. Hier herrschte wirklich ein geschäftiges Treiben. Gelegentlich hörte er das gedämpfte

Geräusch von Schreien. Jemand wurde in einem anderen Raum gefoltert. Er empfand kein Mitgefühl, kein Mitleid. Nur Resignation.

Erneut hörte er Schritte, doch dieses Mal endete das Stampfen vor seiner Tür. Seltsam, so fuhr es ihm durch den Kopf, dass er in dieser Situation an ‚seinen‘ Raum dachte, aber schließlich hatte er ja hier schon genug durchgemacht, so dass er sich fast berechtigt fühlte, Besitzansprüche anzumelden. Die Tür öffnete sich, und die Schritte kamen näher. Mehr als eine Person. Sie waren vermutlich nicht weiter als einige Zentimeter entfernt, aber niemand sprach. Nouri spitzte die Ohren. War dies sein Ende? Würden sie ihn jetzt gleich erschießen oder erdolchen? Während er tief Luft holte, fragte er sich, ob dies sein letzter Atemzug sein würde.

Aber stattdessen riss ihm jemand die Augenbinde vom Kopf. Das grelle Licht blendete ihn, so dass er die Augen einen Moment lang fest zusammenkneifen musste, um sie dann aber weit aufzureißen. Er sah doppelt. Vier Männer – nein, nur zwei – trugen die dunkelgrünen Uniformen, die ihm inzwischen so vertraut waren. Einer von beiden schaute ihn finster an, während der andere einen neutralen, fast schon desinteressierten Gesichtsausdruck hatte, als sei Nouri nur ein Schmutzfleck auf seinem Ärmel. Ganz allmählich konnte Nouri wieder klar sehen.

Der gleichgültig dreinblickende Mann beugte sich nieder und öffnete seine Fußfesseln. „Sie können gehen.“

Nouri war sich nicht sicher, ob er ihn richtig verstanden hatte.

„Raus hier!“

Nouri blickte erst den einen, dann den anderen Gardisten an. Er blinzelte mehrmals.

„Sind sie taub? Gehen Sie!“ Der Mann sprach mit barscher Stimme.

Nouri ging probeweise einen Schritt in Richtung Tür. Ihm war schwindlig, und entsprechend unsicher war er auf den Beinen. Mit einer Hand stützte er sich an der Mauer ab, bis er sein Gleichgewicht wiedererlangt hatte. Fast jeder Körperteil schmerzte. Aber niemand hielt ihn auf. Er machte einen weiteren Schritt. Dann noch einen.

Als er die Tür erreicht hatte, schaute er in beide Richtungen des Korridors.

„Gehen Sie nach links!"

Nouri schlurfte den Korridor entlang bis zu einem Wartezimmer mit einem Tisch und mehreren Stühlen. Auf einem von ihnen saß Baba-joon.

NEUNUNDZWANZIG

Als Nouri in die Arme seines Vaters sank, füllten sich Baba-joons Augen mit Tränen. Er, Nouri, musste bestimmt halb tot ausgesehen haben; ganz sicher aber fühlte er sich so. Gleichzeitig spürte er mit jeder Faser seines Körpers und mit all seinen Sinnen tiefe Erleichterung. Er würde nach Hause fahren. Baba-joon legte seinen Arm um Nouris Hüfte, und gemeinsam gingen sie die Treppe hinunter und verließen das Gebäude.

Draußen angelangt, stellte Nouri fest, dass sie sich im Stadtkern Teherans befanden. In den Straßen herrschte dichtes Verkehrsge-wühl, und viele Fußgänger kreuzten ihren Weg. Die tiefstehende Sonne ließ erahnen, dass es auf den Abend zuging. Nouri war über-rascht. Was ihm wie eine Ewigkeit erschienen war, waren vermutlich nicht mehr als acht Stunden. Hier sah es aus, als sei die Welt in Ordnung.

Bevor er ins Auto stieg, drehte er sich nochmals um, um sich das Gebäude anzusehen, in dem er gefangen gehalten worden war. Obwohl sein linkes Auge fast vollständig zugeschwollen war, konnte er einen Blick erhaschen. Wiederum war er überrascht. Es war ein unscheinbares, fünfstöckiges Bürogebäude. Die Fenster waren verdeckt, nichts Ungewöhnliches, denn dies war bei den meisten Teheraner Fenstern der Fall, als Schutz vor der Hitze. Niemand würde auf die Idee kommen, dass im Inneren himmelschreiendes Unrecht vor sich ging. War das schon immer so gewesen? Oder hatte erst die neue Regierung das Gebäude zu einer provisorischen Folterkammer umfunktioniert?

Baba-joon führte ihn zum Auto. Heute hatten sie keinen Fahrer, so dass sich sein Vater ans Lenkrad setzte. Mit großer Anteilnahme und aller Vorsicht half Baba Nouri auf den Beifahrersitz, aber trotz aller Behutsamkeit zuckte Nouri vor Schmerzen zusammen. Sein Vater entschuldigte sich, schlüpfte auf den Fahrersitz und startete den Motor. Unterwegs blickte er ihn an.

„Möchtest du darüber reden?"

Nouri schüttelte den Kopf. „Wie hast du mich gefunden?"

Sein Vater zögerte. „Das ist nicht wichtig. Preise Allah, dass ich es getan habe."

„Wie viel hat es gekostet?"

Sein Vater antwortete nicht. Nouri wusste, dass es viel gewesen sein musste.

„Wie geht es Anna?"

„Sie hat sofort, nachdem man dich verschleppt hatte, bei uns angerufen. Sie ist zu Hause."

„Weißt du, wer mich in die Pfanne gehauen hat?"

Sein Vater zog eine Grimasse. „Nein. Weißt du es?"

Nouri presste seine Lippen aufeinander. „Nein."

Keiner von beiden sprach ein Wort. Sein Vater legte die Stirn in Falten. Seine Gesichtshaut sah schlaffer aus, die Furchen auf seiner Stirn waren tiefer als noch am Vortag. „Nouri, ich bin dankbar dafür, dass ich dich retten konnte. Aber ich bezweifle, dass ich es nochmal tun könnte. Ich habe all meine Beziehungen eingesetzt. Aber die Leute, die dafür verantwortlich sind... Ich kenne sie nicht. Ich habe keinen Einfluss mehr. Ich weiß nicht, was du getan hast oder ..."

„Baba, ich habe nichts getan", fiel ihm Nouri ins Wort. „Ich bin kein Rebell. Auch kein Verräter. Ich habe lediglich gegen den Schah demonstriert."

„Wo? Wann?"

„In Chicago. Bevor wir nach Hause kamen." Nouri erzählte ihm von der Demonstration auf dem Daley Plaza.

Baba-joon blickte finster. „Das sollte die Gardisten nicht dazu verleitet haben..." Seine Stimme erstarb. „Was ist mit deiner Frau?"

Deine Frau. Baba nannte sie normalerweise Anna. „Sie hat auch nichts getan."

Baba fuhr mit seiner Hand über die Bartstoppeln auf seiner Wange. Er hatte dringend eine Rasur nötig. Ich aber auch, dachte Nouri.

„Nouri, ich glaube, du und Anna, ihr solltet den Iran verlassen."

„Verlassen? Wie könnten wir das?"

Baba-joon gestikulierte in Richtung Straße. „Anfangs dachte ich, das sei alles nur ein Strohfeuer, eine vorübergehende Geistesverwirrung. Ich dachte, dass dieser revolutionäre... Eifer ... schnell abklingen würde. Dass wieder vernünftige, kompetente Männer an die Macht kommen würden." Er machte eine Pause. „Inzwischen bin ich mir nicht mehr sicher, dass dies passieren wird. Deine Mutter..." Baba seufzte. „Nun, mach dir um sie keine Sorgen. Das Land ist zerrissen. Ich kann dich nicht beschützen. Du solltest gehen, solange du es noch kannst."

Obwohl ihn die Schmerzen seiner Verletzungen ablenkten, war Nouri noch zu starken Gefühlsregungen in der Lage. Es musste Baba das Herz brechen, so etwas zu sagen. Sein Vater hatte immer die Kontrolle, er war der Macher, der die Probleme aller löste. Zuzugeben, dass er seine Familie nicht mehr würde beschützen können, musste für ihn die größte Schande sein. In einer Kultur, in der auf das äußere Erscheinungsbild und die Gesichtswahrung viel Wert gelegt wurde, war das in der Tat ein Versagen. Noch beunruhigender war, dass Nouri jetzt auf sich allein gestellt sein würde. Er konnte nicht mehr darauf zählen, dass sein Vater ihn retten würde.

„Ich bitte dich nur noch um eines, mein Sohn. Was immer du machst, wohin du auch gehst, entehre nicht die Familie."

Ein Gefühl der Panik übermannte Nouri. Es klang, als würde sein Vater Auf Wiedersehen sagen. „Aber ich möchte nicht gehen."

Baba-joon lächelte ihn traurig an. „Persien wird immer deine Heimat sein. Aber die Dinge haben sich geändert. Glücklicherweise bist du noch jung. Du hast noch viele gute Jahre vor dir." Mit gleichzeitig nachdenklicher und sorgenvoller Miene, so als begutachtete er die Schäden, die eine Bombe oder eine Naturkatastrophe hinterlassen hatten, starrte er durch die Windschutzscheibe. „Und deine Frau... nun... Es ist für euch beide nicht gut, zu bleiben."

„Aber ich brauche euch. Und ich glaube, ihr braucht mich auch. Ich bin euer Sohn."

„Ja, das bist du, und sie haben dich trotzdem verhaftet. Genauso wie Maman-joons Freunde. Beim nächsten Mal töten sie dich vielleicht. So weit ist es mit diesem Land schon gekommen."

DREISSIG

Erst später erkannte Anna, dass Nouris Verhaftung einen Wendepunkt in ihrem Leben markiert hatte – es war der Punkt, an dem alles vom Kurs ihres Lebensentwurfs abgekommen und auf den Pfad der Zerstörung zugesteuert war. Aber diese Bruchstelle war kein schneller, präziser Schnitt wie der eines Skalpells; er verlief langsam, war unbarmherzig und zehrte sie auf. Allmählich entwickelte sie ein Gefühl des Ausgeliefertseins, so als ertrinke sie in Treibsand.

In den ersten Tagen, als Nouris Wunden und Blutergüsse erst lila, dann gelb wurden, war Nouri ruhig. Zu ruhig. Er aß kaum noch etwas, wollte niemanden sehen und auch nirgends hingehen. Er blieb im Bett, aber er schlief nicht. Wenn es ihm doch einmal gelang, einzunicken, hatte er Albträume und wachte schreiend auf.

Anna versuchte ihm einzureden, dass das Schlimmste überstanden sei. Er war zu Hause. In Sicherheit. Aber er hörte kaum zu, und sie fühlte sich, als sei sie so unbedeutend wie der Lärm, der aus dem Fernseher plärrte, wenn niemand hinschaute. Ein Klangteppich, wie sie es nannte. Baba-joon rief zweimal täglich an, aber Nouri wollte nicht mit ihm sprechen. Anna wusste, dass die Erinnerung an die Haft schmerzhaft war, dass er Zeit brauchte, bis die Wunden verheilt waren, sowohl die körperlichen als auch die seelischen. Sie fragte sich, wie lange das dauern würde. Sein Leiden brach ihr das Herz.

Anna erinnerte sich an die Pillen – Beruhigungsmittel, wie sie annahm – die Maman-joon nahm, als sie vom Kaspischen Meer wiedergekommen waren. Sie schlug vor, dass er denselben Arzt aufsuchte. Nouri tat es und blieb den ganzen Tag über fort. Endlich kam er mit einem Rezept nach Hause für ein Medikament, dessen Namen Anna nicht aussprechen konnte.

„Du warst lange weg. Was hat der Arzt gesagt?"

„Nach dem Arztbesuch war ich noch bei einigen Leuten, um mit ihnen zu sprechen."

„Welche Leute?"

„Baba-joon ist der Ansicht, dass wir den Iran verlassen sollten."

„Wirklich?" Etwas Hoffnung keimte in Anna auf. „Wann? Wie? Glaubst du wirklich ..."

Nouri hob abwehrend die Hände. „Stopp. Das wird nicht geschehen."

„Was? Warum nicht? Wir könnten nur für eine Weile gehen. Weißt du, bis..."

„Anna, ich kann nicht gehen. Die Machthaber werden es nicht zulassen."

„Warum nicht?"

„Sie... Es hat mit der Verhaftung zu tun. Sie werden mir nicht die Erlaubnis geben, das Land zu verlassen."

„Aber das ist absurd. Verrückt."

Nouri gab keine Antwort. Er wandte sich um und begann, die Treppe hochzugehen. Anna folgte ihm. „Aber, Azizam, gibt es denn nichts, was wir tun können? Vielleicht könnte Baba-joon . . . "

Nouri wandte sich ihr zu. „Stopp. Baba-joon kann uns nicht helfen. Nicht mehr. Das Thema ist erledigt, hörst du. Wir bleiben im Iran. Das steht endgültig fest."

Anna kämpfte, um ihre Tränen zurückzuhalten. Wie konnten sie bloß an diesem Ort bleiben? Vielleicht würde sie in ein oder zwei Wochen, wenn Nouri sich vollständig erholt hatte, das Thema noch einmal ins Gespräch bringen.

———

Eines Abends, etwa zwei Wochen später, klopfte es an der Tür. Als Anna sie öffnete, sah sie Hassan. Er trug seine Uniform mit umgeschnalltem Patronengürtel. Anna schrak zurück. In den vergangenen Tagen hatte sie häufig darüber nachgedacht, wer oder was Nouris Verhaftung herbeigeführt hatte. Sie konnte einfach nicht anders als zu glauben, dass auch Hassan etwas damit zu tun gehabt haben könnte. Er hatte Nouri ja praktisch schon vorgewarnt, als er das letzte Mal bei ihnen war.

Sie begrüßte ihn mit kaum verborgener Ablehnung. „Guten Abend, Hassan."

Hassan bewegte sich unbehaglich hin und her. Wusste er, dass man ihn verdächtigte? Fühlte er sich schuldig? „Ich habe die Sache mit Nouri gehört", sagte er ruhig.

Darauf wette ich, dachte Anna. Aber sie sagte nichts.

Er sah zu Boden. „Es tut mir leid." Nach einer Weile blickte er wieder auf. „Ich möchte mit ihm sprechen."

„Er möchte niemanden sehen."

„Bitte, Anna."

War er derjenige gewesen, der Nouri an die Behörden verraten hatte? Der für Nouris Leid verantwortlich war? Falls nicht, wusste er vielleicht, wer es war? Dieser Mann war früher Nouris bester Freund gewesen. Anna musste in Sekundenschnelle eine Entscheidung treffen. Wofür auch immer sie sich entschied, es bestand immer ein Risiko. Das Einzige, woran sie im Moment denken konnte, war ihre Freundschaft seit der Kindheit. „Bleib hier! Ich werde ihn fragen."

Sie ging die Treppe hoch. Nouri lag im Bett und starrte die Decke an. Er hatte begonnen, die Tabletten einzunehmen, aber sie schienen keine große Wirkung zu haben. Wenn sie ihn darauf ansprach, schien er misstrauisch im Hinblick auf ihre Motive zu werden. Warum wollte sie ihn dazu bewegen, weitere Medikamente einzunehmen? Konnte sie in seinem jetzigen Zustand nicht mit ihm zusammenleben? Anna musste zugeben, dass sie ihn möglicherweise unfair beurteilte. Er war geschlagen worden. Gefoltert. Sie konnte sich vielleicht das Ausmaß des Traumas, das er erlitten hatte, nicht vorstellen. Sie war hin- und hergerissen und wusste selbst nicht, ob sie ihn verwöhnen oder verrückt vor Angst werden sollte.

Nun sagte sie ruhig: „Hassan ist hier. Er möchte dich gern sehen."

Nouri bewegte sich nicht.

„Ich kann ihm sagen, dass du lieber allein sein würdest."

Er drehte sich zu ihr um und blickte sie an. Dachte er in diesem Moment das Gleiche wie sie – dass Hassans Besuch Nouri nur noch tiefer in den Sumpf des Bösen hineinziehen würde? Nouri wich dem Blick Annas aus und starrte stattdessen zum Fenster. Er seufzte. „Lass ihn heraufkommen!"

Anna bewegte sich nicht. Sie sah sich als seine Beschützerin. „Bist du sicher? Ich habe ihm mitgeteilt, dass du niemanden sehen willst."

Er zögerte. „Ich will ihn sehen."

Sie ging wieder die Treppe hinab. Hassan stand, mit zusammengefalteten Händen, noch immer draußen vor der Tür. „Du kannst hochgehen. Aber nur einige Minuten", fügte sie hinzu.

———

Hassan blieb länger als eine Stunde. Die Tür zum Schlafzimmer blieb verschlossen, aber Anna hörte das Murmeln ihrer Stimmen. Einmal erhob Nouri seine Stimme. Hassans Antwort klang gepresst, aber ruhig. Sie sprachen in Farsi, und Anna wünschte sich, dass sie verstehen könnte, was gesagt wurde. Da sie es aber nicht konnte, ging sie dazu über, sich selbst eine Beschäftigung zu suchen. Sie hatte seit der Verhaftung nicht mehr oft gekocht. Nouri wollte nichts essen.

Jetzt holte sie Papier und Bleistift hervor und fertigte eine Liste seiner Lieblingsgerichte an. Sie würde gleich morgen die Zutaten einkaufen. Im Haus war es warm, aber gleichzeitig umgab sie das kühle Gefühl von Unbehagen. Mit Hassan im Haus fühlte sie sich außer Kontrolle, irgendwie machtlos.

Endlich öffnete sich die Schlafzimmertür, und Hassan eilte herunter. Anna kam aus der Küche. Er war schon fast an der Haustür angelangt, wollte sich davonschleichen, ohne Auf Wiedersehen zu sagen.

„Nun?", fragte sie.

Hassan hielt inne und drehte sich um. „Nouri wird es schon bald wieder gut gehen." Sein Gesichtsausdruck war froher als bei seiner Ankunft. Fast schon triumphierend, fand sie.

„Was bedeutet das?"

„Er hat verstanden, was er tun muss. Inschallah, alles wird gut." Er wandte sich zum Gehen.

Ein Gefühl der Angst lief ihr eiskalt den Rücken herunter. Sie ging nach oben. Zum ersten Mal seit seiner Verhaftung war Nouri nicht im Bett. Er trug nie etwas anderes als Shorts und ein T-Shirt. Er drehte sich zu ihr um und schenkte ihr ein Lächeln, oder etwas, das wie eines aussah.

„Wie war dein Gespräch mit Hassan?"

Sein Lächeln fror ein, und sie erkannte, dass es gar keines war; es war eine Grimasse.

„Ihr habt mehr als eine Stunde lang gesprochen. Was hat er gesagt?"

Nouri zuckte mit den Schultern.

Mit steigender Unruhe strich Anna mit einer Hand ihren Arm auf und ab. „Nouri, hast du die Möglichkeit in Betracht gezogen, dass er derjenige war, der dich verraten hat?"

Er starrte sie einen Moment lang an. Dann meinte er: „Er hat gesagt, dass du das sagen würdest."

Ruckartig blickte sie auf. Sie fühlte sich so, als habe sie einen Schlag in die Eingeweide bekommen.

Nouri verschränkte seine Arme. „Anna, ich kenne Hassan mein ganzes Leben lang. Dich kenne ich seit achtzehn Monaten. Wem würdest du glauben?"

Anna erstarrte. Nouri blickte sie mit der vielleicht ausdruckslosesten Miene an, die sie je bei ihm gesehen hatte.

„Wie kann ich eigentlich sicher sein, dass nicht *du* es warst, die mich verraten hat?"

„Ich?" Fassungslos wich Anna zurück. „Weil ich deine Ehefrau bin, Nouri. Ich habe die Vereinigten Staaten verlassen, um mit dir im Iran zu leben. Ich habe wegen dir mein Leben verändert. Ich liebe dich. Warum, um alles in der Welt, sollte ich dich verhaften lassen wollen? Das ist verrückt." Erneut packte sie lähmendes Entsetzen.

Nouris Gesichtszüge entspannten sich, und seine Stimme wurde ruhiger. „Ich weiß das, Anna. Vergiss es!" Dann, nach einer kurzen Pause, fügte er hinzu: „Anna, würdest du mir etwas zu essen machen? Ich gehe aus."

An ihrem ersten Hochzeitstag war Anna tief enttäuscht. Sie hatte sich vorgestellt, dass es ein Tag zum Feiern und ein Tag der Freude sein würde. Vielleicht, so hatte sie sich vorgestellt, könnte man die Familie ein wenig mit Anspielungen auf eine bevorstehende Schwangerschaft aufziehen. Zumindest arbeiteten sie ja daran. Aber nichts dergleichen geschah. In Anna keimte der Verdacht auf, dass Nouri womöglich gar nicht an diesen Tag gedacht hätte, wenn sie ihm nicht ein Geschenk überreicht hätte.

Wochenlang hatte sie sich wegen des Geschenks den Kopf zerbrochen. Es war eigentlich eine Serie von Geschenken: Sie hatte einen ,Ingenieurs-Baukasten' zusammengestellt – ein Set von Werkzeugen, das einen originellen Taschenrechner, Drehbleistifte, einen Zeichentisch und mehrere Winkelmesser und Geodreiecke umfasste. Sie hatte in drei verschiedenen Geschäften eingekauft, und viele Fragen gestellt, um sicherzustellen, dass sie auch das Richtige kaufte. Verstohlen hatte sie die Sachen nach Hause gebracht, sie einzeln eingepackt und, mit Ausnahme des Zeichentischs, bis jetzt versteckt gehalten.

Nouri packte die Geschenke aus und untersuchte sie, doch fast wirkte es so, als käme er einer lästigen Pflicht nach. Dann gab er ihr einen flüchtigen Kuss auf die Wange. „Ich habe dein Geschenk nicht. Noch nicht", fügte er hastig hinzu.

„Das macht nichts. Herzlichen Glückwunsch, Azizam." Sie schlang ihre Arme um ihn. Einen Moment lang entspannte sich Nouri an ihrem Körper, so wie er es immer tat, aber dann versteifte er sich und schob sie von sich. Anna blieb mit ausgestreckten Armen zurück. Sie fühlte sich albern.

„Was werden wir zur Feier des Tages unternehmen?", fragte sie.

„Ich habe keine Zeit, heute zu feiern. Ich habe eine Besprechung."

„Aber heute ist unser Hochzeitstag. Wir sollten etwas Besonderes unternehmen. Ich dachte..."

Nouri sah Anna mit dem gleichen, leeren Gesichtsausdruck an, den sie nun schon einige Male bei ihm seit seiner Verhaftung gesehen hatte. Sie begann sich davor zu grauen. „Ich habe Verpflichtungen."

Es lief ihr eiskalt den Rücken herunter. Seit Hassans Besuch ging Nouri fast jeden Abend aus. Einerseits war sie glücklich darüber, dass er sich offenbar von seiner Inhaftierung erholt hatte, andererseits war sie aber auch verwirrt. Wohin ging er? Was tat er? Und warum konnten sie nicht ihren Hochzeitstag feiern, nur diesen einen Abend? Was konnte wichtiger sein?

„Wohin gehst du, wenn du ausgehst?", fragte sie vorsichtig an. „Geht es um deinen Job bei der Metro?"

Nouri blickte sie erneut mit diesem leidenschaftslosen Ausdruck an. „Das brauchst du nicht zu wissen. Ich gehe eben aus."

„Aber, Nouri, es ist unser Hochzeitstag. Deine Familie . . . "

„Ich sagte soeben, ich gehe aus." Er zog seine Stiefel an und verließ das Haus.

Den ganzen Abend lang weinte Anna in ihr Kopfkissen. Was war nur mit ihrem Ehemann passiert?

———

Als der Herbst Einzug hielt und einen heißen Sommer ablöste, erlitten Nouri und Anna einen weiteren Rückschlag. Die Finanzierung des Metro-Projekts war endgültig gescheitert, und Nouri verlor seinen Job jetzt ganz.

Anna sagte, sie könnte weiter arbeiten gehen – Unterricht an der IAS hatte wieder begonnen.

„Oder ich kann mich auch nach einem anderen Job umsehen", sagte sie beim Zubereiten des Essens. „Vielleicht kann ich noch mehr Geld verdienen."

Nouri spöttelte. „Du bist Amerikanerin. Und eine Frau. Niemand wird dich einstellen. Es wird erwartet, dass Frauen überhaupt nicht mehr arbeiten gehen. Man erwartet von ihnen, dass sie zu Hause bleiben. Dort, wo sie hingehören."

„Das meinst du nicht wirklich."

Er zuckte mit den Schultern und rieb mit der Hand sein Kinn, das voller Bartstoppeln war. Er ließ sich einen Bart wachsen. „Ob *ich* es tue, spielt keine Rolle. Wir müssen der Realität ins Auge sehen."

Nachdenklich wanderte Anna in der Küche hin und her, stoppte dann und drehte sich um. „Nouri, ich habe nachgedacht. Ich bin immer noch der Meinung, dass wir das Land für eine Weile verlassen sollten. Bitte! Können wir nicht einen Weg finden, in die Vereinigten Staaten zurückzukehren? Oder nach Paris? Überallhin, bloß nicht im Iran bleiben."

„Anna, ich sagte es dir bereits. Wir werden nicht gehen. Der Iran ist mein Zuhause. Und deines auch."

„Ich fühle mich nicht wie zu Hause. Was ist aus der schillernden Welt von Kyros und Dareios geworden? Aus der Welt der zarathustrischen Toleranz? Der Iran hat sich verändert."

„Eine Veränderung ist unabdingbar, wenn der Iran seinen rechtmäßigen Platz als Führer der Welt einnehmen will. Wir bleiben."

Anna war verblüfft. Seit wann verbreitete er Allgemeinplätze? „Nouri, seit deiner Inhaftierung habe ich das Gefühl, dass ich dich kaum noch wieder erkenne. Bitte! Erkläre es mir! Ich möchte es verstehen."

Nouris Augen verengten sich, um dann einen misstrauischen Ausdruck anzunehmen. „Warum?"

Sie breitete ihre Arme aus. „Ich bin deine Frau, Azizam. Deine Partnerin. In guten Zeiten wie in schlechten."

Er schielte zu ihr herüber. „Du denkst darüber nach, alleine zu gehen, nicht wahr?"

„Niemals!" Anna wurde immer verzweifelter. „Ich würde niemals ohne dich gehen."

„Da habe ich etwas anderes gehört."

Sie war den Tränen nahe. „Nouri, wer redet über mich? Was sagen sie?"

Er bedeckte seinen Mund mit seiner Faust und sagte nichts.

„Nouri, das ist nicht fair. Du kannst mich nicht einer Sache bezichtigen und mir nicht sagen, worum es geht. Wie kann ich mich da selbst verteidigen?"

Nouri antwortete immer noch nicht.

„Ich verstehe das nicht, Nouri. Ich vermute, dass du zu religiösen Veranstaltungen gehst. Es scheint, dass du misstrauischer wirst. Ist Hassan dafür verantwortlich? Was hat er dir gesagt? Hast du vor, dich den Gardisten anzuschließen? Sag es mir! Ich kann mit fast allem leben, nur nicht damit, dass du nicht mit mir redest. Du bist abweisend zu mir. Ich fühle mich, als sei ich dein Feind geworden. Bitte, Azizam!"

Nouri sah sie nur an und sagte dann: „Es gibt nur eines, was du wissen musst. Du kannst das Land ohne meine Erlaubnis nicht verlassen. Ich muss meine schriftliche Zustimmung erteilen. Und ich weigere mich, das zu tun."

ZWEIUNDDREISSIG

Eines kühlen Morgens Anfang November stürmten vierhundert iranische Studenten die US-amerikanische Botschaft und nahmen fast hundert Botschaftsmitarbeiter als Geiseln. Außerhalb des Botschaftsgebäudes verbrannten hunderte weiterer Studenten amerikanische Flaggen und riefen: „Stirb Amerika!" Die Studenten forderten die USA auf, den Schah an den Iran auszuliefern, damit ihm dort der Prozess gemacht werden könnte. Der Schah kämpfte gerade gegen eine Krebserkrankung in einem New Yorker Krankenhaus.

Anfangs dachte jeder, dass die Krise nicht andauern würde, dass alles nur Show sei. Selbst Khomeini appellierte an die Studenten, die Aktion abzubrechen. Aber sie verschanzten sich weiter, und mit der Zeit sah auch die Regierung die Gelegenheit gekommen, aus der Situation Kapital zu schlagen und die Aktion als Sieg über den Großen Satan zu deklarieren. Khomeini änderte seine Meinung und befürwortete stillschweigend die Geiselnahme. Eine Welle der Empörung ging durch die Welt. Amerika war gedemütigt worden.

Anna saß gebannt vor dem Fernseher und erkannte, dass sie von dem Vorfall auch persönlich betroffen war. Als Studenten den Fernsehkameras die mit Augenbinden versehenen Geiseln vorführten, fuhr sie erschrocken zurück. Sie war sich sicher, dass eine der Frauen Charlie, ihre Chefin an der IAS, war. Ihre Freundin Charlie! Ein Anruf bei Ibram, Charlies Ehemann, bestätigte dies.

„Was macht sie in der Botschaft?", fragte Anna.

„Sie war häufig dort", sagte Ibram. „Zu Besprechungen."

Charlie hatte nie Besprechungen mit Botschaftsvertretern erwähnt. Eigentlich hatte sie die Botschaft überhaupt nie erwähnt. Anna hatte von Gerüchten über amerikanische Geheimdienstmitarbeiter gehört – CIA oder Militär – die in unscheinbaren und unverfänglichen Berufen arbeiteten. Hassan behauptete, dass dies Teil der Strategie des Großen Satans sei, um die Revolution zu sabotieren. Anna fragte sich jetzt, ob an diesen Gerüchten tatsächlich etwas dran war. War Charlie eine Agentin? Hatte sie Anna zum Narren gehalten? Oder war sie als eine Person, die viel Kontakt zu iranischen Menschen hatte, einfach nur eine Berichterstatterin für die Regierung? Wie dem auch sei, ihr Verhältnis zur Botschaft hatte sie eindeutig in eine gefährliche Lage gebracht.

Aber es gab noch ein weiteres Problem. Wie Charlie, war auch sie eine Amerikanerin. Eine Frau, die an der IAS arbeitete. Machte das Anna womöglich auch verdächtig? In ihrem Bauch begann es zu grummeln. Das wurde alles zu viel für sie. Sie konnte nicht arbeiten gehen, und sie konnte nicht ausgehen. Nouri sprach nicht mit ihr. Ihre beste, nein ihre einzige Freundin im Iran war von einer Horde studentischer Rowdies als Geisel genommen worden. Und jetzt würde sie selbst womöglich auch noch unter Verdacht geraten. Die Familie ihres Ehemannes, bei der sie sich einst geborgen und wohlbehütet gefühlt hatte, zerfiel vor ihren Augen. Allmählich wurde ihr Leben zu einem Alptraum.

Als Nouri nach Hause kam, versuchte sie, dieses Thema anzuschneiden. „Glaubst du, dass wir etwas tun können, um Charlie da herauszubekommen?"

„Du möchtest für eine Amerikanerin Fürsprache einlegen?" Seine Stimme klang verächtlich. „Ich unterstütze die Geiselnehmer.

Die Botschaft – und die Leute, die dort herumlaufen – sind nichts weiter als ein Nest voller Spione."

Annas Gesichtszüge verhärteten sich. Immer öfter gab Nouri inzwischen solche Propaganda von sich. Sie vermutete, dass Hassan ihm das einredete, zögerte aber, ihn darauf anzusprechen. Er war so launisch geworden. Sie war sich ihren Gefühlen ihm gegenüber nicht mehr so sicher, wohl aber spürte sie das Bedürfnis, Charlie zu verteidigen. „Sie war Gast in unserem Haus. Sie ist meine Freundin."

„Sie ist eine Feindin des Volkes."

Anna versuchte, einen anderen Weg einzuschlagen. „Was ist mit Baba-joon? Vielleicht kann er helfen."

„Baba-joon?" Nouri lachte höhnisch. „Ich glaube nicht."

Anna zuckte zusammen. „Warum nicht?"

„Auch Baba muss seine Verbindungen zum Großen Satan abbrechen. Wir alle müssen das tun."

Beunruhigt raufte sich Anna die Haare. „Nouri, weißt du überhaupt, was du da sagst? Du bist mit einer Amerikanerin verheiratet. Wenn du deine Beziehungen zu Amerikanern abbrechen willst, zerstörst du unsere Ehe." Sie machte eine Pause. „Verstehst du das?"

Für einen kurzen Augenblick änderte sich Nouris Gesichtsausdruck, so als sei er sich gerade darüber im Klaren geworden, dass er zu weit gegangen war; einen Moment lang machte sich der Ausdruck von Reue auf seinem Gesicht breit. Anna nahm diese Reaktion mit Freude auf, neue Hoffnung keimte in ihr. Sie wollte zu ihm, in seine Arme, wollte die Geborgenheit und den Schutz seiner Umarmung. Er liebte sie. Sie wusste es. Er musste es nur zeigen. Nur eine kleine Geste. In dieser Erwartung verharrte sie, in dem Wissen, dass jede Bewegung ihrerseits den Zauber brechen könnte. Sie wagte kaum zu atmen.

Nouris Gesichtszüge verhärteten sich wieder und nahmen den finsteren Blick an, den er sich angewöhnt hatte. Er baute sich vor ihr auf, und seine Augen verengten sich. „Hör auf zu jammern, Anna! Du hast ja keine Ahnung."

Anna war nicht das einzige Familienmitglied, das sich wegen der Krise Sorgen machte. An jenem Abend rief, zum ersten Mal überhaupt, Annas Mutter aus Paris an. Anna nahm den Hörer in der Küche ab, und als sie die Stimme ihrer Mutter erkannte, befiel sie ein Gefühl der Sehnsucht, von dem sie gar nicht geahnt hatte, dass es sich so sehr in ihr aufgestaut hatte.

„Ich mache mir Sorgen um dich, Liebling. Ich möchte, dass du nach Paris kommst. Ich glaube, der Iran ist derzeit kein guter Ort für Amerikanerinnen."

Annas Augen füllten sich mit Tränen. Es gab also doch noch jemanden, der mit ihr mitfühlte. „Ich... Ich kann nicht", sagte sie sanft.

„Warum zum Teufel nicht? Erzähle mir nicht, dass du . . . "

„Nouri muss seine schriftliche Einwilligung geben, damit ich das Land verlassen kann. Aber das will er nicht tun."

„Nun, wenn es denn sein muss. Bringe ihn mit! Er war noch nie in Paris, oder? Es wäre . . . "

„Er will das Land nicht verlassen."

„Warum nicht? Ist er verrückt?"

Anna entgegnete nichts.

„Dann musst du ohne ihn gehen." Ihre Mutter klang resolut.

„Ich sagte es dir schon, ich kann nicht."

„Anna, du musst da raus. Du bist einfallsreich. Fälsche einfach seinen Namen auf dem Antrag."

„Mutter, nichts täte ich lieber. Aber ich habe einen . . . " Erschrocken fuhr sie herum. Nouri stand in der Küchentür. Ihre Stimme erstarb, und ein Gefühl der Angst lief ihr kalt den Rücken herunter. Wie viel hatte er von dem Gespräch mitgehört?

„Anna, bist du noch dran? Was ist los?", ertönte die Stimme ihrer Mutter durch den Hörer.

Offensichtlich hatte Nouri genug mitgehört, denn er riss nun Anna den Hörer aus der Hand. „Sie sind nicht zu unserer Hochzeit gekommen", dröhnte er in den Hörer. „Sie haben Ihre Tochter jahrelang nicht besucht. Sie haben kein Recht, sich in ihr Leben einzumischen. Anna ist meine Ehefrau. Sie ist glücklich hier. Lassen Sie uns in Ruhe! Rufen Sie nicht wieder an!" Mit diesen Worten legte er auf, zog den Stecker des Telefons aus der Steckdose und blickte Anna mit finsterer Miene an. „Von jetzt an werde ich das Telefon von dir fernhalten. Es ist dir nicht erlaubt, Anrufe zu tätigen oder zu beantworten. Selbst wenn ich nicht zu Hause bin. Wenn ich herausfinde, dass du es trotzdem tust, wird das Konsequenzen haben."

DREIUNDDREISSIG

Anna konnte sich kaum vorstellen, dass das Leben für sie noch schwieriger werden würde, aber als die kalte, regnerische Jahreszeit die frischen Herbsttage wegfegte, verschlimmerte sich ihre Lage sogar noch weiter. Einige Tage nachdem die Geiseln gefangen genommen worden waren, drohte Khomeini damit, sie wegen Spionage anzuklagen, wenn die USA den Schah nicht zurück in den Iran schicken würden. Bazargan, der aktuelle Premierminister des Iran, trat zurück.

Jetzt, da Charlie in der Botschaft als Gefangene gehalten wurde, wurde der Unterricht in der IAS erneut ausgesetzt. Anna war recht froh darüber. Seit dem Beginn der Revolution waren antiamerikanische Texte zu den Kursen über amerikanische und europäische Literatur an der Universität hinzugefügt worden. Charlie hatte ihr gesagt, dass es nur eine Frage der Zeit sei, bis auch die IAS aufgefordert werden würde, solche Texte aufzunehmen. Wenigstens für den Augenblick würde Anna nicht antiamerikanische Propaganda lehren müssen.

Der Islamische Revolutionsrat, der faktisch die Rolle der Regierung eingenommen hatte, schlug neue Gesetze vor. Eines von ihnen sah Beschränkungen bei der öffentlichen Bekundung von Gefühlen vor. Männern und Frauen war es nicht gestattet, sich in der Öffentlichkeit zu küssen, an den Händen zu halten oder zusammen die Straße entlang zu gehen. Ein Großteil von Musikstücken wurde verboten, genauso wie Tanz, alkoholische Getränke, Filme, helle Farben und Spiele wie Schach. Selbst Lachen war mit einem Bußgeld belegt.

Anna kam es so vor, als ob alles, was Vergnügen bereitete, geächtet würde. Alles wurde politisch ausgelegt. Ein zu buntes Kopftuch wurde als Symbol westlicher Dekadenz betrachtet. Ein Gedicht war nur wertvoll, wenn es die islamische Ideologie verherrlichte. Selbst das Tragen von Schleiern wurde als revolutionärer Triumph gefeiert, weil es der Vater des Schahs gewesen war, der sie in den dreißiger Jahren verboten hatte.

Einige Tage nach dem Anruf ihrer Mutter bemerkte Anna beim Beziehen des Bettes einen darunter liegenden Gegenstand. Als sie sich bückte und ihn hervorholte, stellte sie fest, dass es ein Buch war. Es war ein Exemplar des Korans – in Farsi. Sie schlug es auf und blätterte die Seiten durch. Einige Seiten waren rot gekennzeichnet. Sie nahm es mit in das Wohnzimmer und stöberte im Buchregal nach der englischen Version des Korans, die Roya ihr gegeben hatte. Sie wurde fündig und blätterte das Buch durch. Vielleicht könnte sie die entsprechenden Passagen in englischer Sprache abgleichen. Sie hoffte, dadurch Nouris Wesensänderung besser verstehen zu können. Nach einigen Minuten erkannte sie aber, dass sie sich keinen Reim auf die arabische Fassung machen konnte und gab schließlich auf.

Sie setzte sich auf die Wohnzimmercouch und ließ ihre Finger gedankenverloren über die raue Oberfläche des Polsters hin und her gleiten. Sie erinnerte sich daran, wie sie sie mit Laleh zusammen gekauft hatte; das war gerade einmal etwas mehr als ein Jahr her. Wie unbeschwert sie damals noch einkaufen gehen konnten. Wie ungezwungen sie ein Mittagessen in einem exklusiven Restaurant einnehmen konnten. Seitdem war eine Welt zusammengebrochen. Lange blickte sie aus dem Fenster hinaus.

———

Tod und Märtyrertum hatten schon immer eine wichtige Rolle in der iranischen Kultur gespielt. Persische Dichter wie Rumi, Hafiz und Omar Khayyam sprachen eloquent über die Göttlichkeit der Seele. Der Tod wurde als natürlicher Schritt zur Verwirklichung dieses Ziels angesehen. Es gab eine Koexistenz zwischen Leben und Tod.

Aber das Gemetzel, das den Iran heimsuchte, hatte nur wenig mit persischer Spiritualität gemeinsam. Anna fuhr jedes Mal das Entsetzen in die Glieder, wenn sie das endlose Gerede über Folter, Hinrichtungen und Enthauptungen im Fernsehen verfolgte. Die Regierung prahlte geradezu mit den Todesstrafen, die sie verhängte und mit denen sie die Philosophie der Vergangenheit in ein hässliches und angsterregendes Licht rückte. Als sie die Parole ‚Je mehr wir sterben, desto stärker werden wir‘, die an den Wänden der amerikanischen Botschaft angebracht worden war, sah, konnte sie nicht umhin, sich zu fragen, worin der Zweck einer solchen Stärke liegen sollte, wenn er durch Töten erreicht wurde.

Sie wagte sich nur aus dem Haus, wenn sie es unbedingt musste, und wenn sie es tat, versuchte sie, sich so unauffällig wie möglich zu verhalten. Sie verdeckte ihren Kopf mit einem langen, schwarzen Schal und achtete sorgsam darauf, dass ihre Kleidung nicht zu eng war oder zu viel preisgab. Sie vermied den Augenkontakt mit allen Passanten. Eines Nachmittags eilte sie zum Markt, um Zutaten für *beriyani*, ein weiteres Lieblingsgericht Nouris, zu kaufen. Sie hatten es während ihrer Hochzeitsreise schätzen gelernt. Man musste Lammfleisch mit in Scheiben geschnittenen Zwiebeln andünsten, dann zerkleinern, es braten und auf Sangakbrot servieren. Ein Teil von ihr klammerte sich an die kleine Hoffnung, dass, wenn es ihr gut gelänge, der Duft aus der Küche Nouri dazu verleiten würde, sein

Verhalten zu ändern. Der andere Teil wusste, dass es nicht so sein würde.

Sie tätigte ihre Einkäufe und verließ das Geschäft mit Lammfleisch, Kurkuma und frischem Brot. Neben dem Zeitungskiosk lag ein Stapel Broschüren. Normalerweise enthielt er Anzeigen und Werbeartikel, heute aber entdeckte sie etwas Neues. Sie hatte sich angewöhnt, die Fotos der Verurteilten in der Zeitung zu ignorieren, aber diese Broschüre, die neben einem weiteren Stapel mit Werbezetteln für Gesundheits- und Schönheitsartikeln lag, zeigte Fotos von Männern und einigen Frauen, die kürzlich hingerichtet worden waren. Entsetzt schreckte Anna zurück und machte sich auf den Heimweg.

Es war ein milder Tag, und deswegen knöpfte sie ihren Pullover ein Stück weiter auf und hielt ihren Kopf in die frische Brise, die sie umgab. Nachmittage wie dieser schienen zu verheißen, dass das Leben eines Tages einfacher sein würde, vielleicht sogar glücklich. Sie genoss die Sonnenstrahlen auf ihrer Haut und den Wind, der ihr Gesicht umspielte, wurde aber jäh durch lautes Autohupen in die triste Realität zurückgerufen. Erschrocken sprang sie zur Seite. Ein weißer Toyota scherte aus dem Verkehr aus und kam direkt vor ihr zum Stehen. Im Wageninneren befanden sich drei Leute, zwei Frauen und ein Mann.

Die Frauen sprangen aus dem Wagen und eilten auf sie zu. Der Mann blieb mit laufendem Motor im Auto sitzen. Die beiden Frauen trugen Tschadore, der Mann eine Khaki-Uniform.

Nervös beschleunigte Anna ihren Schritt, aber die Frauen holten sie ein. Wer waren sie? Ein Gardist würde eine dunkelgrüne, aber keine khakifarbene Uniform tragen. Und er würde niemals mit Frauen zusammenarbeiten. Anna klopfte das Herz bis zum Hals, ihr Puls raste.

Die Frauen sprachen sie in Farsi an. „Warten Sie! Kommen Sie zurück, Schwester, wir möchten mit Ihnen sprechen." Anna verlangsamte ihren Schritt. Sie wusste selbst nicht genau, warum. Vermutlich ein Instinkt, aus einem Impuls heraus spürend, dass sie höflich sein sollte. Die Frauen waren jetzt auf gleicher Höhe mit ihr. Sie musterten sie von Kopf bis Fuß. Anna blickte zur Seite. Wenn Sie in Farsi spräche, würde ihr Akzent sie als Amerikanerin verraten. Keine gute Idee. Hastig versuchte sie, nachzudenken. *„Qu'est-ce que vous voulez?* Was wollen Sie von mir?", fragte sie in Französisch.

Plötzlich hatte eine der beiden Frauen einen Lappen in der Hand. Woher hatte sie ihn? Die andere Frau ergriff Anna von hinten und legte ihre Arme um ihre Taille. Anna wollte sich freikämpfen, aber die Frau war stärker. Anna war in ihrer Gewalt.

„Lâchez-moi! Lassen Sie mich gehen!", rief sie.

Aber die Frau hielt sie weiter fest, und während Anna sich drehte und wand, begann die Frau mit dem Lappen, Annas Gesicht abzuwischen.

„Lâchez-moi! Toute suite! Lassen Sie mich gehen! Sofort!", forderte Anna. De Frau wischte weiter. Der Lappen war feucht und roch modrig. Anna zog eine Grimasse. Ihre Stimme klang dumpf. *„Je ne comprends pas.* Ich verstehe nicht. *Pourquoi?* Warum?"

Die Frau antwortete in Farsi. „Sie haben das Gesicht einer Hure. Wollen Sie ausgepeitscht werden? Ins Gefängnis geworfen werden? Sie müssen Ihre dekadente westliche Lebensweise ablegen. Der Imam hat es verfügt. Sie verstoßen gegen die Regeln der Revolution."

Anna trug Make-Up, so wie sie es jeden Tag tat. Nicht viel. Nur etwas Rouge, Mascara, und einen Eyeliner. Viele Frauen – zumindest die Iranerinnen aus gutem Hause – trugen vielmehr auf. Warum hatten sie an ihr etwas auszusetzen?

„Stopp. *Lâchez-moi!"* Anna reckte den Hals und erspähte Fußgänger vor und hinter sich. *„Aidez-moi!* Helfen Sie mir!", rief sie. *„Quelqu'un! S'il vous plait!* Irgendwer! Bitte!"

Aber niemand kam ihr zu Hilfe. Schaulustige betrachteten sich das Spektakel, um dann mit finsterer, angsterfüllter Miene davonzueilen. Einige wechselten sogar die Straßenseite. Anna versuchte, sich aus der Umklammerung der Frauen herauszuwinden. *„Lâchez-moi ou je vais à la police!* Lassen Sie mich gehen, oder ich rufe die Polizei."

Die Frau mit dem Lappen lachte schroff. Sie wedelte mit ihrer freien Hand und gestikulierte in Richtung der Menschen auf der Straße, die sich weigerten einzuschreiten. „Nur zu!", sagte sie in Farsi. „Sie werden schon sehen, niemand wird etwas für Sie tun." Sie wandte sich wieder an Anna. „Von nun an müssen Sie einen Tschador tragen. Um der Unabhängigkeit willen. Um es Amerika zu zeigen."

Anna war so erzürnt, dass sie fast damit herausplatzte, dass sie selbst Amerikanerin war, konnte sich dann aber gerade noch beherrschen. Sie wollte gar nicht daran denken, welche Auswirkungen das haben könnte. Aber gerade ihr Schweigen machte die beiden Frauen misstrauisch, ließen in ihr eine Geisteshaltung erahnen, die nicht mit den Grundsätzen ihres Glaubens übereinstimmte. Die Frau mit dem Lappen verengte ihre Augen. „Der Koran sagt, das feinste aller Gewänder ist das Gewand der Frömmigkeit. Inschallah, mögen Sie die Frömmigkeit Allahs in Ihrer Seele erkennen. Und in Ihrem Körper."

Die Autohupe ertönte. Die beiden Frauen blickten über ihre Schultern. Der Mann hinter dem Lenkrad winkte sie herbei. Die Frau, die sie von hinten umklammert hatte, ließ sie plötzlich los und rief: *„Allâho Akbar!"*

Anna taumelte zurück. Die beiden Frauen eilten zum Auto zurück und stiegen ein. Der Mann in der khakifarbenen Uniform fuhr mit quietschenden Reifen an. Nur kurze Zeit später war das Auto im dichten Gewühl des Verkehrs verschwunden. Sekunden später fuhr ein Polizeiauto durch die Gegend, ohne anzuhalten.

Anna begann, ihre Gedanken zu sortieren. Sie war nicht wirklich verletzt. Nur eine Druckstelle, dort wo die Frau sie ergriffen hatte, und leichte Abschürfungen dort, wo sie über ihr Gesicht gewischt hatte. Aber ihre Einkaufstüte war zerrissen. Das Lammfleisch lag auf dem Bürgersteig, mit Dreck bedeckt. Auch das Brot war in Mitleidenschaft gezogen worden. Sie hob alles vom Boden auf und beförderte alles in den Mülleimer. Ihr war zum Heulen zumute. Und das Haus war immer noch vier Blocks entfernt.

Sie hatte schon von Vorfällen mit selbsternannten Bürgerwehren gehört: Revolutionäre Eiferer, die in den Straßen patrouillierten und versuchten, die Scharia durchzusetzen. Hatte sie gerade einen solchen Vorfall erlebt? Oder hatte es jemand gezielt auf sie abgesehen und wollte ein Exempel an ihr statuieren? Und falls ja, wer steckte dahinter? Hassan? Einer der Schüler vom IAS? Oder, Gott behüte, Nouri?

VIERUNDDREISSIG

Zum ersten Mal in ihrem Leben feierte Anna das Erntedankfest nicht. Nouri verbot es ihr, und die Samedis hatten kein Interesse daran. Annas Hoffnungen schwanden. Wenn er sie schon nicht das Erntedankfest feiern ließ, das ja kein religiöser Feiertag war, dann würde Weihnachten wohl gar kein Thema sein.

Bei der Wahl im Dezember stimmten die Iraner für die neue Verfassung und wählten den Ayatollah Khomeini zu ihrem Obersten Führer. Obwohl es sporadisch Widerstand von Oppositionsgruppen gegeben haben sollte, war der Ausgang der Wahl nie infrage gestellt worden. Einige Geiseln aus der amerikanischen Botschaft wurden freigelassen, die meisten aber, und dazu gehörte auch Charlie, wurden noch immer gefangen gehalten. Im späteren Verlauf des Monats marschierten die Sowjets in Afghanistan, dem östlichen Nachbarn des Iran, ein. Obwohl der Iran davon nicht direkt betroffen war, bestärkte es doch die öffentliche Wahrnehmung darin, dass dieser Teil der Welt ein Pulverfass war.

Bis zum Ende des Jahres war Nouri praktisch ein Fremder für Anna geworden. Den größten Teil des Tages – und des Abends – verbrachte er weit weg von zu Hause. Es schien, dass er kein Gardist wie Hassan werden wollte – zumindest hatte er bislang noch keine Uniform mit nach Hause gebracht. Aber was tat er den ganzen Tag? Anna fragte ihn wiederholt, aber er weigerte sich, es ihr zu sagen, und speiste sie lediglich damit ab, dass sie dies nicht zu wissen brauche. Nur gelegentlich blieb er zu Hause, aber er redete kaum, es sei denn, er fragte nach Essen oder sauberer Kleidung. Er verhielt sich schroff und abweisend. Wenn sie versuchte, ihn auf sein Verhalten anzusprechen, antwortete er, dass *sie* es sei, die sich verändert habe. Oder aber er kritisierte alles, was sie *nicht* tat, dass sie den Islam nicht praktiziere, dass sie keinen Tschador trage, dass sie keine gefügige, muslimische Ehefrau sei.

Schließlich hörte Anna ganz auf zu reden. Sie durfte das Telefon nicht benutzen, und selbst wenn sie es hätte tun dürfen, gäbe es niemanden, an den sie sich wenden könnte. Ihre einzige Freundin wurde als Geisel gefangen gehalten. Nouri und sie hatten sich entfremdet, und die Samedis hatten ihre eigenen Probleme. Anna hatte damit angefangen, sich im Iran ein neues Leben aufzubauen. Anfangs hatte sie einen liebenden Ehemann gehabt, eine Familie, die sie mit offenen Armen empfangen hatte, sogar eine Freundin. Aber dann wurden nach und nach alle Brücken abgerissen, waren wie vage Träume in der Morgendämmerung verschwunden.

Sie drehte sich im Kreis. Ihre Kräfte waren aufgezehrt, und die alte familiäre Isolation ihrer Kindheit legte sich nun wieder wie ein schweres Gewicht auf ihre Schultern. Aber dieses Mal war es fast nicht auszuhalten – weil sie auch die andere Seite, die Sonnenseite des Lebens, kennen gelernt hatte. So tat sie das, was sie immer getan hatte, um zu überleben. Wie ein Gefangener, der am Phänomen des Stockholm-Syndroms leidet, versuchte sie, gefällig zu sein. Sie hielt das Haus sauber. Sie verbrachte Stunden damit, leckere Speisen zuzubereiten. Sie hatte sogar damit begonnen, den Koran zu lesen, den sie allerdings gewalttätig und derb fand. Allah war kein gnädiger Gott.

Als die Tage vergingen und Nouri weiterhin distanziert und feindlich blieb, begann Anna darüber nachzudenken, was es wohl sein könnte – wenn es denn überhaupt etwas gäbe – das ihre Beziehung verbessern würde. Da gab es nur eine Möglichkeit. Einen letzten Ausweg. Lange hatte sie sich dagegen gesträubt, ja fast schon dagegen angekämpft, würde es ihr doch auch das letzte Stückchen Freiheit noch nehmen. Aber nun, fand sie, hatte sie keine andere Wahl mehr. Sie würde es versuchen. Und wenn das nicht funktionierte... Sie schüttelte sich bei dem Gedanken.

Bevor Nouri am nächsten Tag das Haus verließ, bat sie ihn, einen Anruf für sie zu tätigen.

Eine Stunde später klingelte es an der Tür. „Guten Morgen, Roya", sagte Anna, als sie die Tür öffnete.

In ihrem schwarzen Tschador warf Roya Anna ein warmes Lächeln zu. *„Khodâ râ shokr*, Anna. Ich bin voller Freude, dass du angerufen hast."

———

Das Tschador-Geschäft – man konnte es eigentlich gar nicht ein richtiges Geschäft nennen – war in einem winzigen Gebäude irgendwo mitten in Teheran untergebracht. Anna hatte sich vollständig verirrt; sie und Roya waren in einem Taxi gekommen, das zu oft die Richtung geändert hatte und abgebogen war.

Von der obersten Stufe der steilen Treppe führte eine Tür zu einem kleinen Raum. Jeder verfügbare Zentimeter der Wände war mit Regalen bestückt, die alt und klapprig waren. Sie waren vollgestopft mit allen möglichen Materialien. Dunkle Farben dominierten. An der anderen Seite des Raumes waren die Regale vollgestopft mit Büchern, Reklamezetteln und Zeitschriften.

Vor der Tür standen drei weibliche Schaufensterpuppen, oder vielmehr die Köpfe von Schaufensterpuppen, die an schwarzen Metallstangen angebracht waren. Ihre Gesichter hatten einfache, cartoon-ähnliche Gesichtszüge mit leerem Ausdruck, die Art von Gesichtern, die Anna vielleicht auf ein Blatt Papier kritzeln würde. Jeder Kopf war schwarz verhüllt, aber jede Verhüllung hatte auch einen leicht unterschiedlichen Stil um das Gesicht herum. Eine der Kopfbedeckungen hatte die traditionelle rundliche Begrenzung um das Gesicht, eine andere hatte ein umgedrehtes V, die dritte hatte dezente, V-förmige Applikationen, die leicht über der Stirnpartie vorragten.

„Das ist eine *maghna'eh*", sagte Roya fröhlich und zeigte auf ein Modell. „Du siehst also, es gibt eine große Auswahl."

Anna schluckte und bekam es irgendwie hin, zu nicken.

Roya rief etwas in Farsi. Einen Augenblick später kam ein älterer Mann, von Arthritis vornüber gebeugt, aus einem Hinterzimmer heraus. Roya erzählte ihm, warum sie hier waren, und der Mann betrachtete Anna eingehend. Als er lächelte, bemerkte Anna, dass ihm zwei Vorderzähne fehlten, wohingegen die anderen gelb waren. Er zog ein Maßband aus seiner Tasche und händigte es Roya aus, die Anna um den Kopf und an den Schultern vermaß. Unterdessen sprach der Mann zu Anna in Farsi, aber sein Akzent war undeutlich, und Anna schüttelte den Kopf.

„Er möchte wissen, wie viele du willst", übersetzte Roya.

„Was schlägst du vor?"

„Ich würde zwei nehmen. Du must sie ja nicht zu Hause tragen."

„*Do*", sagte sie in Farsi.

Der Ladenbetreiber stellte eine weitere Frage.

„Er möchte wissen, welchen *Rusari* du willst."

Anna betrachtete die Schaufensterpuppen und deutete dann auf die traditionelle, runde Form. „Den da...", sagte sie und zeigte dann auf den mit den kleinen Flügeln, „... und den da."

Roya grinste. „Wie meiner."

Das hatte Anna noch gar nicht bemerkt, doch nun sah sie es auch.

Als sie mit dem Taxi zurück nach Shemiran fuhren, schwatzte Roya darüber, wie Anna sich mit dem Tschador verhüllen musste und wie sie ihn festmachen sollte. Anna hatte das mulmige Gefühl, dass sie soeben auch das letzte Stück ihrer Freiheit hergegeben hatte.

An jenem Abend sagte sie nach dem Essen zu Nouri: „Ich möchte dir etwas zeigen."

Er blickte mürrisch drein. „Ich habe keine Zeit."

„Es dauert nur eine Minute." Anna stand auf und ging in die Küche. Sie nahm einen der Tschadore aus der Tragetasche und streifte ihn über. Sie zog den Stoff über ihr Kinn, so wie Roya es ihr gezeigt hatte und kehrte zurück in das Esszimmer.

Nouri sah auf. Anna drehte sich zur einen, dann zur anderen Seite, um das Gewand vorzuführen. Nouri schwieg.

„Na, was hältst du davon?", fragte sie. „Roya hat mir geholfen, ihn auszusuchen."

Bei der Erwähnung des Namens glätteten sich seine Gesichtszüge, und es sah aus, als wollte er etwas sagen. Dann holte er tief Luft, so als besänne er sich seiner schlechten Laune, und sein Blick nahm erneut diesen grimmigen Ausdruck an. Er erhob sich vom Tisch und begab sich schlurfend zur Haustür.

„Nouri, bitte. Ich habe es für dich getan. Was denkst du?"

Er schlug die Tür zu und verschwand in der Dunkelheit.

FÜNFUNDDREISSIG

Zwei Wochen später, an einem kühlen Abend, kochte Anna gerade das Abendessen, als Nouri heimkehrte. Er war leicht verschnupft, und seine Wangen waren gerötet. Er trug einen Stoffbeutel, der oben verschnürt war. Einen Moment lang wurde ihr warm ums Herz, sie dachte an die verfrorenen Lippen und die vor Eiseskälte schmerzenden Finger in ihrer Kindheit. Und an das angenehme Wärmegefühl, das sie durchströmt hatte, wenn sie schließlich ins Haus gekommen war.

„Ich habe Hunger", riss Nouri sie aus ihren Gedanken.

„Das Abendessen ist in einigen Minuten fertig." Sie bereitete einen *khoresh-e*, einen iranischen Eintopf, zu. Heute gab es *khoresh-e qeymeh*, Schälerbsen und Rindfleisch, mit Zwiebeln, Kartoffeln, Tomatenmark und Limonen.

„Warum ist es noch nicht fertig? Du hast den ganzen Tag Zeit zum Kochen gehabt."

„Nur noch zehn Minuten. Was ist in der Tasche?"

Nouri gab keine Antwort. Er drehte sich um und ging die Treppe bis ganz nach oben hoch. Anna ging nicht häufig dorthin. Es gab dort nicht viel, mit Ausnahme einer kleinen Kammer und der Treppe zum Dach. Sie hörte das Quietschen vom Öffnen der Tür zur Kammer, dann ein Poltern. Sie fragte sich, wozu er die Kammer nutzte. Vielleicht bewahrte er hier das Telefon auf. Sie hatte noch nie nachgesehen, wenn er nicht da war. Schließlich kam er wieder zurück nach unten ins Wohnzimmer und schaltete den Fernseher ein. Anna war gerade damit fertig, den Eintopf abzuschmecken, füllte ihn dann in eine Schüssel und deckte den Tisch. „Okay, fertig."

Nouri ging zum Tisch, schaute das Essen, dann sie an. Er verschränkte seine Arme. „Warum trägst du Jeans?"

Sie zuckte mit den Schultern. „Ich bin zu Hause, ich kann hier tragen, was ich will."

Seine Miene wurde noch grimmiger, aber er setzte sich hin. Anna saß auf der gegenüberliegenden Seite des Tisches. Ihre Mahlzeiten gaben in letzter Zeit wenig Anlass zur Freude, und sie hatte kaum noch Appetit. Oft aß sie ihr Essen erst, wenn er bereits fertig war. Nouri brach sich ein Stück Sangak ab und legte es auf seinen Teller. Er gab sich etwas Eintopf darauf, tunkte das Brot hinein und führte es zu seinem Mund.

Mitten im Kauen hielt er inne und spuckte das Essen aus. „Etwas stimmt damit nicht."

„Was meinst du?"

„Das kann man nicht essen. Es schmeckt wie Dreck. Was hast du damit gemacht?"

Anna erschrak. Sie nahm die Schlüssel, gab sich einen Löffel voll auf ihren Teller und probierte den Eintopf. Er schien ihr völlig in Ordnung zu sein und das sagte sie ihm auch.

„Nein. Etwas ist schlecht daran. Das schmeckt nicht wie sonst."

„Nun, ich hatte keinen Safran, also habe ich Kurkuma dazugegeben. Das verleiht dem Eintopf eine indische Note. Vielleicht ist es das, was du schmeckst." Safran war das wohl beliebteste Gewürz der persischen Küche.

Nouri war nicht besänftigt. „Warum sollte ich etwas Indisches essen? Indien ist ein Land voller ignoranter, schmutziger, unzivilisierter Heiden. Du hast mich hereingelegt."

Anna sah ihn nur an.

„Du kannst nicht einmal mehr kochen. Wozu bist du überhaupt noch gut?"

Da riss Anna der Geduldsfaden. Einem Impuls folgend, stand sie auf, ergriff die Schüssel und ließ sie auf dem Boden zerschellen. Das Geräusch des zersplitternden Porzellans gehörte zu den schönsten Klängen, die sie seit Wochen gehört hatte. Der Eintopf suchte sich seinen Weg zwischen den Scherben der Schüssel.

Nouri machte große Augen und sprang auf. „Was machst du da? Du bist verrückt geworden. Böse Dämonen haben sich deiner Seele bemächtigt!"

Sie stemmte ihre Hände in die Hüften. „Es reicht, Nouri. Schluss damit! Mit allem."

Nouri rückte näher an sie heran. „Sprich nicht so mit mir! Mache es sauber! Sofort!"

Anna regte sich nicht. Nouri hob seine Hand, so als wollte er sie schlagen. Doch sie gab ihm nicht die Chance dazu. Sie stürzte davon und eilte die Treppe hinauf. Als sie das Schlafzimmer erreicht hatte, schlüpfte sie hinein und versperrte die Tür.

———

Nouri kam in jener Nacht nicht nach Hause. Während Anna das Chaos beseitigte, versuchte sie sich einzureden, dass es sie nicht interessierte. Es gelang ihr sogar, einige Stunden lang zu schlafen. Aber am nächsten Morgen hatte sie eine Entscheidung getroffen. Sie machte sich auf die Suche nach ihrem Pass. Seit Monaten hatte sie nicht daran gedacht, sie hatte ihn einfach nicht gebraucht. Sie vermutete, dass er sich im Wandsafe, der im Schlafzimmer eingearbeitet war, befand. Sie kannte die Kombination und öffnete ihn, aber der Pass war nicht dort. Ein Gefühl der Panik überkam sie. Ihr Pass war mehr als ihre Identität. Er war der formale Nachweis ihrer Existenz. Ohne ihn war sie nichts. Sie durchsuchte die Kommode, dann den Kleiderschrank. Kein Pass.

Vielleicht bewahrte Nouri ihn in der Kammer im dritten Stock auf. In jenem kleinen Raum, dessen Tür sie gelegentlich sich öffnen und schließen hörte. Sie ging hinauf und öffnete die Tür. Das Einzige, was sich darin befand, waren Bettlaken. Kein Pass, und auch kein Telefon. Warum betrat er immer wieder diese Kammer, wenn er darin nichts lagerte? Sie zog die Stirn in Falten, konnte sich mit dieser Frage aber gegenwärtig nicht näher auseinandersetzen. Sie ging wieder nach unten und suchte in der Küche nach dem Pass, hinter den Regalen, in den Küchenschränken. Er war nicht da. Wo konnte er nur sein? Hatte Nouri etwas damit angestellt?

Sie wanderte im Wohnzimmer auf und ab. In ihrem Magen rumorte es, immer wieder stockte ihr der Atem. Sie befürchtete, dass ihr schlecht werden könnte. Was sollte sie nur jetzt tun? Dann aber hielt sie plötzlich inne. Es musste eine andere Möglichkeit geben. Ständig verloren Menschen ihre Pässe. Sie durfte sich davon nicht entmutigen lassen. Sie musste es herausfinden. Als sie so zu sich selbst sprach, wich ihre Angst einem Gefühl der Wut. Wut auf Nouri, Wut auf sich selbst, Wut über ihre eigene Hilflosigkeit. Sie vergeudete ihre Zeit.

Sie zog ihren Tschador an, ergriff ihre Geldbörse und hastete aus dem Haus. An der Ecke winkte sie nach einem Taxi und nannte dem Fahrer die Adresse der schweizerischen Botschaft, die, seitdem die USA ihre diplomatischen Beziehungen zum Iran abgebrochen hatten, die Angelegenheiten von Amerikanern regelten. Während der Fahrt wurde ihre Wut immer größer. Diesmal ließ sie dieses Gefühl gerne zu – besser angefressen zu sein, als vor die Hunde zu gehen. Das Gefühl des gegen ihre Schläfen pochenden Pulsschlags war auf perverse Art befriedigend. Ihre Wut schärfte ihre Gedankengänge, bekräftigte ihre Entschlossenheit und fokussierte sie auf ihre künftigen Handlungen.

Die Fahrt zur Botschaft, die sich im nördlichen Teil Teherans, nicht weit entfernt vom Haus der Samedis, befand, war erstaunlich kurz. Das Gebäude, ein imposantes Bauwerk mit eleganten Säulen an der Vorderseite, ähnelte ein wenig dem Weißen Haus, aber wie die meisten vornehmen Gebäude in Teheran, war auch dieses von hohen Mauern umgeben. Der Winter lockerte allmählich seinen eisernen Griff, und eine helle Sonne ließ den weißen Stuck in einem glänzenden Licht erscheinen.

Sie fand heraus, dass die Abteilung ‚Auswärtige Angelegenheiten' in einem eigenen Gebäude einige Blocks weiter weg untergebracht war. Sie begab sich zu dem kleinen Betonbau, der sich deutlich von der pompösen Botschaft unterschied. Schlagbäume schützten den Eingang, und ein Mann in einer Teheraner Polizeiuniform bewachte das Tor. Anna betätigte eine elektronische Klingel an der Mauer. Eine metallisch klingende Stimme fragte nach ihrem Wunsch.

„Ich möchte mit jemandem sprechen, der mir helfen kann, wieder nach Amerika zurückzukommen."

Nach dem Summton konnte sie die Tür aufstoßen. Nach einer oberflächlichen Durchsuchung erschien ein Mann, der mit starkem englischen Akzent sprach, und bat sie um ihren Pass.

„Ich... ich habe keinen."

Der Mann runzelte die Stirn. Er taxierte sie, kam dann offensichtlich zu dem Schluss, dass ihr Anliegen legitim war und geleitete sie den Korridor entlang vor ein kleines Büro. Er klopfte an die Tür und trat ein. Anna wartete auf dem Korridor und lauschte dem Murmeln im Inneren des Büros. Einen Moment später winkte der Mann sie hinein, verließ selbst den Raum und schloss die Tür.

Ein zweiter Mann saß hinter einem Schreibtisch in dem unauffälligen Büro. Seine Haut war bleich, er hatte schütteres Haar, war untersetzt und trug eine Nickelbrille. Seinem gestressten Gesichtsausdruck nach zu urteilen, hatte er dringend einen Urlaub nötig.

Er räusperte sich. „Guten Morgen. Mein Name ist Peter Deutsch. Was kann ich für Sie tun?" Auch er hatte einen Akzent, aber Anna erkannte ihn als schweizerisch.

„Guten Tag, Herr Deutsch. Ich bin Amerikanerin. Ich lebe seit etwa einem Jahr im Iran, und ich möchte heimkehren, so schnell wie möglich."

„Sind Sie mit einem Iraner verheiratet?"

Sie nickte.

„Haben Sie Kinder?"

„Nein."

„Ich verstehe." Er räusperte sich erneut. „Ich bin froh, dass es keine Kinder gibt. Das würde die Sache nur verkomplizieren. Trotzdem kann ich nicht viel für Sie tun."

Anna verschränkte ihre Arme. Sein Ton war forsch, aber fast mechanisch, als hätte er dies schon viele Male gesagt. „Aber ich bin amerikanische Staatsbürgerin."

„Ja, Sie sind Amerikanerin aus Sicht der amerikanischen Regierung. Aber nicht aus Sicht des Iran."

„Wovon reden Sie?"

„Mit ihrer Heirat haben sie die iranische Staatsbürgerschaft angenommen."

„Nein. Ich habe die doppelte Staatsbürgerschaft. Ich . . . Ich habe noch immer meinen amerikanischen Pass."

Deutsch nahm seine Brille ab, öffnete eine Schreibtischschublade und suchte ein Tuch heraus. Er putzte damit zunächst das eine, dann das andere Glas. Schließlich setzte er die Brille wieder auf. „Die iranische Regierung erkennt keine doppelte Staatsbürgerschaft an. US-amerikanische Staatsbürger, die mit Iranern verheiratet sind, werden als iranische Staatsbürger behandelt. Mit Ihrer Heirat wurden Sie als Iranerin eingebürgert. Und solange Sie im Iran sind, werden Sie als solche behandelt."

„Und was bedeutet das genau?"

„Das bedeutet, dass Sie nach iranischem Recht – unabhängig von der Tatsache, dass Sie nach wie vor die US-amerikanische Staatsbürgerschaft besitzen – in den bzw. aus dem Iran nur mit einem iranischen Pass ein- und ausreisen können."

„Aber ich habe keinen iranischen Pass."

„Sie müssen sich einen besorgen." Er machte eine Pause. „Haben Sie hier geheiratet?"

„Hier und in den Vereinigten Staaten."

„Wenn Sie im Iran geheiratet haben, müsste Ihr amerikanischer Pass von den iranischen Behörden eingezogen worden sein. Hat Ihr Mann Ihnen das nicht gesagt?"

Anna schwieg einen Moment und versuchte, das Gesagte zu verarbeiten. „Er muss es wohl vergessen haben", sagte sie schließlich.

Deutsch faltete die Hände auf seinem Schreibtisch zusammen. „Sie wissen ja sicherlich, dass Frauen die Zustimmung ihres Ehemannes benötigen, um das Land verlassen zu können."

„Und wenn der Ehemann sich weigert?"

„Es tut mir leid." Er öffnete seine Hände.

Die Schlinge zog sich langsam zu. Ein Gefühl der Verzweiflung überkam Anna. „Leidtun bringt mich nicht weiter. Sie müssen mir helfen."

„Es ist so, wie ich sagte. Gesetz ist Gesetz. Hinzu kommt, dass es derzeit keine diplomatischen Beziehungen gibt. Ich kann Ihnen also nur bedingt Hilfe angedeihen lassen."

„Aber das... ist inakzeptabel. Ich muss gehen. Ich kann keine Woche lang mehr bleiben."

Er legte seine Finger erneut ineinander. Sein müder Gesichtsausdruck verriet, dass er auch dies nicht zum ersten Mal hörte.

Anna wollte sich nicht geschlagen geben. „Was ist mit meiner Mutter? Sie lebt in Paris. Sicherlich gibt es eine Möglichkeit für mich, sie zu besuchen."

„Nochmals, wenn Sie die schriftliche Genehmigung Ihres Mannes haben, können Sie gehen, wohin Sie wollen."

Anna blinzelte heftig mit den Augen. „Was würden Sie an meiner Stelle machen?"

„Madame, ich kann Ihnen keinen Rat geben. Ich kann Ihnen nur sagen, dass Sie eine Möglichkeit hätten, ihre iranische Staatsbürgerschaft abzulegen, wenn Sie sich scheiden ließen oder wenn Ihr Ehemann sterben würde. Wenn Sie aber Kinder hätten, wären sie automatisch iranische Staatsbürger, und ihre Staatsbürgerschaft wäre unwiderruflich. Sie müssen mit iranischen Pässen ein- oder ausreisen."

In ihrer gegenwärtigen Situation konnte Anna sich nicht vorstellen, Kinder mit Nouri zu haben.

„Und Sie brauchen dann immer noch die Genehmigung der örtlichen Behörden, um das Land verlassen zu können."

Verzweiflung gewann wieder die Oberhand über Anna und machte ihre wiedergewonnene Energie zunichte. Sie wusste nicht, was sie tun sollte. Aber sie wollte sich in Gegenwart eines Fremden keine Blöße geben. „Also", fragte sie mit zittriger Stimme, „was können Sie dann für mich tun?"

„Wir können Ihre Familienangehörigen anschreiben und ihnen mitteilen, dass Sie gegen Ihren Willen festgehalten werden. Vermutlich wissen sie das aber schon."

„Mein Mann lässt mich nicht meine Mutter anrufen, und mit meinem Vater habe ich schon monatelang nicht gesprochen."

„Ich kann für Sie einen Brief aufgeben. Vielleicht erhalten Sie einige Sachen, die Sie brauchen."

„Können Sie meinen Vater anrufen? Er ist Physiker. Er arbeitet für die Regierung in Maryland."

Deutsch nickte, und sie gab ihm daraufhin die Telefonnummer und Adresse ihres Vaters.

„Und Ihre Mutter?"

„Wie ich schon sagte. Sie lebt in Paris."

„Ah. Die Stadt der Lichter."

Anna konnte kaum glauben, dass er in einer Situation wie dieser oberflächliche Konversation betreiben wollte. Verzweiflung setzte sich in ihrem Körper fest wie ein Gift. Sie konnte den Iran nicht verlassen, solange Nouri ihr keine Erlaubnis erteilte, und das würde er niemals tun. Sie saß in der Falle.

SECHSUNDDREISSIG

Einige Tage später – Nouri und Anna tranken gerade ihren morgendlichen Tee aus – klingelte das Telefon. Wie von Geisterhand hatte Nouri es augenblicklich in der Hand, wo immer er es auch aufbewahren mochte, wenn er zu Hause war. Anna war noch immer aufgewühlt von ihrem Besuch in der Botschaft, versuchte aber, sich normal zu verhalten und Nouris Aufmerksamkeit nicht allzu sehr auf sich zu lenken. Sie reagierte kaum, als Nouri den Anruf annahm. Erst als seine Stimme schärfer wurde, sah sie auf.

„Wer ist da?", blaffte er in den Hörer. „Warum rufen Sie uns an?"

Still trug Anna die Gläser in die Küche. Es musste Herr Deutsch aus der schweizerischen Botschaft sein. Hatte er mit ihrem Vater gesprochen? Sie musste es einfach herausfinden. Sie wollte um das Telefon betteln.

Nouris Gesicht verfinsterte sich. „Sie will nicht mit Ihnen sprechen. Sie hat kein Interesse daran, mit ihren Eltern zu kommunizieren." Er drehte sich um und blickte Anna scharf an. Die Wut in seinen Augen traf sie wie ein Kugelhagel. „Nein, Sie dürfen nicht. Und rufen Sie nie wieder an, sonst werde ich Sie den Behörden wegen Belästigung meiner Frau melden." Er knallte den Hörer hin.

Anna drehte sich der Magen um.

Nouri kam einen Schritt auf sie zu. „Das war jemand von der Abteilung für Auswärtige Angelegenheiten der schweizerischen Botschaft. Warum rufen die hier an, Anna? Was hast du getan?"

Die Wut kochte in ihr hoch, aber sie konnte es nicht leugnen. Nouri hatte zu viel mitbekommen. Sie entsann sich der Redensart, wonach Angriff die beste Verteidigung ist. „Wo ist mein Pass?"

„Warum? Denkst du darüber nach, fortzugehen?"

„Du hast mir nicht gesagt, dass der Iran keine doppelte Staatsbürgerschaft erlaubt. Kein einziges Wort. Du hast es für dich behalten und den Behörden meinen Pass ausgehändigt, als wir geheiratet haben, nicht wahr?"

„Und wenn es so wäre?"

„Du hast mir gesagt, dass ich eine Muslimin werden würde. Ich habe das akzeptiert. Ich wollte eure Traditionen respektieren. Aber du hast nie gesagt, dass ich dabei meine Rechte als Amerikanerin verlieren würde."

„Das hättest du wissen müssen." Er zuckte mit den Schultern. „Du bist nicht nur ungehorsam, du bist auch noch dumm." Doch plötzlich änderte sich sein Gesichtsausdruck. Es war kaum zu bemerken, doch Anna entging es nicht.

„Du hast es auch nicht gewusst, oder?"

Nouri baute sich vor ihr auf. „Was sagst du da?", stotterte er. „Natürlich wusste ich es."

Aber seine Körpersprache verriet ihn. „Nein, wusstest du nicht. Du hattest keine Ahnung. Aber Baba-joon, nicht wahr? Er wusste es. Er war derjenige, der das arrangiert hat. Er hat meinen Pass genommen."

Nouri versuchte zu widersprechen, aber Anna wusste, dass sie Recht hatte. Immer mehr kochte die Wut in ihr hoch, und sie wollte ihm gerade sagen, was sie von dem Doppelspiel seiner Familie hielt, als ihr plötzlich eine Idee kam. Sie strich mit den Händen ihre Hose glatt.

„Nouri, hör mir zu! Wenn du mir erlaubst, den Iran zu verlassen, werde ich sicherstellen, dass du dein Gesicht wahrst. Du kannst dich von mir scheiden lassen. Sag allen, dass es mein Fehler war. Dass ich eine schlechte Ehefrau war. Dass du mich nicht mehr liebst. Was immer du willst. Aber lass mich einfach gehen!"

„Du *bist* eine schlechte Ehefrau. Aber eine Scheidung kommt nicht in Frage. Es gilt im Iran als Schande, sich scheiden zu lassen. Stattdessen werde ich mir eine zweite Frau nehmen. Der Islam gestattet das, wie du weißt." Er machte eine Pause und neigte dann seinen Kopf, so als lasse er sich diesen Gedanken nochmals durch den Kopf gehen. „Ja, genau das werde ich tun. Dann wirst du erkennen, dass du nicht so sehr von Bedeutung bist. Sicherlich ist Roya interessiert. Oder vielleicht ein junges Mädchen. Ich kann Mädchen ab dreizehn Jahren heiraten, wenn ich möchte."

Anna schäumte vor Wut, und ihre Hände ballten sich zu Fäusten. Am liebsten wollte sie ausholen und auf ihn einschlagen, als könnte sie damit etwas Verstand in ihn hineinprügeln. Sie wollte etwas erwidern, als ihr schlagartig etwas bewusst wurde. Plötzlich verstand Anna, warum ihr Vater gewollt hatte, dass sie in den Vereinigten Staaten heirateten. Wenn Nouri sich nicht von *ihr* scheiden lassen wollte, dann würde *sie* sich eben von *ihm* scheiden lassen, wenn sie nach Hause kam. Was sie sich sehnlichst wünschte, wie sie inzwischen erkannte. Innerlich pries sie ihren Vater für seine Weitsicht. Gleichzeitig beschloss sie, sich nicht auf Nouris Provokationen einzulassen. „Ja, vielleicht solltest du nochmal heiraten. Dann brauchst du dich nicht mehr um mich zu kümmern und kannst mich gehen lassen."

Nouri warf ihr einen vernichtenden Blick zu. „Solange ich lebe, wirst du nicht gehen."

Anna starrte ihn an. Er konnte ruhig wissen, was sie dachte.

Unbeirrt fuhr er fort: „Jetzt, da klar ist, dass ich dir nicht länger trauen kann", sagte er, ging zur Haustür, knallte sie ins Schloss und verriegelte sie, „wirst du von jetzt an das Haus nicht mehr alleine verlassen. Jemand muss mit dir gehen. Entweder ich oder eine Person, der ich die Erlaubnis dazu erteile."

Annas Kinnlade klappte herunter. „So grausam kannst du doch nicht sein."

„Amerikaner sind hinterlistig. Nicht vertrauenswürdig. Jeder weiß das."

„Als du dort gelebt hast, hast du nicht so gedacht."

„Ich wurde von dir getäuscht. Aber ich habe dazugelernt. Du wirst bestraft werden. Vielleicht wirst du dann daraus lernen."

———

Nouri rief seine Eltern an und bat Laleh vorbeizukommen. Anna begann zu weinen, rannte die Treppe hoch und schloss sich selbst im Schlafzimmer ein. Eine halbe Stunde später hörte sie jemanden an der Tür. Eine tiefe männliche Stimme rief von draußen. Es war Baba-joon, nicht Laleh. Er und Nouri tauschten einige scharfe Worte aus. Einen Moment später wurde die Tür zugeknallt, und zum ersten Mal seit Tagen war es ruhig im Haus.

Anna blieb dennoch im Schlafzimmer. Obwohl sie Baba und Maman-joon regelmäßig besucht hatte, wollte sie ihn jetzt, da sie wusste, dass er ihren Pass ohne ihr Wissen abgegeben hatte, nicht sehen. Er hatte sie betrogen. Sie vertraute ihm nicht mehr. Sie wusste nicht mehr ein noch aus; alles, was sie wusste, war, dass Sie den Iran verlassen wollte.

Jetzt hörte sie Schritte auf den Treppenstufen, gefolgt von einem leichten Klopfen an der Tür. „Anna, ich bin es, Bijan. Können wir reden?"

Er hatte sich selbst Bijan genannt, nicht Baba-joon. Was hatte das zu bedeuten? Sie dachte nach. Nouri und Baba-joon hatten sich gestritten. Es war Nouri, der aus dem Haus gestürmt war. Anna öffnete die Tür einen Spalt breit.

Als er sie sah, kniff Bijan die Lippen zusammen, er schaute peinlich berührt drein. „Kommst du herunter? Wir wollen Tee trinken."

Sie war ein wenig überrascht, aber nicht allzu sehr. Anna hatte Baba-joon immer gemocht. Sie hatte geglaubt, dass dieses Gefühl auf

Gegenseitigkeit beruhte. Sie konnte nur erahnen, wie sie aussah, ihre Augen gerötet vom Weinen, ihre Haut fleckig und blass. Sie nickte.

Bis sie sich das Gesicht gewaschen hatte und die Treppe heruntergekommen war, hatte er ein Tablett, die Zuckerdose und Gläser gefunden und machte Wasser heiß. Ein handbemalter Teekessel stand daneben. Ein Hochzeitsgeschenk.

Sie beobachtete ihn dabei, wie er Zucker in die Gläser gab. „Es tut mir leid, dass sich deine Lage so sehr verschlechtert hat, Anna."

Anna gab keine Antwort. Sie musste vorsichtig sein. Wie viel wusste er?

Er fuhr fort, so als habe er auch gar keine Antwort erwartet. „Dieses Land ist auf einem Weg der Zerstörung. Man kann sich nur schwer vorstellen, dass irgendetwas überleben wird."

„Einschließlich meiner Ehe", sagte sie.

Er drehte sich herum und lehnte sich mit dem Rücken an den Küchentresen. „Du musst etwas über Nouri verstehen lernen. Vielleicht tust du es ja bereits. Wir haben unsere Kinder erzogen wie – nun, ihr Amerikaner würdet wohl sagen, dass wir sie verhätschelt haben. Aber das ist Teil unserer Kultur. Unsere Kinder sind unsere Schätze. Nouri war immer wohlbehütet, wurde verwöhnt und gehätschelt, fast wie die Pfauen, die der Schah aufzog. Er war ein wundervolles Kind. Stolz, selbstbewusst, gut aussehend. Er hatte vor nichts und niemandem Angst."

„Ich weiß." Anna musste fast lächeln bei diesem Gedanken. Sie erinnerte sich an diesen Nouri. Der Mann, der sie so umgehauen hatte, der ihr in Chicago Lyrik vorgelesen und sie so zärtlich geliebt hatte. Sie erinnerte sich daran, wie perfekt alles zu sein schien. Wie sinnlich und empfindsam, wie unzerstörbar schien ihre Liebe zu sein. Wie glücklich war sie gewesen, als sie in den Iran zogen und sie seine Frau wurde.

„Er stolziert umher wie ein Pfau, schön und stolz", fuhr Baba-joon fort. Dann hielt er inne. „Aber in Wirklichkeit kann er nicht auf eigenen Beinen stehen, er braucht andere – üblicherweise uns – für alles. Er hat keinen inneren Kompass. Und wenn die Welt um ihn herum einstürzt, so wie es jetzt gerade geschieht, ist er verloren. Das passiert gerade mit meiner Familie. Sie alle versuchen, den Angriffen zu widerstehen, aber keiner ist mit den richtigen Waffen ausgestattet."

Anna schluckte. Tief in ihrem Inneren hatte sie immer schon gewusst, dass es so war. In Chicago war Nouri in *ihre* Wohnung eingezogen, ließ *sie* sich um ihn kümmern. Sie war diejenige gewesen, die ihn ermutigt hatte, seine Abschlussarbeit zu schreiben, Kontakt mit anderen iranischen Studenten aufzunehmen, politisch aktiv zu werden. Er war abhängig von ihr.

„Nouri hatte gedacht, er würde an einer feinen amerikanischen Schule studieren", sagte Baba-joon, „und dass er dann als Ingenieur zurückkommen könnte und die Rolle eines jungen Geschäftsmannes in der Elite, in der privilegierten Klasse spielen könnte."

Bijan hatte Recht. Seit dem Augenblick als Nouri wieder im Iran war, suchte er seinen Halt wieder in seinem Vater und nicht mehr in Anna. Baba-joon würde ihm eine Stelle vermitteln. Sein Haus bezahlen. Seine Probleme lösen.

„Aber dann kam diese Revolution, dieses Chaos, und nun haben wir eine neue gesellschaftliche Ordnung. Eine neue Elite. Nouris Träume wurden zerstört, und er weiß jetzt nicht, wohin er seine Wut und seine Frustration richten soll. So bist du zu seinem Blitzableiter geworden. Das ist nicht in Ordnung – überhaupt nicht – aber vielleicht ist es ein wenig nachvollziehbar."

———

Anna dachte darüber nach. Baba-joon hatte Recht. Seit dem Ausbruch der Revolution hatte Nouri seine Abhängigkeit nochmal verlagert; diesmal suchte er seinen Halt bei einer neuen Partei, diesmal fokussierte er sich nicht mehr auf Baba-joon, sondern auf Hassan. Er versuchte zu überleben. Eine Rolle zu spielen, die ein anderer ihm zugedacht hatte.

„Es ist natürlich auch mein Fehler", sagte Bijan. „Parvin und ich hätten ihn zu mehr Eigenständigkeit erziehen müssen."

Anna zog die Stirn in Falten. „Warum erzählst du mir das? Warum jetzt?"

„Weil ich möchte, dass du es verstehst. Nouri ist kein schlechter Mensch. Aber er ist unreif und verunsichert. Du bist gefestigter. Tatsächlich glaube ich, dass du die perfekte Ehefrau für ihn bist – und warst. Ich weiß, dass es nicht einfach ist, aber vielleicht kannst du es einfach aussitzen? Ich weiß sehr gut, dass ihr einmal glücklich wart. Und ich glaube fest daran, all dies", er winkte mit der Hand, „wird vorübergehen. Dieses Chaos kann ja nicht ewig dauern."

Anna beugte sich vor und gab ihm einen zärtlichen Kuss auf die Wange. „Du bist ein guter Vater."

Bijan ergriff ihre Hand. Er sah aus, als würde er gleich in Tränen ausbrechen.

„Ich habe eine Frage."

Er blickte sie an.

„Hast du meinen Pass an dich genommen? Und falls ja, warum hast du mir dann nichts davon gesagt?"

„Du wusstest es nicht?" Sein Gesicht nahm einen sorgenvollen Ausdruck an. Sie versuchte zu erkennen, ob er ein falsches Spiel spielte, aber seine Miene deutete nicht darauf hin.

„Nouri sollte es dir sagen. Ich habe es ihm vor der Hochzeit gesagt. So will es das Gesetz. Wenn ein Paar heiratet und die Frau nicht Iranerin ist, muss sie ihren Pass abgeben."

„Er hat es mir nicht gesagt. Ich hatte angenommen, mein Pass sei oben im Safe, hier im Haus."

Baba-joon seufzte und schüttelte den Kopf. „Es tut mir so leid, Anna." Gedankenverloren blickte er in die Ferne. „Ich hatte angenommen, dass du einen iranischen Pass beantragen würdest. Ich hätte merken müssen, dass du es nicht gewusst hast." Aufrichtige Traurigkeit spiegelte sich in seinen Augen wider.

Anna glaubte ihm. Es war Nouri, der die Sache nicht zu Ende gebracht hatte. Immer Nouri. Baba-joon entschuldigte sich erneut und sammelte dann seine Sachen zusammen. Sie begleitete ihn zur Tür und verabschiedete ihn. Sie verstand seine Motivation. Ein Vater musste seinen Sohn verteidigen. Und er hatte Recht mit dem, was er über Nouri gesagt hatte: er mochte rechthaberisch und launisch sein, aber letztlich war das nur Getöse. Nouri war in Panik. Er kämpfte darum, in tosendem Wasser nicht unterzugehen, und nur mit Wut im Bauch konnte er sich über Wasser halten.

Ironischerweise gab dieses Wissen Anna einen Funken Hoffnung. Wenn er wirklich so formbar war, so könnte sie ihn vielleicht auch von ihrem Standpunkt überzeugen. Denn sie konnte und wollte Baba-joon nicht sagen, dass sie den Iran bald verlassen würde. Sie musste es tun. Irgendwie.

———

Eines Abends kam Hassan zu ihrem Haus, was ungewöhnlich für ihn war. Er hatte sich in letzter Zeit rar gemacht. Anna vermutete, dass es ihm in Anbetracht der Tatsache, dass er Nouri mit seiner Ideologie bearbeitet hatte, peinlich war, sie zu besuchen. Aber sie empfing ihn nicht, als er eintraf. Sie war ins Schlafzimmer verbannt worden, und ihr war wiederholt gesagt worden, nicht nach unten zu kommen.

Anfangs war sie glücklich, alleine zu sein. Nouris ständige Demütigungen ihr gegenüber hatten ihre Wirkung gezeigt. Sie nahm ein Buch und versuchte zu lesen, aber ihre Gedanken schweiften ab. Sie wollte wissen, ob Herr Deutsch mit ihrem Vater Kontakt aufgenommen hatte. Ihr Vater hatte gute Beziehungen. Es musste etwas geben, das er für sie tun könnte. Die Alternative – für den Rest ihres Lebens im Iran gefangen zu sein – war nicht akzeptabel.

Sie versuchte, sich wieder auf ihr Buch zu konzentrieren, aber Stimmengewirr, das nun unten zu vernehmen war, weckte ihre Neugier. Nouri sagte ihr nie, wohin er ging oder was er tat, wenn er ausging. Soweit sie wusste, trank er, manchmal sehr viel, und vielleicht gab er sich sogar mit anderen Frauen ab. Abgesehen von Hassan hatte Nouri nicht viele Freunde. Seine Kollegen von der

Metro waren gegangen. Wenn sie wüsste, wohin er ging und was er machte, würde es ihr vielleicht dabei helfen, ihn zu überzeugen, sie gehen zu lassen. Sie schlich sich aus dem Schlafzimmer.

Hassan und Nouri unterhielten sich in Farsi. Eine Weile versuchte sie vergeblich, sie zu verstehen. Sie sprachen vielleicht in einem Dialekt. Sie verfluchte sich selbst. Sie hörte Farsi nun schon seit mehr als einem Jahr. Sie sollte doch wohl in der Lage sein, etwas zu verstehen, wenn sie sich konzentrierte. Sie schloss ihre Augen und lauschte angestrengt. Hin und wieder schnappte sie einen Ausdruck auf, aber insgesamt konnte sie sich keinen Reim auf das Gesprochene machen, bis Nouri ihren Namen erwähnte. Dann das Wort ‚Deutsch‘ und ‚Schweiz‘. Sie beugte sich nach vorne.

Sie konnte Hassans Antwort nicht verstehen, aber er war kurz angebunden. Seine Stimme klang barsch.

Nouris Erwiderung klang defensiv. Anna war verwirrt. Spürte Nouri nicht Hassans Arroganz? Oder wollte er sie nicht wahrnehmen? Hassan erzählte Nouri wahrscheinlich gerade, wie er sie behandeln sollte. Wie er sie noch weiter demütigen könnte, ihr zeigen könnte, wie wenig sie wert war. Sie hielt die Tränen zurück, die Erinnerung an Bijans Kummer holte sie wieder ein. All das verschwendete Talent, die vergeudete Energie.

Hassan sprach jetzt etwas langsamer, deutlicher, und Anna begann, seine Worte zu verstehen. Als der Name Baba-joons erwähnt wurde, erstarrte Anna. Überlaut hörte sie ihren Pulsschlag in ihren Ohren. Sie sprachen darüber, etwas mit Baba-joon anzustellen. Und dem Haus.

„Sie müssen wissen, dass du bei ihnen bist", sagte Hassan.

Nouri antwortete mit Nachdruck. Weigerte er sich, es zu tun?

Hassans Stimme wurde jetzt teilnahmsvoller. „Nouri, ich verstehe, dass du deine Lieben versorgen musst. Aber vergiss nie, dass der Segen von heute der Fluch von morgen sein kann."

Nouri sagte, er habe nicht die Energie. „Ich kann nicht mehr kämpfen. All dieser Hass, diese Wut, die Schreie nach Rache. Es ist so ermüdend."

Gut für Nouri, dachte Anna.

Aber Hassans Antwort war zuckersüß. Anna konnte nicht alles verstehen, aber sie glaubte, ihn sagen zu hören, dass Nouri sich mehr auf das Wesentliche konzentrieren müsse. „Wie ich schon sagte, die richtige Wahl ist entscheidend." Er machte eine Pause. „Ich bin sicher, dass du ein guter Bruder sein wirst."

———

Anna konnte nicht schlafen. Nouri war unten. Sie hörte, wie Schubladen geöffnet und geschlossen wurden, die Küchentür quietschte. Schließlich hörte sie seine Schritte auf der Treppe. Er ging in den dritten Stock und öffnete die Tür zum Dach. Oder war es die kleine Kammer? Sie hörte ein Poltern, als die Tür geschlossen wurde. Dann kam er ins Schlafzimmer und zog sich, ohne sich zu bemühen, leise zu sein, aus. Die Matratze sackte tief ein, als er sich aufs Bett warf. Er rollte sich zunächst auf die eine, dann auf die andere Seite. Die Bettdecke raschelte, als er sie bis zum Kinn hochzog.

Anna blieb still. Dann sagte sie: „Ich bin noch wach."

Nouri grunzte.

Sie tastete nach ihm. „Nouri, Azizam, ich habe gehört, was du und Hassan unten besprochen habt. Über Baba-joon."

Jetzt war es Nouri, der sehr still war.

„Das war nur... Geschwätz, oder? Du willst das doch nicht wirklich durchziehen, oder?"

„Was?", fragte Nouri.

„Was ihr über... das Haus gesagt habt. Und über Baba-joon."

Er stieß ihren Arm weg und rollte sich auf die andere Seite. Eine Weile lang sagte er nichts. „Du hast es gewagt, meinem Gespräch zuzuhören? Mich zu belauschen wie ein gewöhnlicher Dieb?" Als sie nicht antwortete, rollte er sich zurück und griff nach ihren Schultern.

Anna stöhnte auf. „Das tut weh."

„Das hoffe ich", knurrte er „Schon wieder hast du nicht gehorcht.

Du hattest kein Recht zuzuhören. Ich bin fertig mit dir. Du bist für mich nur noch ein Stück Dreck."

Sie war gerade im Begriff, ihm eine scharfe Erwiderung um die Ohren zu hauen, als sie sich des Gesprächs mit Baba-joon erinnerte. Sie entschied sich dafür, die Sache nicht eskalieren zu lassen. Stattdessen sagte sie: „Nouri, ich liebe dich. Ich werde es immer tun. Aber so geht das nicht weiter. Mir geht es schlecht, und dir auch. Wir werden beide glücklicher sein, wenn du mich gehen lässt. Bitte!"

Stur schüttelte Nouri den Kopf „Wie oft soll ich es dir noch sagen. Ich treffe die Entscheidungen. Und ich habe entschieden, dass du niemals gehen wirst."

„Nouri, wir gehen unter. Du hast keine Arbeit, ich habe keine. Wenn wir nicht bald etwas unternehmen, wird uns das Geld ausgehen. Und was dann?"

Nouris Augen verengten sich, so als ob er sie eines Verbrechens verdächtigte. „Warum verschwendest du deine Gedanken daran? Allah wird für uns sorgen."

„Solange sein Name Baba-joon ist."

Nouri atmete flacher. „Du wagst es, mich zu kritisieren? Und Baba-joon? Du bist diejenige, die mir in den Rücken gefallen ist. Die mich betrogen hat. Deine Lügen und dein Verrat sind ein Verbrechen. Weißt du, dass ich dich anzeigen kann? Du könntest verhaftet werden. Du könntest geschlagen werden, als Gefangene genommen werden, vielleicht sogar zu Tode gesteinigt werden." Anna versuchte, ihn zu besänftigen. „Ich weiß, dass du das nicht so meinst, Azizam."

Aber Nouri redete sich jetzt in Rage. Er machte sich steif, seine Stimme klang rau. „Ich bin nicht dein Azizam. Nie wieder." Der Mond warf sein helles Licht ins Innere des Schlafzimmers, was der unbändigen Wut in seinen Augen einen gespenstischen Ausdruck verlieh.

Anna versuchte, sich aus seiner Umklammerung herauszuwinden. „Ich schlafe unten auf der Couch."

„Nein, das wirst du nicht. Nicht, solange ich dir nicht meine Erlaubnis dazu gebe." Er rollte sich auf sie. Sein Geruch war eine

Kombination aus Rosenwasser, Rauch und Schweiß. Einst war sie ganz verrückt danach, aber jetzt fand sie es abstoßend. Sie versuchte, ihn wegzustoßen, aber er war stärker, und ihre Versuche machten ihn nur noch wilder. Er schien schwerer zu sein als gewöhnlich. Anna rang nach Luft.

„Ich hätte dich nicht heiraten sollen. Ich hätte auf meine Familie hören sollen", schäumte er. „Sie hat mich gewarnt."

In Annas Magen rumorte es. Machte er das nur, um grausam zu ihr zu sein? Er begann sich auf ihr zu bewegen. Zu ihrem Entsetzen musste sie feststellen, dass er eine Erektion hatte. Sie wedelte wie wild mit ihren Armen und Beinen in dem Versuch, ihn abzuschütteln, aber er hielt sie fest.

„Nouri. Bitte nicht!"

Er ignorierte sie. Er benahm sich wie ein Fremder. Ein wütender, rachsüchtiger Fremder. Wie konnte das sein? Sie war Anna. Er war Nouri. Sie hatten sich doch einmal geliebt! Die zarte, intime Liebe, die Rumi so eloquent beschrieben hatte, und jetzt dieser harte, schmerzhafte Akt.

Er fing an zu keuchen und drückte sie nieder, wobei er sie gleichzeitig zwang, die Beine zu spreizen. Er rammte sich in sie hinein, hart, fest und schnell zustoßend. Der Schmerz war immens, aber sie war nicht stark genug, Nouri abzuwehren. Er fing an zu grunzen wie ein Tier.

„Nouri, hör auf! Du tust mir weh!"

Aber es war nicht der Schmerz, der sie laut aufschreien ließ. Zum ersten Mal in ihrem Leben wusste sie, wie Hass wirklich aussah, und die Intensität dieses Gefühls machte ihr Angst. Was würde passieren, wenn er vollständig die Beherrschung verlöre? Was wäre, wenn er sie irgendwann, bei einem weiteren solchen Ausbruch tötete?

Er machte weiter, bis er fertig war.

Hinterher rollte eine Träne ihre Wange herunter. Nichts würde je wieder so sein wie zuvor.

Nowruz, das iranische Neujahrsfest, begann am 21. März, und zum ersten Mal gaben die Samedis keine Party. Der Ayatollah missbilligte nichtreligiöse Feiern, so dass die Veranstaltungen im gesamten Land eingeschränkt wurden.

Einige Tage später bemerkte Anna eine Ampulle von Nouris Tabletten im Mülleimer des Badezimmers. Als sie ihn danach fragte, sagte er, er benötige sie nicht mehr. Sie wühlte im Müll und zog die Ampulle heraus. Die Aufschrift war in Arabisch, deshalb konnte sie sie nicht verstehen, bis auf Nouris Namen, dessen Schreibweise er ihr einmal in Chicago beigebracht hatte.

Nouri hielt seine Drohungen gegen Anna aufrecht. Er stellte sicher, dass Anna nicht alleine das Haus verlassen konnte. Folglich war er jetzt häufiger zu Hause und machte das Leben für Anna unerträglich. Er gewöhnte sich an, seine Kleidung mehrmals am Tag zu wechseln, und befahl ihr, seine Hemden und Hosen zu bügeln. Jede noch so kleine Falte nahm er zum Anlass, einen Wutausbruch zu bekommen. Anna vermutete, dass es ihn mehr Energie kostete, sie zu erniedrigen und sie zu isolieren als das, was er außerhalb des Hauses machte. Wie immer man es drehte und wendete: Ihr Haus war zum Gefängnis geworden.

Eines Morgens kam Laleh vorbei. Sie trug jetzt einen Manteau – eine Art Übermantel – wenn sie unterwegs war, aber darunter war sie mit Tank Top und Hotpants bekleidet. Nouri setzte eine finstere Miene auf, aber Anna war froh, sie zu sehen, bedeutete es doch, dass Nouri ausgehen würde.

„Laleh wird hierbleiben, während ich weg bin", sagte er und ging zur Tür. „Ich habe ihr genaue Anweisungen gegeben. Wenn du ihr nicht gehorchst, wirst du den Preis dafür zahlen."

Sobald er fort war, wandte Laleh sich ihr zu. „Was hast du mit ihm gemacht? So habe ich ihn noch nie gesehen."

„Ich bin nicht schuld, Laleh, das schwöre ich dir", sagte Anna. „Er hält mich wie eine Gefangene."

Laleh stemmte ihre Hände in die Hüften. „Das glaube ich dir nicht. Warum sollte er das tun? Du lügst."

Annas Kinnlade klappte herunter. Hatte Nouri die ganze Welt gegen sie aufgebracht? Sie erwog das Risiko, die Sache zu erklären und beschloss, einen Versuch zu wagen. Im Moment war Laleh ihre einzige Hoffnung. „Laleh, bitte. Du musst mir glauben. Ich habe nichts getan. Ich brauche Hilfe. Ich bin verzweifelt."

Laleh schnaubte. „Nouri sagte mir, dass du das sagen würdest. Er sagte mir, dass du versuchen würdest, mich zu überzeugen, dir zur Flucht zu verhelfen." Sie blickte sich um, als sähe sie das Haus zum ersten Mal, und seufzte. „Aber ich nehme an, ich kann es dir nicht übelnehmen. Dieses Land ist wirklich die Hölle. Ich selbst werde gehen."

„Wie willst du das anstellen? Brauchst du keine schriftliche Genehmigung?"

„Solange ich noch nicht achtzehn bin, muss Baba sie erteilen. Aber danach... " Sie lächelte verschwörerisch. „Mein Geburtstag ist schon bald."

„Wohin wirst du gehen? Wie wirst du leben?"

„Ich gehe nach London. Zu Shaheen."

„Aber deine Mutter… sie wird verrückt werden."

Laleh zuckte mit den Schultern.

Es war so ungerecht, dass es Anna einen Stich ins Herz versetzte. Wenn Laleh gehen konnte, warum konnte sie es nicht? Das war nicht fair. Sie hatte niemanden, der sich für sie einsetzte, keinen Verbündeten. Die Familie, mit der sie glücklich sein wollte, war zu ihrem Feind geworden. Noch nie hatte sie sich so alleine gefühlt.

„Ich gehe nach oben." Auf der zweiten Etage hielt sie an. Dann ging sie weiter in den dritten Stock. Sie öffnete die Tür zum Dach und ging hinaus. Sie wanderte bis zur Ecke und blickte hinunter auf den betonierten Innenhof, auf die Esche, auf den Weg dahinter. Sie könnte jetzt ein für alle Mal die Sache beenden. Nur ein Schritt, und alles wäre vorbei.

Sie atmete tief ein, und im gleichen Augenblick schrillte das Telefon. Offenbar vertraute Nouri darauf, dass Laleh sie es nicht in seiner Abwesenheit benutzen ließ. Sie hörte, wie Laleh das Gespräch annahm. Sie hörte ihre Stimme nur gedämpft, aber nur wenige Sekunden später kam Laleh die Treppen herauf zum Dachboden gerannt. Ihr Gesicht war weiß, ihre Augen vor Panik weit aufgerissen.

„Was ist?", fragte Anna.

„Das war Maman-joon. Wir müssen sofort nach Hause. Sie haben Baba verhaftet!"

„Wir … Wir tranken gerade draußen Tee und freuten uns über den schönen Frühlingsmorgen." Maman-joon lag wie ein Häufchen Elend auf dem Sofa und schluchzte. Anna hatte Parvin seit Monaten nicht gesehen. Ihr Haar war viel grauer, die Furchen auf ihrer Stirn waren tiefer, und ihr Gesicht eingefallen. „Ein Auto fuhr vor das Tor. Drei Männer sprangen heraus und rüttelten am Tor. Ich öffnete es. Sie… Sie trugen Uniformen. Und sie zielten mit Maschinengewehren auf mich." Panik spiegelte sich in ihrem Gesicht wider. „Sie hätten mich töten können."

„Welche Farbe hatten ihre Uniformen?", fragt Anna.

Parvin ignorierte Annas Frage und wandte sich stattdessen Laleh zu. Sie spreizte ihre Hände. „Ich musste sie hereinlassen, ich hatte keine andere Wahl."

Laleh deutete auf Anna. „Die Uniformen, Maman. Sie will wissen, ob es Gardisten waren. Waren ihre Uniformen dunkelgrün?"

„Ja. Nein. Zwei waren grün, glaube ich. Eine braun. Ach, ich weiß es wirklich nicht mehr." Parvin vermied den Augenkontakt mit Anna.

Laleh nickte. „Was ist dann passiert?"

„Sie waren ungepflegt. Sie trugen Bärte. Und sie stanken. Sie verlangten Baba zu sehen. Ich bat sie zu warten. Sie sagten nein, ich müsse sie mitgehen lassen. Sie warnten mich, Baba nicht zu sagen, dass sie hier seien, oder sie würden mich erschießen." Sie zitterte.

„Sie befürchteten, dass er fliehen würde."

„Sie sagten, dass sie uns beide mitnehmen würden, wenn ich nicht kooperieren würde." Parvin bedeckte ihr Gesicht mit den Händen. „Was hätte ich tun können?" Die Tränen rannen ihr über die Wangen.

Laleh legte den Arm um ihre Mutter, aber Parvin schüttelte sie ab.

„Dann gingen sie zum Haus. Baba war inzwischen hineingegangen. Ich wusste nicht, warum, bis er mit einem Messer in der Hand herauskam."

Laleh rang nach Luft. Anna schluckte.

„Dann riefen sie: ‚Sind Sie Bijan Samedi?' ‚Wer sind Sie', rief er zurück. Sie zielten mit ihren Maschinengewehren auf ihn. *Ayvây!* Sie waren im Begriff, ihn zu erschießen! Ich flehte sie an aufzuhören. ‚Wir haben den Auftrag, Sie wegen Verbrechen gegen die Islamische Republik festzunehmen,' riefen sie. ‚Lassen Sie sofort das Messer fallen. Wenn Sie noch einen Schritt auf uns zukommen, sind Sie ein toter Mann!' "

„Oh Gott! Was hat Baba getan?", fragte Laleh.

„Er rührte sich nicht. Die Männer legten an." Maman-joon lief erneut ein Schauer über den Rücken.

Anna stellte sich Baba vor, wie er versuchte zu diskutieren. Wie er abwägte, ob er es mit ihnen aufnehmen könnte. Wie er zu dem Ergebnis kommen musste, dass es unmöglich war. Wie er sich entscheiden musste, ob er es trotzdem darauf ankommen lassen sollte und dabei möglicherweise sterben würde.

„Schließlich warf Bijan das Messer zu Boden", fuhr Parvin fort. „Einer der Männer hob es auf und stopfte es in seinen Gürtel. Ich hoffe, er hat sich damit die Eingeweide aufgeschnitten." Sie starrte auf den Boden. „Dann haben sie Bijan Handschellen angelegt und ihn herausgezerrt. Das war das letzte Mal, dass ich ihn gesehen habe." Verzweifelt blickte sie um sich, so überwältigend war es für sie, die Geschichte zu erzählen. Immer wieder wurde sie von heftigen Schluchzern geschüttelt.

„Wohin haben sie ihn gebracht?", fragte Laleh.

„Ich weiß es nicht." Maman-joons Stimme versagte. Sie stand auf und ging in die Küche. Als sie zurückkam, hatte sie ein Glas Wasser und eine Tablette in der Hand, die sie schluckte. Sie trank das Wasser. „Was sollen wir nur tun? Wo ist Nouri?" Ihre Stimme klang schrill.

„Wir haben zu Hause eine Nachricht hinterlassen", sagte Anna. „Ich bin sicher, dass er bald hier sein wird."

Wieder ignorierte Parvin sie.

„Haben sie etwas mitgenommen?", fragte Laleh. „Außer Baba?"

„Reicht das nicht?", jammerte Maman-joon. „Das böse Auge umgibt uns. Es hat einen Fluch auf uns gelegt. Ich wusste, dass es passieren würde." Sie starrte Anna an.

Nervös spielte Laleh, die neben ihrer Mutter saß, mit ihren Fingern. Anna wollte sie bitten, ihren Arm erneut um Parvin zu legen. Ihre Mutter brauchte Trost. Aber Laleh saß nur da, und Anna konnte nichts sagen. Wenn sie versuchen würde, ihre Schwiegermutter zu besänftigen, würde Parvin sie womöglich ohrfeigen. Alle drei waren einen Moment lang ruhig und hingen ihren eigenen Gedanken nach. In diesem Augenblick ertönte ein Geräusch aus dem Innenhof.

Parvin erschrak. „Was ist das?" Anna und Laleh tauschten Blicke aus, während Parvin sich auf dem Sofa zusammenkauerte.

„Ich gehe", sagte Laleh.

„Nein." Parvin gestikulierte in Annas Richtung. „Lass sie gehen!"

Natürlich, dachte Anna. Wenn sich jemand in Gefahr begeben sollte, dann sie. Sie ging nach draußen, überquerte den Innenhof und begab sich zum Tor. Drei Männer zielten mit Maschinengewehren auf sie. Sie trugen alle Bärte und braune Uniformen. Keine Gardisten. Dennoch forderten sie sie barsch auf, das Tor zu öffnen.

„*CheeShode?* Was geht hier vor?", fragte sie in Farsi.

„Wir sind von der Märtyrer-Stiftung. Wir fordern Sie auf, das Tor zu öffnen."

Anna hatte von dieser Organisation gehört. Sie war von Khomeini vor einem Jahr ins Leben gerufen worden, mit der Aufgabe, Eigentum zu beschlagnahmen, das der Familie des Schahs und seiner Gefolgschaft gehörte. Die Idee dahinter war, Menschen zu helfen, die unter dem Schah gelitten hatten. So etwas wie ein institutionalisierter Robin Hood. Im Grunde genommen war das keine so schlechte Idee, dachte Anna. Es entsprach ihrem Gerechtigkeitsgefühl. Aber sie war noch nie Ziel ihre Aktivitäten geworden. Und es blieb da auch noch die Frage, ob das eingesammelte Vermögen wirklich an die Armen ging oder letztendlich doch nur in die Taschen der Mullahs wanderte. Wie dem auch immer sein möge, sie hatte keine Wahl. Sie musste das Tor öffnen.

Die Männer marschierten ins Haus. Laleh und Parvin kauerten sich auf dem Sofa zusammen. „Wir sind hier, um das Eigentum in diesem Haus zu beschlagnahmen. Sie werden hier in diesem Raum bleiben, während wir arbeiten", teilte ihnen einer der Männer mit.

„Was geschieht mit uns?", fragte Anna.

„Ihre Familie hat gemeinsame Sache mit dem Schah gemacht.

Ihr Eigentum ist daher unrechtmäßig. Wir müssen das Haus säubern und das gestohlene Vermögen seinen rechtmäßigen Eigentümern zurückgegeben."

„*Ayvây!*" Parvin schlug die Hände über dem Kopf zusammen. „Sie haben das schon mit den Golzars gemacht. Und mit den Hemmatis ebenfalls. Sie mussten Teheran verlassen!"

„Müssen wir das Haus verlassen?", fragte Anna einen der Männer.

„Das wird sich zeigen. Wenn Sie mit Ihren verwerflichen Handlungen aufhören, kann Ihnen unter Umständen gestattet werden zu bleiben."

Anna überkam ein Gefühl der Panik, aber sie versuchte, ruhig zu bleiben. Sie wandte sich an Laleh, deren Gesicht aschfahl war. Parvin beugte ihren Kopf weit vor und weigerte sich, Augenkontakt mit den Männern herzustellen. Anna versuchte, die Frauen zu beruhigen. „Macht euch keine Sorgen", flüsterte sie. „Ich bin sicher, Sie werden uns nicht verletzen." Sie hoffte, dass sie die Wahrheit sprach.

Als die Männer die Stufen hochstiegen, schnitt Laleh eine Grimasse und reckte ihr Kinn in Richtung der Treppe. Anna wusste, worüber sie sich Sorgen machte. Ihre Musik, ihr Make-up, die Bücher und Zeitschriften. All das, was inzwischen verboten war. Was würden sie tun, wenn sie die Sachen fanden? Zum ersten Mal seit Anna Laleh kannte, machte sich Panik auf ihrem Gesicht breit. Sie duckte sich, als ob sie darauf wartete, bestraft zu werden. Noch schlimmer war es mit Parvin, die angestrengt zu Boden blickte, und ihre zuckenden Schultern ließen die unsichtbaren Tränen, die sie innerlich vergoss, erahnen.

Die Männer stürmten von Zimmer zu Zimmer und stießen hin und wieder Triumphschreie aus, während sie das Hab und Gut der Samedis einsammelten. Anna wünschte, sie könnte sehen, was oben vor sich ging. Es war unmöglich für sie, im Wohnzimmer zu bleiben, als tränken sie und ihre Schwiegermutter einfach nur ihren Nachmittagstee.

Zwanzig Minuten später kamen die Männer die Treppe wieder

herunter. Sie waren bepackt mit Tragetaschen, die vor Bekleidung, Büchern und Schuhen nur so überquollen. Der dritte Mann trug Parvins Schmuckkästchen. Es war nicht vollständig geschlossen, Goldketten und Armreifen kamen zum Vorschein.

Laleh war das Entsetzen ins Gesicht geschrieben. „Sie stehlen unsere Sachen. Legen Sie sie zurück!"

Die Männer lachten nur und trugen ihre Beute hinaus. Dann kamen sie zurück und machten im ersten Stock weiter. Sie beschlagnahmten goldgerahmte Fotos der Familie: Bijan mit Parvin, die gesamte Familie. Sie nahmen die Gemälde, die an den Wänden hängen, die meisten von ihnen abstrakte Ölgemälde, die die Samedis in Europa gekauft hatten. Sie verwüsteten Baba-joons Büro und kamen mit Akten, Dokumenten und weiteren Fotos heraus. Wieder zurück im Wohnzimmer, nahmen sie Bücher aus den Regalen, die meisten davon Erstausgaben. Einige steckten sie ein, während sie die restlichen auf den Boden warfen. Sie ergriffen den türkisfarbenen Pfau, der auf dem Kaminsims stand. Einer von ihnen untersuchte ihn und zerschmetterte ihn dann auf dem Boden. Er sammelte die Scherben ein und steckte sie in seinen Beutel. Sie stahlen Kerzenhalter, vergoldete Schüsseln, sogar das Silberbesteck der Familie.

„Bitte!" Laleh sprang vom Sofa auf. „Das ist alles, was wir haben."

Einer der Männer schob sie weg. „Hören Sie auf mit dem *chert-o-pert*, Mist! Menschen wie Sie haben ihr Geld bereits auf schweizerische Bankkonten gebracht. Vielleicht haben Sie sogar schon ein Haus in Amerika gekauft."

Laleh hob flehend die Arme „Nein, das stimmt nicht. *Lotfan*. Bitte. Wo ist mein Vater?"

„Er hat ein Komplott gegen den Obersten Führer und die Revolution geschmiedet. Er wird vor Gericht gestellt werden, und wenn er verurteilt wird, wird er hingerichtet." Der Mann lächelte höhnisch.

Parvin schnappte nach Luft. „*Nakhayr!* Nein!"

Anna fiel ihnen ins Wort. „Mein Schwiegervater ist ein ehrenwerter Mann. Er wird von Menschen aller Gesellschaftsschichten respektiert. *Komak!* Helfen Sie uns!"

„Ihr Schwiegervater hat dem Schah geholfen, die Menschen auszubeuten. Sagen Sie mir, wo war er während der Revolution?", sagte der Mann mit beißendem Unterton.

„Aber..." Anna deutete auf die Taschen mit der Beute, „... was machen Sie damit? Warum nehmen Sie es uns weg?"

„Das braucht Sie nicht zu interessieren." Er blickte in die Runde umher. „Wir kommen wieder. Vielleicht morgen."

Der Mann ging auf die Tür zu, machte aber bei Annas und Nouris Hochzeitsalbum halt, das auf einem Regal lag. Er nahm es und begann damit, es durchzublättern. Der zweite Mann gesellte sich zu ihm. Sie blätterten durch die Fotos, blickten Anna an, dann wieder das Album. Der erste Mann ließ es zuschnappen und klemmte es unter seinen Arm.

„*Lotfan.* Bitte", bettelte Anna. „Das sind Bilder von unserer Hochzeit."

„Haufenweise Starfotos, was?" Der Mann kicherte.

Anna wusste nicht, ob sie verlegen oder wütend sein sollte. Obwohl sie eine Kopie des Albums zu Hause hatte, drangen sie in ihr Leben ein. Sie stahlen ihr die Erinnerungen.

Als sie endlich gingen, blieben Laleh und Parvin auf der Couch, eng umschlungen und zutiefst erschüttert dreinblickend, sitzen. Anna riss sich zusammen und kochte Tee. Parvin weigerte sich zu trinken.

„Ich habe eine Idee", sagte Laleh. „Komm mit mir!" Anna folgte ihr in Bijans Büro, wo Laleh auf ein Mauerstück hinter dem Schreibtisch drückte. Ein Brett sprang auf und brachte ein verdecktes Fach zum Vorschein, in dem, unter anderem, eine Flasche Bourbon gelagert war. Laleh nahm die Flasche, goss ein Glas voll ein und kippte es hinunter. Sie goss ein weiteres Glas ein und bot es Anna an, die den Kopf schüttelte.

„Wann wurde das eingerichtet?", fragte sie Laleh.

„Das geheime Fach? Oh, das hat Baba vor langer Zeit eingerichtet. Viele iranische Familien haben so etwas. Sie sind besser als ein Wandschrank für Wertsachen. Insbesondere in diesen Tagen. Du brauchst . . . " Sie hielt plötzlich inne, als habe sie plötzlich erkannt, dass sie schon zu viel gesagt habe.

Anna verstand die Andeutung. „Ich brauche was?"

„Ach nichts."

„Was wolltest du sagen?", beharrte Anna.

Laleh schüttelte den Kopf, verschloss den Safe und nahm den Bourbon mit in das Wohnzimmer. Sie bot ihrer Mutter etwas davon an, aber wie schon zuvor den Tee, lehnte Parvin auch dieses Getränk ab.

Anna spitzte die Lippen.

Die beiden saßen noch immer eng zusammen auf dem Sofa, als Nouri eintraf. Parvin sprang sofort auf und fing sofort an, in einem heftigen Wortschwall über Gardisten, Schmuck und Dämonen auf ihn einzureden. Anna konnte sie nicht verstehen, und offensichtlich konnte Nouri es auch nicht. Er und Anna hielten Augenkontakt, und er rollte die Augen, so als hätten er und sie sich mitschuldig gemacht. Für einen Augenblick wagte Anna es, hoffnungsvoll zu sein. Doch dann erinnerte sie sich daran, was Nouri ihr erst einige Abende zuvor angetan hatte. Sollte sie sich wirklich jetzt mit ihm verbünden? War sie schon so verzweifelt? Sie schaute weg.

Parvin bemerkte den Blickwechsel zwischen beiden und deutete mit dem Finger auf Anna. „Es ist ihr Fehler. Wenn du sie nicht mit in die Familie gebracht hättest, wäre das alles nicht passiert. Sie ist böse."

Zu Annas Überraschung verteidigte Laleh sie. „Maman, das stimmt nicht. Ich glaube es war die Bedienstete, die wir im letzten Jahr hatten. Du weißt, die Frau, die immer den Hidschab trug? Nachdem Sie gegangen ist, habe ich Gerüchte gehört, wonach sie in den Komitehs aktiv geworden ist."

Anna hatte nur noch eine vage Erinnerung an die mürrische Frau, die ihre Taschen nach oben gebracht hatte, als sie bei den Samedis eingetroffen war. Es war möglich, dass Laleh Recht hatte.

Aber Parvin bestritt dies und gestikulierte wild. „Nein. Shahrzad würde uns niemals betrügen. Aber sie... " Sie bewegte sich ein Schritt auf Anna zu.

Nouris Augen nahmen einen kalten Ausdruck an. Er wollte sich um seine Mutter kümmern.

Aber Parvin war nicht zu bändigen. Ohne Baba-joon, der sie beschwichtigen könnte, verlor sie die Kontrolle über sich. „Du hast meinen Sohn zerstört. Sein Leben zerstört. Und unseres. Wir hätten niemals unsere Erlaubnis zur Hochzeit geben dürfen." Ihre schrillen Angriffe trafen Anna wie Keulenhiebe. Parvin fuhr fort mit ihren Tiraden, aber allmählich wurde sie immer wirrer in ihren Aussagen. Schließlich brach sie auf dem Sofa zusammen.

Nouri legte einen Arm um sie. „Maman, mach dir keine Sorgen. Ich bin jetzt Herr des Hauses, und ich werde mich um dich kümmern. Du kannst bei uns einziehen, bis Baba zurückkehrt."

Laleh schnaubte verächtlich „Du? Der Herr des Hauses? Nach dem, was du mit deinem Leben angestellt hast? Ich glaube nicht."

Nouri blickte seine Schwester an. „Baba war immer zu nachsichtig mit dir. Von jetzt an wirst du tun was ich sage. Verstehst du?"

Laleh schwieg, aber ihr Gesicht konnte die Ablehnung nicht verbergen.

„Aber Nouri", fragte Anna. „Was ist, wenn die Stiftung als nächstes zu uns kommt?"

Nouri schnitt ihr das Wort ab. „Das wird sie nicht tun. Sie werden sich jetzt erst einmal eine Weile mit dem hier zufrieden geben." Er blickte sich in der Unordnung um. „Da bin ich mir ganz sicher."

———

Zu Hause angelangt, suchte Anna ihre Kopie des Hochzeitsalbums heraus und sah sich die Fotos an. Nur achtzehn Monate waren seitdem vergangen, aber die Zeiten hatten sich völlig geändert. Unbeschwert waren sie gewesen. Der Himmel voller Geigen. Nouri hatte gesagt, dass sie wie ein Engel aussehe. Heute würde er das nie sagen. Sie studierte die Fotos von ihnen beiden zusammen mit seinen Eltern. Es war kaum zu erkennen, aber es schien, als wende sich Parvin leicht von Anna ab. War sie schon damals gegen Anna gewesen?

Sie sah sich die Fotos der Gäste an ihren Tischen an und erinnerte sich daran, wie Parvin Stunden damit verbracht hatte, die Sitzordnung festzulegen. Sie konnte sich nicht mehr an viele Namen erinnern, aber sie erinnerte sich daran, dass der eine wichtiger als der andere war. Der Minister hiervon, der Chef davon. Alle waren sie gut betucht, gebildet, reich. Allesamt Sympathisanten des Schahs.

Sie atmete tief ein. Die Golzars. Die Hemmatis. Alle waren sie Freunde der Samedis. Bei allen wurde das Eigentum beschlagnahmt. Und doch sagte Nouri, dass die Stiftung *sie* nicht belästigen würde. Sie klappte das Buch zu und rief sich das Gespräch mit Hassan vor einigen Tagen in Erinnerung. Sie hatten davon geredet, Baba-joon und dem Haus etwas anzutun. Hassan hatte gesagt, dass er wissen müsse, dass er, Nouri, auf seiner Seite sei. War es das, was Nouri getan hatte? Für die Märtyrer-Stiftung zu arbeiten? Menschen zu ermitteln, deren Häuser und Reichtum beschlagnahmt werden sollten? Er kannte viele wohlhabende Iraner – Iraner, die mit dem Schah sympathisierten – er war mit ihnen aufgewachsen.

Wie ein Schneeball, der langsam immer größer wird, wenn er gerollt wird, so wuchsen auch Annas Befürchtungen. Sie stand auf und wanderte, in Gedanken versunken, herum. Ihr Mann könnte zu einem Informanten geworden sein. Hassan könnte ihn dazu angestachelt haben. Sie konnte Hassan fast hören: informieren oder als Verräter angesehen werden. Als Feind der Revolution.

Sie marschierte immer noch auf und ab. Nouri hatte also seine eigenen Eltern verraten. Hatte es zugelassen, dass ihre Sachen gestohlen werden. Wie konnte er das tun? Sie versuchte, nachsichtig zu sein. Was wäre passiert, wenn er sich geweigert hätte? Wäre er vielleicht im Evin-Gefängnis gelandet? Vielleicht war seine Festnahme im Sommer eine Warnung gewesen. Entweder mitmachen oder die Konsequenzen tragen. Vielleicht hatte Nouri einfach keine andere Wahl gehabt. Sie versuchte sich auszumalen, was sie in seiner Situation getan hätte. Es gab keine gute Lösung. Ähnlich musste es Odysseus ergangen sein, als er die Wahl hatte zwischen Skylla und Charybdis gehabt hatte.

Aber trotzdem.

Wie konnte ein Sohn seinen Vater verraten? Sie hielt inne und legte die Hand an die Stirn. Wann waren sie nur auf ein solches Niveau gesunken?

Nouri war noch immer bei seiner Mutter, aber der Fernseher war an. Ein Paar, das des Ehebruchs angeklagt war, wurde auf einem Teheraner Platz ausgepeitscht. Hunderte Zuschauer jubelten. Anna schaltete den Fernseher aus und ging langsam die Treppe hoch.

ACHTUNDDREISSIG

Schon im Mai glühte Teheran in der mittlerweile gewohnten Hitze. Grell schien die Morgensonne durch das Fenster und weckte Anna auf. Nouri war schon fort, aber ein Zettel informierte sie, dass Laleh schon auf dem Weg zu ihr sei. Nouri verbachte jetzt mehr Zeit damit, seiner Mutter beizustehen und ihr dabei zu helfen, sich an die veränderte Lebensweise zu gewöhnen. Immer noch tauchten überraschend Männer auf und beschlagnahmten Sachen aus dem Haus, aber immerhin gestatteten sie Parvin und Laleh, dort zu bleiben. Anna glaubte zu wissen, warum.

Als sie aus dem Bett kletterte, wurde ihr plötzlich übel. Sie stolperte ins Badezimmer und erbrach sich. Hinterher versuchte sie, sich in Erinnerung zu rufen, was sie am Abend zuvor gegessen hatte. Nichts Ungewöhnliches. Tatsächlich hatte sie schon seit einiger Zeit keinen großen Appetit mehr. Als sie den Badezimmerschrank öffnete, um nach einem Schwamm zu suchen, fielen ihr ihre Tampons in die Hände, und ihr wurde schlagartig bewusst, dass sie schon seit Monaten nicht mehr ihre Periode gehabt hatte. Sie erschrak.

Oh mein Gott, nicht jetzt, dachte sie. Einen Moment lang rührte sie sich nicht, riss sich dann aber zusammen, machte sauber, duschte und zog sich an. Sie fühlte sich unbehaglich und unruhig. Wie konnte sie schwanger sein? Sie und Nouri hatten kaum noch Sex. Als sie so dasaß und ein wenig Lavash-Brot kaute, erinnerte sie sich an jene Nacht, in der er über sie hergefallen war. Sie hatte ihn gebeten, aufzuhören, aber er hatte einfach weitergemacht. Ein Muskel in ihrem Kiefer pulsierte. Seit sie denken konnte, hatte sie sich Kinder sehnlichst gewünscht. Aber nicht so, nicht als Ergebnis einer Verge-waltigung.

Sie ließ sich auf das Sofa fallen und beobachtete, wie die Sonne lange Rechtecke in den Raum warf. Sie hatte jegliches Zeitgefühl verloren, und als jemand an die Tür klopfte, wusste sie nicht, ob zwei Minuten oder zwei Stunden vergangen waren. Sie sprang auf und bildete sich ein, schwerfällig und dick zu sein. Sie ging zur Tür, in der Annahme, dass es Laleh sei. Anna konnte es ihr nicht sagen. Es musste ein Geheimnis bleiben, bis sie herausgefunden hatte, was zu tun war.

Als sie die Tür öffnete, war sie überrascht, Hassan zu erblicken.

„Ist Nouri da?", fragte er.

Anna verspürte so viel Spannung in ihrem Nacken und Rücken, dass sie fast befürchtete, vornüber zu fallen. Gleichzeitig machten sich in ihrem Bauch die Emotionen breit. Sie griff an die Türkante. „Er ist bei seiner Mutter. Sie wird verrückt, weißt du, seitdem Bijan gefangen genommen wurde. Sie weiß immer noch nicht, in welches Gefängnis er gebracht wurde. Und man hat das Haus praktisch leer-geräumt. Für die Stiftung." Sie starrte Hassan mit bohrendem Blick an, ignorierte dabei das Gebot, keinen Augenkontakt mit einem Mann herstellen zu dürfen.

Hassan erwiderte den Blick mit Zurückhaltung. „Es tut mir leid, das zu hören. Aber ich muss wirklich mit ihm sprechen. Es... es ist wichtig."

Genug, dachte Anna. Dieses falsche Spiel, das beide Seiten spielten, musste enden. „Tu nicht so! Es tut dir nicht leid, Hassan, nicht im Geringsten."

Er wandte den Blick von ihr ab und musterte verlegen seine Füße, die er unruhig hin- und herschob.

„Du bist derjenige, der Nouri überredet hat, seinen Vater zu hintergehen. Um sicherzustellen, dass all sein Hab und Gut beschlagnahmt wird. Du hast den Umstand gehasst, dass Bijan wohlhabend war, nicht wahr?"

„Das stimmt nicht. Du irrst dich, Anna."

„Ich glaube dir nicht. Du warst... nein, du bist eifersüchtig auf Nouri, weil er nicht so viel gelitten hat wie du. Du wolltest ausgleichende Gerechtigkeit. Also hast du ihn bedroht und ihn gezwungen, seine Familie zu verraten." Sie machte eine Pause. „Was haben Nouri – und seine Familie – je anderes gemacht, als dir Liebe entgegenzubringen?"

Hassan blickte Anna erneut an. Seine Augen versuchten zu verbergen, was er dachte, aber Anna spürte dennoch, dass Hassan tief berührt war. „Du scheinst dir deiner Sache ja sehr sicher zu sein", sagte er sanft.

Das war sie. Zum ersten Mal war sie bereit, die Zurückhaltung, dieses vorsichtige Abwägen, abzulegen. Sie begrüßte die Gelegenheit, endlich die Wahrheit aussprechen zu können, ihren Gefühlen freien Lauf zu lassen. „Du wolltest meine Ehe zerstören. Nun, das ist dir gelungen. Du wolltest wieder Zugriff auf Nouri haben. Herzlichen Glückwunsch! Du hast aus ihm ein Monster gemacht.

„Du bist sehr voreilig mit deinen Schlüssen, Anna. Glaubst du nicht, dass du die Ursache woanders suchen solltest? Vielleicht solltest du einmal prüfen, was deine Rolle... " er winkte mit der Hand, „bei all dem hier war."

„Das brauche ich nicht. Wir wissen beide, dass Nouri ... leicht zu beeindrucken ist. Formbar. Das hast du ausgenutzt." Sie verschränkte ihre Arme. „Besser als ich jedenfalls."

„Du überschätzt mich", sagt er in weiterhin ruhigem Tonfall. Seine dunklen Augen nahmen einen glanzlosen Ausdruck an.

Nun war es Anna, die argwöhnisch wurde. Was versuchte er zu sagen?

„Du solltest vorsichtig mit deinen Anschuldigungen sein", beharrte er. „Du hast keine Probleme bekommen, weil du Nouris Frau bist. Aber du solltest vorsichtig sein. Das könnte sich ändern."

Erneut packte Anna dieses lähmende Gefühl der Angst, und einen Moment lang kämpfte sie dagegen an, die Fassung zu verlieren. „Weißt du was, Hassan? Du machst mir keine Angst. Raus aus meinem Haus! Ich will dich nie wieder sehen!"

Einige Tage später wurde Farrokhroo Parsa – die einzige Frau, die je Ministerin in einem iranischen Kabinett war – von einem Erschießungskommando hingerichtet. Parsa, eine führende Frauenrechtlerin, war vor der Revolution Erziehungsministerin gewesen. Sie wurde unter der Anklage ‚Verbreitung von Lasterhaftigkeit auf der Erde und Kampf gegen Gott' verhaftet, einer der zahlreichen Straftatbestände, die sich die Wächter der Islamischen Revolution gerne ausdachten. Kurze Zeit später verkündete die Regierung, dass alle Universitäten im Juni geschlossen werden würden, um sie von westlichen und nicht-islamischen Einflüssen zu säubern.

Anna erinnerte sich daran, wie Charlie über Parsa gesprochen hatte, wie engagiert sie sei, welch ein vorzügliches Beispiel für iranische Frauen sie abgebe. Jetzt war sie tot, und Charlie wurde noch immer als Geisel festgehalten.

Verzweiflung machte sich bei Anna breit. Die morgendliche Übelkeit hielt an, und ihre Brüste waren sehr empfindsam geworden. Sie war ohne jeden Zweifel schwanger. Aber sie wusste nicht, ob sie es wollte. Sie brauchte jemanden, mit dem sie reden konnte. Jemand, der ihr einen Rat geben könnte. Charlie hätte gewusst, was zu tun war. Sie biss sich auf die Lippe. Sie hoffte inständig, dass Charlie noch am Leben war.

Anna überlegte, an wen sie sich noch wenden könnte. Laleh kam natürlich nicht in Frage. Sie erinnerte sich an Peter Deutsch, den Mann aus der schweizerischen Botschaft. Sie hatte Zweifel daran, dass er ihr helfen könnte oder wollte. Er würde ihr vermutlich sagen, dass das Baby, sobald es geboren war, iranischer Staatsbürger war und in Bezug auf Ausreise den gleichen Regeln unterlag wie sie. Aber das spielte ohnehin keine Rolle. Sie hatte keine Möglichkeit, Kontakt mit ihm aufzunehmen. Es gab immer jemanden, der sie überwachte.

Laleh traf ein und ging in den dritten Stock. Vermutlich wollte sie hinaus auf das Dach. Anna folgte ihr nicht, ihr war nicht nach Konversation zumute. Stattdessen ging sie hinaus in den Innenhof und tauchte ihre Zehen in den kleinen Pool. Sie zog mit ihren Füßen Kreise, erst in die eine, dann in die andere Richtung. Sie war Gefangene in einem fremden Land, einem Land, das sich zurück entwickelte, einem Land, das Amerikaner hasste. Sie hatte gedacht, dass der Iran ihre Antwort auf ihre Gebete sei, dass ihr Traum sich erfüllt habe. Aber jetzt war sie, wieder einmal, allein.

Sie hielt mit ihren Fußbewegungen inne. Was war mit Roya? Zuerst schien es ihr keine gute Idee zu sein. Roya hatte sich mit der Scharia angefreundet. Anna war sich nicht sicher, aber sie vermutete, dass eine Abtreibung für Muslime ein Tabu war. Vermutlich eine Todsünde, Roya würde nicht einmal die Möglichkeit in Betracht ziehen. Selbst Anna war ja unsicher in ihren Gefühlen. In diesem Moment würde sie es vermutlich tun, aber was war später? Vielleicht würde sie später, wenn das Baby bereits gewachsen war und sich in ihrem Bauch bemerkbar machte, eher bereit sein, die Mutterrolle zu übernehmen? Sie wollte nichts tun, das sie später bereuen würde. Aber wenn es auch nur eine geringe Chance gäbe, dass Roya ihr in irgendeiner Weise helfen könnte, vielleicht dabei, Nouri zu verlassen oder ihr eine Zufluchtsmöglichkeit zu gewähren, bis das Baby geboren war, sollte sie diese Chance dann nicht doch wahrnehmen? Sie hatte ja kaum eine andere Möglichkeit.

Sie beschloss, Nouri zu fragen, ob Roya sie besuchen dürfe. Seiner Ankündigung, dass er sich eine weitere Frau nehmen würde, hatte er bislang keine entsprechende Tat folgen lassen, aber er wäre möglicherweise über Royas Besuch erfreut. Er würde vielleicht sogar annehmen, dass Anna selbst endlich Vernunft annehme, bereit werden würde, die Rolle der demütigen islamischen Frau zu übernehmen. Sie legte sich die Worte zurecht, die sie Nouri sagen würde. Sie würde scheu lächeln und ihn bitten, gnädig zu sein. An sein Ego appellieren. Es könnte funktionieren. Sie stand auf, trocknete sich die Füße ab und ging mit einem Anflug von Hoffnung in ihr Zimmer.

Anna hielt gerade ein Nickerchen, als sie durch laute Stimmen von unten geweckt wurde. Sie schlich sich an das Treppengeländer. Nouri und Laleh stritten sich heftig. Beide Gesichter waren zornesrot. Sie sprachen sehr schnell in Farsi, so dass Anna nicht viel verstehen konnte. Sie konnte heraushören, dass Laleh fluchte und Nouri sie als Hure beschimpfte. Anna hatte diese unaufhörliche Streiterei so satt, dass sie sich mit den Händen die Ohren zuhielt. Trotzdem konnte sie die Schreie immer noch vernehmen. Schließlich schrie sie selbst gellend auf.

„Stopp! Ihr beiden! Hört auf, euch zu streiten!"

Nouri wirbelte herum. Er blickte finster drein, seine Augen funkelten unerbittlich, sein Gesicht wirkte unnatürlich und gespenstisch. Er schäumte vor Wut. „Was kannst du es wagen, dich einzumischen? Halte dich da raus!"

Während er sie anbrüllte, schlüpfte Laleh zur Haustür hinaus, mit ihrer Tasche über der Schulter. Anna konnte es ihr nicht übelnehmen. Nouri sah wie ein wildes Tier aus, außer Kontrolle.

Als Nouri erkannte, dass Laleh gegangen war, rannte er zur Tür und brüllte hinter ihr her. Sie gab keine Antwort. Dann drehte er sich um und rannte, zwei Stufen gleichzeitig nehmend, die Treppe hoch. Oben angelangt, ergriff er Annas Schultern mit beiden Händen und schüttelte sie so heftig, dass es ihr wehtat. „Und *du*!" Er betonte das Wort. „Warum sind die Frauen in dieser Familie so unverschämt? Was hast du Hassan an den Kopf geworfen?" Seine

Stimme bebte vor Zorn.

„Was meinst du?"

Er atmete tief ein, so als könnte er es nicht fassen, dass sie es wagte, diese Frage zu stellen. „Gestern", brüllte er. „Du hast ihm vorgeworfen, dass er mir eine Kopfwäsche verpasst hat. Du hast ihm verboten, in unser Haus zu kommen. Weißt du überhaupt, was du angerichtet hast?"

Anna war erschöpft. Seine Wut war wie ein Fass ohne Boden. Sie ließ sie über sich ergehen. „Nein, sage es mir!"

Nouri schüttelte ihre Schultern noch heftiger. Sie versuchte, sich zu befreien, aber seine Finger gruben sich tief in ihre Haut ein. „Lass das, du verletzt mich, Nouri!"

„Weißt du, wieviel Macht Hassan hat? Du hast immensen Schaden angerichtet. Du hast meine Beziehung zu ihm ruiniert. Unsere Sicherheit aufs Spiel gesetzt. Und die der Familie."

„Ich? Ich hätte die Familie in Gefahr gebracht? In dem Augenblick, in dem Baba-joon verhaftet wurde, ist deine Familie auseinandergefallen. Maman-joon ist verrückt geworden. Laleh ist nutzlos. Erzähl mir nichts, Nouri! Warum wurde Baba verhaftet? Von den Tausenden von Menschen, die mit dem Schah zu tun hatten, warum gerade er? Warum jetzt?"

Nouri starrte sie an, aber er lockerte den Griff um ihre Schultern. Sie schüttelte ihn ab und wich zurück.

„Ich weiß, dass du für die Stiftung gearbeitet hast. Ich weiß, dass du deinen Vater hintergangen hast. Deinen eigenen Vater, Nouri! Den Mann, der dir das Leben geschenkt hat."

Für einen Augenblick war Nouri perplex, und Anna wusste, dass sie Recht hatte. Doch dann quollen seine Augen hervor, seine Lippen bildeten einen schmalen Strich, und seine Gesichtszüge verrieten unbändige Wut. Er packte sie erneut und zerrte sie zur Treppe. Sie spürte seinen heißen Atem auf ihrem Gesicht. Er war so rasend vor Wut, dass er nach Luft ringen musste.

Ihr Puls raste, aber sie würde nicht aufhören, bis sie alles gesagt hatte. „Was Hassan betrifft, er ist kein Freund von dir. Er hat deine

Festnahme arrangiert. Und deinen Job für die Stiftung. Es mag sein, dass er Macht hat, aber er hat diese Macht dazu missbraucht, dich in etwas Hässliches und Grausames zu verwandeln. Die bösen Geister, die du immer zitierst. Sie sind nicht in mir, sie sind in deiner Seele, Nouri. Aus dir ist ein Monster geworden."

Nouri packte sie erneut und schüttelte sie hin und her. Ihr Kopf wackelte vor und zurück, wie bei einer zerfledderten Puppe. Er zerrte sie zur obersten Stufe der Treppe. Sie war sich sicher, dass er sie hinunterstoßen würde. Sie würde sich das Genick brechen.

„Du verdienst den Tod für deine Lügen!", schrie er. „Verhaften und töten oder hinrichten sollte man dich oder... " Er starrte die Treppe hinunter, dann wieder auf sie.

Ihr Herz hämmerte wie wild in ihrer Brust. Irgendetwas in ihr brachte die Kraft auf, ruhig zu bleiben. „Oder was? Mach weiter! Töte mich, Nouri aber du solltest wissen, dass du dein eigenes Kind töten würdest!"

Er erstarrte, während seine Hände noch immer fest ihre Schultern umklammerten.

„Es ist wahr. Ich bin schwanger, Nouri. Töte mich, und du hast es doppelt vermasselt. Einmal bei deinem Vater, einmal bei deinem Kind."

Er hob seine Hand. Er würde sie entweder schlagen oder die Treppe hinunterstoßen. Wie dem auch sei, sie würde es nicht überleben. Sie beobachtete seine Hand. Er sah, wie sie ihn beobachtete. Er zögerte einen Augenblick lang, dann senkte er seinen Arm. „Du würdest alles sagen, nur um zu bekommen, was du willst."

Er zog sie in das Schlafzimmer und warf sie auf das Bett. Mit einer Hand auf ihrer Brust drückte er sie auf die Matratze. Mit der anderen fing er an, an ihrer Hose zu zerren.

Sie strampelte, um sich zu befreien. „Hör auf! Nouri! Nicht!"

Er ignorierte sie. Ihre Hose riss. Dann fing er an, ihre Unterhose zu bearbeiten. Als auch diese riss, grunzte er und knöpfte seine eigene Hose auf. Anna war entsetzt.

„Es ist vorbei, Nouri. Es ist nichts mehr da."

„Es ist vorbei, wenn ich es sage", fauchte er.

Als er fertig war, rollte er sich erschöpft von ihr herunter und schlief ein. Sie raffte sich aus dem Bett auf und ging ins Badezimmer. Danach begab sie sich in die Küche. Zu dieser Tageszeit kochte sie normalerweise das Abendessen, aber an diesem Abend wollte sie nicht einmal daran denken. Ehemann oder nicht, sie konnte keinen Mann ernähren, der sie vergewaltigt hatte. Als sie die Küche verließ, bemerkte sie, dass eines ihrer Steakmesser nicht mehr an seinem angestammten Platz im hölzernen Messerblock auf dem Tresen steckte. Sie unternahm einen halbherzigen Versuch, es zu finden, aber es war auch nicht in den Schubladen oder in der Geschirrspül-maschine. Sie konnte sich jetzt darum keine Gedanken machen. Zu elend fühlte sie sich.

———

Nouri wachte zwei Stunden später auf, kam in Hose und Unterhemd die Treppe herunter und forderte Abendessen. Anna sagte ihm, es gebe keines. Er starrte sie an, dann befahl er ihr, sein Hemd zu bügeln. Sie weigerte sich.

„Du musst etwas begreifen, Nouri. Ich will dieses Baby nicht. Ich möchte nicht, dass ein Kind diese... Hölle erträgt. Nicht in diesem Haus. Nicht in dieser Familie. Nicht im Iran. Verstehst du das, Nouri? Hast du es kapiert?"

Einen kleinen Moment lang bröckelte seine Fassade, und Anna bemerkte, wie ernsthafte Sorge sich auf seinem Gesicht breitmachte. Doch nur kurze Zeit ließ er dieses Bröckeln zu; schnell gelang es ihm, seine Gesichtszüge wieder in den Griff zu bekommen und seine übliche Maske der Übellaunigkeit und der Gleichgültigkeit aufzuset-zen. Er erhob sich vom Tisch, griff nach seinem Hemd und stürmte hinaus.

Es war das letzte Mal, dass sie ihn sah, aber zu diesem Zeitpunkt wusste sie es nicht. Sie wusch das Geschirr vom Frühstück und legte es auf das Abtropfgestell. Sie vergrub ihr Gesicht in ihren Händen und spürte, wie ihr Tränen die Wangen hinunterliefen. Dann ging sie nach oben. Sie war glücklich über die Ruhe und den Frieden, so vorübergehend sie auch sein mochten. Dann machte sie sich bettfertig und ging schlafen.

TEIL DREI

Wann immer das Wort ‚Evin-Gefängnis' in einem Gespräch erwähnt wurde, trat Stille ein. Iraner wurden unruhig, sahen sich nervös um und versuchten, das Thema zu wechseln. Vor Jahren war das Gelände, auf dem sich das Gefängnis befand, im Besitz eines prowestlichen Premierministers gewesen. Nach seinem Tod ging es auf den Schah über, und die SAVAK wandelte es in ein Gefängnis für kriminelle und politische Gefangene um. Die Vollzugsbeamten im Evin waren berüchtigt dafür, die Insassen dort hart zu behandeln und mit Bestrafungen, einschließlich Folter, nicht zu sparen. Viele kamen hinein, nur wenige wieder heraus. Es wurde zum meistgefürchteten Ort im Iran. Nach der Absetzung des Schahs wurde die Verwaltung des Evin den Revolutionsgardisten übertragen, und es ging noch brutaler zu.

Und doch war Evin ein Ort der Gegensätze. Eingebettet in den Ausläufern des Elburs-Gebirges, war das Gefängnis nicht weit von Shemiran entfernt. Anna war viele Male dort vorbeigefahren, wenn sie aus der Stadtmitte Teherans zurückkam. Und die Tatsache, dass es einst Gutsbesitz gewesen war, gab ihm einen Anstrich von Eleganz. Natürlich waren die Gebäude ‚umgearbeitet' worden, und eine dicke Mauer umgab nun das Gelände. Aber dieses Gelände, das sich über eine Fläche von einigen Zehntausend Quadratmetern erstreckte, war bekannt dafür, mit zahlreichen Bäumen bepflanzt zu sein und einen sauberen Gefängnishof zu haben.

Als die Gardisten mitten in der Nacht kamen, um sie wegen des Mordes an Nouri zu verhaften, wusste Anna, ohne dass es einer Frage bedurft hätte, dass sie nach Evin gebracht werden würde. Es lag dem Haus am nächsten, und es war der Schauplatz von Alpträumen eines jeden. Die Gardisten, die an die Tür kamen, waren nicht nur mit Maschinengewehren bewaffnet, sondern trugen auch Messer an ihren Gürteln. Einer von ihnen schwenkte das Steakmesser aus Amerika hin und her. Sie ließen sie es nicht berühren, aber sie behaupteten, dass es sich bei den verkrusteten braunen Flecken auf der Klinge um Nouris Blut handle.

Sie befahlen ihr, sich anzuziehen und sich mit ihrem Tschador zu verhüllen. Dann legten sie ihr Handschellen um und zerrten sie hinaus zu dem schwarzen Mercedes. Anna befolgte widerstandslos ihre Befehle. Aus irgendwelchen Gründen konnte sie nicht die Angst empfinden, die sie eigentlich hätte haben müssen. Sie wusste nicht, ob es am Schockzustand lag oder ob etwas anderes ursächlich war, auf jeden Fall war sie in der Lage, ihre Hände seelenruhig in ihren Schoß zu legen, während sie unterwegs waren. Ja, fast schon musste sie bei der Vorstellung lächeln, wenn sie ihnen erzählen würde, dass das Steakmesser aus den Fabriken des Großen Satans stammte. Sie fragte sich, ob sie es daraufhin fallen lassen würden wie eine heiße Kartoffel. Gleichzeitig erkannte sie die Ironie ihrer Misere – angesichts dessen, was da voraussichtlich auf sie zukommen würde, könnte es das letzte gewesen sein, das sie je lustig finden würde.

Die Fahrt war kurz. Sie bogen auf eine enge, gewundene Straße ein und fuhren dann durch ein Tor. Die Schwärze der Nacht ließ das Anwesen finster und düster erscheinen. Anna erinnerte sich, dass es bei Tageslicht sandfarben war. Nun wurde die Dunkelheit durch die grellen weißen Strahlen von Scheinwerfern, die strategisch in der Nähe der Gefängnisgebäude platziert waren, unterbrochen. Alle paar Meter waren bewaffnete Wärter zu sehen. Allmählich wurde ihr die Tragweite ihrer Situation bewusst. Sie gingen hinein. Die Frage war, ob sie auch jemals wieder hinausgehen würde.

Die Männer, die sie hergebracht hatten, legten ihr eine Augenbinde an und zerrten sie aus dem Auto. Einer ergriff ihren Arm und führte sie über eine offene Fläche. Vielleicht ein Hof? Die Mittsommerhitze brannte auf sie herunter, aber eine kühle Brise verursachte ihr eine Gänsehaut. Anna versuchte, die Stufen zum Eingang zu zählen und, sobald sie drinnen waren, die Zahl der Stufen hinunter bis zum Korridor. Aber sie machten zu viele Abzweigungen und Wendungen, und so verlor sie schnell den Überblick. Schließlich stießen sie sie gegen eine Mauer und drückten sie an den Schultern herunter. Unbeholfen landete sie schließlich auf dem Steinboden. Durch die Augenbinde konnte sie nur einen kleinen Streifen Licht ausmachen, und sie glaubte, durch die winzige Öffnung Stiefel zu erkennen. Jemand befahl ihr, sich nicht zu bewegen. Sie sprachen in Farsi, aber soviel verstand sie gerade noch.

Sie lehnte ihren Kopf an die Mauer und versuchte, sich zu orientieren. Die Gerüche – Körperausdünstungen, Urin und, aus welchen Gründen auch immer, Zwiebeln überwältigten sie, aber es gab noch einen anderen Geruch, beißend und salzig, der alles überlagerte. Der Geruch von Angst. Sie atmete durch ihren Mund. Aber was ihr eigentlich den Magen zuschnürte, waren die Geräusche. Das Stampfen der Stiefel. Der Knall einer Peitsche, gefolgt von einem durchdringenden Schrei. Ein seltsames Poltern, zuschlagende Türen, die Schreie der um Gnade flehenden Menschen.

Anna zitterte. Sie durchlebte bislang ungeahnte Gefühle. Der kühle, harte Boden gab im ersten Moment Geborgenheit, im nächsten war er unerträglich. War sie krank? War es die Schwangerschaft? Sie fragte sich, ob Nouri wohl genauso empfunden hatte, als er verhaftet wurde. Ihre vorhin noch vorhandene Tapferkeit schwand. Wie dumm sie gewesen war, anzunehmen, dass sie dies überleben könnte.

Nouri. Nouri war tot. Das Leben mit ihm war in den letzten

sechs Monaten die Hölle gewesen, aber davor, als sie sich kennen gelernt hatten und die Zeit danach – nie hatte sie jemanden mehr geliebt als ihn. Und sie wurde wiedergeliebt. Sie erinnerte sich daran, wie sie sich im Buchladen getroffen hatten. Ihr gemeinsames Jahr in Chicago. Er konnte seine Hände nicht von ihr lassen. Wie sie genauso fühlte wie er. Sie zweifelte daran, dass sie jemals wieder einen Menschen mit solch einer Hingabe würde lieben können. Gott, oder Allah – oder wer auch immer diese Dinge entschied – hatte ihr eine Chance gegeben. Aber dann hatte er sie zerstört. Sie senkte ihren Kopf. Trotz ihres Zorns – nein, ihres Hasses – den sie und Nouri geteilt hatten, spürte Anna, wie eine heiße Träne ihre Wange herunterlief.

Sie hatte jegliches Zeitgefühl verloren, aber die Geräusche um sie herum hatten sich verändert. Sie waren nicht leiser, aber anders. Die Schreie schienen dumpfer zu sein. Oder gewöhnte sie sich bereits daran? Es gingen ihr viele Gedanken durch den Kopf, so viele, dass sie sie gar nicht ordnen konnte. Es war offensichtlich, dass jemand sie hereingelegt hatte. So wie man Nouri hereingelegt hatte. Und es hatte sich offensichtlich jemand sehr viel Mühe damit gegeben, auch ja sicherzustellen, dass ihr die Schuld dafür zugeschrieben wurde.

Es gab nicht viele Möglichkeiten. Es musste jemand sein, der Zutritt zum Haus hatte. Jemand, der die Gelegenheit hatte, das Messer zu stehlen. Es kamen Hassan, Laleh, Roya, Maman oder Baba-joon in Frage. Einige von Nouris Kollegen von der Metro waren gelegentlich zum Essen im Haus gewesen, aber das war lange her. Sie hätte das fehlende Messer in der Zwischenzeit längst bemerkt. Auch Charlie und Ibram waren im Haus gewesen, aber Charlie kam natürlich nicht in Frage. Sie zweifelte auch daran, dass Ibram die fragliche Person war. Sie überdachte ihre Beziehung zu jeder dieser Personen und konnte nicht umhin, Hassan als den Verräter auszumachen. Hassan hatte sie schon immer gehasst – dafür, dass sie Nouri geheiratet hatte, dass sie Amerikanerin war, dass sie sich nicht unterordnete. Sie stellte sich vor, wie er das Messer gestohlen haben könnte, während sie im Raum nebenan war oder draußen den Baum wässerte oder vielleicht während Nouri im Bad war.

Ein lautes Rufen riss sie aus ihren Gedanken. „Anna Samedi! Aufstehen!"

Ungeschickt taumelte sie, die Wand als Stütze nehmend, auf die Beine, denn ihr Gleichgewichtsgefühl war dank der Augenbinde und der Handschellen, die sie immer noch trug, beeinträchtigt.

„Drei Schritte nach vorn", erklang die Stimme. Sie tat es. „Jetzt rechts abbiegen und marschieren." Sie gehorchte. Acht Schritte später stolperte sie gegen eine Mauer und stieß sich den Kopf. Sie taumelte zurück. Ein Lufthauch umgab sie. Eine Tür war geöffnet worden. Eine weitere männliche Stimme rief in Englisch: „Eintreten!"

Sie streckte ihre Arme nach vorne, wie ein Kind, das Blinde Kuh spielt und schlurfte langsam in den Raum hinein. Jemand packte sie und drückte sie auf einen Stuhl. Hände ergriffen die Augenbinde und rissen sie ab. Das grelle Licht blendete sie, und sie kniff die Augen zu. Als sie sie wieder öffnete, blinzelte sie vorsichtig.

Drei Männer befanden sich im Raum, zwei von ihnen saßen an einem Tisch. Es waren nicht dieselben, die sie hierher gebracht hatten. Alle drei hatten ungepflegt aussehende Bärte. Die Haut eines der Männer war mit Narben übersät, wo keinerlei Bartwuchs zu verzeichnen war – er musste unter einer schlimmen Form von Akne leiden. Der zweite Mann war älter und trug eine Brille. Normalerweise mochte sie Männer mit Brillen – Brillen schmeichelten den meisten Menschen – aber die Augen dieses Mannes waren kalt wie Stahl. Er würde ihr keine Gnade zuteil werden lassen. Der dritte Mann stand hinter den beiden anderen. Er zappelte nervös und verlagerte ständig das Gewicht von einem Bein auf das andere und schien verlegen zu sein. Sie suchte den Augenkontakt mit ihm. Er kam ihr bekannt vor. Sie kannte diesen Mann. Er sah weg. Wer war er?

Der Mann mit der Brille legte einen Schreibblock und einen Stift auf den Tisch. „Wenn Sie ein Geständnis ablegen, wird für Sie alles einfacher", sagte er in Englisch. Keine Vorstellung. Kein Name.

Sie fuhr sich mit der Zunge über die Lippen. Sie waren trocken und spröde. Sie brauchte dringend Wasser. „Was soll ich gestehen?"

Er zog die Augenbrauen hoch. „Bitte halten Sie uns nicht zum Narren! Wir wissen, dass Sie Ihren Ehemann getötet haben. Wir wissen, warum. Wir wissen, wie. Es gibt nichts mehr zu untersuchen. Inschallah, die Gerechtigkeit wird siegen!"

Der beißende Körpergeruch des Mannes stieg ihr in die Nase. Sie zwang sich, ihn zu ignorieren. „Ich habe ihn nicht getötet. Ich weiß nicht, wer es war. Ich bin hereingelegt worden."

Die Augenbrauen wanderten noch ein Stück höher. Er setzte einen wissenden Blick auf.

„Ich würde niemals meinen Ehemann töten." Einen Moment lang erwog sie, ihnen zu sagen, dass sie schwanger war, kam dann aber zu dem Schluss, dass dies ein Eigentor werden könnte, und unterließ es. Sie könnten sie des Mordes an Nouri anklagen, doch sie könnte das Baby nach Amerika zurückbringen, wenn es einmal geboren war.

„Natürlich leugnen Sie. Mord ist im Iran ein Kapitalverbrechen. Sie werden Ihre Tat mit dem Leben bezahlen."

Anna richtete ihren Blick fest auf den Mann. „Wie ich schon sagte, jemand versucht, mich hereinzulegen."

Er antwortete nicht direkt. „Wir haben das Wort einer tapferen iranischen Mutter und ihrer Tochter, das gegen das einer Amerikanerin steht. Was glauben Sie wohl, wem wir glauben werden?" Er fixierte sie mit einem durchdringenden Blick. „Sie sollten wissen, dass der Tod Ihres Ehemanns ihn zu einem Märtyrer gemacht hat. So wie viele andere auch, ist er ein Opfer des Großen Satans und seiner Lakaien geworden. Sein Tod wird als der eines tapferen Soldaten im Kampf gegen die Unterdrücker gerühmt werden."

Annas Hoffnung sank. Es hatte keinen Sinn. Das hier war ein Scheingericht. Sie blickte die beiden anderen Männer an. Der Mann mit dem narbigen Gesicht hatte einen lüsternen, anzüglichen Blick, als könne er es kaum erwarten, sie zu begrapschen. Aber der dritte Mann, der hinter ihnen stand, wollte noch immer keinen Augenkontakt herstellen. Wer war er nur?

Plötzlich durchfuhr es sie wie ein Blitz. Massoud. Chicago. Daley Plaza. Der Anführer der Iranischen Studentenvereinigung. Sie starrte ihn an. Ja – trotz seines Bartes und seiner Uniform erkannte sie ihn – er war es! Er hatte eine amerikanische Freundin gehabt, wie Anna sich erinnerte, eine Blondine, die ihm geholfen hatte, Flugblätter zu verteilen. Anna öffnete ihren Mund und war gerade im Begriff, ihn mit Namen anzusprechen, zögerte dann aber. Etwas in ihr sagte ihr, dass es besser war zu schweigen. Aber er wusste, dass sie es wusste. Sie konnte es seinen Augen ansehen. Sie richtete ihren Blick wieder auf den Mann mit der Brille. Irgendwie fühlte sie sich nun zuversichtlicher.

„Ich bin in den Iran gezogen, um Nouri zu heiraten. Er war mein Ehemann." Sie warf ihm ein trauriges Lächeln zu. „Ich habe nie jemanden mehr geliebt als ihn."

Der Mann machte eine wegwerfende Handbewegung. „Sie wollten zurück nach Amerika gehen. Er wollte Sie nicht gehen lassen. Aus Ihnen ist keine gute muslimische Ehefrau geworden. Es wäre sein gutes Recht gewesen, sich von Ihnen scheiden zu lassen oder sich eine andere Frau zu nehmen. Aber er hat es nicht getan. Er hat Ihnen jede Möglichkeit gegeben, sich zu bessern. Aber noch immer haben Sie nicht gehorcht. Sie haben sich geweigert, den Tschador zu tragen und sich der Scharia zu unterwerfen. Sie haben Fluchtpläne geschmiedet. Er hat es entdeckt, und deshalb haben Sie ihn getötet."

Mit wem hatte er gesprochen?

„Leugnen Sie es immer noch?"

Anna presste die Hände gegeneinander, um ihre Wut – und ihre Angst – im Zaum zu halten „Ich habe ihn nicht getötet. Und ich werde nichts unterschreiben, in dem steht, dass ich es war."

Sie zermarterte sich das Hirn. Wie war Massoud zu einem Wächter im Evin-Gefängnis geworden? Er musste nur kurze Zeit nach ihnen die USA verlassen haben und sich dafür entschieden haben, den Weg des geringsten Widerstands zu gehen. Er *war* ein Aktivist im Kampf gegen den Schah gewesen. Für einen Moment fragte sich Anna, was aus seiner blonden Freundin geworden war. Sie hatte vermutlich einen Arzt geheiratet und lebte in guten Verhältnissen.

Dann kam ihr ein weiterer Gedanke. Vielleicht waren Massud und Nouri in Kontakt gestanden. Nein, davon hätte Nouri sicherlich etwas erzählt. Vielleicht. Vielleicht auch nicht. Aber selbst wenn es so wäre, was würde ihr dies nützen?

Der Mann mit der Brille schien erkannt zu haben, dass ihr Gehirn auf Hochtouren arbeitete. Er räusperte sich. „Wenn Sie nicht freiwillig gestehen wollen, müssen wir Sie ein wenig ‚ermutigen‘, damit Sie Ihre Haltung ändern."

Sie konzentrierte sich wieder auf ihn.

Er stand auf, senkte seine Stimme und raunte den anderen etwas zu. Sie kamen zu ihr herüber und stellten sich zu beiden Seiten neben sie. Sie legten ihr wieder die Augenbinde und die Handschellen an, ergriffen sie unter den Armen und zogen sie aus dem Raum. War Massouds Griff ein wenig sanfter als der von Narbengesicht? Oder bildete sie sich das nur ein? Wie dem auch sei, sie versuchte, sie abzuschütteln. „Schon in Ordnung. Sie brauchen das nicht zu tun. Ich komme ja schon mit."

Sie packten fester zu.

———

Die Männer führten Anna aus dem einen Gebäude heraus und gleich darauf in ein weiteres hinein. Dieses Gebäude hatte einen Linoleumboden, auf dem ihre Schritte laut widerhallten. Sie gelangten an eine Treppe und zweigten so oft ab, dass Anna die Orientierung verlor. Sie fragte sich, ob sie dies mit Absicht taten. Endlich hielten sie an. Etwas sprang mit einem metallenen Quietschen auf. Sie nahmen ihr die Handschellen ab und schoben sie hinein. Das Tor schloss ich mit einem lauten Scheppern.

Ihre erste – unangenehme – Wahrnehmung war der entsetzliche Gestank, eine Mischung aus Urin, Fäkalien und Erbrochenem. Sie nahm die Augenbinde ab. Sie befand sich in einer kleinen Zelle, kaum größer als eine Besenkammer. Wohl kaum genügend Platz, um sich auszustrecken. Sie machte einen winzigen Schlitz oben an der Mauer aus. Ein schwacher Lichtstrahl versuchte, sich einen Weg hinein zu bahnen. Sie erkannte, dass sie sich in einem Kellergeschoss befand. Es gab kein Waschbecken und keine Toilette. Kein Bett oder Bettlaken. Nichts außer einem Zementboden und Betonwände.

Dem ersten Eindruck nach zu urteilen, war es hier ruhiger, aber diese Stille war trügerisch. Als sie sich an den Raum gewöhnt hatte, konnte sie Wimmern und Wehklagen vernehmen. Andere Menschen waren in ihrer Nähe. Menschen in Elend und Not. Waren sie gefoltert worden? Was würden sie mit ihr anstellen?

Sie biss sich auf die Lippen und schaute sich um. Wusste überhaupt irgendjemand, dass sie hier war? Maman-joon und Laleh mussten es wissen, da sie offensichtlich diejenigen waren, die sie anklagten. Sie würden ihr keine Hilfe sein. Sie waren zu sehr mit ihrer eigenen Trauer beschäftigt und planten vermutlich bereits Nouris Begräbnis. Muslime beerdigen ihre Toten innerhalb von vierundzwanzig Stunden. Tränen stiegen ihr in die Augen. Sie selbst würde nicht kommen können.

Sie dachte an ihre Eltern. Sie hatten keine Ahnung, dass Nouri tot war. Anders als in Amerika gab es hier keine Gelegenheit, ein Telefonat zu führen, wenn man verhaftet wurde. Wenn ihre Häscher ihr nicht erlaubten, Kontakt mit ihnen aufzunehmen, war die Wahrscheinlichkeit groß, dass niemand jemals erfahren würde, was mit ihr geschehen war. Sie würde einfach von der Bildfläche verschwinden, wie so viele andere, von der Erde verschluckt. Ihre Ankläger würden sagen, dass sie versucht habe zu fliehen, dass sie einen Unfall gehabt habe, vielleicht, dass sie Selbstmord verübt habe. Keiner würde daran zweifeln, weil niemand die Wahrheit kannte.

Die Isolation machte ihr zunehmend Angst, die zu einem übermächtigen Gefühl wurde. Anna zog ihre Beine bis an die Brust hoch und schaukelte vor und zurück. Sie nahm an, dass es nur eine Frage der Zeit sein würde, bevor ihr eigenes Schluchzen in den leisen Chor des Wimmerns um sie herum mit einstimmen würde.

VIERZIG

Das einzige Hilfsmittel für Anna bei dem Versuch, nicht jegliches Zeitgefühl zu verlieren, war der schmale Schlitz oben in ihrer Zelle. Er wurde heller. Sie vermutete, dass dies Tageslicht bedeutete. Aber ihre innere Uhr war völlig aus dem Takt geraten, und sie war erschöpft. Der Mann mit dem narbigen Gesicht war regelmäßig vor ihre Zelle gekommen – wahrscheinlich jede Stunde, so vermutete sie – um mit einem grellen Licht ihr Gesicht zu blenden und sie damit aus dem kleinen Schläfchen, das zu halten ihr hin und wieder gelang, zu reißen. Jedes Mal, wenn er kam, wollte er wissen, ob sie bereit sei, zu gestehen. Jedes Mal verneinte sie, und so ging er dann wieder, nur um unvermeidlich später wiederzukommen.

Während eines solchen Besuchs erschien plötzlich ein neuer Wärter. Er brachte ihr eine Tasse Tee. Sie trank ihn gierig und stellte dann fest, dass sie austreten musste. „Wo ist das Bad?", fragte sie in Farsi.

„Sie sind mittendrin." Er lachte.

Irgendwie gelang es ihr, ihren Ekel zu unterdrücken.

Das Licht vom Schlitz oben an der Zelle wurde schwächer. Vermutlich ging langsam die Sonne unter. Sie war nun seit fast vierundzwanzig Stunden im Gefängnis. Ihr Magen fühlte sich entsprechend an. Die ganze Zeit über hatte er vor Hunger geknurrt, aber jetzt fühlte er sich an, als würde er durch ein Stahlband zusammengepresst. War etwas mit dem Tee? Hatten sie etwas hineingemischt, damit sie sich noch elender fühlte?

Der Wärter mit dem narbigen Gesicht kehrte zurück. Dieses Mal war Massoud bei ihm. Sie wiederholten das Spielchen mit dem Licht und wollten erneut wissen, ob sie bereit sei, ein Geständnis abzulegen. Sie schüttelte den Kopf. Aber diesmal gingen sie nicht. Massoud sperrte die Zelle auf. Sie kamen herein, legten ihr eine Augenbinde um und führten sie treppauf. Als sie ihr die Augenbinde wieder herunterrissen, sah sie, dass der Mann, der sie verhört hatte, sich zu ihnen gesellt hatte, aber sie befanden sich in einem anderen Raum. Dieser war mit einer Metallpritsche ausgestattet, die in einer Ecke stand. Sie war bedeckt mit einer dünnen, zerfledderten Decke, und Anna konnte darunter ein Metallgestell erkennen. An allen vier Seiten der Pritsche waren Ketten angebracht, an der sich wiederum Handschellen aus Metall befanden. In der Ecke sah sie einen dicken schwarzen Stab mit verschiedenen Drähten an einem Ende. Eine Peitsche. Augenblicklich kroch Anna die Angst kalt den Rücken hinunter.

Der Wärter mit der Brille sah, wie sie die Peitsche betrachtete, und lächelte. „Haben Sie geglaubt, dass Sie von der Scharia ausgenommen sind, weil sie Amerikanerin sind? Als Sie Ihren Ehemann geheiratet haben, sind Sie Muslimin und iranische Staatsbürgerin geworden. Sie unterliegen den Gesetzen des Iran."

Anna schwieg.

„Kettet sie an!", sagte er zu Massoud und dem Mann mit dem narbigen Gesicht. Sie zerrten sie herüber zur Pritsche. Sie versuchte, sich aus ihrer Umklammerung zu befreien, aber es war sinnlos, und sie schienen zu wissen, dass ihr Versuch nicht ernsthaft sein konnte. Sie blickte Massoud an. Noch immer verweigerte er den Augenkontakt mit ihr. Sie stießen sie auf die Pritsche. Der Metallrahmen drückte ihr in den Rücken. Sie ergriffen ihre Arme und rissen sie mit

Gewalt über ihren Kopf, um sie dann an jeweils einer Seite an den Handschellen zu befestigen. Das gleiche taten sie mit Annas Füßen.

Der Mann mit der Brille beugte sich über sie. „Letzte Chance, Ihre Verbrechen zu gestehen."

„Ich habe meinen Mann nicht getötet."

Der Mann zuckte mit den Achseln, ergriff die Metallpeitsche und kam zu ihr zurück. Sie drehte ihren Kopf zur Seite und erblickte Massoud. Dieses Mal sah er sie an. Sein Gesichtsausdruck war eine Mischung aus Mitleid und Scham. Der Mann mit der Brille führte die Peitsche zurück, um sie dann vorschnellen zulassen. Sie hörte sie zischen und dann das Stakkato eines Knalls, als sie auf ihre Füße traf. Es verursachte ihr einen stechenden Schmerz. Zunächst dachte sie, dass er so schlimm nicht sei, aber Augenblicke später durchfuhr ein unerträglich heißer, scharfer Schmerz, von den Füßen ausgehend, ihren gesamten Körper. Sie schrie laut auf.

Er peitschte sie erneut. Dieses Mal nahm ihr der Schmerz den Atem. Sie konnte gar nicht genügend Luft zum Schreien einatmen. Der Mann mit der Peitsche schlug sie erneut, und dieses Mal fand sie genügend Luft für einen weiteren gellenden Schrei. Massoud stürzte auf den Gang hinaus. Zwischen ihren Schreien waren die Geräusche seines Würgens und das Wehklagen aus anderen Räumen zu vernehmen. Das alles war zu viel für Anna. Eine gnädige Macht erhob sich über ihr und hüllte sie in eine schwarze, sanfte Stille.

———

Anna lief einen Strand entlang, aber der Sand war so heiß, dass er ihr die Füße verbrannte. Das kühle, blaue Wasser war nur wenige Meter entfernt. Sie lief in dem Wissen, dass es ihr Linderung verschaffen würde, darauf zu, aber je mehr sie auf das Wasser zulief, desto weiter zog es sich zurück, so als trete die Ebbe im Zeitraffer ein. „Halt!", rief sie dem Meer zu. „Ich brauche dich!"

Langsam kam sie wieder zu Bewusstsein. Noch immer war sie an die Pritsche gefesselt. Ihre erste Erkenntnis war, dass sie alleine war.

Die zweite, dass ihr Füße brannten wie ein offenes Feuer. Brennende, lodernde, pulsierende Flammen züngelten sich ihre Haut entlang. Sie dachte, dass ihr vielleicht jemand Schrauben in die Füße gebohrt hatte. Sie stöhnte und versuchte, ihren Kopf zu heben, aber sie fühlte sich schwer und träge. Sie zweifelte daran, dass sie jemals wieder würde laufen können.

Ein dumpfer Schmerz pochte gegen ihre Schläfen. Sie musste ihr Gehirn ausschalten. Sich ins Nichts fallen lassen. Sie konnte nicht wach und aufnahmebereit sein – zu qualvoll war der Schmerz. Wo ist der Schalter, fragte sie sich? Bitte, lieber Gott, schalte es aus! Schalte *mich* aus. Vielleicht sollte sie tatsächlich gestehen. Es würde keinen großen Unterschied machen. Sie würden sie so oder so töten. War sie nicht schon tot? Die Tür öffnete sich. Ein Wärter, den sie bislang noch nicht gesehen hatte, musterte sie, betrachtete auch ihre Füße und zuckte zusammen. Er ging hinaus, um kurze Zeit später mit einem Paar Gummilatschen zurückzukehren, die er vor ihr auf den Boden warf. Dann machte er sich daran, ihre Arme und Beine von den Handschellen zu befreien. Anna bewegte sich nicht. Sie wusste nicht, ob sie es konnte.

„Kommen Sie", sagte der Wärter. Er sah jung aus, vielleicht so jung wie Laleh. Und es sah so aus, als sei er peinlich berührt, so als wäre er an jedem anderen Ort lieber als an diesem. Langsam erhob sie sich. Ihr war schwindlig, und sie fiel daher sogleich rücklings auf die Pritsche zurück. Das Metallgestell fühlte sich dabei an wie scharfe Stacheln, die sich in ihren Rücken bohrten.

„Bitte", krächzte sie. „Ich brauche Hilfe."

Der Wärter nickte. Es war das erste Mal überhaupt, dass sie jemand wie ein Mensch behandelte. Sie empfand eine unerklärliche Dankbarkeit. Er ergriff ihren Arm und half ihr hoch. So langsam kam ihre Welt wenigstens wieder ein bisschen ins Gleichgewicht.

„Wir müssen gehen", sagte er eindringlich, als ob es ein festes Programm gäbe, an das man sich halten müsste.

Anna blinzelte. Unter Aufbietung all ihrer Kräfte gelang es ihr, sich vornüber zu beugen und ihre Füße zu betrachten. Sie war sich nicht sicher, was sie erwartet hatte – eine in Fetzen herabhängende Haut oder völlig zerquetschte und vor Blut triefende Füße – jedenfalls war sie überrascht, dass sie nichts dergleichen sah. Am bemerkenswertesten war, dass ihre Füße auf fast das Doppelte des normalen Umfangs angeschwollen waren. Sie waren blau und violett, bluteten aber nicht. Die Peitsche hatte ihre Haut nicht aufplatzen lassen. Es fiel ihr schwer, das zu glauben, waren doch ihre Schmerzen fast unerträglich.

Sie schlüpfte in die Latschen, glitt von der Pritsche und verlagerte ihr Gewicht auf ihre Füße. Eine neue Welle von Schmerz bemächtigte sich ihres Körpers. Sie schrie laut auf und kippte die Füße auf die Seiten ab. Aber der junge Wärter bot eine gute Unterstützung, und so gelang es ihr, zur Tür zu humpeln. Der Wärter öffnete sie, doch dann erstarrte er, so als ob ihm plötzlich etwas einfiele, und er schloss die Tür wieder. Einen Moment lang fragte sich Anna, ob dies alles nur eine List gewesen sei und ob jetzt noch etwas Schrecklicheres passieren würde. Aber es ging nur um die Augenklappe. Er hob sie vom Boden auf und streifte sie über Annas Augen.

Gemeinsam schlurften sie durch Gänge, die endlos erschienen. Sie verließen das Gebäude und überquerten einen Hof. Ein leichter Regen ging auf sie nieder. Anna breitete ihre Arme aus und hob ihr Gesicht, um das erfrischende Nass aufzunehmen. Sie konnte den Geruch ihres eigenen, ungewaschenen Körpers wahrnehmen. Seit Tagen hatte sie nicht mehr geduscht.

Doch schon einen Moment später betraten sie ein anderes Gebäude.

„Wohin gehen wir?", fragte sie in Farsi.

Er grunzte nur.

Er führte sie über einen Korridor mit Linoleumboden in ein kleines Zimmer. Dort nahm er ihr die Augenbinde ab. Anna blinzelte. Außer einem Schreibtisch und zwei Stühlen war das Zimmer kahl. Hinter dem Schreibtisch saß eine mit einem Tschador bekleidete Frau. Sie war schlank, ja fast schon dürr, und von ihrem Gesicht war nur ein recht schmaler, dreieckiger Ausschnitt zu sehen, der zwar buschige Augenbrauen erkennen ließ, aber keine einzige Strähne ihrer Haare konnte ihrem Rusari entweichen. Anna bemerkte weiterhin ihr schmales, spitzes Kinn. Ihre buschigen Augenbrauen verliehen ihr einen unnachgiebigen, strengen Ausdruck. Sie nickte dem Wärter zu, woraufhin dieser sich entfernte. Anna stützte sich auf die Lehne eines Stuhls. Die Frau bedeutete ihr, darauf Platz zu nehmen.

Als Anna saß, faltete die Frau ihre Hände. „Ich bin Schwester Azar", sagte sie in Englisch. „Sie unterstehen meiner Aufsicht, bis das Urteil vollzogen ist."

„Urteil? Was für ein Urteil? Es hat keinen Prozess gegeben", sagte Anna.

Schwester Azar setzte einen berechnenden Blick auf. „Oh doch, es hat einen gegeben. An dem Abend, als sie hergebracht wurden. Sie waren nicht anwesend, aber Sie wurden des Mordes für schuldig befunden."

Annas Kinnlade fiel herunter. „Das kann man nicht machen! Ich habe ihn nicht getötet. Ich habe das Recht... "

Die Frau lachte. „Wir sind hier nicht in Amerika, mit seinem aufgeblähten Rechtssystem, das die Schuldigen schützt. Hier siegt die Gerechtigkeit schnell. Und endgültig."

„Ich möchte in Revision gehen." Noch ehe sie es ganz ausgesprochen hatte, wusste sie, wie naiv das klingen musste.

Schwester Azar machte sich nicht die Mühe zu antworten. „Ich werde Sie wieder in Gewahrsam bringen lassen."

Sie stand auf und ging zur Tür. Anna sank auf ihrem Stuhl zusammen „Wie lange wird es dauern, bis das Urteil vollzogen ist?"

Sie zuckte mit den Schultern. „Alle sind derzeit mit den Geiseln beschäftigt. Und Sie sind Amerikanerin. Sie werden vorsichtig sein." Sie wedelte mit dem Finger. „Geben Sie ihnen keinen Grund zur Eile." Es war eine Warnung.

Sie marschierte den Gang hinunter, und Anna hinkte hinterher. Schwester Azar atmete tief aus, offenkundig unzufrieden darüber, dass Anna nicht Schritt halten konnte. Sie bogen einige Male ab und gelangten schließlich an eine Tür. Schwester Azar schloss sie auf und öffnete sie, und sie gingen einen weiteren Gang entlang.

Der Raum, den sie betraten, war kaum größer als das Wohnzimmer der Samedis, wie Anna abschätzte, aber mindestens vierzig Frauen, eher noch mehr, befanden sich hier, auf engstem Raum zusammengepfercht. Die meisten von ihnen saßen in kleinen Gruppen auf dem Fußboden und lasen oder unterhielten sich leise. Der Raum war so überfüllt, dass sie praktisch aufeinandergestapelt waren. Einige saßen teilnahmslos da. Eine weitere Frau wippte permanent mit ihrem Oberkörper vor und zurück und murmelte etwas vor sich hin. Schwester Azar versetzte Anna einen kleinen Stoß, und sie taumelte hinein. Sie hörte ein metallenes Klicken, als die Tür hinter ihr verschlossen wurde.

Sie sah sich neugierigen Blicken ausgesetzt. Verlegen schlurfte sie in eine Ecke des Raumes und setzte sich auf den Boden. Sie zog die Latschen aus und streckte ihre Füße aus. Dabei stieß sie versehentlich an den Rücken einer Frau, die mit einem bösen Blick herumfuhr. Anna zog ihre Knie an und streckte die Füße nun nur noch so weit aus, dass sie die Frau nicht mehr berührte. Allerdings verursachte diese Haltung einen neuen Schmerzensschub. Anna versuchte, sich auf ihre Atmung zu konzentrieren und sich abzulenken, indem sie sich umsah.

Das erste, das sie bemerkte, war die Bekleidung der Frauen. Sie waren allesamt mit T-Shirts, Jeans und Kleidern angezogen. Keine Hidschabs oder Tschadore. Als nächstes stellte sie fest, dass trotz des Platzmangels eine bestimmte Ordnung in dem Raum herrschte. Bettlaken und Bettdecken lagen zusammengefaltet in einer Ecke, Bücher und Schuhe in einer anderen. Tschadore und Taschen hingen an Haken. Anna lehnte sich an die Mauer. Sie war sich nicht sicher, ob sie überhaupt noch mehr sehen wollte. Sie wusste, was passieren würde. Eine Interaktion mit diesem Ort und den Menschen hier würde sie dem Tod ein Stück näher bringen. Sie kniff die Augen zusammen.

Sie wusste nicht, wie viel Zeit vergangen war, als sie ein leichtes Zupfen an ihrem Tschador verspürte. Sie schlug die Augen auf. Eine junge Frau mit verwegenen, kastanienbraunen Locken, die nur durch ein gelbes Stirnband gezähmt wurden, lächelte sie an. Es war das erste echte Lächeln, das Anna seit ihrer Verhaftung gesehen hatte. Sie betrachtete das Mädchen eingehender. Große, ockerfarbene Augen mit nur einem Anflug von fast unsichtbaren Wimpern in einem Gesicht mit zahlreichen Sommersprossen um Nase und Wangen. Die junge Frau hielt Stofffetzen in der Hand und wedelte mit ihnen vor Annas Augen. „Lass mich dir helfen, deine Füße zu verbinden", sagte sie in Englisch.

Dieser kleine Gefallen, den sie ihr tun wollte, war die Initialzündung für einen regelrechten Gefühlsausbruch. Anna begann, lange, tiefe Schluchzer von sich zu geben, die sich zu einem heftigen Weinkrampf steigerten. In diesem Moment glaubte sie, für den Rest ihres Lebens weinen zu können.

EINUNDVIERZIG

Als Annas Tränen endlich versiegt waren, erklärte Nousha ihr, dass sie eine politische Gefangene sei. Sie war für schuldig befunden worden, eine Spionin im Auftrag der Feinde der Revolution zu sein. Als Anna fragte, welche Feinde damit gemeint seien, zuckte Nousha mit den Schultern. „Ich bin eine Kurdin. Und eine sunnitische Muslimin. Der Ayatollah hat den Heiligen Krieg gegen uns erklärt."

Anna kannte das Problem zwischen dem Iran und den Kurden. Die meisten Kurden waren sunnitische Muslime und lebten im Norden des Iran. Sie strebten schon seit jeher nach Unabhängigkeit vom Iran, aber erst nach dem Sturz des Schahs hatten sie begonnen, vehement dafür zu kämpfen. Die meisten Iraner hingegen waren schiitische Muslime und sahen die Kurden als Bedrohung an.

„Selbst wenn", fragte Anna, „hat es nicht immer schon eine kurdische Gemeinde in Persien gegeben?"

„Das stimmt. Manchmal verfolgt man uns, manchmal lässt man uns in Ruhe. Jetzt allerdings... " Nousha atmete tief aus, „sind wir nicht Teil der neuen Gesellschaft – auch wenn wir für den Sturz des Schahs gekämpft haben. Man denkt, dass wir von Kräften im

Ausland gelenkt werden, die das neue System destabilisieren wollen. Also versucht man, uns zu vernichten. Viele Kurden haben den Iran bereits verlassen."

„Warum hast du es nicht getan?"

„Mein Verlobter unterrichtete an einer kurdischen Schule. Er wollte bleiben, solange die Schule noch offen war. Ich habe mich dafür entschieden, bei ihm zu bleiben." Sie seufzte. „Vor einem Monat hat man die Schule geschlossen. Wir versuchten nach Mahabda zu gelangen, um von dort aus in die Türkei zu gehen, aber kurz hinter Teheran hat man uns aufgehalten. Man beschuldigte uns, eine Verschwörung gegen die islamische Regierung angezettelt zu haben. Das war natürlich nicht so, aber das spielte keine Rolle. Mein Verlobter wurde hingerichtet, und ich bin zum Tode verurteilt worden."

Anna packte die Wut. Wie konnte Nousha nur so ruhig bleiben? Warum unternahm sie nichts gegen diese verlogene Scheinanklage? Warum wehrte sie sich nicht mit Händen und Füßen gegen diese Ungerechtigkeit, um am Leben zu bleiben?

Als wisse sie, was Anna dachte, sagte sie: „Ich habe keine Chance, dagegen anzukämpfen. Das ist jetzt mein Leben. Solange es eben noch dauert. Im Paradies wird es mir besser ergehen."

Anna verstand. Sie empfand ähnlich. „Ich bin Christin."

Nousha nickte. „Sie werden dich bedrängen, zu konvertieren."

„Nun, theoretisch habe ich das schon. Durch meine Heirat."

Nousha sah sie prüfend an und neigte dann ihren Kopf. „Warum bist du hier?"

„Sie sagen, dass ich meinen Mann umgebracht habe."

„Und weil du Amerikanerin bist und Amerikaner als Geiseln gehalten werden, ist das eine politische Sache geworden."

Anna nickte.

Nousha berührte ihre Schulter. „Sei tapfer, meine amerikanische Freundin. Ich werde ein Gebet für deine Füße sprechen." Sie stand auf, wandte sich der Mauer zu und flüsterte Worte, die Anna nicht verstand. Erst hinterher fiel Anna auf, dass Nousha nicht gefragt hatte, ob sie Nouri tatsächlich getötet habe.

———

Im Verlauf der nächsten Tage heilten Annas Füße. Sie waren noch immer steif und wund, aber es tat beim Gehen nicht mehr so weh. In ihrem Tagesablauf stellte sich eine gewisse Routine ein. Eine Glocke weckte die Frauen vor der Morgendämmerung zum Gebet, aber da Anna keine Muslimin war, wurde sie nicht gezwungen, daran teilzunehmen. Schon seltsam, so dachte sie, dass ihr ausgerechnet hier eine solche Toleranz entgegengebracht wurde. Andererseits waren die einzigen Bücher, die in der Zelle zur Verfügung standen, der Koran und religiöse Abhandlungen, allesamt in arabischer Sprache.

Nach dem Gebet gab es Frühstück – oder eben das, was man hier Frühstück nannte. Für gewöhnlich bestand es aus Tee und Brot. Als sie den Tee zum ersten Mal trank, bemerkte sie einen ganz eigenen Geschmack. Sie brauchte einen Moment, bis sie wusste, wonach er schmeckte: Wick Vaporub.

„Das schmeckt wie die Salbe, die ich als Kind bekommen habe, wenn ich krank war", sagte sie zu Nousha.

„Das ist Kampfer. Sie fügen es dem Tee hinzu."

„Kampfer? Warum?"

„Er unterbindet die Periode."

Anna zog die Stirn in Falten.

„Sie wollen kein Geld für Hygieneartikel ausgeben."

Anna erstarrte. Wenn Kampfer die Periode unterbindet, was würde es mit einer Schwangeren anstellen? Sie wollte fragen, aber dafür kannte sie Nousha einfach noch nicht gut genug. Nicht auszuschließen, dass sie eine Spionin oder Informantin war. Sie spuckte den Tee aus.

„Einigen Mädels hier macht das nichts aus", sagte Nousha. „Im Gegenteil, sie sagen, dass Kampfer eine lindernde Wirkung hat. Er mindert die Schmerzen."

„Und was sagst du?"

„Wenn du den Tee nicht trinkst, bekommst du Probleme. Der Tee ist das einzige Getränk, das wir haben. Ich glaube, er macht mich lethargisch. Manchmal ruft er Schwellungen hervor. Andere sagen, er macht sie depressiv." Sie zuckte mit den Schultern. „Aber wen interessiert das schon?"

Anna betrachtete den Tee misstrauisch.

Nach dem Frühstück waren die Frauen damit beschäftigt, aufzuräumen, die Decken zu stapeln, Sachen zu ordnen und mit kaltem Wasser abzuwaschen. Nousha berichtete ihr, dass es warmes Wasser nur alle zwei bis drei Wochen gab, und dann auch nur für wenige Minuten.

Den Rest des Morgens verbrachten sie mit Lesen, Reden und auch Tratschen, mit Ausnahme der ‚Abgedrehten', wie Nousha sie nannte, jenen Frauen, die ihren Verstand verloren hatten, die sich entweder völlig von ihrer Umwelt abgesondert hatten oder nur noch Geschwafel von sich gaben. Als Mittagessen gab es mal Suppe, mal Eintopf, aber stets dünn und wässrig. Wenn eine der Frauen einmal das Glück hatte, ein Stück Fleisch in ihrer Schüssel zu finden, präsentierte sie es freudestrahlend den anderen.

Es folgten weitere Gebete, und dann durften die Frauen fast jeden Tag eine Stunde in den Hof gehen, um dort frische Luft zu schnappen. Dabei wurde darauf geachtet, dass die Insassen der verschiedenen Trakte jeweils zu anderen Zeiten in den Hof gelangen konnten; eine Interaktion zwischen den einzelnen Abteilungen wurde damit unterbunden. Und natürlich wurden die Gruppen auch nach Geschlechtern getrennt. Anna wusste somit nicht, wie viele Gefangene hier untergebracht waren. Oder ob sich möglicherweise auch Baba-joon hier im Evin befand.

Anna bemerkte, dass einige Frauen mehr zu haben schienen als andere: Kleidung, Zigaretten, sogar Extraportionen Lebensmittel. Sie fragte Nousha danach.

„Die meisten Mädels hier, die mehr haben als wir, sind Prostituierte, Diebinnen, Überlebenskünstler. Sie wissen, wie der Hase läuft und wie sie das bekommen, was sie brauchen." Nousha rieb ihre Finger aneinander.

„Und wie bekommen sie es?"

„Von der Familie. Während der Besuchszeiten. Dann verstecken sie es und holen es erst heraus, wenn es an der Zeit ist, die Wärter zu bestechen."

„Wo verstecken sie es?"

„Sie nähen es in den Saum ihrer Tschadore ein."

Anna zog die Augenbrauen hoch. Sie musste noch viel lernen.

Abends gab es normalerweise Obst, weiteren Tee und gelegentlich Käse. Anna war gezwungen, den Tee zu trinken, andere Getränke gab es nicht. Um elf Uhr wurden die Lichter ausgeschaltet, aber bei fünfzig Frauen in einem Raum für zwanzig war ein Schlafplatz Luxus. Dicht an dicht mussten sie auf dem Boden oder im Vorraum aneinander rücken. Manchmal musste man sich sogar mit dem Hinlegen abwechseln. Nousha gelang es, einen winzigen Fleck neben sich für Anna zu erkämpfen.

In der dritten Nacht, in der Anna sich hier befand, wachte sie von lautem Krachen auf. „Was war das?" fragte sie mit zitternder Stimme.

Nousha schluckte. Es dauerte einen Moment, bis sie antworten konnte. „Hinrichtungen. Sie erschießen Gefangene."

In dieser Nacht konnte Anna nicht wieder einschlafen.

ZWEIUNDVIERZIG

Das Einzige, das Anna im Überschuss hatte, war Zeit. Zeit, um zu grübeln, zu bedauern, das Geschehene Revue passieren zu lassen. Sie versuchte, den genauen Zeitpunkt zu ermitteln, an dem sie erkannt hatte, dass ihr Leben zerstört war. War es jener Abend gewesen, an dem Nouri sie zugunsten eines seiner zahllosen Treffen verlassen hatte? War es jener Morgen gewesen, an dem er aufgewacht war, sich über sie gebeugt und angewidert angestarrt hatte? Oder als er sich geweigert hatte, sie alleine zu lassen, und sie praktisch wie eine Gefangene gehalten hatte?

Sie erinnerte sich an ein Buch über die fünf Phasen von Kummer und kam zu dem Ergebnis, dass sie diese nun durchlebte, nur mit dem Unterschied, dass sie sie in der falschen Reihenfolge durchlebte. Die Phase der Verleugnung hatte sie schon hinter sich – sie hatte sie erlebt, als Nouri anfing, sich zu verändern. Dann war sie übergegangen zur Suche nach Kompromissen – dem verzweifelten Versuch, gefällig zu sein, um damit alles wieder ins Lot zu bringen. Aber natürlich hatte sie es nicht geschafft, und so war sie in Depressionen versunken, der vierten Phase.

Von diesem Zeitpunkt an sollte sie eigentlich versucht haben,

Akzeptanz zu finden, die gleiche Art von Resignation wie bei Nousha. Aber sie konnte es nicht. Annas lebenslanger Traum – Teil einer echten Familie zu sein und eine eigene zu haben – war zerstört worden. Und das machte sie wütend. Tatsächlich war der Zorn in ihr so schnell hochgekocht wie ein Topf voll Wasser auf einem Gasherd. Aber damit ging auch Klarheit und Zielstrebigkeit einher. Jemand verleumdete sie als Nouris Mörderin. Sie konnte nicht zulassen, dass das so weiterging. Sie musste versuchen, ihren Kopf aus der Schlinge zu ziehen. Und wenn sie sich für immer zuzog, hatte sie es wenigstens versucht.

Anna entwickelte nach und nach ein Vertrauensverhältnis zu Nousha, und eines Tages erzählte sie ihr von Nouris Tod. „An dem Tag, als die Gardisten Baba-joon mitnahmen, eilten Laleh und ich zum Haus. Ich frage mich jetzt im Nachhinein, ob das alles ein abgekartetes Spiel war. Vielleicht war dies der Zeitpunkt, als jemand in mein Haus einbrach und das Messer entwendete."

„Ja, aber wer? Wer wollte Nouri töten? Und wer wollte dir das in die Schuhe schieben?"

„Maman-joon hat mich nie gemocht, wie ich jetzt weiß. Aber ich glaube nicht, dass sie etwas damit zu tun hat. Ich glaube, sie wäre dazu gar nicht fähig. Warum sollte sie ihren eigenen Sohn töten? Sicherlich wäre ihr etwas anderes eingefallen, um mich zu diffamieren. Und Laleh wollte, dass ich ihre beste Freundin werde. Das war natürlich, bevor alles anfing... " Ihre Stimme erstarb.

„Was?"

Anna schüttelte den Kopf. „Nein. Ich kann nicht glauben, dass Laleh dafür verantwortlich ist. Die wichtigste Person in Lalehs Leben ist Laleh. Und sie war fest entschlossen, den Iran zu verlassen und mit ihrem Freund nach London zu gehen."

„Also?"

„Überhaupt hätte sich Laleh mit Nouri gut stellen müssen. Während Baba-joons Abwesenheit wäre er derjenige gewesen, der ihr die Genehmigung zur Ausreise hätte erteilen müssen."

„Wenn sie nicht verheiratet ist, braucht sie nur einen *ghayyem* –

eine Aufsichtsperson – bis sie achtzehn ist. Danach kann sie ihren eigenen Pass beantragen und gehen."

„Sie ist gerade achtzehn geworden", sagte Anna und erinnerte sich daran, dass sie vor ungefähr einem Monat den Tag in ihrem Kalender markiert hatte. Nouri hatte Laleh eine schöne Goldkette geschenkt, die er in der Teheraner Innenstadt gekauft hatte.

„Dann gibt es keinen Grund mehr für sie, sich um die Meinung ihres Bruders zu scheren."

Anna dachte darüber nach.

„Hast du nicht gesagt, dass dein Mann für die Stiftung arbeitete? Die das Vermögen und Eigentum anderer beschlagnahmt?"

Anna nickte. „Die meisten Betroffenen waren Freunde der Familie."

„Na also." Nousha warf ihre Hände in die Höhe und setzte ein triumphierendes Lächeln auf. „Da haben wir's."

„Was?"

„Einer von ihnen war es, um Rache zu nehmen für das, was Nouri ihnen angetan hat."

„Glaubst du?"

„Was würdest du tun, wenn jemand – den du seit einer Ewigkeit kennst und dem du vertraust – in dein Haus käme und alle Wertsachen stehlen würde? Und der, um das Maß vollzumachen, auch noch ein oder zwei Familienmitglieder verhaften lässt?"

Anna legte die Stirn in Falten. Darüber hatte sie noch nicht nachgedacht „Aber warum sollte derjenige *mich* verunglimpfen? Warum nicht Nouri?"

Jetzt war es Nousha, die die Stirn runzelte. „Vergeltung. Du weißt ja: Auge um Auge. Der Koran hält Muslime dazu an, an seinen Feinden Rache zu nehmen."

„Schon möglich", sagte Anna. Aber noch immer verdächtigte sie Hassan. „Selbst nachdem Nouri seinen Vater denunziert hatte, betrachtete Hassan ihn als Bedrohung. Wahrscheinlich weil er mit mir, einer Ungläubigen, verheiratet war." Sie erzählte Nousha von ihrer Theorie, wonach Hassan abgewartet hatte, bis sie das Haus verlassen hatten, um dann einzudringen, das Messer zu stehlen und dann Nouri durch einen seiner Komplizen niederstechen zu lassen. „Mord ist im Iran zu etwas Alltäglichem geworden."

Nousha spielte nachdenklich mit ihren Lippen und zuckte dann mit den Schultern „Da ist noch etwas."

„Was meinst du?"

„Sie werden dir nichts tun, solange dein Baby nicht auf die Welt gekommen ist."

Anna erbleichte. „Woher weißt du, dass ich schwanger bin?"

„Dir war morgens immer übel. Deine Haut hat einen rosigen Glanz. Und dein Bauch hat schon eine kleine Wölbung. Bei dem Essen hier ist es völlig ausgeschlossen, dass man zunimmt."

Anna legte ihren Arm auf Noushas Arm. „Bitte erzähle niemandem davon! Ich selbst habe es auch noch niemandem gesagt."

Nousha zog die Augenbrauen hoch. „Aber du musst es ihnen sagen. In welchem Monat bist du?"

„Ich bin nicht sicher. Im dritten, vielleicht vierten Monat." Sie verspürte nicht die geringste Lust, darüber nachzudenken, wie oft Nouri sie vergewaltigt hatte.

„Aber du *musst* dir darüber Gedanken machen. Du trägst Nouris Kind in dir. Ein iranisches Kind. Wenn sie das wissen, werden sie dich nicht töten. Es verstößt gegen das Gesetz. Man wird sich im Gegenteil besser um dich kümmern."

„Wirklich?" Anna klatschte in die Hände. Zum ersten Mal, seit sie hier im Evin war, sah sie einen Silberstreif am Horizont. Doch dann bemerkte sie, dass Nousha den Augenkontakt mit ihr vermied. Sie blickte zu Boden, so als ob dort plötzlich etwas Interessantes aufgetaucht wäre.

„Was ist, Nousha? Du verheimlichst mir doch etwas."

Nousha blickte auf. Sie sah bekümmert aus. „Man wird dir wahrscheinlich das Baby nach seiner Geburt wegnehmen."

Anna erstarrte.

„Möglicherweise wird man es deinen Schwiegereltern geben. Oder einem kinderlosen Paar."

Anna stellte sich vor, wie Maman-joon oder, noch schlimmer, ein Fremder das Baby aufziehen würde, das in ihrem Bauch wuchs. Nein, das würde nicht, das durfte nicht geschehen! Erst in diesem Augenblick erkannte sie, dass sie das Kind wollte, egal, ob es nun das Produkt einer Vergewaltigung war oder nicht.

„Dann werde ich fliehen. Wie auch immer. Und ich werde das Baby mitnehmen."

Nousha lächelte traurig, als wisse sie, dass Anna nur Tagträumen nachhing. „Wenn das Baby geboren wird, solange du dich im Iran aufhältst, wird es die iranische Staatsbürgerschaft haben. Du wirst es nicht außer Landes bringen können."

„Nein!", schrie Anna laut auf. Ihr Gefühlsausbruch lenkte die Aufmerksamkeit der anderen Frauen auf sie. Sie starrten sie an. Anna mäßigte sich. Es war ihr Kind, dachte sie mit dem Mut der Verzweiflung. Sie würde eisern darum kämpfen, es behalten zu können.

———

Zwei Tage später machte sich freudige Erwartung breit. Die Frauen wuschen sich und zogen saubere Kleidung an. Es war Besuchstag, der einzige Tag, an dem die Gefangenen Besuch von nahen Verwandten empfangen durften. Anna versuchte, sich von dem Trubel nicht anstecken zu lassen. Ihr würde es ohnehin nicht vergönnt sein, in den Genuss von Besuch zu kommen. Laleh und Maman-joon würden niemals freiwillig ins Evin kommen, es sei denn zu ihrer Hinrichtung.

Sie saß auf dem Boden, als die Namen der Frauen aufgerufen wurden. Eine nach der anderen zog ihren Tschador an und verließ den Raum. Etwa eine Stunde später kehrten sie zurück. Viele weinten, ihre zuvor an den Tag gelegte Vorfreude war Betrübnis oder Angst gewichen. Anna war fast schon ein wenig dankbar dafür, dass sie dies nicht durchmachen hatte müssen.

Als sie hörte, dass ihr Name aufgerufen wurde, setzte sie sich überrascht auf. Wer könnte sie besuchen wollen? Langsam erhob sie sich, zog ihren Tschador an und begab sich zu Schwester Azars Büro, wo ihr die Augen verbunden wurden. „Sie werden zu einem speziellen Ort gebracht." Anna erstarrte. Wohin würden sie sie bringen?

Nousha hatte Anna vom Besuchergebäude erzählt. Es war durch eine dicke Glaswand zweigeteilt, auf der einen Seite befanden sich die Familienmitglieder, auf der anderen die Gefangenen. Es gab kein Telefon, durch das man sprechen konnte, die Familien mussten per Zeichensprache oder durch Lippenlesen kommunizieren. Als Anna schließlich aufgefordert wurde, sich zu setzen, erwartete sie, dass sie auf der Seite der Gefangenen sein würde. Als man ihr jedoch die Augenbinde abnahm, sah sie, dass sie sich in einem kleinen Zimmer befand, das sehr dem Raum ähnelte, in dem man sie verhört hatte, als sie zum Evin gebracht wurde. Die Wächter legten ihr Handschellen und Fußfesseln an.

Ihr Puls begann zu rasen, und sie hatte Atemnot. Würde man sie erneut verhören? Ihre Füße peitschen? Oder ihr noch Schlimmeres antun? Vielleicht irrte sich Nousha mit dem, was sie über den Schutz für schwangere Frauen gesagt hatte. Annas Mund wurde trocken. Panik ergriff sie.

Die Tür öffnete sich, und jemand trat ein. Er trug eine Gardisten-Uniform und drehte ihr den Rücken zu. Als er die Tür geschlossen hatte und sich umdrehte, rang Anna nach Atem.

Hassan ging zum Tisch und setzte sich ihr gegenüber. Er lächelte nicht.

Anna brauchte einen Augenblick, um ihre Fassung wiederzuerlangen. „Bist du gekommen, um mir deine Schadenfreude zu zeigen? Du must sehr zufrieden damit sein, wie sich die Dinge entwickelt haben."

Er zögerte einen Augenblick und sagte dann: „Ich weiß, dass du mich hasst, Anna."

Sie gab keine Antwort darauf.

Er wedelte mit der Hand. „Du denkst, dass ich hierfür verantwortlich bin."

Noch immer schwieg sie.

„Anna, ich bin nicht dein Feind."

Anna ballte ihre Hände so sehr zusammen, dass die Fingernägel sich in ihre Haut bohrten.

„Ich bin auf Bijans Bitte hin gekommen."

Sie wich zurück. „Baba-joon?"

„Er ist aus dem Gefängnis entlassen worden. Er ist wieder zu Hause."

„Was? Wie? Wann?"

„Man hat mir gesagt, dass du bereits weißt, dass Nouris Tod als der eines Märtyrers behandelt wird. Aus diesem Grund hat man Mitleid mit der Familie und hat Bijan aus dem Gefängnis entlassen."

Es trieb Anna die Zornesröte ins Gesicht. „Versuchst du mir zu sagen, dass das der Preis ist, den die Familie für Nouris Tod bezahlt hat? Dass es auch sein Gutes hat? Ist das die Art und Weise, mit der du dir selbst vormachst, dass du kein Mörder bist? Du ekelst mich an, Hassan." Sie hätte ihn angespuckt, auf den Fersen kehrtgemacht und wäre aus dem Zimmer gestürzt, wenn sie gekonnt hätte.

Hassan blieb erstaunlich ruhig. „Es gibt da einige Sachen, die du nicht weißt, Anna."

„Ich weiß, dass du ein Mörder bist."

„Ich habe Nouri nicht umgebracht." Hassan sprach leise und wählte seine Worte mit Bedacht. „Aber es stimmt, dass wir beide uns gestritten haben."

„Du warst wütend, weil ich dich aus unserem Haus rausgeschmissen habe."

„Nein", sagte er nach einer langen Pause. „Das ist es nicht."

Sie starrte ihn an. Wie konnte er nur so heuchlerisch tun und die Wahrheit verdrehen?

Hassan räusperte sich. „Nouri hat in der Tat für die Stiftung gearbeitet. Und ich habe ihm dabei geholfen, diesen Job zu bekommen. Zu dieser Zeit dachte ich, dass er eine gute Besetzung sei. Weil seine Familie weitreichende Beziehungen hat, weil er wusste, wonach er Ausschau halten musste und was er nehmen konnte."

Sie schnaubte verächtlich. „Einschließlich des Hauses seiner eigenen Eltern? Hast du Nouri dabei geholfen, seine eigene Familie zu verraten?"

„Nein." Er machte eine Pause. „Ich habe versucht, es zu verhindern. Aber die Stiftung wollte seine Loyalität testen."

Und er hat den Test bestanden, dachte sie. „Also hatte ich Recht."

„Aber nicht, was mich betrifft. Nouri und ich haben uns gestritten, weil…" Er schluckte. „…Nouri eingezogene Sachen unterschlagen hat."

Anna fühlte sich plötzlich, als hätte ihr jemand den Kopf gegen die Mauer gerammt. Ihre Stimme brach. „Was?"

„Die Stiftung bezahlt nicht gut. Jedenfalls nicht genug für Leute, die eine Familie ernähren müssen. Das meiste Vermögen der Samedis war weg. Also behielt Nouri ein wenig von der Beute für sich. Die Stiftung interessiert das nicht sonderlich. Wenn einmal ein Armreif verschwindet oder eine Diamant-Halskette nicht im Inventar erscheint, drückt man schon einmal ein Auge zu."

„Willst du damit sagen, dass Nouri ein Dieb war?"

„Wir haben heftig darüber diskutiert. Ich sagte ihm, dass er aufhören müsse. Er sagte mir, dass er nicht genug zum Leben habe. Ich sagte ihm, dass das genau der Punkt war, gegen den wir ankämpfen wollten, genau das, was die Revolution ändern sollte." Hassan setzte eine leidvolle Miene auf. „Als wir jung waren, waren wir wie Brüder, weißt du. Nouri und seine Familie haben mir immer geholfen. Ob ich nun Schulbücher brauchte, oder Bekleidung und Essen, sogar für gelegentliche Kinobesuche haben sie ausgeholfen. Ich habe wahrscheinlich mehr Zeit in ihrem Haus verbracht als in meinem eigenen. Ich dachte, dass ich ihm durch die Vermittlung des Jobs bei der Stiftung ein wenig davon zurückzahlen könnte." Hassan nestelte nervös an seiner Uniform. „Es ist nicht schlimm, was die Stiftung macht. Aber ich habe nicht gedacht, dass Nouri sich selbst bereichern würde, anstatt die beschlagnahmten Gegenstände den wirklich Bedürftigen zukommen zu lassen."

„Also hast *du* ihn getötet."

„Anna, denk doch mal nach. Warum sollte ich ihn töten wollen? Ich hätte ihn verhaften lassen können. Und das hätte ich auch gemacht, wenn... " Er hörte abrupt auf zu sprechen.

„Wenn was? Wenn nicht ein anderer ihn getötet hätte? Erwartest du wirklich von mir, dass ich dir das glaube, vor allem nach dem, was du mir gerade erzählt hast?"

„Anna, ich war empört darüber, was Nouri getan hat. Aber Empörung und Mord sind zwei verschiedene Paar Schuhe. Ich war es nicht. Ich schwöre es bei Allah."

„Wer war es also dann?"

„Ich weiß es nicht, aber ich weiß, dass du es nicht warst."

Anna fuhr zurück. Sie riss überrascht den Mund auf.

„Du hast Nouri geliebt. Du hast ihn auch gehasst, auf die gleiche Art wie ich. Aber du bist zu sanftmütig, als dass du ihm etwas hättest antun können. Du bist einer Verschwörung zum Opfer gefallen, und auch wenn du es mir wahrscheinlich nicht glauben wirst, sage ich dir, dass ich versuchen werde, dich hier herauszuholen. Auch Bijan tut das. Ich habe gehört, dass er Kontakt mit deinem Vater in Amerika aufgenommen hat. Er hat beschlossen, dass es für die Familien höchste Zeit wird, den Iran zu verlassen. Laleh wird noch in diesem Monat gehen, Nouris Eltern kurz danach ... "

Trotz allem spürte Anna einen schwachen Hoffnungsschimmer.

„Ich weiß nicht, wann es passieren wird, oder wie. In diesem neuen Rechtssystem habe ich nicht viele Beziehungen. Auch Bijan nicht. Ich kann dir nur sagen, dass du nicht verzweifeln darfst. Du hast Freunde."

Anna sah ihn nur an.

„Ich weiß, dass du keine Muslimin bist, aber ein paar Gebete könnten schon helfen."

DREIUNDVIERZIG

Am nächsten Tag beobachteten Anna und Nousha die Wärter beim Verteilen der Päckchen, die die Familienmitglieder bei ihren Besuchen mitgebracht hatten, zumeist Bekleidung, die die Frauen den Mithäftlingen stolz vorführten. „Natürlich haben die Wärter die besten Sachen für sich selbst abgezweigt", sagte Nousha mit einem verbitterten Unterton.

„Seltsam, dass du das sagst", meinte Anna.

Mit hochgezogenen Augenbrauen blickte Nousha sie fragend an.

Seit Hassans Besuch war Anna recht verwirrt. Sie wusste nicht, ob sie ihm glauben sollte. Sie erzählte Nousha davon.

„Warum sollte Hassan sich die Mühe eines Besuchs machen, nur um dich anzulügen? Er ist ein vielbeschäftigter Mann. Welchen Vorteil sollte er daraus ziehen?"

„Ich weiß es nicht", musste Anna zugeben. „Aber wenn Hassan – oder seine Komplizen – Nouri nicht getötet haben, wer war es dann?"

„Wie schon gesagt. Es war jemand, dessen Reichtum – dessen Vermögen – Nouri beschlagnahmt hat."

„Aber woher hätte derjenige die genaue Zeit kennen können,

während der wir nicht zu Hause waren, um dann einzubrechen und das Messer zu stehlen? Und warum würde er es auf mich schieben wollen? Das ergibt immer noch keinen Sinn."

Nousha setzte eine nachdenkliche Miene auf, umklammerte ihre Knie und wippte vor und zurück. „Du sagtest, sein Vater sei aus dem Gefängnis entlassen worden?"

„Ja, aber die Familie will das Land verlassen. Laleh wird noch in dieser Woche gehen."

„Die Schwester, die gerade achtzehn geworden ist?"

Anna nickte. Sie sahen zu, wie eine der Frauen gerade ihre neue Unterwäsche präsentierte.

„Woher hat sie das Geld, um zu verschwinden?"

„Ich nehme an, Bijan hat es ihr gegeben."

„Aber du sagtest doch, dass sie ihnen nichts gelassen haben."

„Das stimmt."

„Woher haben sie also das Geld, um auszuwandern?"

Anna dachte darüber nach. „Wie viel brauchen sie?"

„Genug für die Flugtickets plus Bestechungsgelder, damit sie auch sicher sein können, sie zu erhalten, plus genügend Geld für den Ort, den sie sich ausgesucht haben. Man kann nicht von Luft und Liebe leben . . . "

„Was Laleh anbelangt, so hilft ihr möglicherweise ihr Freund Shaheen. Aber bei den anderen weiß ich es wirklich nicht."

Noushas Augenbrauen schnellten wieder nach oben. „Nun, ich glaube, dann solltest du es herausfinden."

———

Am nächsten Morgen brachte ein Wärter Anna zum Büro von Schwester Azar. Zaghaft klopfte sie an die Tür.

„Herein."

Sister Azar saß hinter ihrem Schreibtisch. Mit ihrem schwarzen Tschador und der Kopfbedeckung erinnerte sie Anna an eine Nonne. Aber in den meisten Teilen der Welt war die Entscheidung, Nonne zu werden, eine Lebensaufgabe. Und eigentlich waren Nonnen eher selten Gefängnisaufseherinnen. Schwester Azar trug eine Brille, und ihr Gesicht kam Anna plötzlich nicht mehr so streng vor wie bei ihrer ersten Begegnung.

„Bitte, Schwester, kann ich mit Ihnen reden?"

Sie sah von ihren Unterlagen auf, nahm die Brille ab und musterte Anna von oben bis unten. „Ja?"

Anna schluckte. „Ich muss Ihnen etwas sagen."

Schwester Azar sah Anna erwartungsvoll an.

„Ich bin schwanger."

Schwester Azar schien nicht überrascht zu sein. „In welchem Monat?"

„Im vierten, denke ich. Mein Mann und ich . . . "

Anna bemerkte deutliche Zeichen von Erleichterung bei Schwester Azar. Anna fand zuerst, dass dies eine seltsame Reaktion war, doch dann verstand sie. Die Frauen berichteten häufig hinter vorgehaltener Hand, wie sie von Wärtern vergewaltigt wurden. Aber Anna war erst seit einem Monat im Evin. Zu kurz. Es war offensichtlich, dass auch Schwester Azar diese Rechnung angestellt hatte.

„Nun, herzlichen Glückwunsch. Inschallah, Sie werden einen wunderschönen iranischen Sohn haben."

Anna nickte ihr kurz zu.

Hinterher bemerkte Anna subtile Veränderungen in der Haltung der Wärter, insbesondere auch der Wärterinnen. Sie waren natürlich nie freundlich, schienen jetzt aber immerhin weniger ausfällig zu sein. Sie brachten ihr sogar anderen Tee als den, den die anderen bekamen. Ohne Kampfer. Aber Anna blieb trotzdem unruhig. Was würde geschehen, wenn sie immer noch im Evin war, wenn das Baby zur Welt kam? Würde man es ihr wegnehmen? Sie ließ ihre Hände über ihren Bauch kreisen. Dies war das Kind, das in einem Anfall von Wut gezeugt wurde. Das Kind, das sie nicht wollte. Aber die Ironie des Schicksals wollte es, dass genau dieses Kind ihre Lebensversicherung war. In gewisser Weise rettete also Nouri ihr das Leben.

Vielleicht war es diese Ironie, die Annas Wut, die sie bisher auf ihn gehabt hatte, langsam verrauchen ließ. Sie wollte den Nouri in Erinnerung behalten, den sie in Amerika kennen gelernt hatte, nicht den Nouri, zu dem er nach der Revolution geworden war. Ihre Wut kanalisierte sich nun auf Nouris Mörder und die Suche nach ihm. Sie fragte sich, ob dies wohl bei allen Menschen der Fall war, die einen geliebten Menschen durch einen Mord verloren. Selbst wenn man einen Menschen zu Lebzeiten verabscheute, so erhielt er nach seinem Tod doch die Aura von Anstand, vielleicht sogar von Unantastbarkeit, die er zeit seines Lebens nie gehabt hatte. Das war schon recht kompliziert, dachte sie. Es gab nicht den Anspruch auf die absolute Erkenntnis. Mit Ausnahme der, zu der sie gelangt war: Den Wunsch zu leben, den Wunsch, das Kind zu behalten und den Wunsch nach Gerechtigkeit.

Einige Tage später kamen zwei Wärterinnen in die Zelle und tippten Nousha auf die Schulter. „Holen Sie Ihre Sachen und ziehen Sie Ihren Tschador an."

Stille trat ein. Die Häftlinge blickten betreten zu Boden, starrten auf die Wände oder tauschten Blicke aus – alles, nur um Nousha nicht ins Gesicht sehen zu müssen. Anna jedoch beobachtete, wie Nousha ihren Tschador und sonstige Kleidung sowie ihre persönlichen Sachen zusammensammelte. Erhobenen Hauptes und mit tapferem Lächeln sah sie Anna an. Diese legte den Arm um ihre Freundin. Auf den letzten Drücker durchwühlte Nousha ihre Sachen, zog ein Buch hervor und drückte es Anna in die Hände. „Denk an mich!", sagte sie feierlich. Die Wärterinnen packten sie an den Armen und führten sie aus der Zelle.

Anna blätterte in dem Buch. Es war eine arabische Ausgabe des Korans. Anna konnte nur mit Mühe die Tränen zurückhalten, als sie das Buch durchblätterte. Den Rest des Tages ging es ihr hundeelend; sie war unfähig, sich auf irgendetwas zu konzentrieren. Zur Schlafenszeit steckte sie den Koran als Glücksbringer unter ihr notdürftig zurechtgemachtes Kopfkissen, aber sie konnte nicht einschlafen. Sie wartete auf das dumpfe Geräusch der Gewehre. Als es schließlich kam, rollte eine Träne ihre Wange hinunter.

Am nächsten Morgen wachte sie mit starken Magenkrämpfen auf. Zuerst dachte Anna, dass es sich um menstruale Beschwerden handle, bis ihr in den Sinn kam, dass dies ja unmöglich war. Sie versuchte, die Schmerzen zu ignorieren, aber im Gegenteil, sie verstärkten sich und waren schließlich so heftig, dass sie ihr fast den Atem raubten. Sie versuchte aufzustehen, doch sofort wurde ihr schwindlig, und ihre Muskeln fühlten sich wie Gummi an. Es war, als senke sich dichter Nebel über sie. Das Letzte, das sie wahrnahm, war der Boden, auf den sie aufschlug.

VIERUNDVIERZIG

Die nächsten zwölf Stunden kämpfte sie darum, wieder Klarheit zu erlangen, aber ihr Umfeld verstärkte ihre Traumatisierung nur noch. Es war wie in einem Fellini-Film. Grelle Lichter, kahle Wände, Ärzte in weißen Kitteln, ihnen zur Seite Nonnen. Der Geruch von Alkohol und Jod. Anflüge von qualvollen Schmerzen. Wohltuende Dunkelheit. Erst später merkte sie, dass die gutturalen Laute ihrer eigenen Kehle entwichen. Befehle, die ihr erst in Farsi, dann auf Englisch zugerufen wurden. Sanfte Stimmen, die Fürsprache für sie einlegten. Hitzewallungen, bis die Laken schweißgetränkt waren, gefolgt von Schüttelfrostanfällen.

Irgendwann hob sie jemand an, und augenblicklich stellte sich ein stechender Schmerz ein. Dann ein Poltern, das forsche Zuschlagen einer Tür, und ihr ganzer Körper begann zu rebellieren. Das Gefühl, dass sie sich in irgendeinem Fahrzeug befand. Weitere Lichter, Stimmen, Ärzte, Nonnen. Heftige Stöße, Masken über Nase und Mund. Der Weg zurück in die Dunkelheit.

Es gab auch Träume. Ein zorniger Nouri. Ein netter Nouri. Nouri und sie im Liebesspiel, beim Schwimmen im Kaspischen Meer. Irgendjemand war bei ihnen. Das Baby! Aber warum konnte es schwimmen? Sie sah das Bild eines Wals mit seinem Nachwuchs, aber als sie den Kopf drehte, um sie sich näher anzusehen, war das Bild wieder verschwunden, und sie fuhr mit Nouri durch die Wüste zurück von Esfahan. Die Sonne brannte unbarmherzig nieder, und der Sand peitschte mit solch einer Macht, dass es stach wie Tausende kleiner Feuerameisen. Sie hatte riesigen Durst. Ihr Vater kam mit einem Glas kalten Wassers. Sie dankte ihm. Es kam ihr nicht seltsam vor, dass er im Iran war. War er schon die ganze Zeit hier gewesen? Bevor sie fragen konnte, sank sie zurück in die Dunkelheit.

———

Eine Stimme bedrängte sie, aufzuwachen. Widerwillig bahnte sich Anna ihren Weg zurück ins Bewusstsein. Sie war so angenehm gewesen, die Dunkelheit. Sie war warm und gemütlich gewesen. Anna wollte nicht, dass sie von ihr wich.

„Sie sind sehr krank gewesen", sagte eine Stimme mit breitem englischem Akzent.

Anna versuchte krampfhaft, die Augen zu öffnen. Nur schemenhaft nahm sie ihre Umgebung wahr. Sie blinzelte langsam und drehte ihren Kopf in Richtung der Stimme. Eine Krankenschwester hielt ihr Handgelenk und maß den Puls. Anna blinzelte erneut, und langsam lichtete sich der Schleier vor ihren Augen. Die Krankenschwester sah aus wie eine Nonne in ihrer Ordenstracht mit schwarzer Kopfbedeckung, die bis an ihre Taille reichte. Unter dem Umhang trug sie einen weißen Manteau, der wie eine Regenjacke aussah.

„Wer . . .", krächzte Anna, musste aber nach diesem einen Wort schon innehalten. Eine tiefe Schläfrigkeit befiel sie.

„Nicht sprechen", sagte die Frau. „Sie sind schwach. Sie sind in einem Krankenhaus in Teheran." Sie presste ihre Lippen aufeinander. „Sie sind zusammengebrochen . . . im Evin-Gefängnis. Ich bin Schwester Zarifeh. Ihre Krankenschwester."

Anna runzelte die Stirn. Nur bruchstückhaft konnte sie sich erinnern: ihre ausgepeitschten Füße; Schwester Azar, die sie über ihre

Brille hinweg musterte; ein kurdisches Mädchen namens Nousha. Gab es sie wirklich? War das die Realität oder nur ein weiterer Traum? Doch schlagartig fiel es ihr wieder ein – Nousha war hingerichtet worden. Anna konnte nicht schlafen. Und dann war da plötzlich dieser stechende Schmerz in ihrem Bauch.

„Das Baby? Ist alles gut mit ihm? Was ist passiert?"

Die Krankenschwester blinzelte und wandte dann ihren Kopf zur Seite. „Es tut mir so leid. Sie hatten eine Fehlgeburt. Es hat stark geblutet . . . Wir wussten nicht . . . sie wussten nicht, ob Sie überleben würden. Deshalb hat man Sie hergebracht."

Anna sank zurück auf das Kopfkissen. Sie ließ es zu, dass ihr die Augen zufielen. Es gab keinen Grund, wachzubleiben. Nicht mehr.

———

In den nächsten Wochen wechselten sich lange Schlafphasen mit Wachzuständen ab, wobei diese manchmal nahtlos ineinander übergingen. Die Ärzte und Krankenschwestern versuchten, sie anzuspornen und zu ermuntern. Allmählich wurden die Wachphasen Annas immer länger, und sie nahm nun bewusster ihre Umgebung war. Sie war alleine in einem kleinen Krankenhauszimmer. Weiße Wände, schwarze Gitter am Fenster, das einen Blick auf eine Steinmauer preisgab. Die Tür zu ihrem Zimmer war zu, wahrscheinlich abgeschlossen. An ihrem oberen Ende befand sich ein kleines Fenster. Der antiseptische Geruch des Krankenhauses war intensiv, aber immerhin gab es hier nicht den Geruch von Krankheit und Verderben. Kein Geruch von fettigen Haaren. Oder von Safran.

Schwester Zarifeh versorgte sie tagsüber, aber die Nachtschicht übernahm eine andere Krankenschwester, eine griesgrämige Frau, die selten sprach. Aber auch bei ihr fühlte Anna sich gut versorgt. Der Tee war gut und stark, und vor allem frei von Kampfer. Das Essen, wenngleich Schonkost, schmeckte überraschend gut.

Eines Morgens fragte sie Schwester Zarifeh, warum sie nicht mehr im Evin-Gefängnis war.

„Wie ich Ihnen schon sagte. Sie brauchten eine Notfallbehandlung, die im Evin nicht möglich war. Deshalb wurden Sie hierher gebracht."

Anna deutete auf die Gitter. „Bin ich in einem Gefängnis-Krankenhaus?"

Die Schwester schüttelte den Kopf. „Sie sind in einer Sonderabteilung des staatlichen Krankenhauses in Nord-Teheran."

„Was für eine Abteilung ist das?"

„Die Abteilung für Kriminelle und Gefangene."

Anna war schlagartig entmutigt. Sobald sie wieder genesen war, würde man sie zurück ins Evin-Gefängnis bringen. Sie hatte geträumt, dass sie aufgrund eines Erlasses, einer Begnadigung, eines Wunders oder was auch immer, frei gekommen sei und dass das Martyrium ein Ende gefunden habe. Nun fiel sie, ergriffen von einer neuen Woge der Hoffnungslosigkeit und Verzweiflung, zurück auf das Kopfkissen.

Die Krankenschwester schien zu wissen, was sie dachte. „Seien Sie froh, dass wir Sie nicht festgeschnallt haben. Die meisten Gefangenen werden ans Bett gefesselt, sogar im Krankenhaus."

Anna gab keine Antwort. Ob sie nun angekettet war oder nicht, machte keinen Unterschied, sie konnte nirgendwo hingehen, denn das Nirgendwo war bereits da. Sie krümmte sich zu einer Fötusstellung zusammen und starrte auf die Mauer. Sie war dazu verdammt, im Iran zu sterben. Genau wie Nousha würde sie den Rest ihres Lebens im Gefängnis verbringen und auf den Tag warten, an dem die Wärter auftauchten und ihr befahlen, ihre Sachen zusammenzusuchen. Es war schon paradox, dass sie sie zunächst gesund pflegten, um sie dann später zu töten.

Sie drehte sich auf den Rücken und blickte aus dem Fenster. Nur ein winziges Stück Himmel war über der Steinmauer zu erkennen. Sie starrte auf den blauen Fetzen und fragte sich, ob er den Schlüssel zu ihrer Freiheit darstellte. Draußen, in der freien Welt, neigte sich der heiße iranische Sommer dem Ende entgegen. Noch wischten sich die Menschen den Schweiß von der Stirn und freuten sich auf die kühle Regenzeit.

Die Teheraner, die lange Sommernächte auf ihren Dachterrassen verbracht hatten, würden bald wieder in ihre Betten gehen. Schon bald würden die Märkte vollgestopft mit Obst und Gemüse sein. Anna erinnerte sich an die Vormittage, die sie damit zugebracht hatte, die frischesten und erlesensten Waren aufzustöbern. Sie hatte ein scharfes Auge dafür entwickelt, und die Ladeninhaber konnten ihr keine minderwertigen Waren mehr andrehen. Aber selbst solche kleinen Annehmlichkeiten wie die, Obst zu kaufen, würden ihr nie wieder vergönnt sein.

Erneut fiel sie in einen tiefen Schlaf. Aus unerfindlichen Gründen waren ihre Träume besonders lebhaft. Es war so, als ob ihr Unterbewusstsein den Verlust ihres Babys verarbeitete, indem sie ihre eigene Kindheit nochmals durchlebte. Sie befand sich mit ihrer Mutter und ihrem Vater auf dem Spielplatz ihrer Grundschule. Sie drängten sie dazu, zu schaukeln, und freuten sich, als sie immer höher und schneller hin und her schwang. Anna war es peinlich, zuzugeben, dass sie Angst hatte. Wenn sie zu hoch hinaus wollte, würde es die Familie zerstören, und ihre Mutter würde nach Paris ziehen. So lächelte sie tapfer und holte weiter Schwung, immer in der Angst, dass sie zu hoch schwingen könnte. Oft nahmen ihre Träume dann noch gespenstischere Züge an; sie spürte, wie Gott sie bestrafen wollte, weil sie anfangs das Kind nicht gewollt hatte.

Einige Stunden später erwachte sie. Ein Arzt hatte das Zimmer betreten, um sie zu untersuchen. Nachdem er damit fertig war, fragte sie: „Herr Doktor, werde ich noch Kinder haben können?"

Sie bemerkte, wie sich seine Stirn in Falten legte. Er ließ sich Zeit mit der Antwort. Wusste er mehr als sie?

„Ich weiß es nicht", sagte er schließlich.

Sie sah ihn prüfend an und kam zu dem Ergebnis, dass er die Wahrheit sprach und dass seine Antwort besser war als ein unqualifiziertes ‚Nein'.

„Wie lange bin ich schon hier?"

„Sie haben nach der Fehlgeburt eine Staphylokokkeninfektion entwickelt. Wahrscheinlich aus dem Evin-Krankenhaus. Darum wurden Sie hierher gebracht."

„Ich verstehe. Wie lange ist das her?"

„Etwa einen Monat."

Anna war überrascht, dass sie schon so lange hier war. Einen Großteil dieser Zeit hatte sie gar nicht bewusst wahrgenommen. „Besteht die Möglichkeit, dass ich einige Bücher in englischer Sprache erhalte? Ich würde so gerne lesen."

Der Arzt sagte, er werde sich danach erkundigen, aber sein Tonfall verriet ihr, dass dies nur so dahingesagt war. Sie war letztlich eben doch nur eine Gefangene. Unbedeutend. Nachdem er gegangen war, ließ sie sich erneut in das Kopfkissen fallen.

Sie erinnerte sich an Hassans Besuch im Evin – es kam ihr vor wie vor einer Woche, musste aber mehr als einen Monat zurückliegen. Er hatte gesagt, dass sie versuchen würden, sie dort herauszubringen. Dass Bijan Kontakt mit seinem Vater aufgenommen habe. Dass die Familie plante, den Iran zu verlassen. Laleh würde in einem Monat gehen. Wut ergriff sie. Laleh konnte gehen, und sie nicht.

Später am Nachmittag wachte sie aus einem Schlummer auf, als ein Streit draußen auf dem Flur vor ihrer Tür entbrannte. Die Kontrahenten, ein Mann und eine Frau, unterhielten sich mit laut erhobener Stimme in Farsi. Vermutlich war es ein Streit zwischen einem Wärter und einer Krankenschwester. Krankenschwestern wollen pflegen, Wärter wollen bestrafen. Dann ebbte das Stimmengewirr allmählich ab, aber Annas Interesse war geweckt. Sie war schläfrig, konnte sich aber dennoch vage an einen anderen Streit vor nicht allzu langer Zeit erinnern. Worum ging es dabei? Zwischen wem wurde er ausgetragen? Wo? Sie konnte ihn zeitlich nicht einordnen, aber irgendetwas in ihr sagte ihr, dass sie es besser tun sollte. Sie versuchte, sich zu konzentrieren, aber es gelang ihr nicht. Schließlich gab sie auf.

Erst nach ihrem aus Suppe und Toast bestehenden Abendessen – man hatte damit begonnen, ihr feste Nahrung zu geben – kam unvermittelt die Erinnerung. Es war eine Kontroverse zwischen Laleh und Nouri gewesen. Ein Streit, der sie – wie der heutige – aus dem Schlaf gerissen hatte. Sie hatte damals nicht viel von dem verstehen können, was gesagt wurde, aber beide waren wütend gewesen und hatten sich gegenseitig Beleidigungen an den Kopf geworfen.

Sie erinnerte sich daran, wie Nouri, feindlich gestimmt und mit hochrotem Kopf, auf sie losgegangen war, als sie aus dem Schlafzimmer kam. Wie Laleh unterdessen schnell aus dem Haus verschwunden war, ihre Tasche schulternd. Wie Nouri zornig ausrief, dass alle Frauen in der Familie ungehorsame Huren seien. Sie zog die Stirn zusammen. Dann kam ihr eine weitere Erinnerung. Laleh, wie sie sich im dritten Stock ihres Hauses herumgetrieben hatte, während Anna unten sauber gemacht hatte. Im dritten Stock, in dem es nichts weiter gab außer einer kleinen Kammer und einer Tür zum Dach.

Die Kammer.

Die Kammer, die Nouri in Beschlag genommen hatte. An jenem Tag, als sie ihren Pass gesucht hatte, hatte sie auch dort nachgesehen, aber das Zimmer war leer gewesen. Zumindest war es ihr so erschienen. Sie dachte gründlicher darüber nach. Als sie alle Puzzlestücke zusammengesetzt hatte, musste sie tief Luft holen. Sie blickte sich in ihrem Krankenzimmer um. Sie musste schnell wieder gesund werden. Sie musste hier raus! Sie wusste jetzt, wer Nouri ermordet hatte. Und warum.

FÜNFUNDVIERZIG

Einige Tage später sagte Schwester Zarifeh bei einem Schichtwechsel auf Wiedersehen zu Anna. Anna wunderte sich ein wenig. Normalerweise wünschte sie eine gute Nacht. Wahrscheinlich war es nur ein kleiner Versprecher.

„Bis morgen", antwortete Anna. Sie aß auf und fragte sich, wie sie nur die langen Stunden bis zum Schlafengehen verbringen sollte. Sie fühlte sich besser. Sie dachte, dass sie bald in der Lage sein könnte, das Krankenhaus zu verlassen. Aber mit zunehmender Genesung stellte sich auch erneut ein Angstgefühl ein. Sobald sie feststellten, dass es ihr besser ging, würden sie sie zurück nach Evin schicken. Es wäre sicherlich klüger, vorzugeben, dass sie noch immer krank war.

Sie wälzte sich im Bett hin und her. Als Ergebnis ihrer fortschreitenden Genesung musste sie nun auch feststellen, dass das Krankenhausbett unbequem und hart war. Das Gleiche galt für das Kopfkissen. Endlich fiel sie in einen leichten Schlaf. Sie träumte, wie sie die Midway Plaisance in Chicago entlanglief, als sie plötzlich spürte, wie sie jemand am Arm zog. Sie ignorierte es, in der Annahme, dass dies ein Teil ihres Traums wäre. Jemand wollte mit ihr laufen, obwohl sie noch nie in ihrem Leben mehr als 100 Meter gelaufen war. War es Nouri? Sie spürte ein weiteres Zupfen am Arm. „Lass mich, ich versuche zu laufen", versuchte sie zu sagen, doch nun hörte sie, wie jemand ihren Namen flüsterte.

„Anna, Anna, wach auf! Beeil dich!"

Das Flüstern war sanft und doch eindringlich. Mit Mühe brachte Anna ihre Augenlider hoch. Die Nachtschwester stand neben ihrem Bett. Warum flüsterte sie ihren Namen? Anna war irritiert.

Die Schwester beugte sich dichter über sie. „Anna, erkennst du mich?"

Anna öffnete ihre Augen ein Stück weiter und blickte die Schwester aufmerksam an. Sie sah die nonnenähnliche Tracht, den weißen Manteau darunter. Dann konzentrierte sie sich auf das Gesicht der Schwester. Das Licht war schwach, aber plötzlich kam ihr die Erleuchtung. Die Person neben ihrem Bett war nicht die Nachtkrankenschwester. Es war Roya!

Anna holte tief Luft. „Wie bist du . . . was ist hier los?"

Mit den Fingern auf ihren Lippen bedeutete Roya ihr zu schweigen. „Wir müssen hier raus."

„Wie spät ist es?"

„Es ist drei Uhr morgens. Kannst du gehen?"

Anna fuhr sich mit der Zunge über die Lippen. „Ich . . . ich glaube schon."

„Gut. Ich habe hier eine Uniform für dich. Zieh sie an! Schnell!"

Anna war jetzt hellwach. Ihr Puls fing an zu rasen. Langsam schwang sie ihre Beine über die Bettkante und stellte sich hin. Sie war bereits regelmäßig ins Bad gegangen, fühlte sich aber immer noch unsicher auf den Beinen. Roya ergriff ihren Arm und gab ihr den weißen Manteau. Gemeinsam zogen sie ihn über ihren Kopf.

„Jetzt das hier." Roya entfaltete eine Kopfbedeckung, die sie aus ihrem Gewand hervorgeholt hatte. Sie half Anna dabei, sie anzulegen und zu befestigen. Schließlich händigte sie Anna noch ein Paar Schuhe mit Gummisohlen aus und half ihr dabei, sie anzuziehen. Sie waren ihr zu klein, aber Roya sagte: „Es muss gehen."

„Wie hast du nur all das . . . "

„Später", unterbrach sie Roya ruhig. „Wir haben nur wenig Zeit. Hör genau zu! Ich verlasse jetzt das Zimmer, aber ich werde sicherstellen, dass die Tür nicht verschlossen ist. Ich gehe nach links, den Korridor hinunter. Am Ende dieses Korridors werde ich nach rechts abbiegen. Am anderen Ende des Ganges befindet sich eine Tür nach draußen. Du zählst bis zwanzig und folgst mir dann. Dies ist der gefährlichste Teil. Sprich mit niemandem! Kein einziges Wort. Wenn dich jemand anspricht, nicke nur und gehe weiter. Ich warte auf der anderen Seite der Tür hinter dem blühenden Strauch auf dich. Wenn du in zehn Minuten nicht da bist, muss ich gehen. Hast du das verstanden?"

Anna nickte.

„Gut. Dann geht es jetzt los."

Ohne ein weiteres Wort zu sagen, öffnete Roya die Tür und schlüpfte aus dem Zimmer. Anna lauschte dem dumpfen Geräusch ihrer Schritte, die langsam verhallten.

Anna spürte, wie ihr Mund trocken wurde. Ihre Hände zitterten. Wie hatte Roya dies nur angestellt? Anna wünschte sich nichts sehnlicher als zu entfliehen, aber was wäre, wenn jemand versuchen würde, sie aufzuhalten? Was wäre, wenn sie entdeckt würde? Dann entsann sie sich, dass sie bis zwanzig zählen sollte. Sie vermutete, dass sie mittlerweile bereits bei zehn sein müsste. Sie zählte also weitere zehn herunter.

Sie ging zur Tür und drehte den Knauf. Wie Roya versprochen hatte, war die Tür unverschlossen. Anna atmete tief ein. Sie würde nun zum ersten Mal das Zimmer verlassen, seit man sie hierher gebracht hatte. Vorsichtig öffnete sie die Tür. Die Krankenschwesternstation befand sich rechts am anderen Ende des Korridors. Zu ihrer Linken sah Anna eine Reihe geschlossener Türen. Niemand war zu sehen. Keine Krankenschwester, kein Arzt, keine Wärter. Sie entsann sich, dass es mitten in der Nacht war.

Zögerlich wagte Anna einen Schritt nach links. Es fiel ihr schwer, nicht zu laufen – nicht so schnell den Korridor entlangzurennen wie es ihr möglich wäre, nicht dem Ausgang entgegenzuhasten. Aber das wäre zu verräterisch! So trottete sie förmlich den Korridor entlang, einem blauen Streifen folgend, der in der Mitte des Bodens angebracht war. Sie wagte kaum zu atmen.

Nach einer ihr endlos erscheinenden Zeit erreichte sie das Ende des Korridors und bog rechts ab. Vor ihr lag ein weiterer Gang. An seinem anderen Ende verschwand gerade eine Person durch eine Tür. Das musste Roya sein, die ihren Weg nach draußen beschritt. In die Freiheit!

Anna folgte ihr. Der Geruch von Jod lag in der Luft, genauso wie ein gummiartiger Geruch, der sie an Klebeband erinnerte. Hinter einer der Türen murmelte jemand etwas. Waren es Gebete, die dort gesprochen oder gesungen wurden? Sie versuchte, beim Gehen keine Geräusche zu verursachen, hörte aber leise knirschende Schritte – ihre eigenen – auf dem Linoleumboden. Das fluoreszierende Licht, matt und schattenlos, tauchte alles in ein gespenstisches Blau.

Sie erreichte eine Stelle, von der sie annahm, dass sie etwa den halben Weg markierte. Nun musste sie noch etwa dreihundert Meter zurücklegen. Sie marschierte weiter. Sie konnte bereits die Umrisse der Tür, die nach draußen führte, erkennen. Nun waren es nur noch etwa zweihundertvierzig Meter. Obwohl ihr nun jeder Schritt so vorkam, als durchwandere sie einen ganzen Straßenzug, überkam sie doch allmählich das Gefühl, dass sie es schaffen könnte. Sie beschleunigte ein wenig ihren Gang. Hundertachtzig Meter. Mehr nicht.

Plötzlich rief hinter ihr eine Frauenstimme. *„Khâhar vâysâ!* Halt!" Eine Tür schloss sich hinter ihr. „Ich brauche Ihre Hilfe, Schwester."

Anna verlangsamte ihren Schritt. Wer hatte da hinter ihr hergerufen? Wahrscheinlich eine Krankenschwester. Möglicherweise sogar die Nachtkrankenschwester, die sie pflegte. Aber Roya hatte angeordnet, nicht anzuhalten. Sich auf niemanden einzulassen. Aber wenn sie es nicht täte, würde die Krankenschwester Verdacht schöpfen, oder? Anna ignorierte sie. Sie war nur noch fünfzehn Meter von der Freiheit entfernt. Gerade einmal fünfzehn Meter!

Die Frau rief in einem Wortschwall aus Farsi hinter ihr her, schnell und wütend. Anna konnte die Wörter nicht verstehen, aber der Ton war unmissverständlich. Sie sagte vermutlich etwas wie: „Haben Sie keine Ohren? Was ist los mit Ihnen?" Aber Anna war zu dicht von der Freiheit entfernt, als dass sie jetzt hätte anhalten können. Es wäre wohl am besten, so zu tun, als hätte sie nichts gehört. Wenn die Frau ihr ins Freie folgte, könnte Roya möglicherweise etwas sagen oder tun. Sie ging weiter.

Die Stimme der Frau folgte ihr, dichter nun. Anna hat das Gefühl, als flögen winzige Vögel in ihrem Magen umher. Die Frau kam hinter ihr her. Annas Hände zitterten. Sie versteckte sie in den Falten ihrer Uniform. Auf diese Weise durfte das nicht enden! Nicht nach all dem, was sie schon erreicht hatte. Sie war jetzt nur noch sieben Meter von der Tür entfernt. Sie musste sich beherrschen, nicht zu laufen.

Plötzlich öffnete sich eine Tür hinter ihr, und die Stimme eines Mannes erklang. Ein Wärter? Ein Patient? Ein Arzt? Er sprach die Schwester in Farsi an. Anna konnte es nicht verstehen. Sie wollte es auch gar nicht. Bat er sie, still zu sein? Sagte er ihr, dass es spät war und dass Menschen versuchten zu schlafen? Die Frau antwortete. Ihre Stimme war leise, aber bestimmt. Anna stellte sich vor, wie sie mit ihren Armen ruderte und auf Anna deutete. Es waren nur noch fünf Meter. Sie ging weiter. Drei.

Der Mann antwortete etwas. Seinem Tonfall nach zu urteilen, kritisierte er die Schwester. Diese versuchte es ein weiteres Mal. Anna erreichte unterdessen die Tür. Sie öffnete sie und schlüpfte hindurch. Sie war draußen. Ein ausgetretener Pfad führte von der Tür um die Ecke des Gebäudes.

Sie spähte in beide Richtungen. Ein Strauch mit roten Blüten war auf der einen Seite der Tür zu sehen, ein Scheinwerfer warf langgezogene Schatten davon auf den Pfad. Anna zwängte sich hinter den Strauch. Sie sah einige Meter von sich entfernt Roya, die sich tief duckte. Eilig erklärte Anna, was passiert war. Roya nickte, bat Anna, zu bleiben, wo sie war, stand auf und klopfte sich Zweige und Blätter von ihrer Uniform. Dann wanderte sie in der Nähe der Tür auf und ab, bis die Frau, die Anna verfolgt hatte, in der Tür erschien.

„Was machen Sie denn nur, Schwester?", fragte die Frau. „Ich habe Sie mehrmals gerufen."

„Ich wollte nur ein wenig frische Luft schnappen, Schwester", sagte Roya.

Im Licht des Scheinwerfers erhaschte Anna einen Blick auf das Gesicht der Frau. Die Krankenschwester – Anna konnte sehen, dass sie eine Uniform trug – blickte Roya misstrauisch an. „Wer sind Sie?"

„Das ist meine erste Schicht hier. Ich bin vom Pars-Krankenhaus hierher gewechselt." Roya gab einen Seufzer von sich. „Dieser Ort ist . . . nun, er ist deprimierender als ich dachte."

Die Frau stemmte ihre Hände in die Hüfte. „Die Krankenschwester, die ich suche, war nicht so groß wie Sie."

Annas Herz tat einen Sprung. Sie war zierlich. Roya war mindestens zehn Zentimeter größer. Die Frau hatte es offensichtlich bemerkt.

„Sie ist gerade hier herausgekommen. Haben Sie sie gesehen?"

Einen Moment lang herrschte Schweigen. Oh Gott, was würde Roya tun? Anna hielt den Atem an.

Endlich sagte Roya: „Ich war das, Schwester. Ich bin gerade hier heraus gegangen. Ich bin gar nicht so groß. Mein Bruder hat mich immer damit aufgezogen, dass ich zu klein bin." Sie kicherte.

Das Schweigen der Frau verriet Anna, dass sie Roya eingehend musterte und dabei abwog, ob sie die Wahrheit sprach. Schließlich murmelte die Frau: „Nun, jetzt ist es zu spät. Ich brauche Sie nicht mehr." Damit drehte sie sich um und ging wieder hinein. Schnell kehrte wieder Stille ein, doch Anna fühlte sich beschwingt. Es war die Stille der Freiheit.

Noch nie hatte sich die Luft so süß angefühlt, noch nie so sanft die

Dunkelheit, noch nie so hell die Sterne. Anna schwebte förmlich über den Pfad. Sie war frei! Nie wieder würde sie diese Freiheit als selbstverständlich ansehen.

„Wie hast du das angestellt, Roya? Ich kann es noch immer nicht fassen. Du . . . ”

„Beeile dich!” Roya beschleunigte ihren Schritt. „Wir sind noch nicht in Sicherheit.”

Anna folgte ihr auf den Fersen auf dem Weg zur Straße.

„Nein”, flüsterte Roya. „Geh neben mir! Wenn wir jemandem begegnen, sind wir zwei Krankenschwestern in der Pause.”

Aber zu dieser Zeit, mitten in der Nacht, hielt sie niemand auf. Unbehelligt verließen sie das Krankenhausgelände und überquerten die Straße. Die einzigen Geräusche stammten vom Knirschen der gummibesohlten Schuhe auf dem Bürgersteig. Die Mullahs hatten verfügt, dass Frauen nur Schuhwerk mit Gummisohlen tragen durften, wie Anna sich erinnerte. Das Klappern von Schuhen mit Absätzen wurde als zu aufreizend angesehen.

Anna gelang es, mit Roya Schritt zu halten, doch sie keuchte und atmete schwer. Ein Adrenalinschub hatte ihre Flucht bislang angeheizt, aber jetzt, da sich alles wieder beruhigte, wurde ihr bewusst, wie schwach und ohne Kondition sie war.

„Es ist nicht mehr weit”, ermutigte Roya sie. Sie bog auf eine Ladenstraße mit kleinen, dicht gedrängten Geschäften ein. Es gab keine Beleuchtung in den Schaufenstern, und die Straße war wie leergefegt, mit Ausnahme eines am anderen Ende geparkten Wagens. „Dorthin”, wies ihr Roya den Weg.

Anna blickte in die Richtung, in die Roya deutete, und konnte die Silhouette eines Mannes am Lenkrad erkennen. Sie gingen weiter, und als sie den Wagen erreichten, riss Roya die Tür auf. Es war Hassan, der hinter dem Steuer saß. Er trommelte mit den Fingern auf das Armaturenbrett. Als er Anna sah, hörte er damit auf.

Anna lächelte. Hassan hatte die Wahrheit gesagt, als er sie im Evin besucht hatte. Er würde ihr bei der Flucht helfen.

„Auf den Rücksitz!", ordnete er mit ruhiger Stimme an. „Schnell!"

Anna gehorchte. Roya setzte sich nach vorn. Innerhalb von zehn Sekunden hatte Hassan den Motor gestartet und ausgeparkt. Mit quietschenden Reifen verschwanden sie in den Straßen Teherans.

SECHSUNDVIERZIG

„Wie habt ihr das gemacht?", fragte Anna.

Roya antwortete. „Hassan hat...Beziehungen."

„Aber das... das hätte ich nie... ich bin euch so dankbar."

Hassan fiel ihr ins Wort. „Es ist noch zu früh dafür, uns zu danken. Deine Reise beginnt gerade erst."

„Welche Reise?"

„Hör genau zu, Anna", sagte Hassan. „Bei Tagesanbruch wirst du einen Bus nehmen. Er wird dich nach Bazargan bringen."

„Bazargan?"

„Das ist ein kleiner Ort – ein Teil von Maku – in der Nähe der Grenze zur Türkei. Dort wirst du einen kurdischen Mann treffen. Er wird den Ornat eines Geistlichen tragen. Er hat ein Auto. Er wird einen gültigen iranischen Pass und genügend Geld für dich mitbringen, damit du über die Grenze gelangen kannst."

„Einen iranischen Pass? Wo hat er den her?"

Hassan gab keine Antwort darauf. „Der Bus fährt zum Zoll-Terminal. Du wirst den Mann vor dem Gebäude treffen. Nachdem du den Zoll passiert hast, wird er dich nach Dogubeyazit fahren, etwa fünfundzwanzig Kilometer hinter der türkischen Grenze. Dort kannst du deine Rials in Lira und Dollar tauschen."

„Warum Dollar?"

„In der Türkei nimmt man Dollar. Man liebt sie", sagte Hassan. „Sobald du in Dogubeyazit bist, wirst du dir ein Busticket nach Ankara kaufen, wo du zur amerikanischen Botschaft gehen wirst. Sobald du dort angelangt bist, wird die Botschaft Kontakt mit deinem Vater aufnehmen, und du wirst einen amerikanischen Pass erhalten. Dann kannst du nach Amerika fliegen."

Anna schlug die Hände vor den Mund. Sie wollte so gern glauben, dass der Alptraum ein Ende fand, aber ihre Erfahrung sagte ihr, dass sie vorsichtig sein musste. „Wer hat das arrangiert?"

„Wir alle", sagte Hassan „Baba-joon, dein Vater . . . "

„Baba-joon?"

Hassan sah sie durch den Rückspiegel an. „Du hast genug gelitten. Du gehörst nicht hierher. Wir wissen, dass du Nouri nicht getötet hast."

Anna erwiderte durch den Spiegel seinen Blick. „Bedeutet das, dass du weißt, wer es war?"

Hassan zögerte. „Ich habe einen Verdacht, aber keinen Beweis."

Anna fragte sich, ob sein Verdacht mit ihrem übereinstimmte. Sie dachte darüber nach, was Hassan gesagt hatte, und schon fast konnte sie die Freiheit spüren. Sie war so nah, fast nur einen Atemzug entfernt. Aber sie konnte sich darauf nicht ausruhen. Sie hatte noch etwas zu erledigen. „Ich kann den Beweis erbringen. Aber er ist zu Hause. Ich muss dorthin, um ihn zu holen."

Hassan fuhr an den Straßenrand und hielt an. Mit großen Augen drehte er sich um. „Du weißt, wer Nouri getötet hat?"

„Wenn es etwas im Evin im Überfluss gegeben hat, dann war es Zeit. Zeit, nachzudenken. Ja, ich weiß, wer ihn getötet hat. Und ich muss die Dinge wieder ins rechte Lot rücken."

Hassan sah Anna an, als wolle er etwas erwidern, aber Roya kam ihm zuvor. „Bist du verrückt? Wir haben keine Zeit zu verschwenden! Du musst den Iran verlassen, bevor sie bemerken, dass du weg bist. Du kommst zu mir nach Hause – wir werden dich bis zur Dämmerung verstecken. Dann wirst du in den Bus steigen. Das ist der Plan."

„Roya, ich muss das erledigen, bevor ich verschwinde."

Roya schüttelte den Kopf. „Du kannst nicht zurück zum Haus in Shemiran. Die Gardisten überwachen es."

Anna verschränkte ihre Arme. „Sind sie die ganze Zeit dort? Vierundzwanzig Stunden lang?"

Roya blickte Hassan an.

„Nein", räumte er ein. „Aber sie können jederzeit unerwartet auftauchen."

Anna schob ihr Kinn vor. „Du bist ein Gardist. Du kannst sie ablenken, falls erforderlich. Ich muss das einfach tun. Es wird nur einige Minuten dauern. Dann werden wir zu den Samedis gehen."

Roya schüttelte immer noch den Kopf. „Nein, das ist nicht möglich."

„Sieh mal", beharrte Anna. „Ich . . . ich weiß, dass die Sache zwischen mir und Nouri aus dem Ruder lief. Aber das war nicht immer so. Am Anfang, als wir uns kennen lernten . . . als wir in den Iran kamen . . . " Ihre Stimme zitterte, und Anna hörte auf zu sprechen. Sie biss sich auf die Lippe. Als sie endlich weitersprach, war ihre Stimme fest und bestimmt. „Ich muss . . . ich will die Sache klarstellen. Für Nouri. Das schulde ich seinem Andenken. Das schulde ich dem Mann, der er einmal war. Und der Aussicht auf das, was aus uns hätte werden können."

„Ausgeschlossen", sagte Roya. „Es wurde alles sorgfältig geplant. Baba-joon wird mit der Busfahrkarte zu mir nach Hause kommen. Er möchte auf Wiedersehen sagen."

„Sag mir, wer Nouri getötet hat", forderte Hassan Anna auf. „Sobald du in Sicherheit bist, werde ich dafür sorgen, dass der Gerechtigkeit Genüge getan wird."

Annas Magen zog sich zusammen. Im Evin, und später auch im Krankenhaus, hatte sie alle Zeit der Welt gehabt, um gründlich nachzudenken. Jetzt galt es, keine Zeit mehr zu verlieren. In Wirklichkeit war ihr Wunsch, Gerechtigkeit herbeizuführen, nicht einfach nur durch ihr Andenken an Nouri motiviert. Der Kummer über den Verlust ihres Babys war eine mindestens ebenso große Motivation. Das Baby war kein Produkt der Liebe, das wusste sie, und dennoch hatte sie sich nach dem Kind gesehnt. Sie hatte das Kind mit all der Liebe und Zuwendung überschütten wollen, die sie selbst nie erfahren hatte. Aber wer immer auch Nouri getötet hatte – und sie dafür des Mordes bezichtigt hatte – hatte ihr die Möglichkeit dazu genommen.

Sie könnte es Hassan überlassen. Sie glaubte ihm – inzwischen – dass er der Gerechtigkeit zum Sieg verhelfen wollte. Aber würde er sein Versprechen auch halten können? Die Familie bedeutete alles im Iran. In vielen Fällen war sie das Einzige, das den Iranern geblieben war. Wie könnte sie sicher sein, dass Hassan sich der Herausforderung würde stellen können? Oder dass Baba-joon dies zulassen würde? In Krisenzeiten hält eine Familie oft zusammen, um einem gemeinsamen Gegner zu begegnen. Es war zu riskant. Wenn jemand handeln musste, dann war es Anna. Selbst wenn das bedeutete, einige Stunden länger im Iran verbringen zu müssen.

„Roya, Hassan, ich weiß, dass ihr es gut mit mir meint. Aber es muss sein. Wir haben keine Zeit, zu streiten."

„In diesem Punkt stimmen wir dir zu", sagte Hassan. „Aber wenn du das tust, bedeutet das, dass du gefangen genommen werden könntest. Dieses Mal würden sie sicherstellen, dass du nicht nochmals entfliehen kannst. Bist du bereit, dieses Risiko auf dich zu nehmen?"

Anna zuckte ungeduldig mit dem Fuß. „Ich dachte, dass es unmöglich sein würde, aus dem Evin herauszukommen. Aber ihr habt es möglich gemacht. Wenn Allah, oder welcher Gott auch immer, will, dass ich den Iran verlasse, so wird es geschehen."

Hassan und Roya murmelten etwas in Farsi. Anna dachte, dass Hassan sie gehen lassen wollte, aber Roya schüttelte immer noch den Kopf.

Anna fiel ihnen ins Wort. „Hassan, wenn ich im Haus das finde, wonach ich suche, gibt es nur noch eine weitere Sache, die du für mich erledigen musst."

———

Das Haus, in dem Anna mit Nouri gelebt hatte, war in leere Dunkelheit gehüllt. Ein amtliches Dokument war am Tor angebracht, was Anna zu der insgeheimen Frage veranlasste, ob auch ihr Vermögen beschlagnahmt worden war. Wenn das der Fall war, wäre das, wonach sie suchte, möglicherweise verschwunden. Sie zögerte, kletterte dann aus dem Auto und eilte zum Tor. Es war nicht verschlossen, was sie erneut innehalten ließ. Waren Menschen dort drin? Vielleicht hatte die Stiftung irgendwelchen Nichtsesshaften erlaubt, dort einzuziehen. Schliefen sie womöglich sogar in ihrem Bett?

Leise öffnete sie das Tor, schlüpfte hindurch und hielt an der Seite des Innenhofes an. Das Haus sah verlassen aus. Es befanden sich keine Schuhe oder sonstige Dinge auf der Terrasse, keine Lichter brannten, und es gab keinen Hinweis darauf, dass jemand das Haus bewohnte. Aber wie konnte sie sicher sein? Sie zwang sich, ihre Angst abzuschütteln, öffnete das Tor weiter und winkte Hassan und Roya zu sich herüber.

Der kleine Pool im Hof war mit Blättern der Esche bedeckt. Langsam und still trieben sie im Wasser. Es hatte sich eindeutig niemand darum gekümmert. Ein Gefühl der Traurigkeit überkam sie. Sich die Zerstörung vorzustellen, war die eine Sache, sie zu sehen, die andere. Doch dann straffte Anna die Schultern. Jetzt war nicht die Zeit für Sentimentalitäten. Sie ging zur Vordertür und versuchte, sie zu öffnen. Sie war verschlossen. Anna drehte sich um. Hassan und Roya beobachteten sie.

Anna und Nouri hatten vorsorglich einen Schlüssel in einer kleinen Schachtel bei der Esche vergraben. Anna ging zurück zum Baum, kniete sich nieder und grub mit den Händen in der Erde. Sie fand die Schachtel, entnahm den Schlüssel und eilte zurück zur Tür.

Der schwache Geruch vermodernden Mülls kam ihr beim

Betreten des Hauses entgegen. Paradoxerweise betrachtete Anna dies als gutes Zeichen. Hier war niemand – falls doch, hätte er doch sicher den Müll entsorgt. Sie blickte sich um. Das schwache Licht warf Schatten, schwer und lang. Auf Fußspitzen ging Anna um sie herum, unwillig, sie durch Einschalten des Lichts zu stören.

Beim Betreten des Wohnzimmers stieß sie einen kleinen Schrei aus. Selbst im schwachen Licht konnte sie die Unordnung erkennen. Jemand hatte den Ort durchsucht. Bücherregale waren leergeräumt worden, hübsche Schalen lagen nun in Scherben zerschmettert in der Ecke. Jemand hatte die eingerahmten Fotografien, die Kerzenständer und weitere Kleinigkeiten gestohlen. Auch die Sofakissen fehlten.

Anna ging in die Küche. Die meisten Schubladen waren aufgezogen worden und ragten unterschiedlich weit geöffnet hervor. Ihr schönes Silber war weg, ebenso ihr Wedgewood-Porzellan. Ein Blick auf den Messerblock zeigte ihr, dass auch die Steakmesser verschwunden waren. Zweifellos, um sie als Beweis gegen sie zu verwenden. Anna spürte, wie sich ihre Augen mit Tränen füllten. All diese sinnlose Zerstörung! Anna drehte sich zu Hassan und Roya um. „Ich gehe hoch. Es dauert nur eine Minute. Ihr bleibt hier und haltet nach den Gardisten Ausschau."

Im Schlafzimmer hätte sie fast, einem Automatismus folgend, das Licht angemacht, besann sich aber gerade noch rechtzeitig eines Besseren. Mit den Fingern immer noch auf dem Lichtschalter zitterte sie bei dem Gedanken daran, wie dicht sie davor gewesen war, einen Fehler zu begehen. Roya hatte Recht. Es gab keine Garantie dafür, dass das, was sie vorhatte, klappen würde, und die Zeit war knapp bemessen.

Sie streifte die Krankenschwestertracht ab, zog eine Jeans und ein T-Shirt an und ergriff dann den Tschador, der an einem Haken an der Tür hing. Sie öffnete den Safe im Schlafzimmer – Gott sei Dank hatte niemand die Kombination geändert – und tastete im Dunkeln darin herum. Er war leer. Sie war davon nicht überrascht.

„Beeil dich, Anna!", murmelte Roya von unten.

Anna blickte aus dem Fenster. Die Dunkelheit der Nacht lichtete sich langsam in ein dunkles Grau. Die Morgendämmerung nahte. Anna schloss den Safe. Beim Verlassen des Schlafzimmers hing sie den Tschador über das Treppengeländer und ging hinauf in den dritten Stock. Die Kammer! Anna packte den Türknauf und drehte ihn. Die Tür ließ sich leicht öffnen. Anna wunderte sich. Müsste sie nicht verschlossen sein?

Sie spähte hinein. Sie blickte auf fünf mit Bettdecken, Bettlaken und Winterkleidung gefüllte Regale. Aus irgendwelchen Gründen waren diese Sachen nicht durchwühlt worden. Sie fragte sich, warum nicht, verdrängte dann aber diesen Gedanken. Sie räumte die Bettdecken auf dem obersten Regal beiseite und untersuchte, was dahinter lag. Aber sie sah nichts als die nackte Wand. Genauso ging sie beim zweiten Regal vor. Immer noch nichts! Erst im dritten Regal, das sie inspizierte, fand sie, wonach sie suchte. Sie erblickte die Kontur einer Täfelung, die in die Mauer eingelassen und in der gleichen Farbe angestrichen worden war. Ein Geheimfach! Wahrscheinlich ein zweiter Safe. Einer, von dem Nouri ihr nie erzählt hatte.

Anna konnte ein triumphierendes Lächeln nicht unterdrücken. Sie erinnerte sich daran, wie Laleh an dem Tag, als Baba-joon verhaftet wurde, eine Flasche Likör aus dem geheimen Safe der Samedis hervorgeholt hatte. Wie Laleh plötzlich erkannt hatte, dass sie unbedacht ein Geheimnis verraten hatte und dann kein Wort mehr gesagt hatte. Anna erinnerte sich ebenfalls daran, wie Laleh ihr mitgeteilt hatte, dass sie als frische Absolventin der Architekturschule beim Bau des Hauses in Shemiran mitgeholfen hatte. Dies hier musste Lalehs Idee gewesen sein.

Aber Annas Triumph war nur von kurzer Dauer. Sie fuhr mit den Händen die Kanten entlang und suchte nach einem Riegel oder einem anderen Mechanismus, mit dem sie die Tür öffnen könnte. Aber alles an der Vertäfelung war glatt. Der Safe war versperrt. Und nirgends gab es ein Kombinationsschloss. Sie zog die Stirn in Falten.

Hassan rief hinauf. Seine Stimme war heiser vor Anspannung. „Anna! Wir müssen gehen!"

„Kannst du ein Messer aus der Küche holen? Ein kleines, aber mit scharfer Klinge?"

„Anna, bitte!"

„Tu es einfach!" Sie war selbst überrascht von der Kraft in ihrer Stimme.

Hassan eilte hinauf und fischte ein Taschenmesser aus seiner Tasche. „Nimm das!" Er gab es Anna. „Aber mach schnell!"

Sie ließ die Klinge aufschnappen und fuhr damit über den kleinen Spalt an der oberen Kante der Vertäfelung, doch Anna brachte sie nicht auf. Sie wandte sich an Hassan. „Versuche du es!"

Er lehnte sich an die Wand, untersuchte die Täfelung und ließ seine Finger an der Ober-und Unterseite entlanggleiten. Dann führte er die Klinge wie einen Keil an der oberen Kante der Vertäfelung entlang. Diesmal drang er mit der Klinge tiefer ein. Er schlitzte von rechts nach links durch, und schon hörten sie ein Klicken, als sei etwas entriegelt worden. Die Vertäfelung öffnete sich einen kleinen Spalt von etwa einem Zentimeter. Anna zog die Klappe ganz auf.

Im Inneren befand sich ein wahrer Schatz aus Goldmünzen, Geldscheinen, Ketten, Ringen und Armbändern. Auch Papiere, die wie Pfandbriefe oder Aktien aussahen, fand sie vor. Kleine Samttäschchen mit Kordeln. Broschen und Ohrringe. Anna war sprachlos vor Erstaunen. Hassan starrte auf die Sachen. Es stimmte also tatsächlich: Nouri hatte bei der Märtyrerstiftung wertvolle Dinge unterschlagen. Er hatte das Zeug hier untergebracht. Anna blickte Hassan an, der ihren Blick erwiderte und auf ihre Reaktion wartete.

Aber Annas Gedanken kreisten noch immer um den Fund. Sie versuchte zu erraten, wie lange Nouri für die Stiftung gearbeitet hatte – etwa vier Monate, vermutete sie. Sie tauchte ihre Hand in den Safe und nahm eine saphirbestückte Halskette heraus. Sie erinnerte sich vage. Hatte nicht eine Dame der bei ihrer Hochzeit geladenen Gäste diese Halskette getragen? Sie glaubte sich zu erinnern, wie Laleh – oder war es Maman-joon – der Dame, die sie trug, Komplimente gemacht hatte. Diese hatte die Kette in Antwerpen zu einem Schnäppchenpreis gekauft.

Als Anna so dastand und die Halskette befühlte, füllten sich ihre Augen erneut mit Tränen. Ein gemeiner Dieb! Das war aus Nouri geworden! Ein Mann, der stehlen und dann mit dem Hab und Gut der Leute, die er kannte – Freunde seiner Eltern – hehlen gehen musste, um ein Auskommen zu haben. Traurigerweise war das der perfekte Job für einen Mann in seiner Lage. Vielleicht auch der einzige Job, den ein Mann wie er ausüben konnte. Er hatte gewusst, wo etwas zu holen war. Er hatte der Stiftung gesagt, wo sie suchen musste, und die Stiftung hatte gehandelt. Anna versuchte zu schlucken, aber ihre Kehle war trocken. Trotz ihrer Abscheu gegen das, was Nouri getan hatte, verstand sie doch, dass er auf die einzige Art und Weise, die ihm eingefallen war, für sie gesorgt hatte.

„Was ist?", fragte Hassan.

Anna gab keine Antwort. Sie schämte sich so sehr. Sie hatte nicht gewusst, was Nouri tat, aber sie hätte es wissen müssen. Ihr war so elend zumute gewesen, sie war so versessen darauf gewesen, den Iran zu verlassen, dass sie nie auf die Idee gekommen war, sich zu fragen, woher das Geld eigentlich kam. Sie hatte vermutet, dass Baba-joon sie immer noch unterstützte – obwohl sie rückblickend zugeben musste, dass das unmöglich war, angesichts der Tatsache, dass sein Vermögen beschlagnahmt worden war und er im Gefängnis saß. Wenn sie nicht so sehr mit ihrer eigenen Verzweiflung beschäftigt gewesen wäre, hätte sie vielleicht mitbekommen, dass die Stiftung Nouri nicht genügend bezahlte.

Anna starrte auf die Saphir-Halskette. Gehörten nicht auch passende Ohrringe dazu? Ja! Sie erinnerte sich, wie die Frau auf der Hochzeit sich ans Ohr fasste und – in falscher Bescheidenheit – errötete, als Maman-joon großen Wirbel um die Schmuckstücke gemacht hatte. Auch Laleh hatte sie sehr bewundert. Hatte bemerkt, dass sie einzigartig seien. So erlesen und umwerfend. Anna begann, nach den Ohrringen zu suchen. Sie waren nicht im Safe. Aber sie waren Teil des ganzen Sets. Warum hätte Nouri sie getrennt verkaufen sollen? Er hätte schon sehr verzweifelt sein müssen, um so etwas zu tun. Oder jemand anders war es gewesen.

Annas kniff die Augen zusammen. Sie wusste, wer die Ohrringe hatte. Sie hoffte, dass es nicht zu spät war.

Royas Stimme durchschnitt mit einem Male die Stille, konnte kaum die Panik unterdrücken. „Hassan, ein Wagen ist vorgefahren! Ich vermute, es sind die Gardisten!"

Hassan richtete sich auf. Er und Anna tauschten Blicke aus. Er deutete auf den Safe. „Schließ ihn wieder zu!" Er stieg die Treppe hinab und rief Roya zu: „Ich werde sie zum Gartenweg auf der Rückseite führen. Wenn wir außer Sichtweite sind, bring Anna zum Auto!" Dann rief er noch über die Schulter: „Anna, achte darauf, dass du dich im Fond des Autos hinlegst. Auf den Boden. Damit dich niemand sieht."

Anna sah zur Dachluke hinaus. Violette Streifen zeichneten sich am grauen Morgenhimmel ab. Sie würden sich bald zu einem Pink aufhellen, gefolgt von einem strahlenden Sonnenaufgang über dem Horizont. Anna wandte sich wieder dem Safe zu und raffte einige Sachen aus dem Geheimversteck, einschließlich der Saphir-Halskette, zusammen. Sie warf sie in eine Tüte, griff nach ihrem Tschador und eilte die Treppen hinunter.

SIEBENUNDVIERZIG

In der anbrechenden Morgendämmerung rasten sie durch die Straßen von Teheran. Anna war auf dem Boden zwischen Vorder- und Rücksitz eingekeilt. Bei jeder Bodenwelle durchzuckte Anna ein Schmerz in der Wirbelsäule. Hassan und Roya saßen schweigend nebeneinander. Anna bereitete sich mental auf das vor, was kommen würde. Wie Anna gebeten hatte, hatte Hassan mit den Gardisten gesprochen – sie folgten ihnen in einem anderen Fahrzeug.

Sie kannte die Strecke zum Haus der Samedis, eine Reihe scharfer Abbiegungen sagte ihr, dass sie angekommen waren. Hassan stellte den Motor ab und stieg aus, während Anna lauschte, wie die Gardisten mit ihrem Auto hinter ihnen anhielten. Auch sie stellten den Motor ab. Einen Moment später murmelte Hassan etwas in Farsi.

„Er sagt den Gardisten, dass sie aussteigen sollen", sagte Roya ruhig. „Nun führt er sie zum hinteren Teil des Hauses." Anna nickte eher sich selbst als Roya zu. Es wurde so gemacht wie geplant. Das Tor quietschte, als es geöffnet wurde. Hassan rief leise aus:

„Schnell! Geht!"

Roya zog den Sitz vor, und Anna kletterte aus dem Auto heraus. Hassan schloss sich ihnen an, und gemeinsam schlüpften sie durch das Tor.

„Hast du zufällig einen Schlüssel vom Haus mitgenommen?", fragte Roya.

Anna schüttelte den Kopf.

Hassan sah auf seine Uhr. Es konnte erst kurz nach sechs sein. Er nickte Roya zu, die an die Tür klopfte. Keine Antwort. Hassan verlagerte sein Gewicht. „Es ist noch früh."

Roya stellte sich auf die Zehenspitzen und spähte durch eine kleine Glasscheibe in der Tür in die Eingangshalle. Verwundert wich sie zurück. „Schau mal!"

Hassan blickte durch das Glas und zog seine Augenbrauen in die Höhe.

„Was ist denn?", fragte Anna, deren Puls plötzlich wie ein Motor hämmerte.

„Da stehen Koffer auf dem Boden", sagte Roya. „Ein schwarzer Mantel ist darübergelegt."

Erleichtert atmete Anna aus. Es war noch nicht zu spät. „Klopf nochmal!"

Roya tat es, dieses Mal fester.

Es dauerte einige Augenblicke, ehe ein Poltern und Geräusche im Inneren zu vernehmen waren. Die Tür wurde geöffnet. Bijan war noch damit beschäftigt, sein Hemd in die Hose zu stopfen. Er hatte sich einen Bart stehen lassen, der eher grau als schwarz sprießte. Er sah erschöpft und zerknautscht aus, wie eine zusammengeknüllte Stofftasche. Als er Hassan und Roya sah, blickte er verblüfft drein, aber als er Anna in ihrem Tschador erkannte, sah er sie mit weit aufgerissenen Augen an.

„Das verstehe ich nicht." Er blickte abwechselnd Hassan und Roya an. „Laut Plan sollten wir uns in deinem Haus treffen."

„Sie hat darauf bestanden, hierher zu kommen", erwiderte Roya achselzuckend.

„Sie muss etwas erledigen", fügte Hassan hinzu.

„Hallo, Baba-joon", sagte Anna.

Bijan starrte Anna an. Seine Augen bekamen einen hellen Glanz. Zunächst dachte Anna, dass dies Ausdruck seiner Freude war, sie nach so langer Zeit wiederzusehen, doch dann erkannte sie, dass es langsam einsetzende Angst war, die sich in seinen Augen widerspiegelte. Er weiß es, dachte Anna. Er hat es herausgefunden.

Dennoch blieb er äußerlich ruhig und küsste sie auf beide Wangen. „Ich bin überglücklich, dich wiederzusehen, meine Tochter. Du hast eine schwere Zeit hinter dir."

„Wo ist Laleh?"

Bijans Augen funkelten wissend auf. Es war ihm zugutezuhalten, dass er keine Ausflüchte machte. „Sie verlässt den Iran heute. Genau wie du", fügte er hinzu.

In diesem Moment kam Maman-joon die Treppe herunter. „Wer ist das so früh morgens, Bijan?"

Sie trug einen Bademantel. Ihr Haar war ungekämmt, ihre Haut teigig. Sie sah aus, als wäre sie gerade erst aufgestanden, aber als sie Anna sah, war sie schlagartig hellwach und erstarrte auf der Treppe. Ihr Mund formte sich zu einem perfekten ‚O'.

„Was macht sie hier?", giftete Maman-joon. „Haltet sie fest! Ruft die Gardisten! Und das Komiteh! Sie muss aufgehalten werden."

Niemand bewegte sich.

„Was ist los mit euch?" Maman-joon fuchtelte wild mit ihren Armen herum. „Sie hat unseren Sohn getötet!" Sie eilte die Treppe herunter in Richtung des Telefons.

Baba-joon schnitt ihr den Weg ab und packte sie an den Schultern. Reue und Scham hatten sich in sein Gesicht eingegraben. Anna glaubte, dass dieser Ausdruck nie wieder verschwinden würde. „Parvin", sagte er. „Anna hat Nouri nicht getötet."

„Wovon sprichst du?", kreischte Parvin mit immer lauterer Stimme. Sie streckte ihre Arme aus, als wolle sie böse Geister abwehren. „Sie ist eine Hexe. Sie hat euch mit einem Fluch belegt. Wie hätte sie sonst aus dem Gefängnis entkommen können? Wir müssen sie aus unserem Leben eliminieren."

Anna ignorierte Maman-joons Hasstiraden und sah Bijan an. „Wo ist Laleh?", wiederholte sie.

Von oben erklang eine feste Stimme: „Ich bin hier." Alle drehten sich um und sahen hoch. Laleh stand am Geländer. Sie war reisefertig in einem beigefarbenen Hosenanzug gekleidet. Und sie hielt eine Pistole in der Hand, mit der sie auf Anna zielte.

Maman-joon taumelte zurück. „Laleh! Was soll das? Was tust du da?"

Laleh gab keine Antwort. Sie deutete mit ihrem Kinn auf Anna. „Wie bist du rausgekommen?"

Anna deutete auf Hassan und Roya. „Sie haben mir geholfen."

Laleh schnaubte verächtlich. „Ich hätte es wissen müssen. Verräter!"

Roya stand bewegungslos da.

„Woher hast du die?" Bijan deutete auf die Waffe.

Laleh sagte nichts.

Jetzt, da der Augenblick der Wahrheit gekommen war, war Anna bemerkenswert kaltblütig. Selbst die drohende Kugel konnte sie jetzt nicht mehr aufhalten. „Du hast Nouri getötet. Deinen Bruder. Meinen Ehemann."

„Du konntest ihn nicht mehr ertragen. Du wolltest ihn verlassen."

„Ich habe ihn nie bestohlen."

Laleh lächelte kalt. „Ich wette, du wünschst dir jetzt, dass du es getan hättest."

„Seht im Saum ihres Mantels nach! Ich für meinen Teil wette, dass ihr ein Paar Ohrringe finden werdet, die hierzu passen." Anna zog die Saphir-Halskette heraus. „Ohrringe, die Laleh auf dem Schwarzmarkt verhökern will, wenn sie in London ist."

„Sehr gut, Anna." Laleh schritt die Treppe herunter. „Aber du irrst dich. Die Ohrringe sind in meiner Geldbörse." Sie wedelte mit der Pistole in Richtung der anderen. „Und wenn jemand versucht, mich aufzuhalten, werde ich schießen."

Ihre Stimme klang entschlossen. Anna wich einen Schritt zurück.

Wie zu einem Gebet faltete Maman-joon die Hände. „Was tust du da, mein Kind? Leg die Waffe nieder, bevor etwas Schreckliches passiert!"

„Maman, du bist eine Närrin", fauchte Laleh. „Du hast immer nur im Sinn gehabt, Feiern und Hochzeiten zu planen und darauf zu achten, dass wir mit den richtigen Leuten befreundet sind. Ich will damit nichts mehr zu tun haben. Shaheen und ich, wir werden unseren Weg machen." Sie kam ein Stück weiter die Treppe herunter. „Und Hassan, du und Roya, ihr mit eurer falschen Frömmigkeit … ihr kotzt mich an."

Maman-joon schlug die Hände an den Kopf und raufte sich die Haare. Sie schwankte von einer Seite zur anderen. „Laleh, Azizam!" Sie schluchzte „Hör auf damit! Wir werden alles klarstellen. Du hast nichts gemacht. *Sie* war es!" Sie deutete in Annas Richtung. „Hassan, du kennst die Wahrheit. Rufe die Gardisten! Lass sie von hier wegbringen, aber diesmal für immer."

Niemand bewegte sich. Immer heftiger schluchzte Parvin. „Bitte! Ich flehe dich an!"

Alle Augen waren noch immer auf Laleh gerichtet. Anna fragte sich, ob sie die Situation wohl genoss. Sie hörten einen Wagen vorfahren. Eine Hupe ertönte. „Das muss mein Taxi sein. Jeder bleibt an seinem Platz."

Immer noch weinend versuchte Maman-joon, ihre Arme um Laleh zu legen, aber Laleh stieß sie beiseite. Parvin stolperte und fiel zu Boden.

Laleh ging auf die Koffer zu. „Nouri wollte einfach nicht hören. Er weigerte sich, mich zu beteiligen. Ich hatte keine andere Wahl, kapiert?"

Hassan ging auf Laleh zu und schnitt ihr den Weg ab. „Du wirst nicht gehen."

„Das willst du nicht wirklich tun, Hassan."

„Laleh, ich verhafte dich wegen Mordes an deinem Bruder."

„Das glaube ich nicht!" Sie feuerte eine Kugel direkt auf Hassan ab.

Einen Moment lang herrschte absolute Ruhe. Verwunderung spiegelte sich in Hassans Gesicht wider, während er seine Hände auf die Wunde in seinem Unterleib presste. Maman-joon schrie laut auf. Hassan brach zusammen. Blut strömte aus seinem Körper. Roya schlug ihre Hände vors Gesicht, Bijan blickte entsetzt auf die Szenerie. Hassan rang nach Atem.

Jetzt überschlugen sich die Ereignisse. Bijan hechtete auf Laleh zu und riss ihr die Pistole aus der Hand. Gleichzeitig entwickelte sich im hinteren Teil des Hauses ein Tumult. Die Gardisten brachen die Hintertür auf und stürmten herein.

Kniend beugte sich Anna über Hassan. „Halt durch, Hassan! Bleib bei mir, wir werden Hilfe holen."

Mit gezogenen Maschinenpistolen, die sie auf die Gruppe richteten, erreichten die Gardisten den Eingangsbereich. Laleh reagierte am schnellsten von allen und deutete auf Anna, die noch immer über Hassan gebeugt war. „Sie war's!", rief sie. „Sie hat ihn niedergeschossen. Mein Vater hat ihr die Waffe abgenommen. Sie ist eine Amerikanerin, die versucht, aus dem Iran zu fliehen. Sehen Sie ihre Koffer? Nehmen Sie sie fest! Bringen Sie sie weg!"

Maman-joon sah auf und wischte sich über die Augen. „Meine Tochter sagt die Wahrheit", stimmte sie ein. „Ich habe es mit eigenen Augen gesehen." Sie bewegte sich auf Anna zu. „Sie hat meinen Sohn getötet! Und nun hat sie auf seinen besten Freund geschossen. Sie ist eine amerikanische Spionin."

Sichtlich verwirrt sahen die Gardisten erst Anna, dann Hassan an. Einer von ihnen näherte sich Anna, aber Bijan schritt ein.

„Nein! Die Frauen lügen. Meine Tochter hat auf diesen Mann geschossen." Er gestikulierte in Lalehs Richtung. Seelenqualen durchzogen sein Gesicht.

Die Gardisten zögerten. Sie zielten mit ihren Maschinenpistolen auf Laleh, blickten aber gleichzeitig Hassan fragend an. Dieser, halb ohnmächtig, nickte. „Er hat Recht", krächzte er. Dann fielen seine Augen zu. Die Gardisten ergriffen Laleh und stießen sie zur Tür.

„Maman, Baba, bitte! Lasst nicht zu, dass sie mich mitnehmen! Ihr kennt die Wahrheit!", schrie Laleh.

„Bijan!", kreischte Maman-joon. „Tu etwas!"

Bijan zögerte. Schließlich entgegnete er: „Das habe ich bereits getan."

ACHTUNDVIERZIG

Ein weiterer Spätsommertag war angebrochen, als der Bus das Terminal verließ. Anna saß hinten, umgeben von alten und jungen Frauen. Zwei hatten Säuglinge auf dem Schoß, andere saßen bei ihren älteren Kindern. Die Frauen warfen ihr schüchterne, aber gleichzeitig neugierige Blicke zu. Vermutlich wunderten sie sich über eine Frau mit blonden Strähnen, die alleine reiste.

Sie lächelte zurück. Sie konnte kaum glauben, dass sie noch vor vierundzwanzig Stunden eine Gefangene gewesen war. Nun war sie in einem Bus, der sie in die Freiheit führen würde. Sie war sich sehr wohl darüber im Klaren, dass sie noch Jahre mit der Aufarbeitung der Ereignisse zubringen würde, aber für den Moment überwog die Freude, die sie nur zu gerne zuließ.

Aber auch die Erschöpfung. Besonders die letzten Stunden waren nervenaufreibend gewesen. Nachdem die Gardisten Laleh fortgeschafft hatten, waren die frühmorgendliche Aufregung und die hochgeschaukelten Emotionen langsam abgeebbt und einer Ernüchterung und tiefen Leere gewichen. Maman-joon war durch das Haus gewandert und hatte dummes Zeug von sich gegeben. Sie hatte so zerbrechlich ausgesehen, dass Anna befürchtet hatte, dass ein kleiner

Windstoß sie aus dem Gleichgewicht bringen könnte. Aber Anna konnte einfach kein Mitleid mit ihr haben. Vielmehr machte sie sich Sorgen um Baba-joon. Angesichts einer desillusionierten Ehefrau und ihrer beider Kinder, die in ihr Verderben gerannt waren, bezweifelte sie, dass er jemals wieder lächeln würde.

Roya war in den Krankenwagen gesprungen und hatte Hassan auf dem Weg ins Krankenhaus begleitet. Sie hatte versprochen anzurufen, sobald sie etwas wusste. Die Rettungssanitäter hatten gesagt, es wäre ein gutes Zeichen, dass er noch atmete.

Als alle fort waren, hatte Bijan geseufzt und war in sein Büro gegangen, um kurze Zeit später mit einem Briefumschlag zurückzukommen. „Das ist für dich."

Anna hatte den Umschlag entgegengenommen und ihn geöffnet. Es war ein Bündel Geldscheine darin gewesen. Und ein Brief. Sie hatte den Brief entfaltet. Er war in Arabisch geschrieben und trug oben einen amtlich aussehenden Stempel.

„Was steht drin?", hatte sie gefragt.

„Es ist ein vom Vorsitzenden unseres Komitehs unterzeichneter Brief, mit der dir die Erlaubnis erteilt wird, alleine zu reisen. Du musst ihn jedem zeigen, der versucht, dich aufzuhalten. Oder wenn es unterwegs Straßensperren geben sollte."

„Woher hast du das, ich dachte, du . . . "

Er war ihr ins Wort gefallen „Das brauchst du nicht zu wissen."

Anna hatte in dem Wissen, dass er den Brief sicher teuer bezahlt hatte, in seinen Augen geforscht. Er hatte mit undefinierbarem Ausdruck ihren Blick erwidert.

„Damit, und mit dem Geld solltest du bis Bazargan gelangen können. Denke daran, sobald du aus dem Bus ausgestiegen bist, sollte ein Kurde außerhalb des Busbahnhofs auf dich warten. Er wird als Geistlicher gekleidet sein. Er wird einen Pass für dich haben. Einen iranischen Pass."

„Ich verstehe."

„Höre, Anna! Dieser Pass wird einen gültigen Ausreisestempel haben, der . . . "

„Du meinst, ein Visum?"

Bijan hatte genickt. „So etwas Ähnliches. Mit ihm ist es dir erlaubt, den Iran zu verlassen. Du wirst ihn brauchen. Andernfalls werden dich die Zollbeamten in Bazargan und der Türkei ausfragen. Und weil dein Farsi nicht gut ist, könnten sie herausfinden, dass du Amerikanerin bist. Wenn das passiert, könnte man dich der Spionage anklagen – dich als Bedrohung für das Regime ansehen. Man könnte dich erneut einsperren. Du darfst auf keinen Fall mit einem der Zollbeamten sprechen. Hast du das verstanden?"

Anna hatte genickt.

„Du must den Geistlichen finden. Er wird dich über die Grenze bringen . . . über eine andere Route."

„Wenn er mich über die Grenze schmuggelt, wozu brauche ich dann einen Pass? Kann ich nicht einfach zur amerikanischen Botschaft gehen und sagen, wer ich bin?"

„Sobald du in der Türkei bist, könnten türkische Beamte nach einem iranischen Pass mit gültigem Ausreisestempel fragen. Wenn du keinen hast, könnten sie dich festhalten, genau wie die Iraner auch. Solange sie wollen. Erst wenn du in Ankara angekommen bist, kannst du einen amerikanischen Pass beantragen."

Anna hatte den Brief hochgehalten. „Was für ein Name steht auf dem Brief?"

„Du bist Roshni Omidi."

Daraufhin war Beunruhigung bei Anna aufgekommen. Sie hatte eine Gänsehaut auf ihren Armen gespürt. „Ist das auch der Name auf dem iranischen Pass?"

„Das weiß ich nicht. Aber der Kurde wird es wissen. Denke daran, erst in Ankara darfst du deine wahre Identität preisgeben. Hast du das verstanden?"

Anna hatte erneut genickt. „Ein kurdischer Mann, gekleidet als Geistlicher."

„Du musst dich mit ihm in Verbindung setzen."

„Wer ist der Mann? Wie hast du ihn gefunden?"

„Ich weiß es nicht. Er hat mich angerufen."

Anna runzelte die Stirn.

„Er wurde von jemandem in Amerika kontaktiert." Der Anflug eines Lächelns war auf Bijans Gesicht zu sehen gewesen.

„Von meinem Vater."

Bijan nickte.

Ihr Vater hatte sie nicht im Stich gelassen. Er hatte alles daran gesetzt, ihr zu helfen. In ihrem Bauch hatte sich daraufhin ein ungewohntes Gefühl eingestellt. Das könnte ein Gefühl des Glücks sein, hatte sie gedacht. „Woher kennt mein Vater diesen Mann?"

„Woher kennt man seine Vergangenheit?"

Auf dem Weg zur Bushaltestelle hatte Bijan ihr dann noch einige abschließende Instruktionen gegeben. Als sie angekommen waren, hatte er den Wagen geparkt und war hineingegangen, um eine Fahrkarte zu lösen. Als er sie zum Bus begleitet hatte, hatte er sie ihr ausgehändigt. „Sprich mit niemandem, wenn es irgendwie geht! Man darf nicht herausfinden, dass du Amerikanerin bist."

Wiederum hatte sie genickt.

Bijan hatte sich vorgebeugt und sie auf beide Wangen geküsst. Anna hatte ihn umarmt. Sein vertrauter Geruch – eine Mischung aus Tabak, Seife und Safran – hatte sie umgeben. „Du bist ein wunderbarer Mann. Und Schwiegervater."

Er hatte den Kopf geschüttelt, aber seine Augen hatten sich mit Tränen gefüllt.

Und dann war auch ihr eigener Blick durch Tränen getrübt worden. Sie hatte sich umgedreht und war in den Bus eingestiegen. Sie hatte gesehen, wie er sie bei der Suche nach einem Platz beobachtet hatte. Sie hatte durch das Fenster gewinkt. Ihr letztes Bild von Teheran war ein trauriger, gebrochener Mann an einer Bushaltestelle gewesen, der seinen Arm zum Abschiedsgruß erhoben hatte.

NEUNUNDVIERZIG

Der Bus hatte keine Klimaanlage, und obwohl es schon Ende September war, war Anna innerhalb von wenigen Minuten unter ihrem Tschador durchgeschwitzt. Es wäre wünschenswert gewesen, ihn ausziehen zu können – sie trug eine Jeans und ein T-Shirt darunter – aber das war unmöglich. Anna öffnete das Fenster, doch der Bus fuhr gerade durch die Wüstenlandschaft nördlich von Teheran, und der heiße Luftzug brachte keine Abkühlung. Ihr war schwindlig. Noch immer hatte sie sich nicht von ihrer Fehlgeburt erholt. Sie lehnte ihren Kopf an die Seitenwand des Busses und versuchte, etwas zu schlafen.

Eine Stunde später erfüllte der Geruch von Safran und Zitrone die Luft. Sie öffnete die Augen. Die Frauen um sie herum teilten etwas Brot. Sie schwatzten fröhlich und reichten Pita-Sandwiches, Gemüse und Obst herum. Annas Magen knurrte, und ihr lief das Wasser im Munde zusammen. Sie hatte seit gestern nichts mehr gegessen und hatte selbst nichts dabei. Sie wandte sich von den Frauen ab und sah wieder aus dem Fenster, aber das Aroma der Lebensmittel, das Gelächter der Frauen und der eigene Hunger quälten sie.

Sie spürte, wie jemand ihre Schulter berührte und schreckte hoch. Eine der Frauen ihr gegenüber hielt ihr ein Sandwich entgegen. „*Ghazâ?*", fragte sie.

Anna blickte auf das Sandwich, dann wieder auf die Frau und nickte. Die Frau lächelte.

„*Mamnoon.*" Anna nahm das Sandwich entgegen und schlang es gierig hinunter. „*Che khoob.* Das ist gut." Die Frau lächelte erneut. Es war nur eine kleine Geste der Freundlichkeit, aber Anna war so dankbar, dass ihr die Tränen in die Augen stiegen.

Im späteren Verlauf des Nachmittags verlangsamte der Bus seine Fahrt und kam schließlich abrupt zum Stehen. Eine Straßensperre war die Ursache dafür. Die revolutionäre Regierung übte ihre Machtspiele auch dadurch aus, dass sie in Städten und an Autobahnen Kontrollstellen einrichtete, um Papiere zu überprüfen – angeblich, um nach Rebellen und Agenten zu fahnden. Die Bustür wurde geöffnet, und drei junge Männer mit Maschinenpistolen im Anschlag stiegen ein. Anna drückte sich tief in ihren Sitz und tippte nervös mit ihrem Fuß auf. Was würde passieren, wenn sie sie ansprächen? Würden sie herausfinden, dass sie eine Ausländerin war? Würde ihr blasser Teint sie verraten? Sie zog den Rusari ihres Tschadors weit in die Stirn und stopfte die Haare hinein.

Plötzlich stieß die Frau, die ihr ein Sandwich angeboten hatte, ihre Freundin neben sich an und flüsterte etwas in Farsi. Die Freundin blickte Anna an und flüsterte dann über den Gang hinweg etwas zu einer jungen Frau, die ein Baby im Arm hielt. Der Säugling schlief. Die Mutter blickte zweifelnd, aber nach einer Weile stand sie auf und legte Anna das Baby in die Arme.

Annas Herz klopfte heftig. Sie erkannte, was die Frauen taten. Sie nickte der jungen Mutter zu und begann, den Säugling in ihren Armen zu wiegen. Das Kind, das als Windelersatz nur in eine kleine Decke gehüllt war, strampelte ein wenig im Schlaf. Anna hielt den Atem an und hoffte, dass das Baby nicht aufwachen und zu schreien anfangen würde.

Die Offiziere, oder was immer sie sein mochten, stapften in den hinteren Teil des Busses. Sie schienen noch sehr jung zu sein, aber Jugend, mit den mit ihr einhergehenden Idealen und der ihr innewohnenden Selbstherrlichkeit, konnte gefährlich sein. Einer der Männer verlangte die Papiere der Frau, deren Baby Anna nun wiegte. Die Mutter händigte sie ihnen aus. Sie vermied den Blickkontakt mit ihnen.

Lieber Gott, dachte Anna. Was würde geschehen, wenn in den Papieren stünde, dass sie mit einem Baby reiste? Würden die Soldaten es herausfinden? Der Mann studierte die Papiere. Er starrte auf sie, runzelte die Stirn, blickte dann erneut auf die Mutter, die immer noch jeden Augenkontakt mit ihm vermied. Dann händigte er ihr die Papiere wieder aus. Anna atmete erleichtert auf. Sie fragte sich, ob der Soldat sie überhaupt gelesen hatte. Möglicherweise konnte er nicht einmal lesen. Vielleicht war alles nur Schein, wie so Vieles bei den Revolutionären. Sie versuchte, sich auf das Baby zu konzentrieren, konnte aber aus den Augenwinkeln heraus erkennen, dass der junge Mann sie beobachtete. Er musterte sie von oben bis unten. Der Säugling wand sich jetzt in ihren Armen und öffnete und schloss den Mund wieder. Er wachte langsam auf und verlangte nach Milch. Anna hätschelte ihn.

Genau in dem Augenblick, in dem das Baby seine Augen öffnete, drehte sich der Soldat herum und marschierte wieder zum vorderen Teil des Busses. Der Säugling hatte vermutlich gespürt, dass Anna nicht seine Mutter war. Sein Gesichtsausdruck verzog sich zu einer Grimasse, und er stieß einen lauten Schrei aus, der im ganzen Bus zu vernehmen war. Eine Frau auf einem vorderen Sitz rief den Soldaten an.

„Sehen Sie nur, was Sie angerichtet haben! Sie haben das Baby aufgeweckt."

Anna wippte den schreienden Säugling ein wenig auf und ab.

Der Soldat zuckte mit den Schultern, während er ausstieg. *„Bebakhshid.* Es tut mir leid."

Anna stieß einen Seufzer der Erleichterung aus und gab der

Mutter das weinende Baby zurück. Wieder einmal hatte sie erfahren, wie liebenswürdig die Iraner sein konnten.

Als die Spätnachmittagssonne langsam am westlichen Himmel unterging, erreichte der Bus Bazargan, einen Vorort von Maku, einer Stadt, die in einer felsigen Bergschlucht im Nordwesten des Iran liegt. Anna hatte sich vorgestellt, in ein einsames, staubiges Grenzstädtchen zu kommen und war überrascht, als sie durch menschenüberfüllte Straßen fuhren, an deren Seiten massive Gebäude standen, vorbei an einer Kathedrale und sogar an einer Moschee, deren Minarette und Kuppeln allerdings eher einen russischen denn einen persischen Einschlag hatten. Dann aber fiel ihr ein, dass sie schließlich fast auf nördlicher Höhe Armeniens waren.

Als sie sich der Grenzkontrollstation näherten, kam der Verkehr allmählich zum Erliegen. Bazargan hatte eine wichtige Grenze zur Türkei, und die Schlange aus Pkw und Lkw reichte von der Grenze mehr als fünfhundert Meter zurück. Aber die Landschaft hatte sich verändert, wieder einmal befand sich Anna in einer Hochwüste mit felsigen Klippen und hohen Bergen. Die Frauen schwatzten unterdessen munter weiter und verbreiteten Gerüchte über bevorstehende Grenzschließungen und zu erledigenden Papierkram.

Schließlich bog der Bus in den Busbahnhof, einem einstöckigen Gebäude mit Flachdach, ein. Alle stiegen aus und wurden umgehend von uniformierten Beamten hereingewinkt. Anna hielt erfolglos Ausschau nach dem Geistlichen. Sie sollte auf ihn außerhalb des Gebäudes warten, aber die Beamten gaben ihr keine Möglichkeit, aus der Reihe auszuscheren. Anna war gezwungen, den anderen ins Innere des Gebäudes zu folgen. In ihrem Bauch rumorte es.

Sie erreichten einen großen Saal mit einem Schalter auf der anderen Seite. Der Schalter war in fünf Abteile unterteilt, jedes von ihnen mit einem Glasfenster abgetrennt, aber nur die beiden ersten Abteile waren geöffnet. Wenn Anna in der Schlange bliebe, würde sie irgendwann auf den einzigen diensthabenden Zollbeamten treffen. Bijan hatte ihr eingeschärft, Gespräche mit anderen zu vermeiden, aber wenn sie jetzt aus der Reihe ausscheren würde, um nach draußen zu gehen, würden die Beamten sie nach dem Grund dafür fragen, was für eine Frau, die allein in der Islamischen Republik reiste, gefährlich war. Trotz ihres Briefes vom Teheraner Komiteh grollte es immer heftiger in ihrem Magen.

Glücklicherweise bewegte sich die Schlange nur langsam vorwärts. Der Mann hinter dem Schalter begutachtete jeden Passagier, stellte Fragen und studierte Unterlagen. Er schien übergründlich vorzugehen. Nach und nach passierten die Frauen, die so nett zu ihr im Bus gewesen waren, die Kontrolle. Die junge Mutter mit dem Baby nickte Anna zum Abschied zu.

Fast eine Stunde verging, aber kein Geistlicher erschien. Anna war nun vorne angelangt. Sie rieb sich unter ihrem Tschador das Genick. Ihre Angst wuchs zunehmend. Sie sah keine Chance, das Gespräch mit dem Beamten zu vermeiden.

„Mitoonam komaketoon konam?"

Anna wusste nicht, was sie tun sollte. Was hatte er gesagt? Sie drehte sich um. Eine Frau hinter ihr stieß sie sanft an. Zögerlich ging Anna einen Schritt vor.

„Ajaleh kon!", gestikulierte der Mann mit ausladenden Bewegungen.

Sie wusste, was dies bedeutete. „Beeilen Sie sich!". Als sie sich dem Schalter näherte, gab er einen Wortschwall in Farsi von sich, so schnell, dass sie es nicht verstehen konnte. Sie schaute den Beamten an, immer noch ratlos. Er wiederholte seinen Satz. Sie zog ihren Brief vom Komiteh in Teheran hervor und schob ihn unter der Glasscheibe hindurch. Er sah ihn sich an, runzelte die Stirn, schüttelte den Kopf und sonderte eine weitere Wortsalve in Farsi ab. Diesmal zwang sich Anna, sich besser zu konzentrieren und konnte hie und da ein Wort verstehen. Er fragte sie nach ihrem Pass. Den sie natürlich nicht hatte!

Sie wäre am liebsten im Boden versunken. Alles lief aus dem Ruder. Man würde sie wieder ins Gefängnis stecken. Sie sah sich nach den Frauen um, die ihr im Bus geholfen hatten, aber sie hatten bereits das Gebäude verlassen. Sie wandte sich wieder an den Beamten, der plötzlich in Englisch zu ihr sprach.

„Wo ist Ihr Pass?"

Reflexartig nickte Anna dem Beamten dankbar zu. Sie wollte gerade etwas antworten, als sie erkannte, dass sie einen Fehler begangen hatte. Auch der Beamte hatte es bemerkt.

„Woher kommen Sie?", fragte er in scharfem Ton.

Sie schwieg.

„Wo leben Sie?"

„Man dar Iran zendegi mikonam," antwortete Anna in Farsi.

Der Beamte blickte sie eingehend an, schnaubte dann und rief: „Gardisten zu mir! Beeilung!"

Augenblicklich sah sich Anna von zwei Männern flankiert, die Maschinenpistolen trugen. Der Zollbeamte erklärte ihnen, dass sie keinen Pass habe und offenbar Englisch verstand.

„Amerika?", fragte einer der Gardisten.

Der Beamte nickte.

„Bâ man biyâ", sagte einer von ihnen. „Kommen Sie mit!" Die Gardisten ergriffen sie und begannen damit, sie zum rückwärtigen Ausgang des Gebäudes zu bringen. Anna verfiel in Panik. Sie hatte nicht den ganzen Weg auf sich genommen, um sich gleich sofort wieder festnehmen zu lassen.

Plötzlich hastete ein im Ornat eines Geistlichen gekleideter Mann in das Gebäude. Er atmete schwer; große Schweißperlen hatten sich auf seiner Stirn gebildet. Er blickte umher, entdeckte Anna und zog seine Augenbrauen hoch. Er eilte zu ihr hinüber, umarmte sie fest, während er schnell in Farsi auf sie einredete. Anna gelang es, einige Brocken aufzuschnappen. *„Khosh âmadid!* Willkommen. Endlich. Wo bist du gewesen?"

„Wer sind Sie?", blaffte ihn einer der Gardisten an.

Der Mann ließ von Anna ab und trat einen Schritt zurück. Mit nun ernster Miene richtete er sich auf. *„Salâm, barâdar!* Guten Abend. Ich heiße Amir. Das ist meine Nichte. Ich nehme sie mit auf eine Pilgerreise. Es tut mir so leid. *Bebakhshid!* Ich habe mich verirrt. *Man gom shodam.* Ich habe den Busbahnhof nicht gefunden."

Der Gardist sah erst seinen Kollegen, dann den Geistlichen an. „Warum spricht Ihre Nichte nicht Farsi?" Er blickte misstrauisch drein.

„Ja, ja." Der Geistliche wiegte seinen Kopf, als habe er die Frage nicht ganz verstanden. Er sprach jetzt langsam in Farsi, so dass Anna ihn verstehen konnte. „Sie ist Französin." Er deutete auf sie. „Sie spricht Französisch, Englisch und Deutsch. Aber sie konvertiert zum Islam und, Inschallah, wird schon bald perfekt Farsi sprechen." Er lächelte glückselig. „Ich bin ihr Onkel, wissen Sie. Ihre Mutter ist Französin. Sie ist mit meinem Bruder verheiratet. Also ihre Mutter. Sie sind gerade in den Iran zurückgekehrt. Aber sie haben den Ayatollah besucht, als er in Paris war, wissen Sie. Er kennt unsere Familie."

Der Beamte starrte Anna finster an, aber der Geistliche stellte sich vor sie, benutzte seinen Körper gewissermaßen als Schutzschild. „Wo bist du gewesen, Liebling?", fragte er in Farsi. „Ich hatte dich schon viel früher erwartet. Gestern, um genau zu sein. *Dirooz.*"

„Der Bus. *L'autobus était en retard. Et très lent.*"

Er nickte zustimmend.

„*Mamnoon, mamnoon.* Vielen Dank", sagte er, den Gardisten freundlich zunickend „ ... dass Sie sich um meine Nichte gekümmert haben."

„Sie hat keine Papiere, Amir. Nur diesen Brief. Wo ist ihr Pass?"

„*Baleh. Baleh.* Ja. Ja. Den hat ihre Mutter." Durch ein Fenster blinzelte er auf die untergehende Sonne. „Aber es ist bald Zeit für die Gebete. Inschallah, wir werden morgen wiederkommen, wenn wir reisefertig sind." Er bedeutete Anna, ihn nach draußen zu begleiten.

Aber die Gardisten hielten Anna noch immer gepackt, während sie sich über ihren Kopf hinweg beratschlagten.

Der Geistliche unterbrach sie. „Brüder, wir haben sie aus den Händen der Ungläubigen befreit. Sie wird eine von uns sein. Eine gute muslimische Frau. Sie ist bereits auf einem guten Weg. *Allâho Akbar*. Lassen Sie mich ihre Erziehung fortführen."

Die Gardisten sahen den Beamten an. Der prüfte nochmals den Brief, schrieb den Namen hinein und hängte ihn dann an ein Notizbrett. Anna konnte kaum mehr atmen. Sie brauchte diesen Brief! Aber der Geistliche schien unbeeindruckt, und schließlich ließen die Gardisten von ihr ab. Der Geistliche nahm Anna am Arm und eilte mit ihr aus dem Gebäude.

FÜNFZIG

Einige Minuten später befand sich Anna in einem kleinen, grünen Auto, das sich vom Grenzübergang wegbewegte.

„Vielen Dank. *Mamnoon*", sagte Anna. „Sie haben mein Leben gerettet."

„Es war klug von Ihnen, ins Französische zu fallen", sagte er in gut formuliertem, jedoch akzentreichem Englisch. Anna war überrascht. Er grinste und blickte in den Rückspiegel *„Khoob*. Gut. Wir werden nicht verfolgt."

Anna begann, sich zu entspannen, setzte sich dann aber schlagartig auf. „Der Brief vom Kvomiteh. Den werden wir brauchen, nicht wahr?"

Der Geistliche lächelte. „Nicht mehr."

Anna war sich nicht sicher, ob sie ihm glauben sollte. Sie wusste überhaupt nicht mehr, was sie glauben sollte.

Je näher sie sich Maku näherten, desto mehr verwandelte sich die Landschaft in eine dichter bebaute Gegend.

„Wohin fahren wir?"

„Zu mir nach Hause. Sie brauchen etwas zu essen. Und Ruhe. Bei Dunkelheit werden wir über die Grenze gehen."

„Wo?"

„Das kann ich Ihnen nicht sagen. Aber Sie werden bald auf dem Weg nach Dogubeyazit sein."

Sie studierte den Mann. Außer seinem geistlichen Ornat sah Anna ein zerfurchtes Gesicht, einen graumelierten Bart und dunkles, gelocktes Haar, das an den Schläfen ergraute. Seine blauen Augen hatten einen Stich ins Türkisfarbene, fast wie der Pfau, der seinerzeit bei den Samedis zerschmettert worden war. Seine Wangen hatten eine gesunde, rötliche Farbe, so als habe er längere Zeit im Freien zugebracht. „Wie heißen Sie? Wie soll ich Sie nennen?"

Er machte eine Pause, grinste dann und strich mit einer Hand über den Ornat. „Sie können mich nennen, wie Sie möchten ... aber Amir ist in Ordnung."

Sie fuhren zu einem kleinen, mit Stuckarbeiten verzierten Haus in einem Wohngebiet von Maku. Als sie ausstiegen und sich der Tür näherten, bemerkte Anna einen kleinen Holzstreifen in Augenhöhe neben der Tür. Zunächst dachte sie, dies sei nur ein dekoratives Ornament, aber als er erst seine Finger an seine Lippen legte und dann das Stück Holz berührte, fragte sie:

„Was machen Sie da? Was ist das?"

„Das ist ein *mezuzah*."

Anna machte große Augen.

Im Inneren angelangt, streifte er seinen Ornat ab, knüllte ihn zusammen und warf ihn in eine Ecke. „Sie können Ihren Tschador ablegen." Er ging in die Küche.

Anna zog ihren Tschador aus und setzte sich auf die Couch. Im Gegensatz zum nichtssagenden Äußeren des Hauses war es hier drinnen warm und gemütlich. Ein persischer Teppich bedeckte den Boden, die Wände waren blau und hellgelb gestrichen und wurden von Deckenleisten mit gleichartigen Verzierungen abgeschlossen. An einer Wand hing ein Bild in einem vergoldeten Rahmen, und etwas, das eine Art Mobile zu sein schien, baumelte vor dem Fenster herab. Als Anna aufstand, um es näher zu untersuchen, stellte sie fest, dass es ein kunstfertig gearbeiteter Votivkerzenhalter war, der Verzierungen aus buntem Glas, Sterne und Halbmonde hatte. Eine Vitrine in einer anderen Ecke zeigte Fotos von Amir und einer anderen Frau, sowie von einer jüngeren Frau und einem jüngeren Mann. Sie waren allesamt westlich gekleidet.

Sie hörte das Klappern von Geschirr und Klimpern von Metall aus der Küche. Einige Minuten später brachte Amir ein Tablett mit Speisen und zwei Teller herein. Anna war heißhungrig und verschlang das Hummus, das Fladenbrot und das Hähnchenkebab sowie Reis und Gemüse. Es war das beste Mahl, das sie je gegessen hatte. „Haben Sie das gekocht?"

Er deutete auf die Fotos in der Vitrine. „Meine Frau. Aber sie ist nicht hier. Wir dachten, dass es besser sei, wenn sie heute ihre Enkel besucht."

„Bitte richten Sie ihr aus, wie köstlich das ist."

Er lächelte.

„Woher kennen Sie und mein Vater sich?"

Er kaute nachdenklich, so als müsse er erst abwägen, wie viel er ihr erzählen konnte. „Ich bin Kurde. Wie so viele andere Menschen in diesem Teil des Irans auch."

Anna nickte.

„Und ich bin Jude. Das ist eine seltene Kombination. Es gab mehr von uns, aber ... nun ... Sie sind hier ja nicht in einer Geschichtsstunde."

„Aber es interessiert mich."

Sein Lächeln nahm nun einen hintergründigen Zug an. „Kennen Sie die Redensart ‚der Feind meines Feindes ist mein Freund‘? Vor einigen Jahren kamen einige Umstände zusammen."

„Welche Umstände waren das?"

„Das sollte Ihnen wohl besser Ihr Vater erzählen. Ich sage nur so viel: Ich stehe in seiner Schuld. Dies ist meine Art, mich dafür zu revanchieren."

Anna fragte sich, welche Art ‚Freundschaft‘ sich zwischen einem ehemaligen Nazi-Wissenschaftler und einem kurdischen Juden entwickelt haben konnte. Die Kurden kämpften schon seit Jahrhunderten um ihre Unabhängigkeit. Die Nazis hatten sich im Zweiten Weltkrieg mit dem Vater des Schahs verbündet. Sie runzelte die Stirn.

Amir wechselte das Thema und bat sie, sich im Wohnzimmer auszuruhen, während er das Auto auftanken würde. Aber Anna konnte sich nicht recht entspannen. Einerseits war sie aufgeregt und froh, den Iran endlich verlassen zu können. Andererseits war sie immer noch argwöhnisch und skeptisch. So viel war schon schiefgegangen. Seit so langer Zeit schon.

Als die Dunkelheit fast vollständig hereingebrochen war, kehrte er zurück. „Es ist gleich soweit", sagte er. „Ziehen Sie ihren Tschador an!"

Sie nahm ihn in die Hand. „Was ist mit meinem Pass?"

„Ich werde ihn Ihnen geben."

Nochmals setzten sie sich in Amirs Auto. Die dunkle Nacht wurde durch Streifen von Mondlicht zerschnitten, aber Anna hatte dennoch keine Ahnung, wohin sie eigentlich fuhren. Es herrschte jetzt kaum noch Verkehr, und schon bald kletterte der Wagen die Berge hinauf. Je höher sie gelangten, desto kühler wurde es. Anna war froh, dass sie ihren Tschador trug. Als Amir große, wilde Schlenker um Felsbrocken, die auf den Weg gefallen waren, machte, krallte sich Anna reflexartig an den Sitz. Je weiter sie fuhren, desto schlechter wurde die Wegstrecke; schließlich verengte sie sich zu einem hügeligen Bergpfad, der aussah, als verkehrten hier sonst allenfalls nur Ziegen.

„Nur keine Panik."

Aber Anna war sehr angespannt, und schon bald verengte sich der ohnehin schon schmale Weg nochmals so sehr, dass Amir gezwungen war, anzuhalten. Amir bedeutete Anna auszusteigen. „Sei vorsichtig!"

Als sie aus dem Wagen ausstieg, erkannte sie den Grund seiner Warnung. Hoch türmte sich der Berg zur einen Seite auf, zu ihrer Rechten aber hatte sie nicht einmal zwei Meter Platz; wenn sie zu weit hinüber ging, würde sie über eine steile Klippe in den Abgrund stürzen. Noch schlimmer war, dass der Pfad nicht breit genug zu sein schien, damit der Wagen dort vorbei kam. Amir strich sich über seinen Bart. In Anna kroch die nackte Angst hoch. Hatte sich Amir trotz seiner Beteuerungen verirrt? Würden sie gezwungen sein, umzukehren? Sie wüsste nicht, wie. Der Pfad war viel zu schmal zum Wenden, und sie konnte sich beim besten Willen nicht vorstellen, den ganzen Weg im Rückwärtsgang zurückzufahren. Die alte, ihr schon vertraute Verzweiflung ergriff sie erneut.

Unterdessen breitete er seine Arme aus, als wolle er die Breite des Pfades ausmessen. Dann machte er das Gleiche mit dem Auto. Er drehte sich um.

„Ich muss alleine weiterfahren. Sobald der Pfad wieder breiter wird, komme ich Sie abholen."

„Nein!", schrie sie auf. „Sie können mich hier nicht zurücklassen. Was ist, wenn... wenn ..."

„Keine Sorge. Ich komme zurück."

Sie zog den Tschador fester zu. War dies ein Trick? Wollte Amir womöglich die Gelegenheit nutzen, sie loszuwerden? Es war kalt. Und dunkel. Sie hatte keine Ahnung, wo sie war. Wie sollte sie hier überleben? Alles, was sie hatte, war ein wenig Geld und einen Tschador. Keinen Pass, keine Ausweispapiere. Sie hatte nicht einmal mehr den Brief – der Zollbeamte hatte ihn einbehalten. Sie zitterte und fühlte die Spannung in ihrem Nacken. „Wie kann ich wissen, dass Sie zurückkommen?"

Er legte seine Hand auf ihre Schulter. „Sie haben mein Wort."

Aber Anna war nicht überzeugt. Zu viele solche Bekundungen hatte sie schon gehört. Leere Worte, grausame Worte, Worte, die Gutes verhießen, aber Schlechtes bedeuteten.

„Und wenn Sie es nicht schaffen?"

„Ich werde es schaffen."

Sie beobachtete, wie Amir wieder in das Auto stieg und die Scheinwerfer einschaltete. Er startete den Motor und bewegte sich zentimeterweise vorwärts. Sie hörte das leise Knirschen der Reifen auf den Steinen. Das leise Motorengeräusch. Sie hatte Angst um ihn, um sich selbst, um jeden. Das Auto rollte vorwärts. So weit, so gut. Dann begann er damit, um eine Kurve herumzufahren. Er konnte nicht mehr als drei Zentimeter vom Rand der Klippe entfernt sein. Sie hielt den Atem an. Langsam verschwand er aus ihrer Sichtweite.

Sie wusste nicht, was sie tun sollte. Weitergehen? Stehen bleiben? Sie umklammerte sich selbst mit den Armen. Noch immer stand sie inmitten des Pfades, als sie plötzlich ein schwaches Heulen weit entfernt vernahm. Sie reckte den Hals. Die Sicht war gut, aber sie konnte nichts erkennen. Das Heulen entwickelte sich langsam zu einem lauten Brummen, und sie erkannte, dass es von oben kam. Sie sah hoch und wich instinktiv einen Schritt zurück, als mehrere Jets mit blinkenden Lichtern in Formation fliegend über sie hinwegdonnerten. Für einen kurzen Moment ergriff sie Panik, und sie dachte, dass die Flugzeuge sie suchten. Dann merkte sie, dass dies paranoid war. Aber irgendwohin mussten sie ja schließlich fliegen.

Sie war von den Flugzeugen so sehr abgelenkt, dass sie Amir gar nicht zurückkommen hörte und erschrocken herumfuhr, als er sie an der Schulter berührte. Das Dröhnen hallte noch immer in der Luft wider. Sie deutete auf die Jets, die jetzt nur noch als winzige Lichter am Himmel erkennbar waren. „Wer sind sie? Wohin fliegen sie?"

Er sah blinzelnd hoch. „Das ist im Dunkeln schwer zu sagen, aber ich nehme an, es sind Bomber. Kampfjets."

„Bomber?"

„Aus dem Irak. Es scheint, dass sie Richtung Urmia fliegen. Das ist in Grenznähe. Vielleicht nach Täbris."

„Krieg?"

„Zwischen Iran und Irak. Das deutet sich seit Monaten an."

Anna betrachtete die Kondensstreifen am Himmel und die langsam verschwindenden Flugzeuge. Schon wieder Krieg. Was würde aus Bijan und Parvin werden? Würden sie überleben? Und Hassan und Roya? Und Charlie? Würden Charlie und die anderen Geiseln dank des Krieges freikommen? Sie hoffte es inständig.

„Aber das braucht uns nicht zu interessieren", sagte Amir kurz angebunden. „Kommen Sie, ich habe den Wagen sicher über den Pass gebracht."

Anna konzentrierte sich wieder auf ihr eigentliches Vorhaben, und gemeinsam marschierten sie um die Kurve. Dort wartete das Auto auf sie. Sie stiegen ein und fuhren langsam die andere Seite des Berges hinab. Nach einer Stunde mit weiteren Haarnadelkurven und Engpässen wurde die Landschaft allmählich ebener. Die sternenklare, monderleuchtete Nacht gab einen herrlichen Blick auf die staubige Wüstenlandschaft frei, die Anna inzwischen so vertraut war. Sie kurbelte ihr Fenster hinunter. In ihrer Kehle konnte sie den Staub spüren.

Fünf Minuten später sagte Amir: „Wir sind in der Türkei."

Anna schaute erst durch die Windschutzscheibe, dann durch das Seitenfenster. Eine tiefe Woge der Erleichterung durchströmte sie, und ihr Grinsen wurde so breit, dass ihr die Mundwinkel schmerzten. „Wie lange dauert es noch, bis wir in Dogubeyazit sind?"

„Nicht mehr lang."

Die Straße wurde flacher und breiter. Sie war gut asphaltiert, gerade und mit Mittelstreifen versehen. Wenn Anna es nicht besser gewusst hätte, hätte es auch irgendeine zweispurige Autobahn in Amerika sein können. Sie wollte singen, tanzen und lachen. Um zu feiern.

Amir fuhr etwa fünfzehn Kilometer weiter, doch dann verlangsamte er das Tempo und ließ schließlich den Wagen an einem Feldweg, der in die Straße einmündete, ausrollen.

„Warum halten wir an?"

„Das werden Sie gleich sehen. Es ist eine Überraschung."

Annas Hochgefühle fanden ein jähes Ende, und unvermittelt hielt die Angst erneut Einzug. Amir hatte nie die Absicht gehabt, sie gehen zu lassen. Mit Panik in den Augen stieg sie aus dem Wagen aus. Sollte sie rennen? Wie weit würde sie kommen? Oder sollte sie einfach stehen bleiben und sich der Sache stellen? Sie wäre vielleicht in der Lage, sein Gesicht zu zerkratzen, vielleicht sogar schlimm zu zerkratzen, bevor ..., bevor ..., ja, bevor was eigentlich?

Sie überlegte noch immer, was zu tun sei, als ein weiteres Auto aus der entgegengesetzten Richtung auf sie zusteuerte. Das kühle Silber des Fahrzeugs glitzerte im Mondlicht. Sie atmete tief ein und befürchtete das Schlimmste. Das Auto bog auf den Feldweg ein und hielt an. Ein uniformierter Chauffeur stieg aus und öffnete die Hintertür. Ein älterer Mann kletterte heraus. Er trug einen dunklen Anzug, eine Krawatte, und das Hemd war so weiß, dass das Mondlicht vom Kragen reflektiert wurde. Er trug eine Aktentasche. Anna blinzelte. Der Mann kam ihr sehr vertraut vor. Sie blinzelte erneut.

„Papa?"

„Anna!"

Ihr Vater war hier. In der Türkei. Er war um die halbe Welt gereist, um sie abzuholen.

Ein Muskel seines Kinns zuckte. Annas Vater ging auf Amir zu und schüttelte ihm die Hand. Amir überreichte ihm etwas. Annas Vater wühlte in der Aktentasche und gab ihm ebenfalls etwas.

Amir sah ihn an. „Ich habe meine Schuld zurückgezahlt." Dann sah er Anna an. „Alles Gute, meine liebe Nichte!"

Anna ergriff seine Arme, umarmte ihn und küsste ihn auf beide Wangen.

Amir stieg ins Auto. Er startete den Motor, winkte beiden nochmals zu und fuhr davon. Anna wandte sich ihrem Vater zu.

Er räusperte sich. „Ich soll dir ausrichten, dass Hassan wieder gesund werden wird. Das Mädchen – sie heißt Roya, nicht wahr – pflegt ihn."

Anna grinste. Roya war jetzt eine echte Krankenschwester.

Die Miene ihres Vaters verdunkelte sich. „Die Tochter der Samedis wurde in das Evin-Gefängnis verbracht. Deine Schwiegermutter hatte einen Nervenzusammenbruch. Man hat sie in eine psychiatrische Anstalt eingewiesen."

„Und Bijan?"

„Er wird im Iran bleiben."

Anna liefen große Tränen die Wangen herunter. Seit Monaten war sie nicht mehr in der Lage gewesen, sie zu vergießen. Tränen für

Bijan, für Parvin, für Laleh, und – am allermeisten – für Nouri. Ihr Vater blieb ruhig, als verstünde er es. Anna wusste nicht genau, wie lange sie weinte, aber schließlich versiegten ihre Tränen. Als sie endlich wieder sprechen konnte, sagte sie sanft: „Ich glaube, ich weiß jetzt, warum du wolltest, dass ich in Virginia heirate. Du wolltest mich schützen. Du wusstest, dass – falls die Dinge aus dem Ruder laufen sollten – es für mich einfacher sein würde, in den Vereinigten Staaten geschieden zu werden."

Ihr Vater nickte ihr kurz zu, so als sei er verlegen, dass sie sich genötigt sah, dieses Thema anzuschneiden.

„Aber Nouri ... , du must wissen ... " Anna schluckte. „Nouri war kein schlechter Mensch ... als wir uns kennen lernten. Niemand war das. Es war, als ob ein ganzes Land – eine ganze Kultur – vollständig aus der Bahn geworfen worden wäre. Aus schwarz wurde weiß. Aus weiß wurde schwarz. Nette Menschen waren auf einmal unfreundlich. Aus guten Menschen wurden schlechte Menschen. Verstehst du das, Papa?"

Ihr Vater räusperte sich erneut. „Ich ... ich kann es erahnen."

Natürlich konnte er das. Anna hatte plötzlich das Gefühl, dass ihr Vater vielmehr erlitten hatte, als er je preisgegeben hatte. Und es hatte ihn mehr gekostet, als sie gewusst hatte. Sie presste die Lippen aufeinander. Sie wollte alles erfahren: Von seinem Leben in Deutschland, seiner Beziehung mit ihrer Mutter und insbesondere seinem Verhältnis zu einem kurdischen Juden aus dem Nordwesten des Iran. Aber sie würden noch viel Zeit haben, miteinander zu sprechen. Tage und Wochen, Monate und Jahre. Anna legte ihren Arm um seine Taille.

„Ich bin bereit, nach Hause zu kommen, Papa."

ANMERKUNGEN DER AUTORIN

Dieses Werk ist Fiktion. Als ich vor einigen Jahren auf der Suche nach einem Thema für einen neuen Roman war, kam ich auch ins Gespräch mit einem anderen Autor über Themen, die ich noch behandeln wollte – ich fühle mich hingezogen zu Geschichten über Frauen, denen die Möglichkeit der freien Entscheidung genommen wurde. Wie reagieren sie in solchen Situationen? Geben sie einfach auf? Nehmen sie die Opferrolle an? Oder können einige überleben, vielleicht sogar über ihr Schicksal triumphieren?

Während wir darüber sprachen, erinnerte ich mich daran, wie ich von einer persönlichen Geschichte, die mir einige Jahre zuvor erzählt worden war, gefesselt gewesen war. Sie enthielt Elemente, von denen ich glaubte, dass sie eine großartige Erzählung ergeben würden: Junge, verliebte Menschen, die eingefangen werden von der Geschichte, von familiären Verwicklungen und dem innewohnenden Konflikt einer politischen und kulturellen Revolution, die einige Menschen zu Helden und andere zu Feiglingen macht. In meiner Vorstellung malte ich mir aus, den Werdegang einer tapferen, jungen Frau zu erzählen, die mit fast unüberwindlichen Hindernissen konfrontiert wird. Das einzige Problem bestand darin, dass in dieser

Erzählung kein Verbrechen geschah, dabei schreibe ich doch Krimis. Als ich dies meinem befreundeten Autor mitteilte, sah er mich fast schon ein wenig mitleidig an und sagte: „Es ist Fiktion. Erfinde eins."

Ich habe seinen Rat befolgt.

Ein Hinweis: Obwohl *Bitterer Schleier* eine fiktive Geschichte erzählt, basiert das Buch doch auf intensiver Recherche. Von welcher Seite man es auch immer betrachtet, die iranische Revolution ist eine der bestdokumentierten Abschnitte in der Weltgeschichte, und so konnte ich viele Bücher, sowohl Belletristik wie auch Sachbücher, dazu finden und lesen. Außerdem habe ich viele Artikel und Memoiren gelesen und mir Chroniken, Filme und Videos angesehen. Einige der Texte sind unten aufgeführt. Ich habe auch mindestens fünf iranisch-amerikanische Zeitzeugen, die während der Zeit der Revolution im Iran lebten, befragt. Sie teilten mir ihre Erfahrungen, ihren Werdegang und ihre Ängste mit. Einer von ihnen prüfte mein Manuskript auf faktische und kulturelle Irrtümer. Sollten dennoch Fehler im Text sein, habe ich diese ganz allein zu verantworten und entschuldige mich im Voraus dafür.

Es überrascht wohl nicht, dass keiner der iranisch-amerikanischen Personen, mit denen ich sprach, wollte, dass ich seinen Namen veröffentliche. Sie alle sollen wissen, dass ich für immer in ihrer Schuld stehe. Wegen ihrer Großzügigkeit war ich in der Lage, Annas Geschichte zu erzählen.

Vielleicht ist der Eine oder Andere von Ihnen der Ansicht, dass ich in diesem Buch in unfairer Weise Stereotypen geschaffen oder aufrechterhalten habe. Es war nie meine Absicht, das iranische Volk oder die Revolutionäre, die den Schah stürzten, zu dämonisieren. Die Geschichte lehrt uns jedoch, dass Chaos und Zerstörung, die einen politischen und kulturellen Aufstand begleiten, Menschen dazu verleiten können, extreme Handlungsweisen an den Tag zu legen. Das ist mehrfach passiert – mir kommen dazu die französische, die russische, die chinesische und die kubanische Revolution in den Sinn. In diesem Sinne war es mein Ziel, die Auflösung einer Ehe, einer Familie und einer Kultur zu dokumentieren, die allesamt nicht den Belastungen, die eine Revolution mit sich bringt, standhalten konnten. Ich hoffe, dass die Kritiker dies berücksichtigen.

Abschließend hoffe ich, dass ich die große Liebe, die die iranisch-amerikanischen Personen, mit denen ich gesprochen habe, für ihr Land und ihre Kultur empfinden, wirklichkeitsgetreu abgebildet habe. Es ist eine Liebe, die Bestand hat.

LITERATURLISTE

Christiane Bird
Neither East Nor West: One Woman's Journey Through the Islamic Republic of Iran
(Pocket Books, 2001)

Ariel Sabar
My Father's Paradise: A Son's Search for his Jewish Past in Kurdish Iraq (Algonquin Books of Chapel Hill, 2008)

Marina Nemat
Prisoner of Tehran
(Free Press, 2007)

Abbas Milani
The Persian Sphinx: Amir Abbas Hoveyda
(Mage, 2000)

Marjane Satrapi
Persepolis
(Pantheon, 2003)

Azar Nafisi
Reading Lolita in Tehran
(Random House, 2003)

Mahbod Seraji
Rooftops of Tehran
(New American Library, 2009)

Betty Mahmoody with William Hoffer
Not Without My Daughter
(St. Martin's, 1987)

Dalia Sofer
The Septembers of Shiraz
(Ecco/HarperCollins, 2007)

Ryszard Kapuscinski
Shah of Shahs
(Harcourt Brace, Jovanovich, 1985)

Debra Johanyak
Behind the Veil
(University of Akron Press, 2007)

Words of Paradise: Selected Poems of Rumi
(Viking Studio, 2000)

Stephen Kinzer
All the Shah's Men
(J. Wiley & Sons, 2003)